BASTEI
LÜBBE

Über den Autor:

Der Wirtschaftsjournalist Ulrich Viehöver lebt und arbeitet in Stuttgart. Er ist zudem als Redaktions-Coach und Ausbilder im Bereich des Journalismus tätig und hält Seminare und Vorlesungen zu diversen journalistischen Themen.

Ulrich Viehöver

DIE EINFLUSSREICHEN

Henkel, Otto und Co –
Wer in Deutschland Geld und
Macht hat

BASTEI LÜBBE

BASTEI LÜBBE TASCHENBUCH
Band 60587

1. Auflage: Oktober 2007

Vollständige Taschenbuchausgabe

Bastei Lübbe Taschenbücher in der Verlagsgruppe Lübbe

Das Kapitel »Mohn: Die Gutmenschen aus Gütersloh«
entstand unter der Mitautorschaft von Rainer Stadler
Titelbild: © getty-images / David Prince
Umschlaggestaltung: Gisela Kullowatz
Satz: Freiburger, Graphische Betriebe
Druck und Verarbeitung: GGP Media GmbH, Pößneck
Printed in Germany
ISBN 978-3-404-60587-3

Inhalt

Vorwort

Gegen Heuschrecken und Vampire

Der wahre Reichtum an Firmen gerät hierzulande aus dem Blickfeld. Einseitig beherrschen börsennotierte, anonyme Kapitalgesellschaften und ihre (angestellten) Topmanager ungestört das Feld. Dabei haben sie kaum noch Erfolge vorzuweisen. Über ihre Schwächen kann auch das täglich verwirrend, weil widersprüchlich inszenierte Börsengeschehen nicht mehr hinwegtäuschen. Leider lassen sich viele Politiker bereitwillig von den tonangebenden Konzernen und ihren geschmeidigen Lobbyisten um den Finger wickeln. All das führt zu einer Schlagseite bei den Gesetzen. So ist es kein Zufall, dass die Regierenden das Steuer- und Gesellschaftsrecht stark zugunsten von Börsen und Aktiengesellschaften verändert haben. Doch die dafür versprochenen Millionen von Jobs oder die blühenden Firmenlandschaften lassen auf sich warten. Im Gegenteil: Gerade Aktiengesellschaften bauen jetzt Stellen ab und vernichten durch ihr verheerendes Missmanagement Milliardenwerte. Zu bereitwillig geben die Vorstände dem Druck hemmungsloser Börsenspieler nach, gerade den unersättlichen Spekulanten- und Hedgefonds. Und vom Infarkt der Kapitalmärkte um das Jahr 2001 und der Götterdämmerung bei den Banken haben sich viele Gesellschaften und Aktionäre lange nicht erholt. Stattdessen versagen die kapitalen Konzerne und ihre Manager als Unternehmer zusehends. Das Rezept »Börsenkapitalismus für alle«, so viel steht fest, ist wie schon in den 1920er Jahren und Ende des 20. Jahrhunderts die eigentliche Krankheit.

Das Gegenstück sind Familienunternehmen. Die Alternative zeichnet sich dadurch aus, dass die Eigentümer entweder direkt im Betrieb arbeiten oder zumindest ihr Management konsequent kontrollieren. Und in aller Regel besteht eine ausgeprägte innere Bindung der Familie zu »ihrer« Firma. Das Unternehmen spiegelt sogar ein Stück der

Sippe auf der sozialen und persönlichen Ebene wider.[1] Von dieser besonders hohen Identifikation der Eigner mit ihrer Firma können sogar auch die Mitarbeiter profitieren. Nämlich dann, wenn die über Generationen hinweg zäh verteidigte Selbstständigkeit die Familie und ihren Betrieb sozusagen immunisiert hat, unbedacht allen möglichen Moden und Beratertrends zu folgen oder gar der Hetzjagd hysterischer Spekulanten zu erliegen. Die Firmenpolitik ist eher langfristig auf Sicherheit angelegt. Ihre Inhaber machen sich mehr Gedanken über neue Produkte, kennen ihre Kunden recht genau und erschließen zusätzliche Märkte, anstatt zu resignieren und auf Kosten der Belegschaft aufzugeben oder zu verscherbeln. Auch in der heutigen Zeit vermeiden viele inhabergeführte Betriebe Entlassungen, so weit es geht, weil sie diesen Schritt als persönliche Niederlage empfinden würden. Und trägt der Betrieb den Namen der (Gründer-)Familie, dann treten die Eigentümer noch leiser auf. Diese Vorsicht führt dazu, dass selbst riesige Familienkonzerne öffentlich kaum wahrgenommen werden. Anders als in den USA ist es unter den Superreichen hier nicht Sitte, mit Geld und Vermögen zu protzen. Lieber bleiben ihre Imperien im Verborgenen. Oft nimmt die Öffentlichkeit die Firmen erst wahr, wenn deren Clans sich streiten oder verkaufen und dadurch unrühmlich Schlagzeilen machen. Dann werden sie meist pauschal mit allen Familienbetrieben in einen Topf geworfen und als »verstaubt«, »altmodisch« oder »Auslaufmodell« abqualifiziert. Doch solche Verallgemeinerungen – für viele der Familienunternehmen mögen sie schon längst nicht mehr zutreffen – verkennen sowohl die reale Bedeutung der Unternehmen als auch deren Dynamik.

Deutschlands unbekannte Schatten-Reiche sind in Wirklichkeit ein gewaltiger Machtfaktor. Sie setzen in der Summe Billionen um und geben Millionen Menschen Arbeit. Auch allein übt jede Firmengruppe einen beträchtlichen Einfluss aus. Dieser ist sowohl durch ihre Führungsrolle in einer angestammten Branche – meist international – begründet als auch durch die Rolle als maßgeblicher Arbeitgeber am jeweiligen Firmensitz. In ihren Heimatregionen gelten die Unternehmerdynastien bei Behörden und Politikern oft als kleine (große) Könige. Zudem betätigen sich zahlreiche Clanmitglieder in Wirtschaftsverbänden, Kammern, in der Lokalpolitik oder in kirchlichen Organisationen. Und fast jede Familie der Superreichen unterhält eine oder mehrere Stiftungen für soziale, kulturelle, medizinische, ökologische oder pädagogische Wohltaten. Auch diese üben mit ihren Gaben subtil, aber sicher Einfluss aus. Viele Traditionsunternehmen genießen an ihren Stammsitzen über ihre Position als wichtige Arbeitgeber hinaus aufgrund ihres finanzkräftigen Engagements in der Bevölkerung großes Ansehen. Andere engagieren sich überregional, und nehmen somit zugleich Einfluss auf Politik und Gesellschaft in diesem Land. Beispiele hierfür sind die Bertelsmann Stiftung oder die von Otto Beisheim gestiftete private Hochschule. Für die Öffentlichkeit jedoch bleibt dieser Einfluss meist unsichtbar. Sehr weit geht da Mohns Bertelsmann Stiftung. So beansprucht der Millionen-Trust des Großverlegers, Gesellschaft und Politik im eigenen Interesse gestalten zu dürfen. Auch die von Metro-Gründer Beisheim gestiftete erste private Hochschule Deutschlands will politisch verändern – ein Exempel, das bei Milliardärsfamilien emsig Schule macht. So wissen die Großunternehmen ihr Gewicht in der Arbeitgeber- und Branchenlobby zu nutzen und ihre Interessen gezielt durchzusetzen. Vor allem bei ihren Geschäften vermögen die Clans geschickt aus dem Hintergrund ihre Schatten-Reiche zu erweitern.

Da passt es ins Bild, dass der in Sonntagsreden gepriesene »Mittelstand« (was immer das sein mag) ein blinder Fleck in der Wissenschaft ist. Wer nämlich bei Hochschulen und Universitäten Konkretes über Familienunternehmen erfahren will, geht meist leer aus. Lediglich die – private – Universität Witten/Herdecke (Nordrhein-Westfalen) unterhielt bis vor kurzem noch ein Institut (Hauptsponsor: Deutsche Bank), das bedeutende Familienbetriebe erforschte und einige davon systematisch analysierte. Und nur sehr wenige Berater oder Privatfirmen wie die Akademie für Familienunternehmen Intes oder das Institut für Mittelstandsforschung (beide Bonn) kümmern sich regelmäßig und gezielt um diese Szene. Dankenswerterweise waren sie auch dem Autor bei seinen Recherchen behilflich. Im Übrigen stochern Deutschlands Wissenschaft und Politik mangels sicherer Datenbasis im Nebel. Dabei wäre es längst an der Zeit, die sich wacker schlagenden Schatten-Reiche der Wirtschaft auszuleuchten, um sie kennen zu lernen. In diese Bresche springt dieses Buch. Es verfolgt die Absicht, so erfolg- wie einflussreiche Großunternehmen, ihre Clans und ihre Geschichte sowie ihre individuellen Überlebensrezepte zu beschreiben, um die Diskussion aktuell zu bereichern.

An geeigneten Kandidaten herrscht dabei kein Mangel. Der Geldadel hierzulande besteht aus nahezu einer Hundertschaft von Reichen mit einem Firmenvermögen ab einer Milliarde Euro aufwärts. Und die meisten Clans gestalten ihre Unternehmen aktiv und halten intern zusammen – wesentliche Kriterien für die Auswahl. Indes, die Milliardärsdynastien dominieren vorwiegend in typischen Branchen des Mittelstandes, also im Handel und Verlagswesen, bei Spezialitäten (Pharma, Medizintechnik), im Anlagen- und Maschinenbau sowie als Zulieferer. Bemerkenswert ist, dass die Reichsten der Reichen Händler oder Verleger sind. Um nun eine vielfältige und zugleich charakteristische Auswahl an Unternehmen zu treffen, werden hier Betriebe diverser Wirtschaftszweige mit recht unterschiedlichen Kulturen und Traditionen vorgestellt, deren Produkte und Marken uns im Alltag vielfach begegnen. Die Namen sind mal mehr, mal deutlich weniger bekannt, über die Sippen selbst weiß man jedoch oft nicht viel. Aus dieser Auswahl entstand ein Club mit zwölf starken Dynastien, alle Multimilliardäre, die stark in ihrer Tradition verhaftet sind. Die folgenden Kapitel beschreiben und analysieren diese »Hidden Champions«, die großen Unbekannten der deutschen Oberliga. Zwar haben auch diese Vermögensmilliardäre an einigen Stellen mit Problemen zu kämpfen, aber sie schlagen sich dennoch über lange Zeiträume betrachtet in wirtschaftlicher Hinsicht durchweg mit Erfolg. Diese Durchhaltekraft sichert dem Club der Einfluss-Reichen ihre eigentliche Macht. Selbstverständlich ist in Familienbetrieben nicht alles Gold was glänzt, weshalb auch die negativen Seiten in diesem Buch angesprochen werden. Dennoch, alles zusammen – Ausdauer, Einigkeit und Verantwortungsbewusstsein – scheint ein dauerhaft wirksames Rezept gegen lästige Heuschrecken und Vampire, die anonyme Gesellschaften überfallen und am Ende nur Leere zurücklassen. Familienunternehmen dagegen erfüllen zunehmend eine volkswirtschaftlich stabilisierende Funktion. Kein Wunder also, dass das Interesse der Öffentlichkeit an dieser ursprünglichsten Form der Privatwirtschaft langsam erwacht – willkommen im Club.

Stuttgart, im Januar 2006 *Ulrich Viehöver*

Kapitel 1

Merckle

Die frommen Gipfelstürmer

Baut ein Mitglied der Familie Merckle ein Haus, dann kann es sich in der eigenen Firma bedienen. Denn hier stehen sämtliche Materialien vom Zement und Sand über Kies, Mörtel und Klinker zur Verfügung, ebenso das Bauholz aus dem privaten Wald. Selbst der Strom kommt aus dem eigenen Wasserkraftwerk im schwäbischen Blaubeuren. Und die Turbine, welche die Elektrizität erzeugt, oder der Generator für ein Windrad ist made by Merckle. Sollten Erdreich oder heftiger Schnee die Bauarbeiten behindern, so beseitigt ein »Pistenbully« der Merckle-Firma Kässbohrer das Problem. Und verursachen am Ende hohe Baurechnungen Magengrimmen oder Kopfschmerzen, dann helfen die Medikamente aus dem eigenen Haus. Denn das Reich der Unternehmersippe Merckle ist fast eine autarke Welt, von deren Dimension die Öffentlichkeit nichts ahnt. Im Laufe von 125 Jahren sammelte sich unter dem Dach der Familie ein Konglomerat, das von A wie Arznei bis Z wie Zement reicht. Besonders Adolf Merckle, Frontmann der dritten Generation, schrieb sich den Ausbau des Erbes leidenschaftlich auf die Fahne. »Wir steigen selten aus. Im Gegenteil, mein Vater hat alles wieder zurückgeholt, was schon mal in der Familie war«, bringt Juniorchef Dr. Philipp Daniel Merckle die Entwicklung auf den Punkt. Er verantwortet seit Sommer 2005 weltweit das Geschäft für die Gruppe Merckle/Ratiopharm. Sein ältester Bruder Ludwig, der bis dahin den Arzneimittelbereich federführend geleitet hatte, stieg aus diesem Sektor aus und übernahm »die Geschäftsführung der VEM Vermögensverwaltung und widmet sich verstärkt den anderen wichtigen Beteiligungen der Familie«.[1]

Über lokale Grenzen hinaus ist die Milliardärsfamilie bestenfalls durch die Marke Ratiopharm bekannt. Dieses Geschäft machte sie groß und wird sie in Zukunft noch bedeutender machen. Denn ausnahmsweise stieg die Sippe jüngst doch aus einem Geschäft aus. Sie verabschiedete sich nämlich Anfang 2005 von ihrem Stammgeschäft mit Originalpräparaten, das ihr Unternehmertum einst begründet hatte. Zuvor hatten die Merckles alles gründlich bedacht und erkannt, dass sie sich entscheiden mussten: Entweder sie führten nur ihr Geschäft mit rezeptpflichtigen Originalpräparaten der Marke »Merckle« weiter, oder sie konzentrierten sich auf die jüngere Sparte »Ratiopharm« mit den Nachahmerpräparaten. Beides zusammen wäre auf Dauer nicht mehr finanzierbar. Um ein konfliktreiches Ausbluten der Firma zu verhindern, rangen sich Merckles dazu durch, ihr Geschäft mit den Originalmedikamenten aufzugeben und dafür die zukunftsträchtigere Ratiopharm auszubauen – eine epochale Wende. Dabei ist zu bedenken, dass die so genannten Generika der 1974 entstandenen Marke Ratiopharm den einstigen Kleinbetrieb zum Umsatzmilliardär und zur Großmacht im Pharmageschäft gemacht hatten. Im Gegensatz dazu waren Merckles Stammaktivitäten noch nach fast hundert Jahren mit rund 50 Millionen Euro Umsatz zu klein. Nur in Teilbereichen errangen die mehr als 80 Präparate – Salben, Spritzen, Pillen, Säfte gegen Rheuma- oder Darmerkrankungen – eine beachtliche Stellung. Doch der Markt verlangt eine globale Größe, schon wegen des riesigen Entwicklungsaufwandes. So dauert die Entwicklung eines Originalpräparats im Durchschnitt zehn Jahre und verschlingt bis zu 700 Millionen Euro an Forschungsgeldern – ein riskanter Kraftakt, den selbst ein gut gepolsterter Mittelständler wie Merckle allein nicht mehr stemmen kann. Die Belegschaft bemerkte natürlich die prekäre Lage bei den Originalmedikamenten. Auf einer Betriebsversammlung im Sommer 2004 in Ulm bohrte sie daher nach und fragte nach der Zukunft dieser Sparte, worauf die Merckle-Söhne Ludwig und Philipp eingestanden, die Firma hätte nicht genügend liquide Mittel, um neue Produkte auf dem Markt zu kaufen. Mit dieser bitteren Erkenntnis zogen sich die Schwaben ganz vom Markt zurück. »In der […] Geschichte von Merckle-Arzneimittel hat sich unser Geschäft immer wieder verändert, angepasst und erneuert«, erläuterte Geschäftsführer Philipp Merckle gegenüber den Mitarbeitern.[2] Ihr Primärsortiment, für das 180 Menschen arbeiten, veräußerte die Familie an den börsennotierten Pharmahersteller Recordati SpA (1 800 Mitarbeiter) in Mailand.

Merckles Herz schlägt in der Medizin

Seit dieser bedeutsamen Amputation überstrahlt die Marke Ratiopharm das Imperium wie eine Krone, national wie international. Der Familienname Merckle rückt in die zweite Reihe und steht für Produktion und Entwicklung aller Präparate. Unter dem Dach Ratiopharm wird eine Vielzahl gängiger Medikamente vermarktet, deren Patentfristen abgelaufen sind. Das Sortiment erbringt einen Jahresumsatz von gut 1,2 Milliarden Euro, rund 24-mal so viel wie einst der Absatz der Originalmedikamente Marke »Merckle«. In Zukunft wird die Gentechnik- beziehungsweise der Biobereich der Schwerpunkt im Pharmageschäft sein. Auch das ist ein wesentlicher Grund für den Ausstieg der Familie aus dem Originalgeschäft, da selbst ihr Erfolgsmodell Ratiopharm vor einem dramatischen Wandel steht. Denn auch ihre Nachahmerprodukte beanspruchen in der Entstehung immer mehr Geld und Zeit. Hinzu kommen hohe Zulassungshürden, weil die Erfinder des Originals ihren Rohstoff langfristig patentieren und die Behörden strenge Sicherheiten bei der Zulassung verlangen. Daher muss auch der Imitator dieser Medizin mehr entwickeln und klinisch testen als je zuvor. So dauert die Entwicklung eines klassisch-chemischen Generikums statt früher rund zwei nun fünf bis sechs Jahre. Zusätzlich wird eine neue Hürde die Imitation generell erheblich erschweren: das Aufkommen so genannter Biopharmaka. Bereits 2006 laufen die ersten Patente von gentechnisch erzeugten Arzneimitteln aus. Und ab 2010 wird jedes zweite neue Medikament ein Biopräparat sein. Aber solche Biopharmaka sind nicht mehr einfach eins zu eins imitierbar wie herkömmliche Präparate aus chemischen Wirkstoffen. Die Hersteller der Originale, wie etwa Boehringer Ingelheim in Biberach, arbeiten nämlich mit lebenden Bakterien oder Säugetieren (Rind, Mäuse oder Hamster) mit dem Ziel, gentechnisch veränderte Proteine (Eiweiße) zu gewinnen. Ein bekanntes Beispiel dafür ist Human-Insulin, wo körpereigene Substanzen (vom Schwein) seit 1982 aus genetisch veränderten Bakterien nachgebaut werden. Doch die gewonnenen Eiweißstrukturen sind in verschiedenen Zelllinien stets unterschiedlich, die des Originals also nicht mit den Nachahmerprodukten identisch. So könnte ein Generikum theoretisch andere Nebenwirkungen aufweisen als die Vorlage. Wegen dieses Verdachts verlangen die Aufsichtsbehörden, dass auch Merckle gentechnisch veränderte Generika entsprechend entwickeln und wie die Originale klinisch erproben lassen muss. Die Folge: Auch Nachahmer brauchen eigene biotechnische Anlagen, um solche Ansprüche erfüllen zu können. Wegen dieser Hürden gleicht die Entwicklung eines Bio-Generikums fast der eines Originals. Dem Nachbauer bleiben nur noch die Irrtümer und Fehlschläge der Anfangsphase erspart.

Die Schwaben sind dabei, diese Herausforderung finanziell wie technisch zu bewältigen. Als Generika-Pioniere wissen sie, dass sie viel Kreativität für dieses neue Standbein brauchen werden. »Mit Biopharmaka geht die Pharmaherstellung für mich neu los«, prophezeit Philipp Merckle. Das im Arzneimittelgeschäft global verantwortliche Familienmitglied, das zuvor die Produktion und Entwicklung der Gruppe Merckle/Ratiopharm steuerte, rückt die Innovation in die Nähe einer Neugründung. Seiner Ansicht nach werden Bioprodukte den Markt künftig stark prägen. Merckle stellt für dieses Abenteuer mit ungewissem Ausgang aus dem Stand rund 100 Millionen Euro bereit, Produktentwicklungen und Vertriebsvorbereitungen mitgerechnet. Auf dem Ulmer Werksgelände entstand 2004/05 für 30 Millionen Euro ein Neubau für die Biotechnologie. Schon im Jahr 2000 wurde die BioGeneriX AG gegründet. Diese Forschungsfirma hilft dem Generika-Pionier mit eigenen Zelllinien für Entwicklungstests beim Einstieg in die Gentechnik. Damit fällt BioGeneriX exklusiv die Rolle zu, Biopharmazeutika der Originalhersteller nach Ablauf des Patentschutzes für den weltweiten Markt nachzuahmen. Die Merckle-Tochter mit drei Dutzend Spezialisten sitzt aus gutem Grund im Gen-/Biodreieck Mannheim-Heidelberg-Ludwigshafen, um sich in Distanz zum Stammhaus in Ulm der neuen Aufgabe konzentriert widmen zu können. Zudem wird Merckle mit dem künftigen Standbein erstmals Rohstoffproduzent. Das erste biotechnisch gefertigte Generikum, ein Krebsmittel, kommt 2006 auf den Markt. Auch für diese Sparte gründeten die Ulmer 2004 eigens einen Ableger, die Merckle Biotec GmbH. Für die ferne Zukunft kann sich der Juniorchef gar vorstellen, dass »vielleicht wieder Originalprodukte hergestellt werden«. Einen Hinweis darauf, dass die Ulmer hochwertige Präparate im Auge behalten wollen, bedeutet 2002 der Kauf der Firma Ribosepharm. Der Ableger bei München – 34 Beschäftigte,

25,4 Millionen Euro Umsatz (2004) – besetzt die Nische Onkologie (Krebstherapie). Als rezeptpflichtige Spezialität läuft Ribosepharm nicht unter der Massenmarke Ratiopharm. Die hohen Investitionen lassen vermuten, dass die Milliardärsfamilie an ihrem Kerngeschäft unbeirrt festhalten und um ihre Spitzenposition bei Generika kämpfen wird. »Das Herz der Merckle-Gruppe ist der Pharmabereich«, bekräftigt Philipp Merckle. Schließlich erwuchs daraus eine der ältesten Arzneimittelfirmen Deutschlands in Familienhand.

Von Nordböhmen ins Schwabenland

Die Wiege der Firma steht im nordböhmischen Aussig an der Elbe. Die Industriestadt, nahe der tschechischen Grenze auf dem Weg nach Dresden gelegen, war bis 1918 Teil von Österreich-Ungarn. Gegründet wurde die Firma 1881 von Adolf Merckle unter dem Namen »Adolf Merckle Chemikalien en gros« als »Drogen- und Arzneimittelgroßhandlung«. Aus diesen Anfängen rühren die bestehenden Kontakte zum Pharmagroßhandel wie den Apotheken. Seinen großen Aufschwung nahm der Betrieb im Ersten Weltkrieg, als der rührige Sohn des Gründers, Ludwig Merckle, erstmals 1915 die Produktion aufnahm. Der Pharmaunternehmer gründete zehn Jahre später die »Ludwig Merckle Chemisch-pharmazeutische Fabrik« und fertigte Körperpflegemittel, Hustensaft, Kinderpuder, Verbandspflaster und sogar Schmerzmittel. Eine tragende Säule bildete die Auftragsproduktion. So stellte Merckle zum Beispiel Nivea-Creme für Beiersdorf und Wundsalbe für die Desitin-Werke her. Mit den Gewinnen aus der Lohnproduktion entwickelte und erzeugte Ludwig Merckle eigene Medikamente. Die »Auslandsdeutschen«, wie damals Deutschstämmige außerhalb der Reichsgrenzen hießen, unterhielten Vertretungen in Prag, Reichenberg, Karlsbad, Brünn und Pressburg. Nach eigenen Angaben stand Merckle mit mehr als 300 Mitarbeitern »an der Spitze der tschechoslowakischen Pharmaindustrie« und war sehr europäisch. Doch der Zusammenbruch 1945 und die Vertreibung aus ihrer Heimat trafen die Familie hart. Das Stammhaus in Aussig wurde zerstört; als Sudetendeutsche wurden Merckles in der Tschechoslowakei enteignet. In Aussig kam es zu einem Massaker an den

Deutschen, die Familie entkam. Die Flüchtlinge schlugen sich bis in den Südwesten Deutschlands durch, wo sie seit 1943 ein Haus in Freiburg besaßen, welches nun aber die französischen Besatzer in Beschlag genommen hatten. Also wichen sie ins württembergische Blaubeuren bei Ulm aus. Ihr Ziel war kein Zufall, denn dort lebte die Familie von Luise Merckle, der Frau von Ludwig. Die nahen Verwandten hießen Spohn und beherrschten Blaubeurens größten Brötchengeber, die Zementfabrik. Luises Angehörige waren somit der führende Clan im Städtchen wie in der Region. Hier bildeten die Baustoff-Barone den obersten Honoratiorenkreis mit weit reichenden Verbindungen über Ulm und Stuttgart hinaus. Von Vorteil für die geflohene Spohn-Tochter Luise und ihren Mann Ludwig war es auch, dass sie im tiefsten Schwaben selbst keine Unbekannten waren. »Das Paar aus der Tschechei« hatte nämlich 1931 spektakulär in der Heimat der Braut geheiratet. Eine Zeitzeugin, Gertrud Preuss, die Jahre später bei Merckles arbeiten sollte, erinnert sich an das Großereignis: »Da die Familie Spohn die bestimmende Familie in unserem Städtchen Blaubeuren war, bedeutete diese Hochzeit natürlich auch die Sensation. Man verschlang die Neuigkeiten, die zudem noch aus erster Quelle kamen. Meine Mutter hatte eine Weißnäherin, Fräulein Pauline Schwarz, die auch für Frau Spohn senior arbeitete.«[3] Aus der Ehe von Luise und Ludwig Merckle gingen drei Kinder hervor: Tochter Liselotte, dann Adolf, der Stammhalter und Ratiopharm-Gründer, sowie das Nesthäkchen Suse. Unterkunft fanden die Flüchtlinge schließlich in der Villa Spohn, welche zu der Zeit der Heidelberger Zement AG gehörte.

So ist 1945 wie für so viele das Jahr des Neustarts. Ludwig Merckle muss den in Aussig erloschenen Betrieb neu gründen, »mit zähem Fleiß und dem notwendigen Vertrauen in die eigene Kraft«, wie es im Rückblick der Firma zum 90-jährigen Bestehen heißt. Merckles einflussreiche Schwiegerleute stehen ihm da und dort zur Seite, etwa bei Kontakten zu Behörden oder Regierungen oder wenn es um wichtige Transportgenehmigungen geht. Auch in praktischen Dingen, wie die Nutzung einer Werkstatt, helfen die Verwandten. »Nicht unerwähnt lassen möchte ich, dass uns die Firma Spohn eigentlich immer eine Hilfe war. Auch die Verpflegung in der Kantine durften wir mit in Anspruch nehmen.«[4] Für den improvisierten Neubeginn rettet Merckle eine einzige Maschine aus Aussig, eine Tablettenpresse, dazu Rohstoffe und Verpackungsmaterial. Immerhin ein wertvolles Produktivvermögen, eingelagert im südbadischen Emmendingen bei Freiburg in der Schuhfabrik »Pionier«. Erst 1946 können die Materialien und die Tablettenpresse, deren Transport beinahe an französischen Grenzkontrollen scheitert, in eine Garage nach Blaubeuren geholt werden. Damit werden notdürftig die ersten Tabletten gefertigt. Anfangs hilft nur ein Arbeiter, ein Chauffeur von der Alb, als Kalfaktor mit. Schwiegervater Dr. Georg Spohn – ein Mann mit deutschnationaler Gesinnung – stellt im Verwaltungsgebäude der Zementfabrik einen Büroraum für die Fabrikation zur Verfügung. Und bald klopfen immer mehr Vertriebene aus Böhmen sowie Ehemalige von Aussig bei Merckles an. Darunter die einstige rechte Hand Ludwig Merckles, eine Halbjüdin, welche im Dritten Reich von ihrem Chef geschützt worden war. Sie bringt Möbel von Aussig »und auch wichtige Dokumente für Herrn Merckle mit«.[5] Als erstes Werk dient eine Segelflughalle, welche Dr. Eberhard Spohn, Merckles Schwager und Fliegerpilot im Zweiten Weltkrieg, über den örtlichen Segelfliegerclub vermittelt. Obwohl die Aufbaujahre zäh anlaufen und der kleine Betrieb mehr als einmal am Abgrund steht, erhöht der Nachkriegspionier Ludwig Merckle wacker die Belegschaftszahl. »Der Großvater sagte immer: ›Die Mitarbeiter sind die erweiterte Familie‹«, erinnert sich sein Enkel Philipp. Dieser Geist schmiedet die kleine Gruppe zusammen, macht es möglich, dass die Angestellten hart arbeiten und trotzdem zeitweise auf Gehalt verzichten. Als nach der Währungsreform 1948 erneut Verluste drohen, verkauft der Firmeninhaber aus Not seine Beiersdorf-Aktien zu einem schlechten Kurs. Die Merckles tun alles, um wieder auf die Beine zu kommen: mit Hustensirup und Heilsalben, mit einer Imitation der Nivea-Creme oder Franzbranntwein. Selbst in der Baustoffbranche versucht sich der Pharmaunternehmer – freilich mit wenig Erfolg. Letztlich bleibt es bei Medikamenten, die vorwiegend im Raum Blaubeuren/Ulm und dort an »Flüchtlingsärzte« verkauft werden. Der Chef transportiert die Arzneimittel selbst in einem Leiterwagen. Erst ab 1954 gelingt der Durchbruch, weil das Absatzgebiet stetig ausgebaut und Kliniken als Kunden gewonnen werden. Die erste eigene Fabrik der »Merckle Arzneimittel«, ein schlichter dreigeschossiger Stahlbetonbau, wird 1958 in der Dr.-Georg-Spohn-

Straße (nach Merckles Schwiegervater) bezogen. Nun wächst die Nachfrage schneller als das Angebot, wobei das Rheuma-Mittel »Ambene« ab 1967 eine starke Schubkraft entfaltet. Als Ludwig Merckle 1971 seinen 80. Geburtstag und der Betrieb das 90-jährige Bestehen feiern, wird in Weiler (heute ein Teil Blaubeurens) wieder eine große Fabrik bezogen. So beginnt das nächste Kapitel der Firmengeschichte – und es wird erneut ein Neuanfang.

Ratiopharm – billige Blockbuster braucht das Land

Ludwig Merckles Sohn, der Enkel des gleichnamigen Gründers Adolf Merckle steigt relativ spät in den Familienbetrieb ein. Erst 1967, mit 33 Jahren, übernimmt der studierte Jurist die Zügel in Blaubeuren aus der Hand des Vaters. Rund ein Jahrzehnt hatten ihn seine Liebe zum Advokatenberuf und zu Hamburg gefesselt. Vorher studierte er an den Hochschulen von Hamburg, Tübingen und Grenoble Jura. In Hamburg, damals mehr als eine Welt von Schwaben entfernt, praktizierte er als engagierter Anwalt. Irgendwann musste er sich eingestehen, dass er als Nachfolger seinen nach Hilfe rufenden Vater zu lange hat warten lassen. Andererseits brachte diese zeitweilige Entfernung vom Elternhaus auch Vorteile: Adolf Merckle kann so die Pillenbranche aus der Distanz betrachten, wobei ihm die Blaubeurer Firma eher als lokale Veranstaltung erscheint. Bei Übernahme des väterlichen Schreibtisches setzt der pharmazeutische Betrieb gerade mal vier Millionen Mark um und beschäftigt 80 Menschen – nicht eben ein großes Rad. Im Schwabenland fehlt dem vorwärts drängenden Anwalt die Herausforderung, obwohl die Firma stetig wächst und mit Einführung des Rheumamittels »Ambene« gerade der »Durchbruch zum mittelgroßen Pharmaunternehmen« (Eigenwerbung) gelingt. Adolf Merckle arbeitet sich nach seinem Einstieg in Blaubeuren ehrgeizig ins Wirtschafts-, Steuer- und Bilanzrecht ein. Dieses Spezialwissen macht das Oberhaupt der dritten Merckle-Generation schließlich reich. Denn durch seine Sachkenntnis kann er weit über einzelne Betriebe und Branchen hinaus im Geschäft vernetzt agieren. Und Grenzen zu sprengen ist gerade damals wichtig, denn die Pillenindustrie ist wie das ganze Gesundheitswesen erstarrt. Jeder verharrt auf seinem Platz, und über allem thronen wenige Pharmariesen sowie ein Heer von Funktionären. Das kundenfeindliche Kartell kennt nur starre Festpreise für Medikamente, geschützt durch ein ritualisiertes Wohlverhalten zwischen Industrie, Ärzten, Großhändlern, Apothekern und Politikern. Marktwirtschaft kommt bestenfalls in Sonntagsreden vor. Dieser Zustand missfällt dem Juristen Adolf Merckle, der die Branche aus seinem kritischen Blickwinkel betrachtet. Philipp Merckle, sein Sohn, weiß noch, wie befremdet der Vater darüber war, dass so wenig Konkurrenz bei Medikamenten herrschte. »Weder Apotheker noch Ärzte oder Krankenkassen zeigten daran ein besonderes Interesse«, sagt Philipp Merckle, der damals in die Grundschule von Blaubeuren ging. Adolf Merckle aber fesselt die Idee, »durch Wettbewerb etwas bewegen zu können«. Der Vater findet heraus, dass die Medikamentenpreise in den USA bereits purzeln. Auslöser sind kleine Innovatoren, die kräftig den Markt aufmischen, indem sie gängige Medikamente imitieren, deren Patentschutz abgelaufen ist. Weil die Imitate bei geringen Entwicklungskosten günstig herzustellen sind, können sie auch preiswerter als die Originale vermarktet werden. Das Konzept solcher »Nachahmer« oder »Generiker« imponiert Merckle, und er realisiert seinen Traum. Obwohl ihm Experten wie Banken scharf abraten und selbst engste Mitarbeiter sich sträuben, startet der Chef stur durch und führt Anfang der siebziger Jahre den Preiswettbewerb in der Pillenindustrie ein. Irgendwie liegt diese Revolte in der Luft – billige Blockbuster braucht das Land.

Bald, im Jahr 1974, hebt Merckle sein Baby aus der Taufe. Unter dem einprägsamen Kunstnamen Ratiopharm GmbH, das »r« kleingeschrieben, gehen die Imitationen an den Start. Des Gründers oberstes Prinzip sei es, »Qualität zum günstigen Preis zu offerieren«, berichtet Philipp Merckle. Seine Familie ist mit der Idee für Generika vermutlich nicht allein gewesen – auch andere Pharmafirmen basteln daran –, doch Bergsteiger Merckle arbeitet sich zäh aus dem Stand bis zur Spitze empor. Seine Frau Ruth ist ihm auf dem steinigen Weg eine aktive Begleiterin. Er ist der Mann der Tat, sie erweckt durchs Wort und bekleidet dazu eine Reihe von Ehrenämtern – von der Elternsprecherin über evangelische Kirchengemeinderätin und EKD-Ratsmitglied bis zur Skisportwartin. Viele Mitarbeiter der ersten Stunde kommen von Boehringer aus dem nahen Biberach. Das spätere Supergeschäft mit Generika folgt einem simplen Gedanken: Standardmedizin zu erschwinglichen Preisen. In seiner schlichten Art ähnelt Merckles Geschäftsmodell dem der Aldis und deren striktem Kurs Richtung Kunde. So gesehen ist der Name Ratiopharm, den sich der Gründer Adolf Merckle als alter Lateiner ausdenkt, ein Stück Programm: »vernünftig vom Preis her«, wie sein Sohn Philipp die Marke deutet. Anfangs sollen die angestellten Manager etwa vom mächtigen Bayer-Konzern über den kauzigen Nobody aus Schwaben und seine »Billigpillen« nur herzlich gelacht haben. Doch als Merckle & Co. nicht weichen, sondern im Gegenteil wachsen, setzen die Etablierten im Arzneimittelmarkt ihre ganze Macht ein, um das verrückte Paar aus Blaubeuren zu stören und zu stoppen. In Scharen schickt das Hochpreiskartell seine Außendienstler, so genannte Pharmareferenten, zu Ärzten und Apothekern, die vom Glauben abgefallen und auf »das billige Zeugs« umgeschwenkt sind. »Fachkreise« zetteln eine Diskussion an, welche die Qualität von Generika pauschal in Misskredit zieht und die Nachahmer als schädliche Billigheimer abstempelt. Doch als immer mehr Kunden den (Preis-)Vorteil der weiß-orangefarbenen Packungen honorieren, weicht die Arroganz der mächtigen Bosse gegenüber dem Nobody und sie beklagen ihre Marktverluste. Obwohl als Familienfirma ausgesprochen schwäbisch schweigsam, macht Merckles Siegeszug immer lauter von sich reden. Weltkonzerne wie Bayer, Hoechst oder Boehringer Ingelheim müssen schließlich von ihren Spitzenplätzen weichen. Obwohl die Etablierten bis heute gegen die Preisbrecher und ihre geniale Geschäftsidee opponieren, vermögen sie diese nicht zu stoppen. Ratiopharm wächst unaufhaltsam, bereits 1978 überholt der Tochterbetrieb das Mutterhaus Merckle Pharma GmbH. 1985 überspringt der Umsatz die Grenze von 100 Millionen Mark. Längst wissen die Ulmer, dass sie mit Generika auf eine Goldader gestoßen sind. Ihre preisbrechenden Präparate profitieren von unzähligen Gesundheitsreformen seit der Regierung Helmut Schmidts (SPD). Heute wirken die Billiganbieter im einst statischen Arznei-, Apotheker- und Ärztemarkt als verlässliche Kostenbremser und helfen der Berliner Gesundheitsreform auf die Beine. Der Werbeslogan »Gute Preise. Gute Besserung« trifft den Nerv der Zeit und etabliert sich als geflügeltes Wort für alle Gesundheitsreform-Geschädigten. Das Sparpotenzial durch niedrigere Preise wird auf gewaltige vier bis fünf Milliarden Euro jährlich veranschlagt. Wie sehr Nachahmerprodukte inzwischen eine Größe im riesigen Pharmamarkt Deutschlands geworden sind, zeigt ihr hoher Anteil: Etwa 60 Generika-Firmen haben es geschafft, fast ein Drittel vom Gesamtkuchen (2005) zu erobern.

Gekonntes Marketing ist von Beginn ein Erfolgsgeheimnis: Merckle gelingt es, Ratiopharm vom Ruch des Billigen fern zu halten und als Markenprodukt zu profilieren. Das wird mit durchgängigem Design, dem auffallenden Orange auf weißem Grund (Ruth Merckle wirkte bei der Farbgebung mit) sowie durch einprägsame Werbung erreicht. Diese suggeriert den Kunden, dass sie den Apotheker zuerst nach einem Präparat von Ratiopharm fragen sollen. Das zieht: Die Marke wird ebenso zum Gattungsbegriff wie »Maggi« oder »Tempo« in ihren Segmenten. Ratiopharm belegt als langjähriger Branchenprimus bei Generika in Deutschland den ersten Platz bei verschreibungspflichtigen Medikamenten. Aus anfangs knapp 100 000 verkauften Packungen werden mehr als 300 Millionen im Jahr – die Masse macht's. Die erste Umsatzmilliarde in Euro wird 2003 übersprungen. Das Angebot von gut 850 rezeptpflichtigen und -freien Präparaten deckt viele therapeutische Gruppen ab bis hin zu pflanzlicher Arznei. Mit namhaften Anbietern wie B. Braun Melsungen gehen die Ulmer Partnerschaften (bei Insulin) ein. Und für mehr als tausend neue Präparate läuft das Zulassungsverfahren. Ratiopharm und die über Produktion und Entwicklung eng verbundene Merckle Pharma beschäftigen in Deutschland rund 3 110 Menschen (2005). Das Hauptwerk Ulm wird ständig erweitert, ebenso die zwei Betriebe in Blaubeuren. Schmuck glänzt die Pharma-Tochter nicht nur durch ihre Dynamik, sondern sie entpuppt sich auch als Gans, die goldene Eier legt. Ratiopharm wirft so viel ab, dass Adolf Merckle aus den Gewinnen nebenbei mit ruhiger Hand sein Imperium über Jahre ausbauen kann.

Die Revolution frisst ihre Kinder

Inzwischen lassen Wachstum und Erträge bei Generika kräftig nach; der heimische Markt zeigt Spuren von Sättigung, die Zunft stellt sich im Inland auf Stagnation ein. Ein Grund für die Skepsis ist die sprunghafte Gesundheitspolitik. »Nach der Reform ist vor der Reform«, bringt es Ex-Ratiopharm-Geschäftsführer Claudio Albrecht auf den Punkt. So sparen Patienten und Käufer von Arznei nicht nur beim Kauf, sondern sie verzichten – wo es geht – auf Medikamente. Das trifft auch die Nachahmer, die nun nicht mehr automatisch die Gewinner der Gesundheitsreform sind. Die Revolution frisst ihre Kinder – und Generiker liefern sich gegenseitig harte Rabattschlachten, was die ohnehin mageren Margen weiter reduziert. Bitter klagt Albrecht bereits 2004 anlässlich der 30-Jahr-Feier von Ratiopharm in der Presse über den starken Kostendruck und »signifikante Profiteinbußen [...] Und sie können davon ausgehen, dass der Mittelstand erst recht leidet«. Der im November 2005 überraschend gefeuerte Manager meint vorwiegend die etwa 60, meist kleinen Konkurrenten in Deutschland. Düster sagt der Pharmamanager voraus: »Nur große Anbieter, die fähig sind, in die Zukunftsmärkte zu investieren und große Mengen selbst zu produzieren, werden auch künftig eine umfassende Versorgung mit Generika sicherstellen können.« Nach Albrechts Szenario wird bis 2007 »die Mehrheit der deutschen Generika-Firmen den Eigentümer wechseln«. In Europa könnten nur noch drei bis vier multinationale Konzerne plus fünf bis sechs Nischenanbieter »wirklich eine Rolle spielen«. Seine Prophezeiung scheint sich zu bewahrheiten, der Ausleseprozess läuft auf Hochtouren. Im Frühjahr 2005 stürmt der Schweizer Pharmariese Novartis (Marke »Sandoz«) an Ratiopharm vorbei. Die expansionshungrigen Eidgenossen schlucken die ewige Nummer zwei hinter den Ulmern, die Familienfirma Hexal samt deren US-Beteiligung, und sind nun Weltmarktführer. Zuvor rangierten Ratiopharms Generika lange in Deutschland und Europa an erster Stelle. Weltweit liegen die Ulmer nun hinter Novartis/Hexal und Teva (Israel) auf Platz drei, etwa gleichauf mit der Watson-Gruppe (USA). Solche Brocken jedoch, wie sie den Multis schmecken, stehen bei Merckles nicht auf dem Speiseplan. Die Familie bevorzugt eine organische Kost, gegebenenfalls denkt Ratiopharm an den Erwerb ausgewählter Spezialisten.

Unter den wenigen Überlebenden, daran lassen Merckles keinen Zweifel, wird Ratiopharm auf den vordersten Plätzen in Europa und der Welt sein. Den Optimismus beziehen die Pioniere der Pillenimitation aus der Tatsache, dass sie längst weltweit agieren. Die Ratiopharm

International tritt mittlerweile in mehr als zwei Dutzend Ländern auf und beschäftigt dort bald 2 500 Menschen, vorwiegend im Vertrieb. Dank dieser Öffnung wachsen die Ulmer wacker weiter, trotz Stillstands im Inland. In den Niederlanden wurde ein Betrieb gekauft, der bis 2004 unter dem Namen Magnapharma produzierte, zuvor Merckles Großhandelsfirma Phoenix gehörte und drittgrößter Generiker der Niederlande ist. In Kanada erwarben sie im Jahr 2000 in Montreal die Produktionsfirma Technilab Pharma, zugleich Nummer drei im Land. Beim großen Nachbarn USA – weltweit größter Markt für Nachahmerpräparate – unterhalten die Schwaben mit »Martec« vorerst eine kleine Basis samt Werk. Hier streben sie aus eigener Kraft eine starke Stellung an, um ihre Expansionschancen im Ausland zu verbessern. Dabei spielt Europa neben Nordamerika die Hauptrolle. Hier laufen zahlreiche wichtige Patente auf Arzneimittel ab, deren Verkaufsvolumen Ratiopharm-Chef Albrecht auf 1,4 Milliarden Euro schätzt. Besonders im Visier: Italien, Frankreich und Polen. Globalisierung ist aber für die Familie Merckle nicht identisch mit einer Verlagerung der Produktion. Bis 2005 wurden fast 80 Prozent aller Medikamente im Inland (Blaubeuren/Ulm) hergestellt. Und Philipp Merckle hält es weiter für möglich, die europäischen Märkte überwiegend von Deutschland aus zu beliefern. Andererseits werden die meisten Arbeitsplätze bei Ratiopharm im Vertrieb und in den Auslandsorganisationen geschaffen. Zum Reizthema »Indien« – einige deutsche Firmen verlegen Teile ihrer arbeitsintensiven Forschung und Entwicklung und lassen offen, ob auch die Produktion folgt – gibt Firmenchef Philipp Merckle Entwarnung. Entsprechende Befürchtungen in der Belegschaft seien unbegründet. Tatsächlich baut Merckle auf dem Subkontinent eine Entwicklungseinheit für klassische chemische Wirkstoffe auf, um dort Patente für neue Produkte anzumelden. Der Grund dafür ist Zeitgewinn: In Indien ist es im Gegensatz zu Deutschland erlaubt, freizügig mit Originalpräparaten zu laborieren und bereits ein Nachahmerpräparat zu entwickeln, während der Patentschutz noch gilt. Dieser Vorsprung wird genutzt, um in Europa schnell im Markt zu sein. Philipp Merckle: »Jeder versucht, die gewünschte Menge am Tag eins sofort den Apotheken ausreichend zur Verfügung zu stellen.« Wer zu spät kommt, den bestraft der Markt. Grundsätzlich, so versichert der Juniorchef, stehe die Familie zu ihren deutschen Standorten. Dieses Bekenntnis sei auch abgeleitet von der christlichen Ethik und Moral, welche Merckles als Basis ihres unternehmerischen Handelns verstehen.

Familie und soziale Kultur

Die Eintracht der Familie besitzt bei Merckles einen sehr hohen Stellenwert, sie wird als integraler Bestandteil der Firmenkultur betrachtet. »Wir sind noch eine Familie«, bekräftigt Philipp Merckle. Es sei selbstverständlich, das Unternehmen über Generationen hinweg als Ganzes zu erhalten. Und obwohl eine Erbregelung existiert, hält Merckle die Sippe für überschaubar genug, die Arbeit außerhalb des Paragrafendschungels im Team zu bewältigen. Zur Familie zählen Ruth und Adolf Merckle als Vertreter der Elterngeneration, dazu in der vierten Generation vier Kinder – Ludwig, Philipp, Jutta und Tobias – sowie (Sommer 2005) sieben Enkel. Bisher ist die Hierarchie im Hause flach und klar geregelt. Grundsätzlich erhält jeder im Clan die Chance, entsprechend seinen Fähigkeiten und seinem Engagement eine Stellung in der Firma einzunehmen. Philipp Merckle: »Es wäre meinem Vater am liebsten, wenn alle Kinder im eigenen Unternehmen tätig wären.« Dieser Wunsch jedoch ist unerfüllt und dürfte es noch einige Zeit bleiben. Adolf Merckle ist unbestritten die Nummer eins der Sippe. »Mr. Ratiopharm« und zum Teil seine Frau Ruth prägen die Firmengruppe nach Maßstäben eines lupenreinen Familienbetriebs. Adolf Merckle war die treibende Kraft, die aus einem Kleinbetrieb den Milliardenkonzern schmiedete. Der 1934 in Dresden geborene Firmendynast pflegt seine Ziele äußerst hartnäckig zu verfolgen. Sein Führungsstil läuft direkt über den kleinen Dienstweg, notfalls arbeitet er mit persönlichem Einsatz. So taucht der Patriarch gelegentlich zu Blitzbesuchen bei den Seinen auf, um sich vor Ort ein Bild zu machen; hie und da besucht er auch Kunden selbst. Sein Wissen über das weite Firmengeflecht besorgt sich der juristisch geschulte Steuermann von Gewährsleuten, die er auf Schlüsselpositionen verteilt. Dieses Informationsnetz gewährleistet ihm eine lückenlose Kontrolle. Andererseits genießen Merckles Manager im Tagesgeschäft weit reichende Freiheiten, solange sie ihm loyal ergeben sind. Wen der gelernte Anwalt ins Herz schließt, wie die beiden promovierten Anwaltskollegen Bernd Scheifele und Susanne Frieß, den zieht er ins Vertrauen, fördert nach Kräften. Wer in seiner Gunst fällt (wie unzählige seiner Manager, wie zum Beispiel Ende 2005 auch Ratiopharm-Lenker Claudio Albrecht samt Finanzchef Peter Prock) oder ihn reizt, gegen den zieht er unerbittlich zu Felde. Obwohl auch im schwäbischen Blaubeuren aufgewachsen, fühlt sich Adolf Merckle eher als Sudetendeutscher, wo sein Vater und der Betrieb herstammen. Böhmische Spezialitäten stehen für den Mann der ruhigen Hand mindestens so hoch im Kurs wie (schwäbische) Genügsamkeit. Beide Kulturen haben ihn geprägt. Bewohner Blaubeurens, denen er ab und zu auf dem Fahrrad oder beim Waldspaziergang begegnet, halten ihn für einen Einzelkämpfer. Sie erzählen sich die Geschichte, dass Vater Merckle einem seiner Söhne aus Ärger über dessen »schlechte Leistung« den Kauf einer Bahnkarte von München nach Ulm verweigerte, der Filius musste nach Hause trampen. Und Bahnreisende pflegt der sparsame Sudeten-Schwabe darauf hinzuweisen, dass der Zug in der ersten Klasse nicht schneller als in der zweiten fährt. Selbst geht der Ehrensenator der Universität Tübingen und Ehrendoktor der Medizin der Universität Ulm am liebsten zu Fuß. Gelegentlich bewegt er sich auf zwei Rädern oder auf Skiern fort. Als Adolf Merckle den Umzug der Firmenzentrale nach Ulm plante, da fuhr er die Strecke mit dem Fahrrad ab, um zu prüfen, ob die 19 Kilometer auch den Mitarbeitern zuzumuten wären. Sein Test fiel positiv aus.

Bei Merckles fährt wohl niemand erster Klasse, speist in einem VIP-Casino oder beansprucht Milliardärs-Privilegien – auch und gerade Seniorchefin Ruth Merckle nicht. Die Ehefrau von Mr. Ratiopharm ist die kunstsinnige, fromme Seele des Betriebs. Nach den harten Aufbaujahren kümmert sich die Endsechzigerin nun vorwiegend ums kulturelle Niveau sowie um die Firmen- und Familientradition. Für Letzteres hat sie eine Projektgruppe ins Leben gerufen. Der gebürtigen Ulmerin ist es ein Anliegen, den Mitarbeitern bildende Kunst nahe zu bringen. Sie veranlasst, dass in den Gebäuden überall Bilder und Gemälde aufgehängt, Skulpturen und Plastiken aufgestellt werden, was der Firmenzentrale die Anmutung einer Kunsthalle verleiht. Sogar in der Fabrik hängen Originale, geschützt hinter sicherem Glas. Die mehreren Tausend Ausstellungsstücke sind im Computer gespeichert, sodass jeder Mitarbeiter sich die Kunst im Werk auf seinen PC holen und aus dem reichhaltigen Angebot sein Lieblingsobjekt aussuchen kann, um es an seinem Arbeitsplatz aufzuhängen. Mancher wechselt häufig das Bild, andere lassen es einfach hängen. Insgesamt meint Philipp Merckle, »kommt das Kunstangebot gut an«. Neben der Kunst als Mission ist Ruth Merckle, die ausgleichende Kraft, auch im evangelischen Glauben engagiert. Viele Freunde der Familie kommen aus kirchlichen Kreisen. Sie war lange Synodalin der Evangelischen Kirche Württembergs und prägte die Firmenkultur aus ihrem Glauben heraus. Deshalb existiert in der Firma gleichrangig neben Personalabteilung und Betriebsrat eine dritte Instanz – die Seelsorge. Als theologischen Beistand für die Mitarbeiter finanziert Ruth Merckle eigens eine Pastorin. Zur Weihnachtsfeier in der Firma werden Losungen der Herrnhuter Brüdergemeine (aus dem Pietismus hervorgegangene Gemeinschaft, auf die Böhmischen Brüder zurückgehend) verteilt. Ruth Merckle geht auf Menschen zu. Sie selbst bezeichnet sich als sehr begeisterungsfähig, »egal was ich tue, was ich arbeite, was ich anpacke, gleich, ob in der Firma, in der Familie oder beim Bergsteigen«.[6] Neben Christentum, Kunst und Kultur steht sie seit jeher für die Vereinbarkeit von Beruf und Familie. Motto: »Mensch bleiben in Familie und Beruf.« So bietet Merckle längst mehr als hundert Arbeitszeitmodelle an. Diese werden überwiegend von Frauen genutzt, die fast zwei Drittel der Belegschaft stellen. Auch Erziehungsurlaub wird sechs Jahre gewährt und damit doppelt so lange wie vom Gesetz vorgeschrieben. Praktische Einrichtungen wie etwa Betriebskindergarten und Wäscherei kommen dazu. Diese Errungenschaften samt einem Frauenreferat gehen auf den Einsatz von Ruth Merckle zurück. Denn schon als junge Frau engagierte sich die gelernte Krankengymnastin für ein günstiges Verhältnis zwischen Beruf und Familie. Mitte 2002 zog sich die Seniorin als Geschäftsführerin »für Unternehmenskultur und soziale Belange«, wie ihre Kinder es nannten, zurück. Die Rolle der »Einmischerin«, die sie im positiven Sinne des Wortes einnimmt, wird sie wohl behalten.

Die soziale Kultur bei Merckle beurteilen auch Arbeitnehmer vorwiegend positiv. »Es gibt ein vernünftiges Miteinander zwischen Geschäftsleitung und Betriebsrat in beiderseitigem Einvernehmen«, so ein

Gewerkschafter. Die Familie betrachte – wohlmeinend – die Mitarbeiter als »ihre Kinder«, was eine gewisse Geborgenheit ausdrücke. Viele Beschäftigte – der Organisationsgrad ist niedrig, und es gibt keine gemeinsamen Gremien der Betriebsräte aus den verschiedenen Firmen – hätten den Familienbegriff verinnerlicht im Sinne von: »Wir sind eine Familie …« Entlassungen seien für beide Seiten schmerzhaft. Als Folge davon wird eine vorsichtige Personalpolitik mit Leiharbeitskräften und befristeten Verträgen verfolgt. »Das Unternehmen muss auch wirtschaftlich gesund sein«, verteidigt Pharmachef Philipp Merckle diese Praxis und hebt hervor: »Ich will ein gesundes Klima schaffen, in dem sich die Mitarbeiter wohl fühlen.« Das war wohl früher unter der Alleinherrschaft des Vaters nicht immer so, besonders was Transparenz und Offenheit anging. Hier versuchen die Junioren nun sachte zu korrigieren. »Führen hat eine spirituelle Dimension«, betont Philipp Merckle. Dieser Geist von einem bodenständig christlichen Familienverbund prägt die fünfzehnköpfige Familie. Der älteste Sohn, Ludwig Merckle (Jahrgang 1965, verheiratet, zwei Kinder), lenkt mit seinem Bruder Philipp die Geschicke im täglichen Geschäft. Ludwig studierte Wirtschaftsinformatik in Mannheim und steht bisher eher fürs Kaufmännische und den Vertrieb. Als erstes Kind der vierten Generation übernahm er 1997 das Kommando vom Vater. Seitdem wurden ihm auch eine Reihe einflussreicher Aufsichtsratsposten übertragen wie die Mandate bei HeidelbergCement oder Kässbohrer. Im Zuge des Konzernumbaus im Jahr 2005 wird sich Ludwig, der Älteste, nun intensiv um die wichtigen Vermögensbeteiligungen der Sippe, allen voran HeidelbergCement im Rahmen der VEM-Beteiligungen (Holding) kümmern müssen. Sein jüngerer Bruder Philipp Daniel (1966 geboren, verheiratet, fünf Kinder) ist dabei, im Stammhaus aufzusteigen. Der gelernte und in Tübingen studierte und promovierte Apotheker fungiert jetzt weltweit als Alleinverantwortlicher der Pharmafirma. Zu seinen Aufgaben in der Gruppe Merckle/Ratiopharm zählen wie bisher die Medikamentenentwicklung, dazu Produktion, Dienstleistungen und Vertrieb. Weil Philipp Merckle an der Berufsakademie Ravensburg auch ein Diplom als Betriebswirt im Fachbereich Industrie erwarb, war er zeitweise fürs Personal verantwortlich, eine Tätigkeit, die ihn sehr reizte. Sein Ideal für Personal und Firma lautet: »Ich will das Unternehmen voranbringen und ein Umfeld schaffen, in dem die Seele aufblicken kann.« Im Gegensatz zu den älteren Brüdern Ludwig und Philipp üben Jutta (geboren 1968) sowie Tobias (Jahrgang 1970) keine aktiven Funktionen aus. Die Schwester studierte in Passau Betriebswirtschaft und Sprachen (darunter auch Chinesisch). Sie arbeitet nun im Management eines Berliner Betriebs der Metallbranche. Jutta Merckle, die als Gesellschafterin mehrerer Firmen in der Gruppe fungiert, könnte jederzeit eine Stellung direkt im elterlichen Konzern übernehmen, denn »jede Verstärkung aus der Familie ist willkommen« (Philipp Merckle). Beim Jüngsten, Tobias, dürfte die Erfüllung dieses Wunsches auf sich warten lassen. Der Sozialpädagoge sieht seinen Fokus in alternativen Projekten mit christlichem Hintergrund. So beteiligte er sich in den USA einige Jahre an einem Gefängnisprogramm. Jetzt lenkt er federführend ein Pilotprojekt (»Prisma«) des Landes Baden-Württemberg zur Resozialisierung jugendlicher Strafgefangener. Zu seiner Arbeit publiziert er auch Bücher. Vielleicht rückt Tobias Merckle eines Tages in diverse Aufsichtsräte im elterlichen Imperium ein.

Was die schwäbische Sippe zusätzlich eint, ist ihre Sportlichkeit. Touren im Hochgebirge und Skisport haben es ihr angetan. Schon Oma Erna Holland (Ruth Merckles Mutter) war eine der ersten Bergsteigerinnen und aktives Mitglied im Alpenverein Sektion Ulm. In dieser Tradition wandern und steigen Merckles auf die höchsten Gipfel, oft von Mitgliedern des Alpenvereins begleitet. Früher, in den Ferien, eroberte die sechsköpfige Familie auf Skiern den Mont Blanc vom Osten her. Und zu zweit schaffte es das Ehepaar Ruth und Adolf Merckle gar, den 5642 Meter hohen Elbrus (Iran) zu erklimmen. Selbst die Spitzen des Himalajas tragen Spuren vom Durchhaltewillen während ihrer mehrwöchigen Treckingtouren. Ihre Selbsterfahrungstrips gehen so weit, dass ein 5250-Meter-Massiv im Zwergstaat Bhutan seit der Eroberung durch die Blaubeurer den Namen Ruth Merckles trägt. Die bis 1983 unbezwungene Bergspitze heißt nun in Bergsteigerkarten »Meru Kang« (Meru steht für Merckle, Kang für Gipfel) – ein spitzenmäßiges Geburtstagsgeschenk des Gemahls. Zehn 6000er und mehr als zwei Dutzend 5000er sollen Adolf und Ruth Merckle weltweit gestürmt haben.[7] Doch auch die Junioren schaffen sportliche Hochleistungen. So wurde Philipp Merckle, dessen Hobbys Skifahren, »seine Berge« und Triathlon

(Schwimmen, Radfahren, Laufen) sind, 2004 in Sankt Anton als weltbester Fahrer der Ärzte und Apotheker im Riesenslalom der Altersklasse 2 ausgezeichnet. Als Führer für Skihochtouren nimmt er zudem regelmäßig Freunde und Interessierte im Auftrag des Deutschen Alpenvereins auf entlegene Höhen mit. So erstürmt die ehrgeizige Bergsteigerfamilie manchen Gipfel – nicht nur im unternehmerischen Sinne.

Merckle-Gruppe – weit mehr als Ratiopharm

Bei Arzneimitteln findet sich die Unternehmerfamilie nicht nur auf Produzentenseite, sondern auch in Großhandel und Apotheken. Die Wurzeln liegen in der Chemikalienhandlung der Gründerzeit im böhmischen Aussig. Dieses Geschäft tauschte der Gründersohn Ludwig Merckle später gegen eine respektable Beteiligung am Stumpf-Pharmagroßhandel ein, der damals im Osten arbeitete und später nach Nürnberg übersiedelte. Nach dem Zweiten Weltkrieg bildete der etablierte Grossist Otto Stumpf für den Enkel Adolf Merckle das ideale Sprungbrett für diese Sparte. Systematisch erwarb Mr. Ratiopharm weitere Stumpf-Anteile und beteiligte sich in den achtziger Jahren massiv an regionalen Grossisten. So kaufte sich Merckle etwa bei der F. Reichelt AG und bei der Hageda AG ein. Der Durchbruch gelang dem »Rechtsanwalt«, wie ihn die Branche tituliert, mit der Übernahme des damals Branchendritten, der Ferd. Schulze GmbH & Co. in Mannheim. Danach erreichte er 1994 im zähen Ringen gegen Aktionäre sowie gegen starke Bedenken der Kartellwächter sein Ziel, einen schlagkräftigen, bundesweit tätigen Pharmagroßhändler zu schaffen. Im selben Jahr konnte er die vielen Einzelfirmen unter dem Dach der Phoenix Pharmahandel AG & Co. KG vereinen. Abgesehen von wenigen Aktionären unterhalb dieser Holding kontrollieren Merckles im Wesentlichen die Obergesellschaft. Phoenix mit der Zentrale in Mannheim steht unter den Arzneigrossisten seit der Gründung in Deutschland auf Platz eins (knapp 30 Prozent Marktanteil), in Europa an zweiter und weltweit an fünfter Stelle. Schärfster Gegenspieler von Phoenix ist Haniels Grossistenkonzern Celesio/GEHE. Die wichtigsten Schlachten im Kampf um die Marktführerschaft finden im Ausland statt. Auch hier verfahren

Merckles und Celesio stets nach dem gleichen Muster wie in Deutschland: Sie kaufen, was der flotten Expansion dient. So unterhält Phoenix mehr als 125 Niederlassungen in 20 Ländern Europas, davon 19 Vertriebszentren in Deutschland. Führende Positionen besitzt der Handelsriese auch in Italien, der Schweiz, in Ungarn sowie Skandinavien. In Tschechien, der Urheimat, ist Phoenix Marktführer. Mit rund 17 000 (Vollzeit-)Mitarbeitern und gut 16 Milliarden Euro Konzernumsatz steht Phoenix in Merckles verzweigtem Firmengeflecht auf einer Stufe mit der Pharmaproduktion.

Ein Blick auf die Filialstruktur verdeutlicht, welches Gewicht der Apothekenlieferant hat: Allein die Zentrale in Mannheim beschäftigt gut 700 Leute. Eine Niederlassung führt bis zu 100 000 Artikel und gibt zwischen knapp 200 und 300 Menschen Arbeit, darunter viele Teilzeitkräfte. Neben dem klassischen Handel mit 40 000 Kunden bietet Phoenix Serviceleistungen für Apotheker und Labore einschließlich Finanzierungshilfen. Dazu liefert Phoenix exklusiv Arzneimittel für Pharmahersteller im internationalen Rahmen aus. Dieser Zweig wächst stark. Die laufende Zustellung der Medikamente wird von einer Tochterfirma erledigt, der Transmed Transport GmbH, Regensburg, die Phoenix zu 90 Prozent gehört. Dieser Fahrdienst führt kaum hundert Mitarbeiter auf der Gehaltsliste, weil vorwiegend Subunternehmer zu Billigtarifen für ihn arbeiten. Diese flotten »Ich-AG-Fahrer« kutschieren mit ihren Minitransportern zuweilen auch für andere Auftraggeber. Im Übrigen ist der Bestellvorgang stark automatisiert; nur bei der Kommissionierung erfolgt noch ein Teil in Handarbeit und bindet durch die häufige Belieferung der Apotheker Personal. Eine Apotheke in der Stadt wird drei- bis viermal am Tag beliefert, aber das darf möglichst nichts kosten. Entsprechend niedrig sind für Grossisten wie Phoenix die Gewinnmargen, die zwischen ein und zwei Prozent vom Umsatz liegen. »Bei uns machen es Größe und Masse«, meint ein Mitarbeiter. Immerhin nimmt Phoenix für sich in Anspruch, durchweg ein Plus erzielt zu haben, niemals Verluste. Die Gewinne werden wie bei Haniel/Celesio überwiegend reinvestiert, um weitere Firmenkäufe (im Ausland) zu finanzieren. Das Lohnniveau und die Sozialleistungen sind gemessen am relativ niedrigen Großhandelstarif »recht gut«, sagen Arbeitnehmervertreter. Ein mehrjährig Angestellter bringt es monatlich auf 2 250 bis 2 400 Euro.

Allerdings verdient das bestenfalls die Hälfte, die anderen Mitarbeiter sind geringfügig Beschäftigte, also Teilzeitkräfte, Schüler, Studenten, Hausfrauen, Rentner. Sie arbeiten im Lager und kommissionieren die Ware für wenig Geld, auch samstags. Leiharbeiter jedoch gibt es bei Phoenix nicht. Der Betriebsrat hat erreicht, dass der Belegschaft eine Prämie von einem Prozent des jährlichen Überschusses (2003 waren das zum Beispiel für alle 800 000 Euro) als Gewinnbeteiligung gutgeschrieben und für jeden Beschäftigten in einer Pensionskasse angelegt wird. Das Vertrauen der Mitarbeiter zum Großaktionär scheint hoch, weil Merckles bis jetzt selten etwas in den Sand gesetzt haben. Ein Betriebsrat findet Familienunternehmen »eher von Vorteil, weil die Strukturen übersichtlicher sind« und er einen relativ kurzen Draht nach oben habe: »Die Entscheidungsträger sitzen mit am Tisch.« Adolf Merckle allerdings hat er persönlich nur dreimal gesehen.

Wie beim Verfolger Celesio/GEHE (Haniel) beherrscht auch bei Phoenix der »Einstieg bei Apotheken« die Tagesordnung. Denn alle Grossisten registrieren frustriert, wie ihr Anteil am Kuchen Gesundheitswesen seit 1978 stetig kleiner wird. Im Klartext: andere verdienen mehr. Da liegt es nahe, dass die Großhändler ihre Macht auf ihre Kunden ausdehnen, die Apotheker. Im Ausland ist Phoenix, Celesio & Co. das gelungen, dort ist das große Apotheken-Fressen im Gange. In Norwegen etwa wurden innerhalb eines Jahres 70 Prozent der freien Apotheken von Handelskonzernen geschluckt. Und Europas Marktführer Celesio (Haniel) expandiert gewaltig mit Apotheken-Ketten in England und Skandinavien. Das lässt Merckle nicht ruhen. Auch Phoenix besitzt im Ausland eigene Apotheken. So stecken die einflussreichen Mannheimer zum Beispiel hinter diversen Apotheken oder ganzen Netzen in Norwegen, im Baltikum, in Großbritannien und Polen, in den Niederlanden oder der Schweiz. Doch im Gegensatz zu Haniels Celesio, die ihren Einstieg bei Apotheken als strategischen Schachzug nutzen, sind Merckles gespalten. Einerseits wollen sie ihre Chancen bei Phoenix wahren, andererseits befürchten sie als Hersteller (Ratiopharm), dass die Angebotsvielfalt bei Medikamenten eingeschränkt und die Versorgung gerade bei den austauschbaren Generika gelenkt werden könnte. Denn wer entscheidet in Zukunft, welches Mittel wo und in welcher Menge vorrätig sein soll: Großhändler, Apotheker oder

Hersteller? In Großbritannien etwa dürfen die Ärzte nur noch die Wirkstoffe mit den zungenbrecherischen Namen, nicht aber die einprägsamen Marken der Präparate verschreiben. Das könnte Ratiopharm schaden. Wer kennt schon die einzelnen Präparate? Außerdem unterhält Merckles schärfster Widerpart, GEHE (Haniel), bewusst keine eigene Produktionsbasis mehr. Schon gibt es Länder, wo Hexal enger an Celesio gebunden ist als etwa an Phoenix. An die Patienten wird bei diesem Milliardenspiel namens »Liberalisierung der Gesundheitsmärkte« kaum gedacht. Zwar verbieten deutsche Gesetze noch die schrankenlose Bildung von Filialketten bei Apotheken; hier darf ein Apotheker nur drei weitere Läden in seiner Region besitzen, die er auch selbst leiten muss. Aber die Lobby in Berlin und Brüssel arbeitet daran, dass die Hürden rasch fallen. Ihr Argument: Apotheker in Ketten setzen sich im Einkauf gegen die Dominanz der Hersteller besser durch als Einzelkämpfer.

Längst findet der Tanz ums Goldene Kalb auch hierzulande verborgen in Verbundnetzen und Einkaufskartellen statt. So treten rund 1 000 Apotheker bundesweit vereint unter der Dachmarke »Linda« im Einheitslook ihrer Läden und mit uniformiertem Personal auf und teilen sich die Kosten der Werbung. Sie sind im Marketing Verein Deutscher Apotheker e. V. (MVDA) organisiert. Diesem formal unabhängigen Club bescheinigt die Branche eine Nähe zu Merckles Phoenix, zumindest sind sie deren Hauptkunden. Eine ähnlich starke Gruppe wie der MVDA konkurriert gemeinsam gegen das »Linda-Konzept« unter dem Werbeslogan »Gesund ist bunt«. Und eine Reihe anderer Apotheker sucht auf ähnliche Weise den Schulterschluss. Selbst Drogerieketten wie Müller (dm) oder Rossmann entfalten fröhlich Ambitionen in der Apothekerzunft. Alle scharren sie mit den Füßen, doch entschieden ist im heimlichen Monopoly um den vermeintlichen Goldbatzen nichts. Vorerst zerbricht sich die Familie Merckle den Kopf darüber, ob Apotheken-Ketten auch in Deutschland sinnvoll sein könnten, zumal die Ausdehnung auf den Einzelhandel gewaltige Summen verschlingt. Philipp Merckle, als Apotheker der Experte der Familie, betrachtet das Engagement skeptisch: »Uns wäre es am liebsten, es bleibt so. Bei einer Reform könnte es zu einer Behinderung unserer Medikamente durch Konkurrenten in Apotheken kommen, was sicher nicht im Sinne der Kunden und der Gesundheitsreform sein kann.«

Riesiger Coup beim Zementimperium

Die gründliche Reorganisation der Arzneimittelsparte mit Ratiopharm und Phoenix sind nur zwei Felder, auf denen Merckles ihre Schlachten schlagen. Eine weitere, völlig andere Branche der Schwaben ist die Baustoffindustrie. Dieses Terrain beackert Seniorchef Adolf Merckle persönlich – so still, wie es seine Art ist. Er streckt seine Hand nach dem Koloss namens HeidelbergCement AG aus; Wert: rund 6,5 Milliarden Euro (Mitte 2005). Das begehrte Imperium ist Deutschlands größter und Europas zweitgrößter Baustoffkonzern; weltweit zählt es zu den ersten Fünf der Zunft. Als Mitspieler bei diesem Machtpoker schickt der Anwalt in eigener Sache seine Mannen aus der Mannheimer Chefetage von Phoenix ins Feld, darunter seinen absoluten Vertrauten und Ziehsohn Dr. Bernd Scheifele. Mit dem Anwaltskollegen bespricht der Vordenker gern ausgiebig seine Vorhaben, oft sonntags am Telefon. Merckle schätzt Scheifeles Fachkompetenz und seine Arbeit im Pharmagroßhandel so sehr, dass er den Manager im Januar 2005 kurzerhand zum Chef von HeidelbergCement krönen lässt. Der 48-Jährige wird Nachfolger des geschassten Vorstandsvorsitzenden Hans Bauer. Dieser soll laut Presse wegen erheblicher Differenzen mit Merckle über den künftigen Kurs im Ausland zurückgetreten sein. Zum Verhängnis wurden Bauer die hohen Schulden des Konzerns durch viele Firmenkäufe, sinkende Umsätze sowie drastisch fallende Gewinne. Sein plötzlicher Rückzug gilt als Sieg für seinen Hauptwidersacher Adolf Merckle und zeigt dessen unverkennbare Handschrift, womit er sich wie so oft allseits Feinde macht. Sofort packt Scheifele, der brave Phoenix-Mann von Mr. Ratiopharm, im Februar 2005 sein Amt als Boss bei HeidelbergCement an. Diese Besetzung mit einem Branchenfremden verblüfft die Zement-Szene und gilt als klares Signal für die Übernahmegelüste des Merckle-Clans. Zusätzlich hat sich Adolf Merckle, der Fuchs, auf der Hauptversammlung von HeidelbergCement im Mai 2004 in den Aufsichtsrat wählen lassen, nachdem er dem Gremium bereits von 1991 bis 1999 angehörte. Damals räumte er den Posten für seinen ältesten Sohn Ludwig. Jetzt kontrollieren Vater und Sohn Merckle vereint den Baustoffgoliath. Und wie von Geisterhand regiert in den Folgemonaten der starke Arm der Pharmadynastie. Es wird deutlich, dass die Blaubeurer weit mehr als nur stille (Klein-)Aktionäre sein wollen. Denn vor Scheifeles Inthronisierung als Chefmanager in Heidelberg gelingt es, die zweitwichtigste Position im Vorstand, den Finanzchef, ebenfalls mit einem Manager von Merckles Gnaden zu besetzen. Der Posten wird frei, weil der damals 61-jährige Finanzvorstand, Horst R. Wolf, Ende 2004 die Brocken hinwirft und »vorzeitig in den geplanten Ruhestand« (Firmenmeldung) geht. So kann Dr. Lorenz Näger (44), bis dahin in Mannheim bei Phoenix fürs Ressort Rechnungswesen/Controlling verantwortlich, stehenden Fußes in ähnlicher Funktion in die Zement-Zentrale nach Heidelberg wechseln.

Mit dem Doppelpass bei Zement und Klinker besetzen die zwei Spitzenleute aus dem Reich des Pharmakönigs – Bernd Scheifele als Chef und Lorenz Näger als Kassenwart – wichtige Schlüsselpositionen. Mit dieser Machtfülle ausgestattet, machen die Merckle-Mannen im Zementimperium umgehend Tabula rasa und bewerten die Firma neu. Prompt taucht in der Bilanz 2004 ein Minus von 400 Millionen Euro auf. Das Loch wird durch eine kräftige Kapitalerhöhung gestopft, welche etwa 270 Millionen Euro einbringt.[8] Nach dieser Geldspritze gehen Börsenbeobachter davon aus, dass die Karten im Aktionärskreis bald zugunsten Merckles neu gemischt sein werden. Denn bereits seit 2003 wird gemunkelt, dass die Pharmafamilie vermutlich über rund 30 Prozent des Baustoffkonzerns verfügt. Institutionelle Investoren wie die Allianz oder die Deutsche Bank zogen sich von HeidelbergCement zurück. Als Käufer kommen spontan Merckles ins Gespräch, deren Oberhaupt dazu aber schweigt. Der Clanchef lässt lediglich über die Presse verlauten: »Ja, ich habe einen Teil des Allianz-Pakets gekauft.« Seitdem hielten es Analysten für wahrscheinlich, dass Merckles mit verkaufsbereiten Aktionären wie der Allianz optional vereinbart hatten, dass deren Anteile später zu einem bestimmten Termin (Sommer 2005?) und Preis in ihren Besitz übergehen sollen. Solche Kauf- und Verkaufsoptionen für diverse Aktienpakete bieten zwei Vorteile: Sie sind offiziell nicht meldepflichtig und die Kaufsumme taucht erst später in der Bilanz auf.

Daher kommt der steile Aufstieg gleichsam wie Phoenix aus der Asche für Insider kaum überraschend. Ebenso wenig die Nachricht vom August 2005, dass die Merckle-Gruppe den ausstehenden Aktionären nun ein milliardenschweres Übernahmeangebot für ihre Aktien unterbreitet. Als Erwerber der Papiere lässt Adolf Merckle eine »Vermögensverwaltung-Gesellschaft Spohn Cement« auftreten. Diese Finanzdrehscheibe residiert in Deutschlands einzigem Steuerparadies, im nordfriesischen Norderfriedrichskoog (Schleswig-Holstein). Hier ist eine Reihe anderer Merckle-Anteilspakete gelagert. Die Spohn Cement gehört wiederum ganz der Kötitzer Ledertuch- und Wachstuchwerke AG, wo Merckle drei Viertel der Stimmrechte hält und die Tochter Jutta Merckle dem Aufsichtsrat vorsitzt. Gedeichselt wird der Deal jedoch vom Spohn-Cement-Geschäftsführer Werner Harder, der den Kauf auch über Kredite und Dividendenzahlungen finanzieren will. Schon im Herbst 2005 halten Merckles fast 80 Prozent der Aktien von HeidelbergCement. Damit haben sie wieder mal auf leisen Sohlen ihr Ziel erreicht – die Kontrolle über einen Konzern. Als Richtung geben die Schwaben den Heidelbergern vor, möglichst rasch zu den Weltmarktführern Lafarge, Holcim und Cemex aufzuschließen und die Rendite wesentlich zu verbessern. Über die wahren Motive für den Coup beim Zement reiben sich trotzdem viele Beobachter verwundert die Augen. Sie fragen, warum sich der Ratiopharm-Gründer ausgerechnet in einer so schwierigen, weitgehend gesättigten Branche derart ins Zeug legt? In Westeuropa gelten Baustoffe nicht gerade als Wachstumsbranche. Dazu antwortet Merckle-Sohn Philipp, dass in seiner Familie Diversifikation nicht am grünen Tisch geplant werde, sondern aus der Geschichte heraus gewachsen sei. Und was schon im Schoß der Sippe liegt, ist unternehmerisches Herzblut. »Mein Vater hat alles wieder zurückgeholt. Was einmal in der Familie war, das will er auch behalten.« Folglich ist das Thema »Zement« ein Teil der Familienchronik. Merckle ist nämlich weit mehr als »nur« Pharma.

Spohnler aus alter Verbundenheit

Tatsächlich offenbart die Geschichte eine Entdeckung: Die Sippe ist durch familiäre Bande gleich zweifach mit Zement und Beton verwandt, und das schon seit der zweiten und dritten Generation. Denn Ludwig und Adolf Merckle haben jeweils Töchter aus einschlägigen Fabrikantenkreisen geheiratet. Sowohl Adolfs Mutter Luise (Ludwigs

Ehefrau) stammt aus einer Zement-Familie als auch Adolfs Gemahlin Ruth. Während Luise Merckle von der Unternehmersippe Spohn abstammt, ist Ruth Merckle eine geborene Holland aus der Familie Schwenk und damit direkt mit der Ulmer Zementdynastie Schwenk/ Schleicher verwandt. Somit begründet die zweifache Verbindung der Merckle-Männer mit Töchtern aus der Zunft der »Zementer« eine eigene Tradition in der Baustoffindustrie. Deren Wurzeln reichen bis um die Mitte des 19. Jahrhunderts zurück, als aufstrebende und profitable Zementwerke liquide Investoren aus allen Himmelsrichtungen anzogen. Das einst als »Baugold« gerühmte graue Mehl war für Anleger so verlockend wie heute die Neuen Medien oder die Biobranche. Als besonders gut geeignet für den Abbau von Kalkmergel und Ton erweist sich der Alb-Donau-Raum, speziell auch Blaubeuren. Das hier auf der Schwäbischen Alb in ausgezeichneter Formation zwischen vorsteinzeitlichen Höhlen vorhandene Gestein eignet sich bestens als Rohstoff.[9] Heraus kam ein flott abbindender Brei, den der Apotheker Dr. Gustav Leube (1808 – 1881) sodann als »Leubezement« über die eigene Firma »Gebrüder Leube Ulm«, Werk Blaubeuren, vermarktete. Die Goldgräberstimmung der jungen »Zementer« zieht auch Geldgeber aus fremden Regionen und Zünften an. Ein solcher Investor ist Julius Spohn (1841–1919), Miteigentümer der Florettseiden- und Leinenspinnerei Gebrüder Spohn in Ravensburg (Südwürttemberg). Der Textilindustrielle, zu dessen Freunden der Autopionier Gottlieb Daimler zählt, baut im aufstrebenden Ort Blaubeuren mit Bahnanschluss (seit 1868) eine Zementfabrik. Spohns Partner sind sein Bruder Georg und ein örtlicher Gastwirt, Albert Ruthardt. Letzterer organisiert und lenkt vor Ort, die Brüder finanzieren das 1875 fertig gestellte Werk. »Die ersten Chargen Romanzemente gingen nach Ravensburg zum Ausbau der Spohn'schen Spinnerei«, notieren Historiker.[10] Das Trio erntet anfangs nur Verdruss und Verluste, sodass Ruthardt bald aussteigt. Erst ab 1887 gelingt es der »Cementfabrik Blaubeuren Gebrüder Spohn« endlich, Portlandzement profitabel in guter Qualität zu brennen und zu mahlen. Der expandierende Betrieb sollte für Jahrzehnte der größte Arbeitgeber des Ortes werden.

Wachsende Überkapazitäten und die aufwändige Fabrikation verschlechtern jedoch die Marktsituation, die Investitionen in mächtige

Mahlwerke und Öfen werden für die »Spohnler von Blaubeuren« zur unerschwinglichen Last. Zudem verleiten endlose Preiskämpfe die Fabrikanten dazu, Zementkartelle zu bilden und eng zu kooperieren. Die Spohns wandeln ihr Unternehmen 1904 in eine Aktiengesellschaft um und nehmen als Aktionäre auch die Portland-Cement-Werke Heidelberg auf, aus der später die HeidelbergCement AG (deren Wurzeln gehen aufs Jahr 1873 zurück) hervorging. Halten die Heidelberger anfangs nur eine Aktie, so beherrschen sie seit 1918 bereits mehr als ein Drittel und 1938 sogar 42,8 Prozent von Spohn Cement. Im Dezember 1938 schließt die Familie Spohn dann den wichtigen »Interessengemeinschaftsvertrag«[11] mit den Heidelberger Portland-Zementwerken, wonach diesen »die volle Weisungsbefugnis über die geschäftliche Tätigkeit« zufällt. Die Familie erhält im Gegenzug für drei Spohn-Aktien einen Anteil bei Heidelberger sowie zwei Aufsichtsratsposten (Richard Spohn, Neckarsulm, und Dr. Georg Spohn, Blaubeuren). Die beiden nehmen auch Platz im einflussreichen Direktorium der Interessengemeinschaft, welches wie ein Syndikat über Produktionsmengen und Preise wacht, und sind seitdem über HeidelbergCement eng mit dem Baustoff verbunden. Nach dem Zweiten Weltkrieg behält der Clan noch lange unternehmerisch die Oberhand über das Werk. Doch am 22. Juni 1966 wird ihr Betrieb endgültig dem Heidelberger Konzern einverleibt. Ihre Interessen als »Zementer« vertritt die Gründerfamilie nun vorwiegend durch ihre Kapitalbeteiligung in den Kontrollorganen der HeidelbergerCement. Aber ihre einstige Fabrik, der graue Betonklotz mit dem wolkenkratzenden Kamin, bleibt der Bevölkerung Blaubeurens bis zur Schließung im November 1997 stets als »Spohn-Werk« im Bewusstsein. Viele erinnern sich an den »Zementdirektor« Dr. Claus Kühl (1910–1999), einen Studienkollegen von Dr. Eberhard Spohn (1906–1981), und an den Seniorchef Dr. Georg Spohn (1870–1948). Der betagte Vater von Eberhard und Luise Spohn (verheiratete Merckle) sowie Schwiegervater von Ludwig Merckle war den »Ostflüchtlingen« aus Böhmen nach 1945 beim schwierigen Neuaufbau ihres Betriebs behilflich. Der im März 1948 verstorbene Fabrikant war einer der »alten Führer der Blaubeurer Honoratioren«[12], der auch als Kommunalpolitiker Einfluss nahm. Seine Zementfabrik am Bahnhof dominierte die Stadt. Doch kaum jemand ahnt, dass zu »den Spohnlern« auch die Familie einer damals winzigen Firma aus dem Vorort Weiler in Verbindung steht, Merckles. Während die Pharmadynastie in ihrer neuen Heimat zu Macht und Ruhm gelangt, verliert der Zement an Gewicht, im Werk Blaubeuren geht der Ofen allmählich aus. Die Aktivitäten werden 1976 unter der Regie von HeidelbergCement auf das moderne »Werk Blautal« im nahen Schelklingen (160 Mitarbeiter) konzentriert. Heute erinnert an Spohns staubigen Koloss, der 1998/99 geschleift wurde, nur das weitläufige Grundstück mit einem Einkaufszentrum. Und obwohl auch das textile Erbe längst Geschichte ist, besteht zu Ravensburg und zur Industriellenfamilie Spohn weiter eine innere Bindung, die »über Generationen weitergeht«, glaubt Philipp Merckle.

Hier jedoch endet die Geschichte der »Zementer« längst nicht. Zu den Zement-Dynastien in Ulm und um Ulm herum, die nach Ansicht der Einheimischen »im Geld schwimmen«, gehört auch der besagte Schwenk/Schleicher-Clan. Die stille Sippe, deren Eigentum grob auf 1,3 Milliarden Euro taxiert wird[13], gebietet gleichfalls über bedeutende Baustoffaktivitäten aus der Zeit der Beton-Barone. Es handelt sich um die 1847 gegründete Firmengruppe E. Schwenk (Schwenk Zement) mit Sitz in Ulm, die anfangs in Blaubeuren fertigt und später im Rahmen der staatlichen Zwangskartelle ebenfalls eine Beteiligung an Heidelberger Zement erhält. Noch heute muss Philipp Merckle schmunzeln, wenn er sich vorstellt, wie sich seine Ur-Ur-Großväter, die Spohns und Schwenks, anfangs gegenseitig listig die lukrativsten Steinbrüche und Grundstücke im Blautal abjagten, um die Branche Beton zu erobern. Doch der Kampf ist Geschichte. Denn durch spätere Heirat ist die Familie Merckle auch mit dem Ulmer Baustoffclan auf friedliche Weise verflochten. Ruth Merckle, Ehefrau des Unternehmers, ist eine geborene Holland aus der Schwenk-Linie. Ihre Vorfahren hatten die Zementfabrik einst mitgegründet. Philipp Merckle: »Der Zusammenhalt der Familien ist noch sehr groß.« Senator Eberhard Schleicher, Clanoberhaupt und starker Mann bei Schwenk Zement, ist Philipps Patenonkel. Gern denkt der Filius zurück an die Besuche als Kind auf der stattlichen Jagd von Onkel Eberhard im Allgäu – alle Schwenks waren Jäger. Auch geschäftlich ziehen beide Dynastien bei Baustoffen an einem Strang – Kartellpolizei hin oder her. So treffen die Familien Spohn / Merckle und Schwenk / Schleicher seit fast hundert Jahren direkt bei der heutigen HeidelbergCement AG zusammen. Allerdings versichert Philipp Merckle, dass seiner Familie von Schwenk Zement nichts gehört. Seine Mutter habe keine Firmenanteile, sondern Grund- und Waldstücke geerbt. Doch HeidelbergCement und Schwenk kooperieren auf einigen Gebieten. So ist es in der Branche ein offenes Geheimnis, dass die Konzerne manche Produkte untereinander austauschen und in Werksgruppen zusammenfassen. In Ländern Mittel- und Osteuropas wie Ungarn, Tschechien oder der Ukraine investieren der Gigant aus Heidelberg und der Mittelständler aus Ulm gemeinsam. So ziehen zwei Starke bei ihren Welt-Eroberungsplänen an einem Strang. Denn Schwenk – »Baustoffe fürs Leben« (Internet): Zement, Putz- und Mörtelsysteme, Dämm- und Betontechnik – ist durchaus ein Schwergewicht unter den drei Dutzend Zementfabrikanten. Die Kartellämter haben aus gutem Grund ein wachsames Auge auf sie und verhängen regelmäßig saftige Bußgelder wegen verbotener Kartelle. So erhielt HeidelbergCement im April 2003 in einem Mammutverfahren (Preisabsprachen) eine Rekordstrafe von 252 Millionen Euro. Doch die betroffenen Beton- und Zementstrategen widersetzen sich der Buße weiter vor Gericht und halten sich ansonsten mit ihren Kooperationsplänen lieber sehr bedeckt.

Für Adolf Merckle, früher Pharmakönig, nun ambitionierter Beton-Baron, sind das graue Mehl und andere Baumaterialen unternehmerische Herzenssache wie die Arznei oder der Pharmahandel. Als Schwiegersohn und Schwager der Spohns wie Schwenks betrachtet er es als verpflichtende Tradition, auf dem Zement-Erbe beider Geschlechter aufzubauen. Deshalb erwarb er wie selbstverständlich Anteile von HeidelbergCement, wenn ein Mitglied der Familie (Spohn) sie verkaufen wollte. »So haben sich die Spohn-Betriebe bei uns gesammelt«, erzählt Philipp Merckle und unterstreicht: »Das Traditionelle spielt bei uns eine viel größere Rolle als bei anderen Unternehmen.« Philipp Merckle erinnert sich noch lebhaft an die »Spohnler« in Blaubeuren, an das Zementwerk, an die sozialen Traditionen, an die Werkskantine, die er als Bub mit seinem Vater besuchte. »Solche Bilder bleiben hängen.« Schon sein Großvater Ludwig habe im Aufsichtsrat der HeidelbergCement die Spohn-Interessen vertreten. Daran knüpft sein Vater Adolf nun mit gekonnten Schachzügen als sein eigener Anwalt an. Heute kommt an den

Familien Merckle und Schwenk/Schleicher in der Baustoffwirtschaft kaum jemand vorbei. Ihr gemeinsamer Einfluss ist nun dank der hohen Kapitalbeteiligung wie durch ihre Vertrauten an der Spitze des Baustoffriesen so fest wie in Beton gegossen. Vom Vorsitzenden im Aufsichtsrat – ihn stellt mit dem Stuttgarter Anwalt Fritz-Jürgen Heckmann ein Vertreter von Senator Eberhard Schleicher und damit der Ulmer Industriellenclan Schwenk – bis zum Topmanagement mit den Ex-Phoenix-Mannen Scheifele und Näger an der Spitze des Vorstands haben die Milliardärsfamilien aus Schwaben das Geschäft im Griff. Einen Großteil ihrer Aktien (ursprünglich 22,4 Prozent des Kapitals) verkaufte die Familie Schwenk 2005 an die Verwandten in Blaubeuren. Allerdings bedeutet die gemeinsame Macht der schwäbischen Zementdynastien nicht zwingend, dass sie stets mit einer Zunge reden. Die Pläne von Adolf Merckle sind nicht unbedingt deckungsgleich mit denen seiner Verwandten Schwenk/Schleicher. »Merckle denkt im Gegensatz zu eingefleischten Betonköpfen nicht nur in Zement, sondern er setzt stark auf eine internationale Größe, um einen universellen Baustoffkonzern zu schaffen«, deutet ein Manager die wenigen, aber sachlichen Beiträge des Strategen in den Sitzungen des Aufsichtsrats. Er strebe einen weltweiten Wachstumskurs an. Selbst Vertreter der Arbeitnehmer begrüßen Merckle ausdrücklich und finden den Machtwechsel in Heidelberg positiv. Damit sei die ursprüngliche Dominanz der (passiven) Banken dem Einfluss von Menschen gewichen: »Mit Merckle und Schwenk ist HeidelbergCement familienbehafteter als früher und damit berechenbarer geworden.« Nun könne der Konzern nach Jahrzehnten als anonyme Aktiengesellschaft wieder den Charakter eines überschaubaren Familienbetriebs annehmen.

Ein dickes Sparschwein lacht

Die Perle Ratiopharm, der Pharmagroßhandel und das gigantische Zement-Erbe sind noch nicht das ganze Vermögen der Milliardärsfamilie. Neben Pillen, Säften und Zäpfchen, um Zement, Klinker, Kalksteine und Mörtel herum blüht ein bunter Strauß an Firmen- und Finanzbeteiligungen. Und manches wurzelt wiederum in der Familienhistorie.

So existieren noch kleine Reste vom Spohnschen Textilerbe. Als sich nämlich der Zement-Pionier Julius Spohn um 1900 aus Blaubeuren zurückzog und das Werk seinem ältesten Sohn Georg überließ, da verlagerte er zugleich seine Ravensburger Textilfabrik ins verkehrsgünstige Neckarsulm (Neckarhafen). Fortan setzte er auf eine moderne Jute-/Sisalspinnerei. Aus dieser Gebrüder Spohn GmbH gingen diverse Abspaltungen hervor. So etwa Deutschlands größter Hersteller für Trinkhalme (Lonzatub) oder »Spohn Verpackungen« in Freiburg, wo simple Spezialitäten aus Plastik vom Müllsack bis zu Verpackungsfolien fabriziert wurden. Und von der WLI Württembergische Leinenindustrie AG in Blaubeuren (Aufsichtsratsvorsitzender: Ludwig Merckle) blieb ein kleines Wasserkraftwerk übrig, das Mietern wie den Merckles den Strom liefert. Doch die meisten dieser Überbleibsel spielen keine strategische Rolle, da sie kaum mehr ins Konzept passen. Die ehemalige Jutefabrik in Neckarsulm wurde vermietet und brannte 2004 ab. Für Philipp Merckle »muss jede Beteiligung in sich einen Sinn ergeben«. Dieser sei beim jüngeren Branchen-Mix der Merckles eher gegeben. Er umfasst Erzeugnisse aus Feinguss, Generatoren für Wind- und Wasserkrafträder, Geräte zur Pflege von Skipisten und Sandstränden sowie die Wald- und Forstwirtschaft und selbst Skilifte. Alle Teile des Imperiums aufaddiert und grob auf die Betriebe und Beteiligungen umgerechnet, dürfte die Gruppe auf neun Milliarden Euro Umsatz zumarschieren (2004: 8,5 Mrd. Euro); die Zahl der Beschäftigten (ohne HeidelbergCement) übersteigt die 25 000.

Herausragend unter den Betrieben ist die Zollern GmbH & Co. KG im südwürttembergischen Sigmaringendorf. Hier lassen Merckles und das Fürstenhaus Hohenzollern (jede Familie besitzt die Hälfte) industrielle Feingusserzeugnisse fertigen (Umsatz: 285 Millionen Euro, 2 330 Mitarbeiter; Angaben von 2004). Ganz im Besitz der Merckles ist die VEM Holding GmbH in Dresden. Die Gruppe mit mehreren Werken (180 Millionen Euro Umsatz, 1 500 Mitarbeiter) produziert leistungsstarke Elektromotoren sowie elektrotechnische Produkte. Maßgeblichen Einfluss üben Merckles auf die Kässbohrer Geländefahrzeug AG in Laupheim bei Ulm aus, deren Kapital sie seit 2003 zu mehr als 50 Prozent besitzen. Senior Adolf Merckle ist einfaches Mitglieder im dreiköpfigen Aufsichtsrat, seine Finanzberaterin Dr. Susanne Frieß ist stellvertretende und sein ältester Sohn Ludwig ist Vorsitzender des Kontrollorgans. Die meisten Aktien aber halten Tochter Jutta Merckle (22 Prozent) sowie Bruder Philipp (29 Prozent). Der Hersteller so genannter Pistenbullys für Skipisten und von Geräten zur Pflege von Stränden (Umsatz: 161 Millionen Euro, 430 Mitarbeiter) geriet Anfang des neuen Jahrtausends ins Rutschen. Dann stieg Adolf Merckle massiv ein, »weil lokale Politiker ähnlich wie schon bei der Fürstlich Hohenzollerischen Gussfirma bei ihm anfragten, ob er durch sein Engagement nicht Stabilität und Sicherheit einbringen könne« (Philipp Merckle). Doch auf den Coup bei Kässbohrer im Frühjahr 2003 reagierten viele Aktionäre sauer. Wie später bei HeidelbergCement blieb lange ungewiss, wie hoch Merckles Aktienbesitz bei Kässbohrer wirklich ist und welche Politik der Großaktionär verfolgt. Adolf Merckle habe sich »in den Aufsichtsrat [...] hineingeputscht und den Biberacher Kreissparkassendirektor Otmar Weigele hinausgedrängt«, notierte die *Süddeutsche Zeitung* entrüstet.[14] Tatsächlich verursachte der Pharmakönig einige Turbulenzen, als er im Handstreich alle amtierenden Großaktionäre entmachtete und die resolute Familie im Aufsichtsrat nach dem Motto »The winner takes it all« an deren Stelle Platz nahm. Ein Umsturz dieser Art genießt in Deutschland Seltenheitswert. Inzwischen geht es mit der Schneepflugfirma wieder aufwärts – beim Umsatz wie beim Gewinn.

Erträge mit Verlusten – legal – zu verrechnen, ist eine fundamentale Regel in Merckles Monopoly. In dem Punkt sind die Schwaben den Westfalen Oetker ähnlich. Um sein Firmengeflecht so steuersparend wie möglich zu vernetzen, jongliert Anwalt Merckle gern mit allerlei Finanzdrehscheiben, welche er nach Belieben ineinander verschachtelt. Manche tragen Fantasienamen wie Filius GmbH oder Sexta GmbH, an denen zeitweise alle Familienmitglieder von Adolf und Ruth Merckle bis zu den Kinder Jutta, Ludwig, Philipp und Tobias beteiligt sind. Auch auf Vorrat erworbene funktionslose Firmenmäntel dienen dem Vermögen als Sammelbecken. Die juristischen Hüllen sind die Reste einst blühender Unternehmen, deren eigentlicher Betrieb längst erloschen ist. Adolf Merckle lässt sie auf dem Papier fortleben. Meisterhaft haucht der Jongleur den Zombies neues Leben ein, indem er sie zu seinen Beteiligungs- und Verwaltungsfirmen erweckt. Dann tragen seine Mantelfirmen so vertraulich klingende Namen wie Kötitzer Ledertuch- und

Wachstuch-Werke AG, Bastfaser Kontor AG, Kammgarnspinnerei zu Leipzig AG oder Pommersche Provincial-Zuckersiederei. Oft taucht eine UBH Unternehmens- und Beteiligungsholding mbh (Frankfurt am Main) auf, die eine von vielen Finanzholdings ist, mit denen Anteile an Firmen erworben und Gewinne eingestrichen werden. Und abgesehen von den direkten unternehmerischen Engagements gebieten Merckles über ein stattliches Vermögen in Form von Aktien, Anteilen und schnell verfügbaren Geldern – ein dickes Sparschwein lacht – eine beruhigende Sicherheit für magere Zeiten. Um einen Großteil ihres Riesenvermögens zu verwalten, fungieren die Vermögensverwaltungsgesellschaft Spohn Cement sowie die Kötitzer Ledertuch- und Wachstuch-Werke AG als Zwischenholdings mit Rechtssitz in Berlin und Verwaltungssitz im Steuerparadies Norderfriedrichskoog (Kreis Nordfriesland). Bei ihnen stapeln sich allerhand Aktienpakete, so etwa neben HeidelbergCement so sichere DAX-Werte wie Allianz, Siemens, Münchner Rück oder DaimlerChrysler. Doch die Familie betont, dass die Anteile bei Letzteren jeweils deutlich unter fünf, meist unter einem Prozent liegen. Den Zeitwert ihrer Schätzchen in den Kötitzer Ledertuch- und Wachstuch-Werken geben Merckles mit 801 Millionen Euro an (Ende 2003), das darin investierte Eigenkapital mit 495 Millionen Euro. Und jedes Jahr kommen Millionen an Erträgen und mit Glück auch Kurssteigerungen hinzu, sodass die freien Rücklagen Richtung eine Milliarde Euro tendieren – genügend Spielgeld für weitere Börsencoups. Dieser Batzen plus ihr Unternehmen katapultieren Merckles in Baden-Württemberg in eine Liga mit den Boschs, Freudenbergs oder Röchlings.

Hickhack um heimatlichen Wald

Holz aus deutschen Forsten wird wieder hoffähig. Und die Merckles, allen voran Senior Adolf und Filius Philipp, sind begeisterte Waldliebhaber. Mitglieder der Familie schätzen als Naturfreunde und Bergsteiger das Bodenständige, also auch Wald und Wiesen. Daher sucht Vater Merckle stets günstige Kaufgelegenheiten. So erwirbt er 1994 von der Treuhand in Berlin das Schloss Hohen Luckow in Mecklenburg-Vorpommern samt 800 Hektar Landwirtschaft und kauft Gut Groß

Strömkendorf dazu. »Inzwischen grasen auf der Scholle rund tausend Milchkühe und mehrere hundert Schafe«, beschreibt das *manager magazin* das Idyll.[15] Kurze Zeit später schlägt der Wald- und Wiesensammler ein, als das ehrenwerte, aber kapitalhungrige Adelsgeschlecht derer von Thurn und Taxis 5 000 gewaltige Hektar Wald anbietet. Der Handel beschert Mr. Ratiopharm ein komplettes Forstamt samt Förstern und knapp zwei Dutzend Waldarbeitern. Und damit sich das Investment ins heimische Holz auch lohnt, kauft er weiter zu, so etwa im württembergischen Ebnat bei Aalen. Doch ausgerechnet der Geländegewinn 2004, der den Industriellen zum stolzen Besitzer des eigenen Hauswaldes in seiner Heimatgemeinde Blaubeuren macht, läuft kurios ab. Was für die reichste Familie der Stadt auch als Hilfe für die klamme Kommune gedacht ist, bleibt vielen Einheimischen als schäbige Provinzposse in Erinnerung.

Rückblick: Als Merckle sein expansives Pharmawerk in Blaubeuren-Weiler erweitern will, da legt sich die Kommune mit dem damaligen Bürgermeister quer. Hauptstreitpunkt ist der Naturschutz im engen Talkessel am Fuße der Schwäbischen Alb. Darauf ergreift ein verärgerter Adolf Merckle Anfang der achtziger Jahre die Chance, seine Pläne im wenige Kilometer entfernten Industriegebiet »Donautal« der Stadt Ulm zu verwirklichen. Auf einem großzügigen Areal wird gerade eine moderne Fabrik für 2 000 Mitarbeiter frei: Videocolor, das einstige Werk für Bildröhren von AEG-Telefunken. Und über die Produktion hinaus verlagert der Ratiopharm-Gründer auch Hauptverwaltung und Vertrieb nach Ulm. Was jedoch unverändert weiterläuft, sind die Gewerbesteuerzahlungen in den Stadtsäckel von Blaubeuren. Den Grund sehen die einen darin, dass dort der Hebesatz für die Steuer geringer als in Ulm ist. Andere hingegen meinen, dass die Finanzbehörde geschlampt habe, besonders bei der Zurechnung der Außendiensttruppe. »Es ging hin und her und war am Ende eine Ermessensfrage«, relativiert Philipp Merckle. Es kommt, wie es kommen muss: Ulm präsentiert den Blaubeurern Mitte der neunziger Jahre eine saftige Nachzahlung. Der Kämmerer der Kleinstadt (knapp 12 000 Einwohner) soll mehr als zwölf Millionen Euro samt Zinsen berappen. Diese Forderung stürzt die einst blühende Industriestadt über Nacht in die Pleite, vergleichbar nur mit notleidenden Städten im Osten. In seiner Geldnot verfällt Blaubeurens Bürgermeister auf die Idee, die südliche Hälfte des »Spitalwaldes« entlang des Blau- und Achtals zu versilbern, obwohl dieser Teil einer Stiftung und damit historisches Herzblut der Heimat ist. Ein dankbarer Abnehmer für das Filetstück wohnt in unmittelbarer Nähe über dem Blautal: Erfreut reicht Forstfreund Adolf Merckle die Hand zum Kauf und blättert für die 806 Hektar Bürgerwald zwischen sechs und sieben Millionen Euro auf den Amtstisch. Das entspricht etwa der Hälfte der aufgelaufenen Schulden der Stadt. Nun ist die Kommune zwar den halben Stadtwald los, aber längst nicht alle Schulden; bis heute wächst der Berg trotz knallhartem Sparkurs. Also hadern viele Bewohner Blaubeurens heftig mit Adolf und Ruth Merckle, immerhin seien beide ja Ehrenbürger seit 1994. Die Vermögensmilliardäre, so kritisieren sie hinter vorgehaltener Hand, hätten gut das Doppelte für den halben Forst hinlegen können, damit die Stadt endlich schuldenfrei wäre. Kritiker appellieren an die christliche Gesinnung und das Engagement der Familie in der Evangelischen Kirche Württembergs, das mehr als bloß einen kühl kalkulierten Deal erwarten lasse. Philipp Merckle dagegen sieht in dem Handel nichts Ehrenrühriges: »Aus unserer Sicht ist der Preis großzügig bemessen, und wir haben es auch als Hilfe für die Stadt getan. Anderswo hätten wir diese Summe nicht bezahlt.« Es sei allen klar gewesen, dass der Verkauf aus dem Tafelsilber Blaubeurens dem Schuldenabbau dienen solle. Aber: »Wir können als Familie nicht die Stadt sanieren.«

Das Misstrauen der Einheimischen besteht jedoch fort, und sie rätseln, was die Familie mit dem eigenen Wald vor der Haustüre vorhabe. Sie verstehen nicht, warum die Merckles ausgerechnet jetzt ihr Herz für Buche und Tanne entdecken, da die Forstwirtschaft fortlaufend Stürme, Käfer und Trockenheit plagen und der Holzpreis ins Bodenlose sinkt. Was plant Adolf Merckle persönlich? Den Spaziergang als Pensionär im eigenen Gehölz nehmen sie dem scharf kalkulierenden Kaufmann als Motiv allein nicht ab. Viele vermuten hinter den Investitionen ein neues Geschäft. Die Idee: benachbarten Waldbesitzern – staatlich oder privat – Dienstleistungen seiner Forstverwaltung anzubieten. Das jedenfalls verriet Adolf Merckle der Presse. Vielleicht fasst er seinen Baumreichtum deshalb eigens in der Blauwald GmbH & Co. KG zusammen. Es wäre ebenso möglich, dass der Wirtschaftskapitän weitsichtig auf steigende Bodenpreise spekuliert und darauf, dass das Holz mit zunehmender Knappheit teurer wird. Auch sein Sohn Philipp sieht im Wald nicht nur ein Hobby. Für ihn dokumentiert der Kauf »das antizyklische Denken der Familie, denn dafür ist jetzt der richtige Zeitpunkt«. Früher hätten die großen Waldbesitzer, die Adelshäuser, ihren Forst nicht verkauft. Die Rendite sei zwar gering, aber »ich weiß, dass ich mit dem Wald in hundert Jahren noch gut dastehe«. Ihn reizt am Gehölz nicht nur das Geld. Für ihn besitzt der Forst einen mystischen Wert im Gefühl von Heimat, jenseits des Kapitals: »Die Welt wird immer unkonkreter, virtueller. So eine Wirtschaft kann schnell entgleisen, aber Wald ist greifbar, hat Bestand. Da bin ich zu Haus.« Sohn Philipp würde den Forst »auf alle Fälle übernehmen und ausbauen«.

Zusammenarbeit auf Zuruf

Wald, Zement, Elektromotoren, Pistenbullys, Pharma und vieles mehr bilden auf vielfältige Weise eine Einheit: die Merckle-Familie. Dabei steht das Sammelsurium nicht mal unter einer zentralen Aufsicht, einer Holding etwa, mit allerlei Beiräten und Kontrollorganen wie bei anderen Familienbetrieben üblich. Die aktiven Figuren an der Spitze, allen voran Konzernarchitekt Adolf Merckle, verkörpern das »Imperium Merckle«. Einen Gesellschafterausschuss braucht der Club nicht. Formal existiert mit der VEM Vermögensverwaltung GmbH & Co. KG zwar eine Oberholding, deren Geschäfte die Vertraute und Steuerexpertin Susanne Frieß führt. Aber diese Finanzdrehscheibe ist den aktiven Unternehmen gegenüber nicht weisungsbefugt. »Wir haben keine Struktur über der Gruppe liegen«, sagt Philipp Merckle. Die vier Bosse aus der Familie arbeiten sozusagen nur auf Zuruf miteinander, jeweils konzentriert auf ihre Aufgaben. Das Brüderpaar Ludwig und Philipp Merckle teilt sich seit Herbst 2005 die Herzstücke Pharma und VEM-Beteiligungen. Und über den Söhnen schweben – unsichtbar im Organigramm – die »Geschäftsführer der Muttergesellschaft« Adolf und Ruth Merckle. Sie pflegt hingebungsvoll Kultur und Tradition im Haus. Und der Vater kümmert sich intensiv ums Zementerbe und den großen Kranz an sonstigen aktiven und passiven Firmen, nachdem er sich 1997 von Ratiopharm hat »pensionieren« lassen. In entscheidenden Momenten jedoch ist der Konstrukteur des Konglomerats auch bei den Söhnen zur Stelle. »Unser Vater ist der beste Berater, der genau die richtigen Fragen stellt«, sagt Philipp Merckle voller Respekt. Der Filius betrachtet diese »Rückkoppelung zum Vater nur als Hilfestellung, die keinerlei Bevormundung bedeutet«. Das sehen manche Beobachter anders. Der Übergang vom Vater auf die Söhne sei zwar ein Generations-, aber kein Systemwechsel, differenzieren sie. Vielleicht kommen die höheren Freiheitsgrade mit der Erfahrung. Dass mit dem Generationswechsel doch ein allmählicher Umbruch stattfindet, zeigt die schrittweise Trennung zwischen Familie und Firma. Denn das Tagesgeschäft erledigen zunehmend angestellte Manager der jeweiligen Betriebe. An der Spitze in Ulm koordiniert ein – informelles – Führungsorgan die Firma, die »Konzernrunde«. Das ist das feste Treffen der Merckle-Brüder Ludwig und Philipp mit Topmanagern wie etwa dem Produktionschef Heiner Hoppmann, das alle vier Wochen stattfindet, um Themen zu beschließen. Bei ganz wichtigen Punkten wird der Viererclub um Adolf Merckle erweitert. »Mein Vater ist immer auf dem Laufenden und weiß, in welche Richtung das Management geht«, beschreibt sein Sohn den Stil und wünscht sich: »Wir müssen flexibel bei den Rahmenbedingungen mit großen Freiheiten für die Manager sein.«

Klar geregelt sind die Besitzverhältnisse. Das Seniorenpaar hält die Konzernmehrheit. Ihre Kinder, die vierte Generation, haben bereits Anteile steuerschonend geerbt. Vielfach sind sie bereits in Aufsichtsräten der zahlreichen Firmen vertreten, oft in wechselnden Rollen. Der schrittweise Übergang des riesigen Nachlasses auf die Nachkommen ist programmiert. Doch Philipp Merckle will das Vermögen nicht an Paragrafen oder einer Summe, sondern lieber am Wert des christlichen Evangeliums messen. Der Juniorchef interpretiert sein Erbe als »eine besondere Herausforderung und Verpflichtung, auch gegenüber den Mitarbeitern«. Es zählten andere Werte, die er auch seinen Kindern mitgeben wolle. Sein familiäres Umfeld sei geprägt von »Unternehmergeist und einem klaren humanistischen Weltbild, in dem Offenheit vorherrscht – für christliche Belange und ein persönliches Glaubensbekenntnis«, betont der Urenkel des Gründers. Die Familie wolle ihr Glück durch den Blockbuster-Betrieb Ratiopharm ein Stück weit mit der Belegschaft teilen. Der Mitarbeiter soll »in seiner Einmaligkeit gewürdigt« werden, betont Philipp Merckle. Er wolle nicht nur die beruflichen Interessen berücksichtigen, sondern auch »Raum für Kultur und Gespräche« lassen. Würde er sich seinen Anteil einfach auszahlen lassen, fürchtet er, alles zu zerstören. Er habe nicht »das Geld nach dem Motto ›bin ich jetzt richtig bezahlt?‹ geerbt, sondern die Verantwortung fürs Ganze«. Philipp Merckle betrachtet seine Nachkommenschaft als »ein Geschenk oder letztlich eine Gabe von Gott. Denn unser Vater hat uns ein Unternehmen übergeben, das nicht mein Alleineigentum ist.« In seiner neuen Führungsrolle nimmt er sich fest vor, die Firma weiter voranzutreiben und sichere Arbeitsplätze zu schaffen. Zudem ist der junge Eigentümer fest entschlossen, mit den aggressiven Vertriebsmethoden seiner Vorgänger bei Ratiopharm zu brechen und das Geschäftsmodell auf eine menschliche Basis zu stellen. Dabei möchte Philipp Merckle, der Aufsteiger im Stammunternehmen, auch gesellschaftsbildende Komponenten stärken. Häufig spricht er hier von »Wertevermittlung in unserer Gesellschaft« und verbindet damit wie seine Mutter eine christliche Ethik der Verantwortung. So entwirft er das moralische Gegenbild zu den Hasardeuren einer maßlosen New Economy: Schlichtheit statt Prahlerei, Bodenhaftung statt Größenwahn.

Im Zentrum seines Evangeliums steht die Familie (einschließlich Belegschaft). Ebenso sieht es der aufstrebende Nachwuchsmann der Merckles als seine Pflicht an, mit seinen Geschwistern den Konsens durch gegenseitiges Vertauen und Ehrlichkeit zu suchen: »Das Wort gilt.« Denn für ihn ist es ein ungeschriebenes Gesetz, den Konzern als geschlossene Gesellschaft im Besitz der Familie zu erhalten. Damit steht er in der traditionsbewussten Sippe nicht allein. Denn bei Merckles gilt: Unsere Firma ist unsere Familie. Inwieweit Philipp Merckle im Rahmen dieses Prinzips seine reformerischen Intentionen durchsetzen kann, das wird in nächster Zeit sichtbar werden. Die entsprechende Machtposition als Oberboss und Miteigentümer hat ihm sein Vater 2005 verschafft.

Kapitel 2

Boehringer

Tue Gutes und schweige besser

»Tue Gutes und rede darüber.« Das Motto konservativer PR-Granden hat sich nicht überall herumgesprochen. Es gibt auch erfolgreiche Unternehmen, die ihren Lorbeer lieber still abseits des Medienrummels tragen. Ein Vertreter dieser Gattung ist ein riesiger Betrieb in Rheinland-Pfalz, der zur Elite der Pharmaindustrie zählt, dessen Eigentümer zu den reichsten Familien der Welt gehören. Selbst Gewerkschafter, Betriebsräte sowie Umweltschützer, die normalerweise auf Seiten der Kritiker stehen, loben die harmonische Unternehmenskultur der Firma und finden den Pillenkonzern »völlig in Ordnung«. Im Zeitalter von Fabrikschließungen und Massenentlassungen, der Nötigung von Belegschaften zu Lohnverzicht und Mehrarbeit ist es selten, dass die Beschäftigten ihrem Arbeitgeber fast durchweg Lob spenden. »Ich arbeite gern hier, weil die Besitzer ethischen Grundsätzen folgen«, freut sich eine Wissenschaftlerin. Spontan ergänzt ein langjähriger Angestellter aus der Verwaltung: »Ich fühle mich hier wohl, weil die Mitarbeiter gut behandelt werden und die Gesellschafter zum deutschen Standort stehen.« Ein Ingenieur wiederum schätzt die Freiräume und die Akzeptanz für seine Arbeit: »Das Management weiß, was es an den Fachkräften hat. Ich fühle mich hier gefordert und gefördert zugleich.« Das Unternehmen zieht Menschen aus der ganzen Welt an den Rhein, sodass auf den Fluren, in den Labors oder der Kantine oft englisch gesprochen und die Pfälzer Provinz in ein internationales Parkett verwandelt wird. Statt der anderswo ins Kraut schießenden Kultur des Misstrauens und Mobbings, der Missgunst und Miesmacherei pflegt der Familienkonzern in seinen »Führungsgrundsätzen« ein Klima des gegenseitigen Vertrauens und Respekts: »Mit Führen geht Delegieren einher. Delegieren schafft Vertrauen. Wir kennen unsere Stärken und die Fähigkeiten unserer Mitarbeiterinnen und Mitarbeiter«, steht unter der Rubrik »Delegieren ist unsere Pflicht«. Da überrascht es nicht, dass dieser sozial eingestellte Betrieb von der Presse (Anlegermagazin *Capital*) zweimal mit dem Titel »Arbeitgeber des Jahres« und ähnlich auch vom Verband Angestellter Akademiker bedacht wurde. Bei Mitarbeitern zählt das Unternehmen zu den beliebtesten in Deutschland. Der Weltkonzern ist fast 120 Jahre alt. Sein Name: Boehringer Ingelheim aus dem gleichnamigen Ort in der rheinischen Kaiserpfalz nahe Mainz. Die Familie ist sich in Bezug auf ihre Belegschaft bewusst, dass »unser Erfolg weitgehend von ihrer Fachkenntnis, ihrem Einsatz und ihrer Kommunikationsfähigkeit abhängt«. Duckmäusertum ist unerwünscht. Und stolz behaupten die Ingelheimer, das weltweit größte Privatunternehmen der Pharmaindustrie zu sein.

Es ist kaum ein Jahrzehnt her, da wurde der Name Boehringer selbst aus der Werbung weitgehend herausgehalten. Die Eigentümerfamilie Boehringer-Baumbach ist prinzipiell dagegen, dass ihre Firma zu bekannt wird. »Diese Zurückhaltung ist Politik und ein großes Stück Bescheidenheit«, sagen Betriebsangehörige über Firma wie Familie. So viel Understatement bei neun Milliarden Euro Umsatz, 35 000 Mitarbeitern und einem gut gehenden Geschäft mit weltweit rund 6 000 verschiedenen Artikeln. Nur die oft unaussprechbaren Namen ihrer Präparate sollen ins öffentliche Bewusstsein dringen, jeder Personenkult dagegen vermieden werden. Die Medienscheu ist auch der Grund, warum an den Gebäuden des riesigen Stammwerks in Ingelheim bis vor wenigen Jahren nie der Firmenname oder wenigstens ein Logo zu sehen war, obwohl Einheimische links und rechts des Rheins in Hessen wie Rheinland-Pfalz genau wussten, wem das gigantische Werk in der nur 25 840 Einwohner zählenden Rotweinstadt gehört. »Der Boehringer« ist ja wegen seiner Dimension nicht zu übersehen. Allerdings ähnelt das Stammwerk dank der Grünanlagen eher einem Hochschulcampus. Die Mammutfabrik dürfte täglich die meistbesuchte Einrichtung weit und breit sein. Abgesehen von den gut 6 000 Mitarbeitern gehen jeden Werktag nochmals rund 1 500 Menschen auf dem Gelände ein und aus.

Die übertriebene Zurückhaltung wurde inzwischen gemildert. Grundsatz ist aber weiterhin: Mitglieder der Familien bleiben im Hintergrund, das Unternehmen geht vor. Das formuliert die Familie ausdrücklich als

Leitmotiv. Alle sollen sich »auf innovative Arzneimittel und Behandlungsmöglichkeiten mit großem therapeutischem Fortschritt sowie deren Fortentwicklung zu globalen Marken« konzentrieren. Das bedeutet für die Patrone von Ingelheim ein doppeltes Bekenntnis: Erstens bejahen die Gesellschafter die Notwendigkeit von eigener Forschung und Entwicklung. Zweitens betonen sie ausdrücklich, dass ihre Produkte eine therapeutische, also heilende Wirkung haben müssen. Mode- und Lifestile-Drogen wie Potenz- und Haarwuchsmittel, Schönheitscremes oder Wellness-Pillen gehören nicht ins Programm von Boehringer. »Ich könnte nicht für eine dieser angloamerikanischen Lifescience-Firmen arbeiten, die immer mehr Geschäft mit Produkten ohne therapeutischen Nutzen machen«, bekennt eine Angestellte der Verwaltung. Auch auf die Fertigung von Nachahmerpräparaten (Generika) verzichtet Boehringer und damit auf die Chance, die Profite im Pharmageschäft bis zum Gehtnichtmehr auszureizen. US-Konzerne etwa geben sich kaum mit Profitraten von unter 30 Prozent vom Umsatz zufrieden. Boehringer-Baumbachs reichen dagegen maximal 20 Prozent. Und wenn der Gewinn deutlich darunter liegt, dann führt das in Ingelheim nicht wie anderswo zu Köpferollen und Entlassungswellen. Übrigens lag die real erzielte Umsatzrendite einige Zeit sogar unter 15 Prozent und beträgt nun (2005) über 16 Prozent. »Wir wollen die 20 Prozent Umsatzrendite nicht überschreiten, weil wir uns als ethisches Unternehmen verstehen, das in einem Markt tätig ist, welcher mit der Gesundheit von Menschen zu tun hat«, zitiert ein Manager ein Familienmitglied. »Wir investieren auch in schlechten Zeiten in die Zukunft«, lautet Boehringers Credo. Im Grunde ist die Frage nach dem Gewinn ohnehin zweitrangig, denn vom Ergebnis fließen nur marginale Beträge in die privaten Schatullen der Eigentümer. Der Überschuss kehrt großenteils zurück ins Unternehmen. »Wir brauchen kein Kapital. Wir waren auch so das am zweitschnellsten wachsende Unternehmen unter den großen Pharmafirmen«, freut sich Konzernchef Alessandro Banchi.[1] Die Eigenmittel – sie liegen bei sagenhaften vier Milliarden Euro – sind notwendig, um die eigenen Ziele zu erreichen: mit den riesigen Konkurrenten aus eigener Kraft mithalten und schließlich als Familienunternehmen unabhängig bleiben zu können.

Mit Salz und Säure fing alles an

Der Betrieb wurde 1885 – ursprünglich als Chemiefabrik – vom jungen Albert Boehringer (1861–1939) gegründet. Der in Stuttgart geborene Pharmazeut und Chemiker (Studium in München) stammte aus einer württembergischen Familie in Kirchheim unter Teck. Sein Großvater Christian Friedrich Boehringer (1791–1867) betrieb bereits seit 1817 die von ihm gegründete Apotheke Engelmann & Boehringer. Sitz dieses Alchemistenlabors und Wohnung der Familie Boehringer war das Eckhaus »Zum römischen Kaiser« in Stuttgart. Aus diesem winzigen Vorläufer, in dem schon chemisch-pharmazeutische Präparate fabriziert wurden, ging die spätere Fabrik indirekt hervor. Als nämlich die Söhne Christian Friedrich, Christian Gottfried und Christoph Heinrich Boehringer (1820–1882) Alleininhaber des Apothekenbetriebs wurden, der seit 1859 als C. F. Boehringer & Söhne firmierte, verlagerten sie ihn 1872 nach Mannheim. Später kam Dr. Friedrich Engelhorn, ein Schwiegersohn der Familie und Mitbegründer der BASF (heute in Ludwigshafen), als Partner des kleinen Boehringer-Betriebs hinzu. Friedrich Engelhorn brachte durch sein Engagement den Mannheimer Pharmabetrieb »Böhringer Mannheim« (später zur Unterscheidung von Boehringer Ingelheim) zur Blüte. Indes, der jüngere Sohn von Christoph Heinrich Boehringer, Albert, ging eigene Wege und erwarb im Sommer 1885 aus dem Familienbesitz eine alte Chemiefabrik mit 28 Beschäftigten in Niederingelheim bei Bingen. Dort gründete der 24-Jährige eine neue Firma, die er am 31. Juli 1885 ins örtliche Handelsregister eintragen ließ. Dieses Datum gilt als Geburtstag des Weltunternehmens. Anfangs produzierte der Jungunternehmer entsprechend der Familientradition Salze der Weinsäure (später auch Zitronensäure) für Apotheken und Färbereien.

Trotz extrem schwieriger Zeiten – einer stürmischen Boomphase folgte die Wirtschafts- und Börsenkrise mit Arbeitslosigkeit und Armut – waren Chemieprodukte in vielen Branchen gefragt. So dienten Albert Boehringers Salze Bäckern und Nahrungsmittelfabriken als wichtige Zutaten wie auch zur Herstellung von Brauselimonaden und Backpulver. Und Letztere wurden im Volk populär. Mit diesem Boom übersteht der Firmenstifter die schwierigen Anfangsjahre. Als er 1895, zehn Jahre nach der Gründung, entdeckt, dass Milchsäure mithilfe von Bakterien in großen Mengen kostengünstig hergestellt werden kann, ist das der Durchbruch. Dieses großtechnische Verfahren macht Boehringer »zum Pionier der biotechnischen Herstellung in großem Maßstab«, stellt der Konzern rückblickend fest. Die Fabrik am Rhein gilt nun als erste Adresse für Färbereien, Leder-, Textil- und Lebensmittelindustrie. Nach dem Ersten Weltkrieg beginnt Albert Boehringer erstmals systematisch zu forschen. Als der Gründer 1939 in Ingelheim stirbt, beschäftigt sein Werk bereits rund 1 500 Mitarbeiter. Zitronen- und Milchsäure werden noch bis in die siebziger Jahre produziert. Die zweite Generation – Albert junior und Ernst Boehringer sowie Schwiegersohn Julius Liebrecht – führt die Firmengruppe durch die schwierigen vierziger Jahre sowie in der Nachkriegszeit. Boten die Boehringers zunächst eher Standardware, so führen sie später zunehmend Feinchemikalien im Sortiment. Zudem wendet sich das Unternehmen mehr den Medikamenten zu; zuerst werden Bronchialmittel und Augentropfen angeboten, dann auch Insulinprodukte. Vor allem im Wiederaufbau und Aufschwung nach dem Zweiten Weltkrieg schälen sich Schwerpunkte bei den Indikationen im Pharmabereich heraus: Erkrankungen der Atemwege, des Herz-Kreislauf-Systems sowie des Magen-Darm-Trakts.

Bei Geschäften erweist sich »der Boehringer« stets als kooperativ. So beteiligt sich die Familie am Aufbau der Dr. Karl Thomae GmbH im württembergischen Winnenden, die Albert Boehringer dann 1928 erwarb, auch um seine Opium-Quote innerhalb der deutschen Opiumkonvention zu erhöhen. Verbindungen werden zum Baseler Chemiegiganten Geigy und zu US-Konzernen wie Pfizer oder Abbott Laboratories aufgenommen. Der Gründer Albert Boehringer selbst legte 1925 den Grundstein für die zweite Fabrik in Hamburg-Moorfleet (Spezialpharmaka und Alkaloide). Anlass dafür war die Rheinlandbesetzung der Franzosen, weshalb der Fabrikant ausweichen musste.

Das Spektrum von Produkten wird im Laufe der Zeit immer breiter. Zu Chemie und Pharmaka kommt 1948 mit den Olivin-Werken in Wiesbaden die Kosmetik. Der Konzern widmet sich der Haut- und Körperpflege mit namhaften Marken wie »BAC-Deostift«, Rasierwasser »Headtric« oder »Olivin-Creme«. Hinzu kommen Dentalprodukte wie Mundwasser, Zahnpulver und -creme unter der Marke »Lacalut« und allerlei Vitaminpräparate, Marke »Taxofit«. Die Kosmetik (Olivin) wurde später ans damalige Hamburger Familienunternehmen Schwarzkopf (heute komplett bei Henkel) verkauft. Neben der Sortimentsvielfalt wächst auch das Engagement für Forschung und im Ausland. Zunächst entstehen Niederlassungen, dann eigene Werke in Österreich, der Schweiz, in Italien, Frankreich usw. Auch in den USA und Japan fasst Boehringer früh Fuß. Dabei wird stets betont, dass die Tochterfirmen »weitgehend autonom« arbeiten und dies »für beide Seiten lohnend« sei. Die Ära der Internationalisierung bis Ende der achtziger Jahre wird von Dr. Wilhelm Boehringer, einem Sohn von Albert Boehringer, und Julius Liebrecht sowie später dessen Sohn Hubertus Liebrecht eingeleitet und vorangetrieben. Wilhelm Boehringer starb jedoch bereits 1975 mit 44 Jahren. Rund vier Jahrzehnte verzeichnete der Konzern eine »Zeit des ungetrübten Wachstums«.

Dioxin, der Teufel aus dem Reagenzglas

Plötzlich ist es mit der soliden und unauffälligen Entwicklung vorbei. Ein furchtbarer Skandal schreckt Ende der achtziger Jahre die Welt auf, offenbart dunkle Flecken in der Idylle am Mittelrhein. Boehringer Ingelheim wird durch die schwerste Affäre seiner Firmengeschichte erschüttert; der »Dioxin-Skandal« hält den Konzern von den achtziger Jahren bis Anfang der neunziger Jahre in Atem. Schauplätze des Chemie-Gaus sind Hamburg und Ingelheim. Das Dioxin-Desaster im Rückblick: Boehringer betrieb ein großes Werk im Hamburger Stadtteil Moorfleet am grünen Rand der Hansestadt mit Gärtnereien in unmittelbarer Nähe. Die Fabrik produzierte seit 1951 das Pflanzenschutzmittel »Lindan« (gegen Kartoffelkäfer). Dabei traten immer wieder Probleme mit gefährlichen Giften (Chlorkohlenwasserstoffe) auf. Bereits Anfang 1954 waren in Ingelheim und Hamburg 30 Mitarbeiter an so genannter Chlorakne erkrankt, einer schweren chronischen Hautkrankheit, deren Ursachen lange verborgen blieben. »Die Toxikologen wussten, dass hier mit Giften gearbeitet wurde, die ›einzigartig‹ sind. Um welche Stoffe es sich dabei handelte, wusste noch niemand zu sagen«, entschuldigt Boehringer die Passivität in einer Sonderbroschüre des Konzerns[2]. Viel später identifizieren Experten das gefährliche Dioxin, welches bei der Herstellung von Trichlorphenol als Nebenprodukt anfällt, als den Erreger der Chlorakne. Das hochgiftige TCDD, das später als tödliches Seveso-Gift[3] bekannt wird, kann zu Leberschäden, Karzinomen, psychischen Störungen sowie einer Vielzahl anderer Erkrankungen führen. In Hamburg wurden die Proteste der Umweltschützer immer lauter. Als 1984 in den Chemieabfällen der Fabrik das giftige Dioxin nachgewiesen wird, verschärft die Politik endlich die Auflagen für das Werk. Doch Boehringer kann oder will diese Vorgaben nicht erfüllen. »Auch in Ingelheim tut man sich zunächst nicht leicht mit der Einsicht, die Umweltschäden in Hamburg-Moorfleet zu akzeptieren und deren Beseitigung anzugehen«, räumt der Konzern später selbstkritisch ein. Erst im Juni 1984 wird die Produktion von Pflanzenschutzmitteln trotzig beendet. Was folgt, ist ein vernichtendes Medienecho. Die lebensgefährlich verseuchte Anlage in Moorfleet gilt bis heute als Synonym für die spektakulärste Umweltkatastrophe Deutschlands.

Die diabolischen Geister aus der Retorte, welche die chronisch fortschrittsgläubige Chemieindustrie rief, wurde sie nie mehr los – auch nach Jahren der Altlastensanierung nicht. Boehringer gründete eigens eine Tochterfirma, die Dekonta, mit dem Ziel, in Hamburg das 85 000 Quadratmeter große Gelände samt Gebäude, Anlagen und Maschinen endgültig von dem hochgiftigen und krebserregenden Stoff Dioxin zu reinigen. Im Januar 1985 begannen anfangs 18, später bis zu 80 Mitarbeiter »mit gemischten Gefühlen« (Boehringer), das Teufelszeug restlos zu beseitigen. Bald stellt sich zum Schrecken aller heraus, dass die Verseuchungen weit größer waren, als ursprünglich angenommen. Die Giftstoffe waren über Jahrzehnte in den Boden gesickert, hatten die Umwelt verseucht und bildeten eine tödliche Gefahr für die Beschäftigten. Selbst das Grundwasser der Umgebung war betroffen. Die Idee, alle kontaminierten Teile vom Boden bis zum Schornstein nach einem US-amerikanischen Verfahren unter extrem hohen Temperaturen ohne Gefährdung der Umwelt zu reinigen, war zwar bestechend, blieb aber erfolglos. Für stolze 150 Millionen Euro wurden bis Ende der neunziger Jahre ganze Gebäude und chemische Anlagen samt dem Erdreich in bis zu vier Metern Tiefe komplett abgetragen und teilweise verbrannt. Gemäuer, Metalle und der Boden wurden auf 800 Grad erhitzt, um die todbringenden Dioxine zu beseitigen. Dafür entwickelte die Boehringer-Tochter Dekonta, unterstützt von externen Experten, eine einzigartige Spezialmaschine namens »Prometheus«. Auch im Stammwerk Ingelheim wurde die Technik 1987 dort eingesetzt, wo in den fünfziger Jahren ebenfalls das Pflanzenschutzmittel »Lindan« produziert worden war. Aber alles half nichts. Das Gemäuer und der Boden bleiben bis heute dioxinbelastet. Denn als die Schadstoffe abkühlten, da stellte sich heraus, dass dabei erneut dioxinhaltige Substanzen entstanden waren. Auch der Widerstand von Nachbarn und Nachbargemeinden gegen befürchtete Umweltbelastungen durch das Ungeheuer »Prometheus« wuchs. In Ingelheim wurde der Betrieb der Anlage schließlich untersagt. Auch der von Boehringer als »Modell Hamburg« bezeichnete Sanierungsversuch – von der Öffentlichkeit argwöhnisch verfolgt – scheiterte an technischen Unzulänglichkeiten. Sollte der Konzern damit geliebäugelt haben, mit dem Wissen der Firma Dekonta ein neues Geschäftsfeld (weltweite Altlastensanierung) aufzuziehen, so verflogen diese Träume mit jedem neuen Dioxinfund in Moorfleet. Selbst auf Kinderspielplätzen und in Wohnsiedlungen unweit der Fabrik wurden Schadstoffe gefunden, der Name Boehringer kommt aus den negativen Schlagzeilen nicht mehr heraus. Nach zähem Hin und Her wird das störungsanfällige Wunderwerk »Prometheus« im Dezember 1994 abgeschaltet und verschrottet. Auch die Tage der Dekonta sind (bis 1996) gezählt. Das nun völlig platt gemachte Gelände wurde mit dicken Betonwänden und -decken »eingekapselt«, das Dioxin-Gelände überteert. Übrig bleiben die registrierten wie künftigen Opfer – Ex-Mitarbeiter, Anrainer. Sie hatten und haben Probleme, die Anerkennung für eine Entschädigung zu bekommen. Obwohl die Ingelheimer einen Hilfsfonds für akute Fälle (2,5 Millionen Euro) und eine Beratungsstelle in Hamburg unterhalten, schleppen sich die Anträge bei der Berufsgenossenschaft lange hin. Jeder Betroffene muss die Ursache für seine Krankheit justiziabel nachweisen. Es ist ein Wettlauf mit der Bürokratie und dem Tod, denn dieser Kausalzusammenhang ist extrem schwer herzustellen. Während Ärzte ihren Patienten Dioxin-Schäden attestieren, widersprechen die Gutachter der Berufsgenossenschaft, anschließend mahlen die Mühlen der Justiz. Am Ende bleibt den Krebskranken nur noch der Gang zum Staat. Letztlich bleiben die Opfer dieser Fortschritts-Katastrophe ihrem Schicksal überlassen.

Mitten hinein ins giftige Dioxin-Desaster platzte im Sommer 1991 eine zweiteilige Titelgeschichte im *Spiegel*: »Der Tod aus Ingelheim«. Gestützt auf Unterlagen aus dem Unternehmen, prangert das Nachrichtenmagazin vermeintliche Verbindungen von Boehringer Ingelheim zum Vietnam-Krieg an. Dem Konzern wird vorgeworfen, die hochgiftige T-Säure (sie wird zur Produktion von Pflanzenschutzmitteln gebraucht) ans amerikanische Militär verkauft zu haben. Die USA setzten die T-Säure als wichtigsten Bestandteil der Chemiewaffe »Agent Orange« ein. Damit entlaubte das US-Militär Dschungel- und Ackerflächen in Indochina (Vietnam, Laos, Kambodscha), um Kriegsgegner aus der Luft wie Tiere jagen zu können. Bis heute weiß niemand, wie viele Menschen damals durch das hochgiftige Mittel getötet wurden beziehungsweise an den Spätfolgen gestorben sind. Der *Spiegel* berichtete, dass Boehringer Ingelheim »durch direkte Lieferungen, über Umwege in Neuseeland und Lizenzvergabe an Dow Chemical [...] den schmutzigen Krieg der Amerikaner gefördert und Riesengewinne gemacht«[4] habe. Dem späteren Bundespräsidenten Richard von Weizsäcker (CDU), zu dieser Zeit in der Geschäftsführung von Boehringer als Personalchef tätig, wurde indirekt eine Verantwortung für das angebliche Geschäft mit den US-Militärs und deren Agent Orange unterstellt. Zu den Anschuldigungen des *Spiegels* entgegnet der Konzern, dass Boehringer 1964 lediglich eine Lizenz für ein neues Verfahren zur Herstellung der T-Säure an den US-Konzern Dow für 35 000 Dollar verkauft habe. Allerdings sei diese Lizenz »ausschließlich auf eine zivile Produktion beschränkt« gewesen. Später indes, 1967, seien die Ingelheimer bereit gewesen, »diese Lizenz auch für den Bau einer Anlage zur militärischen Nutzung freizugeben. Der Vertrag kam jedoch nie zustande.« Ende der sechziger Jahre strebte der Indochina-Krieg dem Höhepunkt zu. Das Familienunternehmen fühlte sich nun zu Unrecht beschuldigt. Vor allem der Vietnam-Komplex beruhe auf teilweise falschen Informationen (des *Spiegels*), betont Boehringer in seinen Veröffentlichungen. Das Unternehmen sei allen Beschuldigungen nachgegangen. Man sei zu dem Ergebnis gelangt, dass sich auch die Vorwürfe, Boehringer habe direkt oder indirekt T-Säure für die Chemiewaffe Agent

Orange geliefert, haltlos seien. Dennoch entschuldigte sich die Firmenleitung »offiziell bei allen, die durch Dioxin und seine Folgen in Mitleidenschaft gezogen wurden«[5].

Die durch den anhaltenden Skandal ausgelöste weltweite Schockwelle passte so gar nicht zum heilen Image von Boehringer Ingelheim als menschlichem, nur dem Wohlergehen verpflichteten Konzern. Die diabolischen Mixturen verseuchten selbst das Betriebsklima gehörig. Familie und Management sind bloßgestellt, die Belegschaft leidet unter der Affäre. Die anfangs ungeahnten Ausmaße der Dioxin-Schäden und ihrer Folgen für Menschen wie Umwelt spalteten die Firmengeschichte fortan in die Zeit vor der Giftkatastrophe und die Kapitel danach mit einem geschärften Bewusstsein. Das Unternehmen verspricht, »die Fehler der Vergangenheit als stetige Mahnung für künftiges Handeln zu nehmen«[6]. Als Konsequenz aus dem Chemie-Gau nahm das Haus umweltbewusstes Handeln als Bestandteil ins Unternehmensleitbild auf: »Bei all unseren Aktivitäten schützen wir unsere Mitarbeiter, unsere Einrichtungen und die Umwelt vor schädlichen Einflüssen, erhalten die natürlichen Ressourcen und fördern das Umweltbewusstsein.«

Familie tritt in den Hintergrund

Ende der achtziger, Anfang der neunziger Jahre bekam die wirtschaftliche Entwicklung Boehringers einen Knick. Von allen Seiten blies den Ingelheimern der Wind eiskalt ins Gesicht: Die sich hinschleppende Dioxin-Affäre, sinkende Marktanteile und magere Erträge als Folge fehlender Innovationen trieben das Unternehmen in die Krise. In der Branche grassierte die Fusionitis, und auf der politischen Bühne jagte ein Sparprogramm im Gesundheitswesen das andere. Allein durch die so genannte Seehofer-Reform der Unions-/FDP-Regierung (1993, Ärzten wurden erstmals Verschreibungen begrenzt) brachen in einem Jahr 64 Millionen Mark Umsatz im Inland weg. Damit hatte niemand gerechnet, und der Betrieb dümpelte plötzlich vor sich hin. Boehringer musste erstmals Kündigungen aussprechen. Die Gesellschafter haben nach Schilderungen von Zeitzeugen damals bei Entlassungen von Mitarbeitern geweint. Vieles von dem passierte, als Gründerenkel und Miteigentümer Hubertus Liebrecht die Geschäfte an der Konzernspitze führte. Er lenkte die Gesellschaft rund zwei Jahrzehnte lang mit autoritärer Hand; sein Wort galt, und es gab wenig Widerspruch. Das funktionierte, solange keine Probleme auftraten. Mit den wachsenden Schwierigkeiten indes brachen die Schwächen einer aufgeblähten Organisation auf. Boehringer verzettelte sich in zu vielen Produkten, Bürokratie lähmte die Entscheidungen, und das Dioxin-Debakel rüttelte an den Grundfesten. Der Konzern brauchte ein neues Profil, die Belegschaft eine neue Ausrichtung. Wirkliche Reformen wurden erst nach dem Tod von Hubertus Liebrecht vollzogen. Der »charismatische Vorsitzende« (Boehringer) starb im Sommer 1991. Danach, so verrät die Internetseite, drohte das Unternehmen »in einem sich grundsätzlich ändernden Geschäftsumfeld im Stillstand zu erstarren«.[7] Schlussfolgerung des Hauses: Boehringer musste sich ändern, »wenn es die Führungsposition beibehalten wollte«. Die Eigentümer entwarfen ein neues Leitbild mit »klarer und direkter Führung« und der Weisung, sich auf heilende Arzneimittel für Mensch und Tier zu konzentrieren. Damit stieß die Familie endgültig alle Aktivitäten ab, die nicht zum Kernbereich Medizin passten und die sie jahrelang als Mitnahmegeschäfte betrachtet hatte. Ob Kosmetik oder Mückenspray, Badeschwämme oder Backmittel, ob Anzünder der Marke Fauch oder Schuhcreme – alle Nicht-Pharmaprodukte wurden restlos ausgekehrt. Selbst die eigene Weinhandlung stand zur Disposition. Nun konnte Boehringer auch international kräftig Gas geben und wieder ehrgeizige Ziele verfolgen. So verpflichtet sich das Unternehmen im »Leitbild 2010«, bis zum Ende des Jahrzehnts »einen Platz unter den zehn weltweit führenden Pharma-Unternehmen zu erreichen«.[8] Die Jahreszahl ist nicht zufällig gewählt: Im Jahr 2010 wird das Unternehmen 125 Jahre alt.

Gut ein Jahrhundert lang – bis zur Ära von Hubertus Liebrecht – hatten die Boehringer-Erben die Leitung der Firma fest im Griff, auch wenn bereits seit einigen Jahren externe Topmanager engagiert wurden. Jetzt zogen sie sich allmählich aus der aktiven Führung zurück. Die einschneidende Krise hatte eine Zäsur bewirkt. Die Gesellschafter mussten ihre Rolle nach der Ära Liebrecht kritisch überdenken und kamen zu dem Schluss, dass sie die Firmenspitze vorerst familienfremden Managern überlassen und sich auf die Kontrolle ihres Unternehmens zurückziehen sollten. Sie übertrugen den rauen Sanierungsjob nach Liebrechts Tod dem familienfremden Dr. Heribert Johann. Der neue Boehringer-Boss stand unter der Kontrolle von Erich von Baumbach als Vorsitzendem des Gesellschafterausschusses. Das eingeheiratete Familienmitglied – er ehelichte eine Boehringer-Tochter – kennt den Betrieb gut aus seiner früheren Position als Personalchef. Das Duo Johann–Baumbach hatte Erfolg; die Familie kann bisher auf ihre Manager zählen. Andererseits wissen es diese zu schätzen, dass sie entsprechend den neuen Grundsätzen an der langen Leine geführt werden und große Freiheiten genießen, denn die Gesellschafter reden ihrem Führungspersonal kraft Satzung nicht ins Tagesgeschäft hinein. Dem damaligen Sanierer und Konzernchef Heribert Johann wurde sogar die Ehre zuteil, als Familienfremder heute das einflussreiche siebenköpfige Gremium des Gesellschafterausschusses zu leiten. Erich von Baumbach senior ist offiziell nicht mehr in Amt und Würden, da er die Pensionsgrenze von 70 Jahren überschritten hat, die für alle Gesellschafter der Familie gilt. Im aktuellen Kontrollgremium der Gesellschafter sitzen inzwischen (2005) Albert Boehringer (65), Christian Boehringer und Dr. Mathias Boehringer, Söhne von Otto Boehringer (beide zwischen 30 und 40), Christoph Boehringer, ein Sohn von Albert Boehringer, Ferdinand von Baumbach ein begeisterter Polarforscher, sowie Hubertus von Baumbach junior, beides Söhne von Erich von Baumbach. Christoph Boehringer, ein Maschinenbauingenieur, ist auch außerhalb des Unternehmens erfolgreich. Er gründete 2001 die Firma »mediatum«, eine Personalberatung für die Biotech-Branche. Die personelle Zusammensetzung des Gesellschafterausschusses (2005) spiegelt den Wechsel von der dritten zur vierten Generation aktuell wider. Als Vorsitzender muss der ehemalige Boehringer-Chef Heribert Johann die Interessen von gut einem Dutzend berechtigter Gesellschafter unter einen Hut bringen. Denn wie in vielen Familienbetrieben üblich, erben bereits die Kinder Anteile. Die gesamte Pharma-Familie zählt derzeit (Sommer 2005) 13 Gesellschafter. Im Kern sind es vier Stämme, die vor allem zwei Namen tragen: Boehringer und Baumbach. Davon residiert der Albert-Zweig überwiegend in Wien. Der Gesellschafterausschuss trifft sich mindestens viermal im Jahr im siebten Stock der modernistischen Konzernzentrale in Ingelheim. Die Runde stellt alle strategisch wichtigen Weichen. Bei Abstimmungen muss übrigens Einigkeit erzielt werden. Im Vergleich zum Aufsichtsrat einer Aktiengesellschaft besitzt das Gremium erheblich mehr Machtbefugnisse in der Gesellschaft.

Die Sippe braucht offenbar keinen »Familienrat« als festes Gremium, um die Stämme zu koordinieren. Zwar streckt immer wieder mal ein Mitglied der Familie den Kopf in die Öffentlichkeit hinaus, aber formal hat der Clan kein offizielles Oberhaupt, das für alle spricht. Das ist für einen Konzern und eine Familie dieser Größe ungewöhnlich. Vielleicht liegt es daran, dass die Sippe wirklich intakt ist und offenbar seit Jahrzehnten konfliktfrei zusammenhält. Diese Eintracht wird wohl einerseits durch überwiegend gleiche Einstellungen der Boehringers und Baumbachs zu ihrer Firma wie zum Umfeld getragen. So existiert der erwähnte Grundkonsens über die besondere ethische Verantwortung als Pharmahersteller, für die Umwelt wie auch in der sozialen Einstellung gegenüber den Mitarbeitern. Auch im Privaten verfolgt die Familie gemeinsame Interessen wie die Jagd, oder sie folgen regelmäßig gemeinsam Einladungen, um die Geselligkeit zu stärken. Zum Konsens der Clans zählt ebenso die Disziplin zur Bescheidenheit im Alltag. Die Sache geht vor, Familienmitglieder bleiben im Hintergrund. Viele wohnen noch in und um die Rotwein- und Rheinstadt Ingelheim. Hier gehen die Boehringers und Baumbachs normal einkaufen wie ihre Mitarbeiter auch, etwa beim Verbrauchermarkt Wal-Mart. »Eine nette Familie, bodenständige Leute«, bestätigen Einheimische. Die Boehringers sind sehr sparsam, auch bei sich. Ein Vorbild, das allseits gleichermaßen imponiert. Ulrike von Baumbach, eine geborene Boehringer und die Frau von Erich von Baumbach zum Beispiel fährt als Privatauto schlicht einen Mittelklassewagen (Audi A4). Bescheiden fliegen die potenziellen Milliardäre Economy- anstatt First Class. Ein Privatflugzeug wollen sie sich nicht leisten. Dafür hält sich die Familie wie alle Mitarbeiter an die Reiserichtlinie des Konzerns. Das Gleiche gilt ausnahmslos für Firmenwagen, niemand aus der Sippe beansprucht ein Prestigeauto. Was ihre berufliche Karriere anbelangt, haben die Erben die Möglichkeit, ins Unternehmen einzutreten. Doch ein verbrieftes Recht darauf hat niemand. Jedes Familienmitglied muss sich im Beruf zuerst bei der Konkurrenz qualifizieren, wenn es bei Boehringer ins Management will. Einige Gesellschafter arbeiten ständig im Betrieb und verdienen wie vergleichbare Mitarbeiter. Die Eigentümer akzeptieren es für sich, nach den Grundsätzen des eigenen Unternehmens entlohnt zu werden und familienfremde Vorgesetzte hierarchisch über sich zu haben. Das bringt ihnen den Respekt der Belegschaft ein. Unter den im Haus aktiven Gesellschaftern ist etwa Christian Boehringer, ein Sohn von Otto Boehringer. Der Angestellte hat sein Handwerk von der Pike auf gelernt. Er wird von seiner Umgebung als »sehr erfolgreich in Marketing und Vertrieb« gelobt. Christians Kollegen sagen dem Boehringer-Nachkommen voraus, dass er bald eine leitende Funktion in der Marketingabteilung übernehmen wird. Ein weiterer Junior aus der vierten Generation und etwa im gleichen Alter wie Christian Boehringer ist Hubertus von Baumbach (Ende 30). Der Kunstförderer dient seiner Firma im mittleren Management als Betriebswirtschaftler. Auch ihm wird ein Aufstieg auf der Karriereleiter prophezeit. Für den Konzern als Verbindungsmann Richtung Osteuropa aktiv ist der Senior Albert Boehringer. Er bearbeitet die GUS-Staaten von seinem Wohnsitz Wien aus. Die »Angestellten« Albert und Christian Boehringer sowie Hubertus von Baumbach junior vertreten den Konzern beziehungsweise ihren Stamm zudem als Eigentümer im Gesellschafterausschuss.

Kultur des Vertrauens

Ältere Gesellschafter wie solche, die kein Amt bekleiden, engagieren sich trotzdem regelmäßig für »ihren Betrieb«. So unterstreicht Erich von Baumbach senior bei der Einweihung eines opulenten Betriebsrestaurants in Biberach in Anlehnung an das Sprichwort »Liebe geht durch den Magen« die Bedeutung dieser Einrichtung für die Firma: »Soziale Fürsorge ist ein wichtiger Bestandteil der Unternehmenskultur und Zeichen eines unverwechselbaren Charakters.« Seine Frau Ulrike darf das Band zur Eröffnung des Casinos durchschneiden. Aus dem Gesellschafterkreis sind außerdem Albert und Ursula Boehringer aus Wien sowie Carla Boehringer anwesend. In einer anonymen Kapitalgesellschaft würde eine neue Kantine bestenfalls vom örtlichen Personalchef gewürdigt. Bei Boehringer indes ist es eine lange Tradition, dass mindestens ein Familienmitglied zum Beispiel bei der Weihnachtsfeier der 1912 gegründeten Betriebsfeuerwehr spricht und konkret Stellung zum Unternehmen, zur sozialen Verantwortung und zur Zukunft bezieht. Auch beim wichtigen Jahresfest für die Pensionäre aus ganz Deutschland sind die Inhaber regelmäßig präsent. Und es ist selbstverständlich, dass Gesellschafter wie Manager die ehemaligen Leistungsträger persönlich würdigen. »Die Eigentümer«, bekräftigt die Pressestelle, »legen Wert darauf, dass die Mitarbeiter weltweit ein angenehmes Ambiente am Arbeitsplatz antreffen.« Grundlage sei, dass jeder Beschäftigte als Mensch ernst genommen werde. So redet die Familie mit dem Pförtner und der Putzfrau ebenso wie mit den Direktoren. Die Ingelheimer sprechen von einer »Vertrauenskultur«. Kein Wunder, dass Gewerkschafter wie Betriebsräte »den Boehringer« ausdrücklich als »sehr sozialen Betrieb« loben, wo »Mitarbeiter wirklich als Partner« gesehen werden. Das Klima sei »anders als in einem üblichen Industriebetrieb, nicht so hart«. Bei diesem Arbeitgeber mache die Arbeit Spaß. Die sozialen Leistungen gelten als sehr hoch. Und trotz Hartz IV und Globalisierung, bei Boehringer rüttelt bisher niemand am Sozialstandard – angefangen bei der 37,5-Stunden-Woche und fast 14 Monatsgehältern über Jahresarbeitszeitmodelle bis zu einer komfortablen Altersabsicherung der Mitarbeiter, die der Arbeitgeber kräftig mitfinanziert. Gut 1,8 Milliarden Euro sind geflossen, mehr als 2500 Rentner werden aus entsprechenden Töpfen bedient; Tendenz: steigend. Die Anstrengungen für das Wohlbefinden ihrer Mitarbeiter tragen Früchte. Es gibt keine nachhaltigen Spannungen, keine Streiks. Der Betrieb erfreut sich an qualifizierten Kräften, wie sie nicht überall anzutreffen sind. Boehringers motivierte Belegschaft arbeitet eigenständig auf Zuruf, nicht nur auf Kommando. Es überwiegt die Harmonie: »Das ist eine angenehme Familie, ihr Einfluss ist positiv spürbar, weil die Eigentümer offen und ehrlich sind. Abgesandte der Arbeitnehmer werden nicht wie Bremsklötze und Bittsteller behandelt.« So viel Lob vom Personal in Zeiten sozialer Kälte ist selten. Betriebsratsvorsitzender Axel Baumann weiß zu schätzen, dass sein Arbeitgeber Wert auf einen ehrlichen Umgang mit Betriebsräten legt: »Wir können uns bei Kompromissen auf die Firmenspitze verlassen und sind noch nie reingelegt worden.« Diese Vertrauenskultur kommt auch Boehringer zugute. Belegschaft wie Gewerkschaft zeigen ihrerseits Verständnis für Sorgen und Nöte des Konzerns. Beide Seiten, betont ein Funktionär der Chemiegewerkschaft IG BCE, »ziehen in der Pharmapolitik an einem Strang«. Boehringer Ingelheim, eine Insel der Seeligen in einem Meer von Verdammnis?

»Boehringers Vertrauenskultur ist zu schön, um noch lange wahr zu sein«, wenden Kritiker mit Blick auf den mörderischen Wettbewerb im Welt-Pillenmarkt und die Sparorgien der Politik ein. Die raue Wirklichkeit dürfe niemand ausblenden. Tatsächlich muss der Konzern im Konkurrenzkampf mächtig rudern, weshalb Boehringer-Manager fordernder zur Sache gehen. Sie brauchen wachsende Anstrengungen, um ihre Produkte in den Markt zu pressen. Der Mann, dem zugetraut wird, die Firmenpolitik zu wenden, ist der seit März 2004 amtierende Chef Dr. Alessandro Banchi. Der neue Konzernsprecher stammt aus Italien und dient den Ingelheimern seit mehr als drei Jahrzehnten. Der sportlich-elegante Südländer – er geht auf die Sechzig zu – ist vom Fach. Banchi studierte Chemie in Bologna; sein Vater besaß eine Pharmafirma in Florenz, die der promovierte Sohn zwei Jahre lang leitete. Dann übernahm Boehringer diesen Betrieb, und Banchi lässt sich von den Deutschen anwerben. Er steigt in Italien zunächst zum Marketingmanager auf, wird Geschäftsführer einer Boehringer-Tochter und 1992 schließlich die Nummer eins der Firma in Italien. Im Stammhaus gewinnt Banchi einen einflussreichen Mentor, der ihn zur Jahrtausendwende nach Ingelheim holt: sein Vorgänger an der Firmenspitze Rolf Krebs. Vier Jahre später beerbt der Aufsteiger aus dem Süden den Deutschen im Amt des höchsten Angestellten im Hause mit großen Freiheiten. Banchi drückt aufs Tempo, bringt frischen Wind in die Topetage. Schon gilt der Freund rassiger Ferraris manchen Kollegen als »Antreiber«. Handfest im Stile eines Malochers appelliert er schwungvoll an Führungskräfte und Pharmaverkäufer: »Ein gutes Produkt muss in den Markt.« Im milden Betriebsklima Ingelheims gilt der direkte Stil des Machers als »sehr hart gegenüber seinen Managern«, meint Betriebsratschef Axel Baumann. Doch vielleicht ist dieser kämpferische Geist gerade der Grund, warum die Sippe den »Gastarbeiter« als erst dritten familienfremden Chef geholt hat. Denn einige Gesellschafter hoffen auf mehr Bewegung bei Boehringer. Banchis Mannen setzen andere Schwerpunkte, verlangen mehr Leistung bei der Arbeit. Statt Eintracht stellen sie Effizienz und Sparsamkeit in den Mittelpunkt, auch bei Sozialleistungen. Diese stark wirtschaftliche Sicht könnte die traditionelle Firmenkultur bald verändern und die sozialen Vorteile nehmen, fürchten Mitarbeiter. Ist Banchi der Sündenfall für das Paradies Boehringer? Die künftige Gangart hängt gewiss auch von der Marktentwicklung ab. Allerdings, pures Draufgängertum kann sich der Neue kaum leisten. Noch weniger wird es ihm gelingen, ungehindert eine Ellenbogenkultur gegen die gewachsene Harmonie zu setzen.

Innovation ist der Schlüssel

Gilt Boehringer noch als Paradies, so wird der Wettbewerb zunehmend zur Hölle. Denn wesentlich mehr als im Innern gerät der Pharma-Multi von außen in Gefahr. Längst ist der heimische Markt durch permanente Gesundheitsreformen zum Problemkind geworden. Das kostet den Konzern Marktanteile, die Banchi aufholen will. In besseren Tagen um die Mitte der neunziger Jahre rangierten die Ingelheimer konstant hinter dem damals noch existierenden Hoechst-Konzern und Bayer bei verschreibungspflichtigen Medikamenten auf Platz zwei oder drei. Inzwischen sind sie auf Platz neun (vor Bayer) abgerutscht. Der Inlandsanteil am Boehringer-Umsatz fiel auf magere sieben Prozent. Auch die Rendite steht unter Druck. Pharma-Multis und Billiganbieter überflügeln Boehringer. So dominieren den Inlandsmarkt für verschreibungspflichtige Präparate der US-Riese und Weltmarktführer Pfizer sowie die Generika-Anbieter Novartis/Hexal, Ratiopharm (Merckle-Gruppe) und Stada. Nur im Geschäft mit frei verkäuflichen Medikamenten, dem so genannten OTC-Markt (Abkürzung für Over the Counter), gelten die Strukturen von einst: Hier stehen Bayer und Boehringer noch einträchtig an der Spitze. Während das Inlandsgeschäft krankt, läuft es international weitaus besser. Deshalb arbeitet das Gros der knapp zehntausend Inlandsbeschäftigten fürs Ausland; 45 Prozent des Umsatzes entfallen allein auf die USA. Danach folgt Japan mit 17 Prozent, überflügelt also Deutschland weit. Die übrigen Länder in Europa und Übersee leisten einen relativ niedrigen Beitrag zu den Gesamtaktivitäten und spielen im Export kaum eine Rolle. Boehringer ist auf sehr vielen Anwendungsgebieten tätig – von A wie Atemwege über P wie Parkinson bis V wie Verstopfung. Doch Schwerpunkte bilden die Bereiche Atemwege/Erkältung, Herz/Kreislauf, Virologie (Aids), Rheuma, Onkologie (Krebs), Magen/Darm, Diabetes. Weniger als fünf Prozent des Umsatzes entfallen auf Medizin für Nutz- und Haustiere. Verschreibungspflichtige Mittel sind zwar das Hauptgeschäft, aber rezeptfreie Medikamente wie Thomapyrin oder Mucosolvan-Hustensaft sowie der Vertrieb von Produkten anderer Hersteller nehmen enorm zu. Um ihre respektable Führung bei Originalmedikamenten zu verteidigen, forschen die Ingelheimer kräftig nach Neuem. Forschungschef Professor Dr. Dieter Hinzen bezifferte den Anteil der durch Patente geschützten Präparate (Ende 2003) auf zirka 70 Prozent aller Produkte. Dafür wird tief in die Tasche gegriffen. Der Konzern veranschlagt den Aufwand für ein neues Mittel von der Idee bis zur Marktreife auf gewaltige 700 bis 800 Millionen Euro einschließlich möglicher Misserfolge. Denn nur jede zehnte von 10 000 synthetisierten Substanzen erreicht überhaupt das Entwicklungsstadium. Und bei den medizinischen Tests an Menschen muss ebenfalls mit Überraschungen gerechnet werden. Fehlschläge in der Forschung sollten also selten sein, Flops früh in der Entwicklungsphase erkannt werden. Wer zu spät reagiert, setzt alles aufs Spiel. Denn der Zeitraum von der Idee bis zur Zulassung von zehn bis zwölf Jahren ist knapp bemessen. Es verbleiben nach der Markteinführung also nur acht bis zehn Jahre, um den Millionenaufwand zurückzuverdienen.

In Boehringers Hitliste erfolgreicher Präparate rangieren Produkte zusammen mit Partnern unter den gut 330 Arzneimitteln weit oben. So stammt der absolute Verkaufshit »Alna« (in Europa) beziehungsweise »Flomax« (in USA) aus den Labors der japanischen Firma Yamanouchi. Das Mittel gegen gutartige Prostatavergrößerungen ist auf dem Weg, ein Blockbuster zu werden, der mehrere hundert Millionen Umsatz pro Jahr bringen soll. Das Lizenzprodukt verschafft Boehringer weltweit enge Kontakte zu Urologen. In diesem Segment werden weitere Präparate folgen, wie etwa die Substanz »Duloxetin« für zwei Indikationen. Das gemeinsam von Eli Lilly und Boehringer entwickelte Präparat »Yentreve« gegen Belastungsinkontinenz bei Frauen wird seit 2004 gemeinsam weltweit vertrieben. Boehringer heuerte dafür 130 Leute an. Das zweite Duloxetin-Derivat ist seit Frühjahr 2005 unter dem Warenzeichen »Cimbalta« auf dem Markt. Das Medikament hilft gegen Depressionen und wurde vom Konzern Eli Lilly entwickelt, der es auch produziert. Hoffnungen auf die Entwicklung zum Blockbuster hegt man bei der Innovation »Spiriva«, die bereits im Markt ist. Das Medikament zur Therapie von COPD, einer Atemwegserkrankung, wurde von Boehringer entwickelt und wird auch selbst produziert; vermarktet wird es gemeinsam mit dem Weltkonzern Pfizer. Das Besondere an »Spiriva« ist, dass die Wirkung 24 Stunden lang anhält. Ein weiteres Top-Produkt, »Micardis«, ein von Boehringer entwickeltes Mittel gegen Bluthochdruck, taugt zudem für Kooperationen. Bei manchen Indikationen wie bei Atemwegserkrankungen oder bei Verstopfung (»Dulcolax«) zählen die Rheinländer zur Weltspitze. Neben den Kooperationen geht Boehringer stets auf die Suche nach innovativen Produkten oder Patenten mit hohem Reifegrad. Diese werden meist von Mittelständlern oder Erfinderteams gekauft und selbst zur Marktreife geführt. Übernahmen von großen Unternehmen passen nicht zur Firmenkultur, zugekauft wird nur in kleinerem Umfang.

Preiswert forschen in Deutschland

Einen strategisch bedeutsamen Zukauf riskierte Boehringer im Herbst 2004, um die Früchte aus der eigenen Forschung nicht an Fremde zu verlieren. Es geht um ein Inhaliergerät namens »Respimat Soft Inhaler«, eine Entwicklung der STEAG microParts GmbH im Technologiezentrum Dortmund, wo es auch gefertigt wird. Die 1990 von der STEAG-Mutter Ruhrkohle AG (RAG) Essen gegründete Firma der Mikrosystemtechnik (mehr als 300 Mitarbeiter) wurde 2004 in eigene Regie übernommen, nachdem die RAG aus dem Geschäft ausgestiegen war. Mit dem konkurrenzlosen Hightech-Produkt nimmt der Konzern weltweit eine Spitzenposition bei Geräten ein, mit denen Medizin schonend tief in die Atemwege gebracht werden kann. Der Zerstäuber erzeugt mechanisch einen hohen Druck, womit die Medikamentenlösung ohne Treibgas über eine Düse zu feinen Tröpfchen vernebelt wird. Bereits heute fertigen die Ingelheimer mehr als 30 Millionen Zerstäuber mit Dosieraerosolen im Jahr, darunter das eiförmige Inhaliergerät

»Handihaler«. Auch mit den Dosieraerosolen »Handihaler« und »Respimat« visiert Boehringer Blockbuster-Potenziale an. Denn diese Inhalationsgeräte taugen darüber hinaus bei anderen Erkrankungen, deren Medikamente sich nicht als Tablette oder Kapsel schlucken lassen. Auch der Hoffnungsträger, das Atemwegsprodukt »Spiriva«, soll bald in der Darreichungsform von Handverneblern angeboten werden. Der Fortschritt bei Dosiergeräten ohne schädliche Treibmittel ist ein Beispiel dafür, dass aus eigener Forschung eine völlig neue Sparte mit der Aussicht auf eine Alleinstellung im Markt entstehen kann. Boehringer hat hierzu enorme Vorleistungen erbracht. Insgesamt investiert der Konzern pro Jahr etwa um die 1,3 Milliarden Euro. Er leistet sich sogar eigene Grundlagenabteilungen in Biberach und Wien. Insgesamt forschen und entwickeln im Konzern ständig 5400 Mitarbeiter weltweit. Neben Deutschland betreibt Boehringer eigenverantwortliche Zentren in Wien (für Onkologie), in Ridgefield/USA (für Herz-Kreislauf-Erkrankungen und Immunologie), in Laval/Kanada (für Virologie) sowie in Kawanishi/Japan und in Buenos Aires/Argentinien. Der von vielen Pharmafirmen umworbene Standort Indien wird nur für Vorprodukte und als verlängertes Labor genutzt, um Projekte schneller abwickeln zu können. Dagegen wird die Forschung in Deutschland stetig ausgebaut. Am Stammsitz Ingelheim allerdings sind nur noch etwa 250 Experten an der Schnittstelle zur angewandten Produktentwicklung tätig. Die weitaus meisten Forscher – fast 1600 – tüfteln im absolut größten Labor in Biberach an der Riß, zwischen Ulm und Bodensee gelegen.

Das »unkaputtbare Unternehmen«

Der Standort Biberach ist längst Teil der Firmengeschichte, als Fabrik wie als Heimat für Medikamententüftler. Seit den vierziger Jahren sitzt Boehringer in der heute 31000 Einwohner zählenden Kreisstadt. In Schwaben ist das Werk unter dem früheren Namen »Thomae« bekannt; der Betrieb wurde 1927 von der Familie Boehringer in Winnenden bei Stuttgart als Dr. Karl Thomae GmbH mitgegründet. 1937 verlegte Albert Boehringer den kleinen Ableger kurzfristig nach Ingelheim.

Doch als das Stammwerk im Zweiten Weltkrieg bedroht schien, wich die aus Württemberg stammende Familie 1943 in eine ehemalige Leimfabrik in Biberach aus. Hier im Osten Württembergs wurden nun Pharmaspezialitäten gefertigt – und nicht nur das: Der Ausweichbetrieb mauserte sich zum Kreativ-Labor. Ein erster Entwicklungserfolg war 1963 »Bisolvon«, ein Atemwegs-Therapeutikum, aus dem später das Hustenmittel »Mucosolvan« entstand. Bereits 1985 wird in Biberach mit der biopharmazeutischen Herstellung von Arznei begonnen und eine der größten gentechnischen Zellkulturanlagen für Biopharmazeutika in Europa errichtet. Schließlich fusionieren 1998 Boehringer und Thomae zur Boehringer Ingelheim Pharma KG, der Name »Dr. Karl Thomä« verschwindet aus der Öffentlichkeit. Nun sind die Weichen für die Forschungszentrale Biberach gestellt und bis 2003 sämtliche Aktivitäten für Deutschland hier konzentriert. Den Forschern in Ingelheim schmeckt dieser Umzug in die rund 350 Kilometer entfernte Provinz wenig. Nur teilweise und unter Protest schlucken sie damals die bittere Pille. Andererseits geht die Aufwertung des schwäbischen Standorts weiter. Neben der Forschung wird er auch zum Zentrum für die gentechnische Herstellung von Wirkstoffen bestimmt. Ins so genannte Biotechnikum – einen Wirkstoffbetrieb der höchsten Reinheitsstufe mit 1400 Beschäftigten – fließen 255 Millionen Euro, wodurch zusätzlich 400 Arbeitsplätze entstehen. In dieser weltweit größten Anlage werden auf der Basis von Zellkulturen Medikamente gezüchtet, was den gewagten Sprung in die umstrittene Gentechnik für Medizin bedeutet. Biberach boomt, mittlerweile ist Boehringer mit knapp 4000 Mitarbeitern einer der größten Arbeitgeber der Region. Die Sparte der Biopharmazeutika expandiert. Ein Großteil der Kapazität steht Dritten zur Lohnherstellung zur Verfügung, etwa Merck und Schering oder amerikanischen und japanischen Pharmafirmen. Doch Boehringer selbst plant ebenfalls Medikamente im Bereich gentechnischer Biopharmaka.

Die berechtigte Warnung der Kritiker in der Medikamentenindustrie vor Verlagerungen der Forschungsaktivitäten in Billiglohnländer ist wohl bei Boehringer unbegründet. Denn die Sorge, dass Konzerne nach ihren Labors auch die Jobs aus der heimischen Produktion abziehen werden, widerlegen die Ingelheimer durch die Praxis. Sie halten gar dagegen, dass ihre Forschung in Biberach die kostengünstigste Basis ist.

Diese Meinung genießt unter Pharmafabrikanten Seltenheitswert. Ist Boehringer genau deshalb ein »Unternehmen mit Moral«, wie wohlmeinende Beobachter behaupten? Ist das Familienunternehmen ein Fels in der Brandung, wo der Turbokapitalismus zur Regel geworden ist? Für diese These spricht die Selbstverpflichtung des Pharmakonzerns zu »Geschäften mit Verantwortung«, welche die Dimensionen »sozial, wirtschaftlich, umweltfreundlich« hat. Boehringer glaubt so sehr an diese Formel, dass die glückliche Belegschaft ihren Betrieb selbst für »das unkaputtbare Unternehmen« hält. Weder die Familie noch Führungskräfte oder Beschäftigte zweifeln daran. Sie wissen, das Geschäft mit der Gesundheit gilt als grenzenlos. Da bleibt unendlich viel zu erforschen, zu entwickeln, zu produzieren und zu vermarkten. Denn im Gegensatz zu reifen Märkten wie etwa dem Geschäft mit Autos, Hausgeräten oder Möbeln gibt es bei Medikamenten Lücken. Von schätzungsweise 30 000 bekannten Krankheiten können erst rund 10 000 behandelt werden, das Gros hat die Medizin also nicht im Griff. Bei Boehringer scheinen deshalb der Eroberungswille und die Kreativität bei gut gefüllter Produkten-Pipeline für die Zukunft ungebrochen zu sein. Und das ohne Druck von oben. Sollten Familie und Belegschaft weiter einträchtig erfolgreich an diesem Strang ziehen, besteht wirklich die berechtigte Hoffnung, in ein paar Jahren unter den Top Ten der Weltelite zu landen – vielleicht als Deutschlands einzige Pharmafirma auf dem Siegertreppchen. Die Optimisten im Hause haben schon einen Plan, wonach sie 2008 bereits die Umsatzgrenze von zehn Milliarden Euro überschreiten wollen. Den heimlichen Champion aus der rheinischen Rotweinstadt werden die Konkurrenten wohl deutlich schärfer ins Visier nehmen müssen.

Kapitel 3

Beisheim

Metro-Gründer Professor Dr. h. c. Multimilliardär

Seine Mitarbeiter fürchten ihn, die Geschäftspartner respektieren ihn, Journalisten jagen ihn, Politiker hofieren ihn, und am liebsten agiert der 1,88 Meter große Metro-Mann im Hintergrund: Otto Beisheim (81), Professor seiner eigenen Hochschule und Dr. h. c. mit Hauptwohnsitz Baar, Kanton Zug in der Schweiz. Der Gründer der Metro-Gruppe, heute viertgrößter Handelskonzern der Welt (242 000 Mitarbeiter, 54 Milliarden Euro Umsatz), hat sich ein Lebenswerk geschaffen, das ihn zwar steinreich, aber nicht berühmt gemacht hat. Denn bis ins hohe Alter macht sich der »Geheimnis-Krämer«[1] rar. Auf den Hauptversammlungen der Metro AG soll er sich, so die Legende, schon mal verkleidet unter die kleinen Aktionäre gemischt haben. Bei Einweihungen neuer Metro-Märkte im Ausland reist er inkognito an und lässt nach den Veranstaltungen seine Angestellten sämtliche Fotos aussortierten, die ihn in die Öffentlichkeit zerren könnten. Was hat der Multi-Milliardär zu fürchten? Entführungen oder Erpressungen? Den Hass früherer Geschäftspartner und verärgerter Gewerkschafter oder den Tag, an dem vielleicht ein dunkler Punkt aus seiner Vergangenheit ans Licht der Öffentlichkeit kommen könnte? Bisher jedenfalls ist nichts davon eingetreten, und seine Umgebung beschreibt den schlitzohrigen Kaufmann mit dem silbergrauen Haupthaar als »umgänglich«. Der Mensch Otto Beisheim soll von schlichter Natur sein, orientiert am Mainstream der Superreichen, wissen Klatschreporter zu berichten. Taucht er – selten genug – mal auf einer Party auf, dann mit Orden und »in einer Tracht, Modell Musikantenstadl und mit einem ›mausgrauen Steinklopferhut‹«[2], zitiert der *Spiegel* eine Illustrierte. Seine eiserne Sparsamkeit hält bis ins hohe Alter an, für billige Lebensmittel fährt der zünftige Zuchtmeister meilenweit. Als Hobbys werden ihm Rudern und Golf spielen nachgesagt. Wenig einfallsreich hält sich der Milliardär gern an den üblichen Plätzen der oberen Zehntausend zwischen Luganer See und Miami Beach, zwischen Kalifornien und Paris auf. Zu Hause fühlt sich der Kaufmann in Rottach-Egern wohl. Dort am Tegernsee ist er Stammgast im Golfclub von Bad Wiessee, den er mit aufgebaut hat und wo er in bürgerlichen Gaststätten oder noch lieber auf Waldfesten deftig preiswert speist. Im alpinen Bayern, wo er in Rottach-Egern ein Landhaus bewohnt, spüren Boulevardreporter den geheimnisumwitterten Cash-and-carry-Pionier gelegentlich in Begleitung der einen oder anderen Lebensgefährtin auf. Doch selbst Altersmilde hält den über Achtzigjährigen nicht davon ab, aus dem gebirgigen Hintergrund heraus straff die Fäden zu ziehen. Das bekam sein langjähriger Weggefährte, Intimus, Metro-Manager und Kontaktmann zu Medien, Erwin Conradi, Ende 2004 zu spüren. Über Nacht gab ihm sein Gönner den Laufpass und entzog ihm seine Position als Presseposaune. Der um zehn Jahre jüngerer Beisheim-Adlatus darf sich nur noch einem Teil des Milliardenvermögens in der deutschen Beisheim Holding GmbH als Direktor widmen. Solche Hauruck-Aktionen zeichnen Otto den Starken aus, seine gefürchtete harte, flinke Hand, sein unbeugsamer Wille. Doch der Herr lässt auch Gnade walten. Conradi behält seine Sekretärin, einen Learjet und ein Büro. Der Meister selbst taucht endgültig in die Anonymität ab. Interviews verweigert er grundsätzlich.

Herr Beisheim protzt in Berlin

Ganz uneitel scheint der verschwiegene Metro-Mann jedoch nicht zu sein. Immerhin setzt er sich mitten in Berlins neuem Milliardärsviertel am Potsdamer Platz zum 80. Geburtstag ein steinernes Denkmal. Für satte 460 Millionen Euro lässt der Kaufmann auf den letzten unverbauten Metern eine Hoch-Burg aus Beton, Stein und Glas hochziehen, dem Stil des neo-imperialen Jetset angepasst. Der aus fünf Gebäuden bestehende Komplex namens »Beisheim Center« gleicht der typischen Hochhausarchitektur im New York der zwanziger Jahre, wie sie von Los Angeles bis Moskau, zwischen Shanghai und Sydney errichtet wird: Wer eines dieser Häuser sieht, hat alle gesehen. Trotzdem erfreut Beisheims protziger Bau die verschuldete Hauptstadt, ist es doch die bis dahin (2004) größte Investition eines privaten Bauherrn. Und keinesfalls darf an den bombastischen Kathedralen des Überflusses auch nur ein Cent gespart werden. Beisheims Monument mit zwei noblen Fünf-Sterne-Hotels, edlen Büros und luxuriösen Apartments über den Dächern Berlins oder mit Blick auf den Tiergarten ist für die Ewigkeit gebaut. Stolz soll der Investor jeden einzelnen Baufortschritt mit seiner Webcam aus der Ferne verfolgt haben. Und weil es in seinem Center in der Hauptstadt so schön ist, reserviert der begeisterte Bauherr auch ein Etablissement für sich. Ein Berliner will der Wahl-Schweizer jedoch nie werden, steckt sein Ex-Pressesprecher Conradi den Medien bei der Geburtstagsparty. Beisheim lässt sich in seinem prächtigen Penthouse kaum blicken. Dem großen Schweiger erscheint Preußens City zu geschwätzig. Stattdessen nennt er wie alle globalisierten Reichen für sein Wohlbefinden und seine Mobilität viele Orte sein Eigen. Sein offizieller Hauptwohnsitz ist seit gut 20 Jahren der Ort Baar im Schweizer Kanton Zug. Otto Beisheim hat wie viele Superreiche seine Wurzeln verloren und ist so global wie ein Konzern. Und für solche Weltgeister aus der obersten Business-Klasse ist der Koloss am Potsdamer Platz gedacht. Er soll den Swingern zwischen den Kontinenten auf ihren Wegen die angemessene Heimat beim Stop-Over auf Zeit sein. Wer den Hausherrn auf seiner Geburtstagsparty zum Achtzigsten jedoch auf seine opulente Investition an der Spree ansprechen wollte, hatte Pech. Leibhaftig bekamen die Gäste den mobilen Jubilar nicht zu Gesicht. Der Inkognito-Mann feierte sein rundes Jubiläum angeblich in Florida – oder sonstwo. Und vermutlich werden sich die Berliner in ein paar Jahren beim Anblick des überlebensgroßen Beisheim-Blocks in ihrer Stadt fragen: »Beisheim? Wer ist das?«

Dabei könnte Otto der Erfolgsgewohnte den Presseleuten spannende Geschichten seines Lebens in den Block diktieren. Entspricht doch sein Lebensweg exakt dem märchenhaften Aufstieg vom Kind armer Eltern bar jeder Elitebildung zum »Professor Dr. h.c. Multimilliardär«. Es ist bemerkenswert, dass eine Reihe von Reichtumskarrieren der Nachkriegszeit ausgerechnet im ertragsschwachen Handel stattfinden. In dieser Hinsicht steht Beisheim mit den Aldi-Brüdern, dem Versandkönig Werner Otto, dem Ehepaar Schickedanz (Quelle), Reinhold Würth

(Schrauben-Würth) oder dem Drogerie-Discounter Schlecker in einer Reihe. Und was ebenso markant ist: Diese Wirtschaftskapitäne werden weitgehend ohne besondere Ausbildung so riesig. Nur das Wirtschaftswunder war ihr Lehrherr. Interessant auch die Parallele: Wie die Albrechts stammt Beisheim aus dem Ruhrpott. Der kleine Otto kommt in relativ bescheidenen Verhältnissen am 3. Januar 1924 in Vossnacken bei Essen zur Welt. Sein Vater arbeitet als Gutsverwalter. Weil die Eltern dem begabten Sprössling mit angeblich besten Noten keine Schulausbildung bis zum Abitur bezahlen können, macht er eine Lehre als Lederwarenkaufmann. Über seinen Werdegang und seine Haltung in der Nazizeit ist wenig bekannt. In den Medien wird kolportiert, dass aus einer Krankenakte der Wehrmachtsauskaufstelle hervorgehe, Beisheim sei als 19-Jähriger bei der Waffen-SS gewesen und als Scharführer bei der »Leibstandarte Adolf Hitler« 1943 verletzt worden. Beisheim selbst äußert sich dazu nicht. Nach dem Krieg gelingt es dem Erfolgsmenschen, als Prokurist in einem Geschäft des Elektrogroßhandels Karriere zu machen. Nebenher bildet er sich auf Reisen fort. Bei einer dieser Touren – um das Jahr 1960 – lernt Beisheim in den USA Cash-and-carry im Großhandel kennen. Das sind die für Amerika typischen monströsen Läden, wo ausgewiesene Gewerbetreibende (Einzelhändler, Handwerker, Gastronomen) ihre Waren selbst abholen und bar bezahlen müssen. Diese Idee überträgt der findige Kaufmann aus dem Pott flugs auf deutsche Verhältnisse, zumal damals im Einzelhandel die erste Discount-Welle anläuft (billig einkaufen direkt aus dem Karton von der Palette in schlichten Läden). Auch etablierte Kaufleute wie etwa die bekannte Großhandelsfirma Terfloth & Snoek aus Düsseldorf verfolgen die zukunftsträchtige Idee und sind mit Cash-and-carry bereits aktiv.

Schon 1964 macht sich Otto Beisheim mit dem Cash-and-carry-Großhandel selbstständig und eröffnet in Mülheim an der Ruhr den ersten Markt dieser Art. Der schlichte Zweckbau ist ein richtiges Warenhaus für Krämerseelen, die sich beim Einlass durch ihren Gewerbeschein ausweisen müssen. Denn nur Gewerbetreibende, also Wiederverkäufer, dürfen die preisgünstigen Güter in Großpackungen kaufen. Das extrem breite Sortiment auf einen Blick, die großzügige Anlage mit Parkplatz – das ist neu in Deutschland. Das Angebot reicht bei weitem aus, um nicht nur den Betrieb der Kunden billig zu versorgen, sondern den privaten Haushalt gleich mit. Und an das Schlaraffenland Metro hängen sich viele Freunde und Bekannte der Gewerbetreibenden dran. Entweder sie werden direkt mitversorgt, oder sie besorgen sich die begehrte Zugangskarte irgendwie auf Umwegen – was in den Anfangsjahren oft zu Reibereien mit den kleinen Einzelhändlern und den Behörden führt. Neue Metro-Standorte werden von örtlichen Ladenbesitzern heftig bekriegt. Doch in der Konsumentenschar macht der Name »Metro« bald Furore und das Geschäft floriert. Für sein schnelles Wachstum braucht Branchenneuling Beisheim allerdings die nötige Erfahrung wie das Geld. Die entsprechende Kenntnis plus die richtigen Drähte zur Branche samt einigen Millionen Mark Startkapital findet er bei den Gebrüdern Michael und Reiner Schmidt-Ruthenbeck. Die Kaufleute aus dem Ruhrpott sind bereits etablierte SPAR-Großhändler in Mülheim, die das Metier bestens kennen. Doch nun lechzt das zu Kräften kommende Baby Metro nach einer Finanzspritze, um so schnell wie möglich ganz Deutschland mit Filialen und dem fülligen Warenangebot überziehen zu können. Für die Investition muss rasch ein potenter und risikofreudiger Geldgeber gefunden werden. Den Metro-Machern gelingt es, die Duisburger Unternehmerdynastie Haniel für ihre Geschäftsidee zu gewinnen. Der steinreiche Clan ändert Mitte der sechziger Jahre gerade seine Firmenstrategie und beginnt, aus der angestammten Schwerindustrie sowie dem Anlagen- und Maschinenbau aus- und in den Handel einzusteigen. Ihr Ziel ist es, mit ihrem Geld neue Geschäftsideen und junge Firmen aufzupäppeln. Da kommt ihnen Beisheims innovativer Handel durchaus gelegen. Die Haniels steigen 1967 als Dritte im Bunde mit einigen Millionen in die junge Metro ein. Sie lassen sich daher wie Beisheim und die Ruthenbeck-Brüder als deren Gründer feiern. Bis heute sind alle drei Gruppen gleichberechtigt beteiligt (an der jetzigen Metro AG zu jeweils etwa 18,8 Prozent). Vor allem: Niemand im Trio sollte sein Engagement je bereuen. Das Wunderkind Metro macht die Haniels noch um einiges reicher und die einst weniger betuchten Partner Beisheim und Schmidt-Ruthenbeck werden zu Multimilliardären. Die Dreiergruppe kontrolliert zusammen weiter die Metro-Mehrheit, deren Wert an der Börse zwischen 11 und 13 Milliarden Euro schwankt.

Der Krake im Welthandel

Schiere Größe, perfekte Organisation mit modernsten Mitteln, globale Orientierung – zuerst im Einkauf, dann im Verkauf –, das ist die Erfolgsformel der Metro-Macher. Auf dieser Grundlage treiben der Pragmatiker und Finanzjongleur Beisheim und seit 1970 sein Adlatus Erwin Conradi die Expansion der Cash-and-carry-Märkte voran. Überall sprießen die so begehrten wie gefürchteten Großraumläden mit dem Charme von Lagerhäusern aus dem Boden. Die Schlichtheit des Konzepts wie die strikten wirtschaftlichen Zielvorgaben fürs Management lassen Parallelen etwa zu Aldi erkennen. Allerdings steht bei Beisheim, Conradi & Co. im Gegensatz zu den Discount-Brüdern weniger der Nutzen des Kunden im Zentrum. Sie spielen stattdessen in erster Linie gnadenlos ihren Wettbewerbsvorteil beim Einkauf riesiger Mengen für eine fette Marge aus. Bald kommt die Ware in kompletten Schiffsladungen und Lastzügen ins Haus. Um so billig wie möglich beschaffen zu können, installieren die Metro-Leute an internationalen Brennpunkten bis nach Fernost Beobachtungs- und Einkaufsposten (Einkaufs-Scouts). Das riesige Rad, das die Metro im Einkauf von Anfang an dreht, ist für die Branche neu. Hinzu kommt, dass der Generalbevollmächtigte Conradi als ehemaliger Computerfachmann von IBM nun die Elektronik konsequent auf die Logistik anwendet. Mit der ungebrochenen Filialexpansion potenzieren sich die Größenvorteile aus dem Einkauf wie von selbst. So ist das Großhandelsgeschäft mit »Metro« und »makro« bis heute die größte Gewinnquelle und erbringt fast die Hälfte des Umsatzes der 1996 neu formierten Metro AG. Während Cash-and-carry-Läden in westlichen Ländern längst zum Alltag gehören, trägt die Idee im Osten sowie in Entwicklungsländern gerade Früchte. Hier steht ein weites Feld offen. Bisher ist der Märkte-Multi in mehr als zwei Dutzend Ländern mit seinen nahezu 500 spartanischen Großraumläden vertreten.

Längst bedient Metro mehr als nur Großabnehmer. Der Konzern, dessen Geschicke von einer schlichten Verwaltung in Düsseldorf gemanagt werden, handelt mit so ziemlich allen Waren weltweit für jedermann. Schon in den siebziger Jahren beginnt er, die satten Überschüsse aus dem C&C-Geschäft in andere Unternehmungen zu stecken. Das

Imperium wächst und wächst nun durch gewaltige Übernahmen und bleibt bis zum Börsengang im Juli 1996 so geheimnisumwittert wie die im Schatten stehenden Gründer. Bis dahin lag die Schaltzentrale völlig verdeckt in der Schweiz. Ihr Schattendasein setzt die Metro Ende der achtziger Jahre keck als Werbeargument ein: »die unbekannten Helden der Marktwirtschaft«. Das wuchernde Firmengeflecht ist so undurchschaubar, dass es selbst die eigenen Macher kaum überblicken. Es ist auch das Ergebnis spektakulärer Übernahmen. So schluckt die Metro in kurzen Abständen Warenhausriesen wie Kaufhof, Kaufhalle oder Horten. Im Einzelhandel fasst Beisheim bei Groß- und Verbrauchermärkten und sogar bei simplen Nachbarschaftsläden Fuß. Den gewaltigsten Brocken frisst die Metro schließlich 1996 mit einem anderen Kraken, der Asko Deutsche Kaufhaus AG in Saarbrücken. Das saarländische Sammelsurium, entstanden aus einer Konsumgenossenschaft, vom quirligen Finanz- und Firmenjongleur Helmut Wagner (einem kleinen Beisheim) durch rasche Akquisitionen zu einer Handelsgroßmacht gepuscht, beschert eine Galerie bekannter Namen: Massa-Märkte, Real-Kauf, Praktiker Bau- und Handwerkermarkt, Deutsche SB-Kauf, divi Warenhaus, Schaper, Extra SB-Warenhaus, Adler-Textilmärkte, Möbel Unger usw.

Hinter den zig Firmen- und Ladenfassaden steckt jedoch ein enormer Sanierungsbedarf. Auch müssen die Eroberungen mühsam dem Metro-Firmenmantel angepasst werden. So stoßen mit dem Kaufhof, der Kaufhalle und Horten unzählige Zweige aus unterschiedlichsten Bereichen hinzu, die meist Entwicklungshilfe brauchen. Darunter sind auch IST Länderreisen, Horten-Reisebüros, Restaurantgesellschaften, Versandhändler, Schuh- und Textilfilialisten (Reno, Zentra) und noch mehr. Flops bleiben bei der Sanierung nicht aus. So scheitert die Metro-Discount-Schiene »Tip« in den neunziger Jahren. Marktbeobachter meinen, dass Tip Discount zu eng am Gängelband der Zentrale hing und so an langen Entscheidungswegen und komplizierten Logistikstrukturen der Mutter litt. Neben straff organisierten Konkurrenten wie Aldi und Lidl ging das für die Billigkette nicht gut. Sehr erfolgreich dagegen sind Beisheims Manager im SB-Fachhandel. Ihr größtes Interesse gilt Elektroartikeln, der Telekommunikation und Media. Hier entdecken sie früh ein riesiges Potenzial. So stehen ihre Elektronik-Ketten Saturn und Media Markt heute prächtig da. Die aus dem Boden gestampften SB-Fachmärkte (der erste Media Markt wurde von drei Firmengründern 1979 in München eröffnet) sind nun mit mehr als 400 Standorten in elf Ländern vertreten und beschäftigen fast 30 000 Menschen. Die Geschäftsidee ist wieder simpel: alle Produkte, durch die irgendwie Strom fließt, unter ein Dach. Und wie bei den C&C-Märkten werden durch Großeinkauf gute Ertragsspannen und Preise erzielt. Die Media-Saturn-Gruppe (Ingolstadt) profitiert von der »Geizwelle«. Mit aggressiven Werbekampagnen – »Ich bin doch nicht blöd« oder »Mutter aller Schnäppchen« – entsteht ein Image als Billiganbieter, obwohl das nicht immer den Tatsachen entspricht. Die Märkte werden als eigenständige GmbHs geführt, deren Geschäftsführer wie Unternehmer am Stammkapital des jeweiligen Ladens beteiligt sind.

Auch außerhalb des klassischen Handels beginnen Otto Beisheim und sein »General« Conradi die Fäden zu spinnen. So investieren er und seine Partner in junge Firmen und Branchen, von denen sie sich ähnliche Entfaltungsmöglichkeiten wie von der Metro versprechen. Daher geistert der Name »Metro« oft in Verbindung mit anderen Firmen durch die Gazetten. So etwa mit einem Hamburger Reiseveranstalter, der Familien europaweit einen preiswerten Campingurlaub offeriert. Auch die lange dynamisch prosperierende Aachener Computer-Kette Vobis sowie der Computerspezialist Maxdata zählen zeitweise zum Reich der Metro. Selbst das in den neunziger Jahren startende Mobilfunkgeschäft lockt Beisheim & Co. Sie steigen bei der Mobilfunkfirma Debitel ein, einer Gründung des Stuttgarter Daimler-Konzerns. Der Strauß an Beteiligungen und neuen Firmen wird immer bunter. Deshalb kommen die Metro-Oberen nicht mehr umhin, das Geflecht Anfang des neuen Jahrtausends kräftig zu beschneiden. In kurzer Zeit stellen sie Dutzende ausgegliederter Firmen, die zusammen 5,3 Milliarden Euro umsetzen, zum Verkauf. Darunter befinden sich Vobis und Maxdata ebenso wie sämtliche Adler-Modemärkte, der Billigschuh-Filialist Reno oder die Kaufhalle sowie in ganz Europa verstreut liegende Immobilien. Auch der Verkauf der Baumarktkette »Praktiker« wird erwogen. Doch trotz Schrumpfkur bleibt die Metro ein Krake, der neben C&C-Märkten auch klassische Kaufhäuser, SB-Warenhäuser, Einzelhandelsläden für Lebensmittel sowie Europas führenden Filialisten für

Elektronikprodukte betreibt. Darüber hinaus existiert eine Reihe von Dienstleistungsbetrieben vorwiegend für den Eigenbedarf. Auf dieser Basis verfällt Metro-Chef Hans-Joachim Körber in die konzerntypische Wachstumseuphorie. Auf der Hauptversammlung (2004) etwa verkündete er, zum drittgrößten Handelskonzern der Welt nach US-Marktführer Wal-Mart und dem französischen Konkurrenten Carrefour aufsteigen zu wollen. Erst 2003 habe Metro den US-Konkurrenten The Kroger Co. vom vierten Platz der Weltrangliste verdrängt. Bei der Aufholjagd kommt Körber auch das starke Engagement der Düsseldorfer im Ausland zugute. Denn trotz Konsumflaute steigert der Multi den Umsatz, wobei der kräftigste Schub aus dem Ausland kommt, wo fast die halbe Metro sitzt. Was hingegen relativ schmal ausfällt, ist die Dividende. Die Aktionäre beziehen gemessen am Umsatz kaum ein Prozent Rendite. Das sind zwar für die Großaktionäre Beisheim, die Haniels und Schmidt-Ruthenbecks jedes Jahr mehrere Hundert Millionen Euro, aber für die kleinen nur Peanuts. Das stürmische Wachstum verzehrt eben einen Großteil des Gewinns wieder.

Unternehmensgründer jenseits der Metro

Der Metro-Gründer investiert seine Erträge auch außerhalb des Handels. Zeitweise wagt er sich gar in klassische Industriebetriebe vor. Beisheim erwarb Anfang der achtziger Jahre den kriselnden Büroartikelhersteller Pelikan in Hannover. Er sanierte den Betrieb, verlegte den Firmensitz steuersparend in die Schweiz, kaufte die ebenfalls angeschlagenen Geha-Werke dazu und versilberte das Ganze nach der Sanierung stückweise wieder. Doch so elegant wie in diesem Fall verlief die Entflechtung des Kraken Metro nicht immer, zumal auch Spuren von Firmen des Konzerns zu Beisheims Beteiligungen führen, die sein Privatvermögen sind. So war bei den oben genannten, zum Verkauf gestellten Engagements externen Aktionären oft nicht klar, an wen die Unternehmen in der Zwischenzeit tatsächlich verkauft wurden. Denn für die von der Metro AG abgetrennten ehemaligen Firmen stand und steht als eine Art Parkplatz die Zwischenholding »Divaco« zur Verfügung. Sie ist zwar auch mit der Metro irgendwie verflochten, aber außenstehenden

Aktionären bleibt ihr Innenleben verschlossen. Die Verflechtung – auch zwischen dem Aktionär Beisheim mit der neuen Metro – führt regelmäßig zu Beschwerden anderer Metro-Aktionäre. Doch erhellt werden konnte das Divaco-Geflecht nie wirklich.

Auch andere Geschäfte Beisheims sind von außen kaum durchschaubar. So handelte der C&C-Kaufmann kurzfristig mit Filmen – was ihm viel Ärger, negative Schlagzeilen und sogar staatliche Ermittlungen einbrachte. Sein Partner war der ebenso geheimnisumwitterte wie ausgefuchste Medienunternehmer Leo Kirch. Dieser verkaufte Beisheim 1989 ein Paket von 2500 Filmen, die schon kurze Zeit später wieder in den Fängen von Kirch-Firmen landeten. In dieser Phase soll der Wert der Streifen um gut eine halbe Milliarde Euro gestiegen sein. Staatsanwälte und Gläubiger des 2002 zusammengebrochenen Kirch-Imperiums rätselten, wem das schnelle Geschäft überhaupt genützt hat und wo die hochgedealten Geldsummen abgeblieben sein könnten. Diente Beisheim seinem Münchner Spezl mit seinen Unterfirmen nur als williger Strohmann, oder hat er dabei selbst einige Hundert Millionen kassiert? In mehreren Medien war von Nummernkonten in der Schweiz, einer ominösen Stiftung in Liechtenstein, von Schwarzgeld und Steuerhinterziehung die Rede. Es kursiert auch der Verdacht, dass die einstigen Kirch-Sender ProSieben und Sat.1 für dubiose Machenschaften missbraucht worden seien. Doch die Spitzenanwälte Beisheims und Kirchs schmetterten die meisten Anschuldigungen ab. Bis heute bleibt die angebliche halbe Milliarde aus dem Kirch-Beisheim-Handel unentdeckt.

Zu ihrem Schutz bauten Kirch und Beisheim eine massive Phalanx auf, bestehend aus prominenten Juristen und Männerfreundschaften zu führenden Politikern. Unter den Verteidigern Kirchs befand sich auch der CSU-Politiker und Münchner Staranwalt Peter Gauweiler. Der populistische Advokat soll Mitte 1994 aus verdeckten Kirch-Kassen laut *Stern*[3] »gleich nach seinem Ausscheiden als bayerischer Umweltminister monatlich 25000 Mark« kassiert haben. Gauweiler war nicht der einzige Politiker, der auf Kirchs Versorgungsliste gestanden haben soll. Laut *Stern* bekam auch »Verteidigungsminister a. D. Rupert Scholz [...] rund 30000 Mark im Monat«. Und die unter anderem wegen Waffengeschäften unter Beschuss stehende Firma Webtec des verstorbenen FDP-Politikers Jürgen W. Möllemann soll von 1995 bis 2002 »jeweils bis zu 800000 Mark von Kirch kassiert haben«[4]. Ebenso soll Möllemann kurz nach dem Amtsende in seiner Zeit als Bundeswirtschaftsminister »für 450000 Mark zu Diensten« gewesen sein. Der langjährige Postminister Christian Schwarz-Schilling (CDU) habe vom Münchner Medienunternehmer von 1994 bis 1998 als Berater rund 150000 Mark im Jahr vereinnahmt. Und selbst Ex-Bundeskanzler Helmut Kohl (CDU) soll von seinem Duzfreund Kirch 600000 Mark erhalten haben. Wofür die Spitzenpolitiker ihr hohes Salär erhielten, bleibt unklar. Einige dieser Kontakte sollen laut *Stern* diskret über Liechtenstein gelaufen sein. Wer so hochkarätige Freunde hat, braucht sich wohl kaum für sein Tun und Lassen zu rechtfertigen – schon gar nicht öffentlich. Möglicherweise begab sich Beisheim, der seinerseits bis 1995 an Kirchs TV-Sender Kabel 1 beteiligt war und Anteile an einer kleinen privaten Fernsehstation besitzt, mit Kirch aufs glatte medienpolitische Parkett und bemerkte die Rutschgefahr zu spät.

Der Metro-Mann geht eigene Wege

Als Handelskaufmann steht Beisheim dagegen auf festem Boden. Und im Übrigen harmoniert das Metro-Trio über Jahrzehnte so gut, dass es unter der Regie des finanziell gewieften Selfmademans Beisheim und seines cleveren Generalmanagers Erwin Conradi abseits der Metro gemeinsame Sache bei vielen Investitionen und Neugründungen macht. So existierte unter dem beziehungsreichen Kürzel »BHS« wie Beisheim, Haniel, Schmidt-Ruthenbeck lange ein prosperierendes Nebenimperium mit den zum Teil genannten kleinen und großen Unternehmen. Dieses zweite Schatten-Reich neben der Mutter Metro wurde aus den kräftig sprudelnden Gewinnen des Handelsriesen aufgepäppelt. Am deutschen Fiskus vorbei wurden für einige Jahre die Führungszentrale und Finanzspitze der Metro-Gruppe ins steuersparende Zug in der Schweiz verlegt – an jenen Ort, an den der reiche Kaufmann aus dem Ruhrgebiet inzwischen seinen Wohnsitz verlegt hat. 1988 nimmt Beisheim die Schweizer Staatsbürgerschaft an. Danach trennen sich die Wege der Metro-Gründer allmählich. Hier der kantige Einzelkämpfer Beisheim, dort die traditionsreiche, die Marktlage nüchtern analysierende Unternehmerdynastie Haniel – dieser Gegensatz verträgt sich eines Tages im Geschäftsleben nicht mehr. Eine Zeit lang unterstützen zwar auch die Haniels riskante Investitionen in junge Firmen, aber ihre Vorliebe für etablierte Branchen und Märkte ist am Ende wieder stärker. Die Bande zu den gemeinsamen Engagements neben Mutter Metro werden gelöst, so manches Geschäft wird verkauft. Michael und Reiner Schmidt-Ruthenbeck leben heute gleichfalls im Reichenparadies Schweiz. Über ihre Mercator-Stiftung geben die Milliardäre ihr überschüssiges Geld unter anderem für Bildungs- und Jugendprojekte und niederrheinisches Kabarett aus. Unternehmerisch betreiben sie die Hotelkette TravelCharme mit zwölf Luxusherbergen. Auch der inzwischen 70-jährige Beisheim zieht sich 1994 als Aktiver aus dem Management der Metro zurück. Um weiter unsichtbar zu bleiben, tritt er noch weiter hinter seine Firmen zurück und zieht still aus der Alpenrepublik die Fäden. Es steht zu vermuten, dass das gemeinsame Paket des Gründertrios (knapp 60 Prozent) an der »neuen« Metro nicht ohne weiteres aus der Hand des Clubs gegeben werden darf. Der Handelsriese soll wohl nicht unkontrolliert in falsche Hände fallen. Die Metro-Macher wissen aus den zahlreichen eigenen gelungenen Attacken zu gut, wie selbst größte Wettbewerber in die Tasche gesteckt werden können.

Otto Beisheim, der Privatmann, bleibt trotz seines Rückzugs und fortgeschrittenen Alters unternehmerisch aktiv wie stets. Neben seinem milliardenschweren Metro-Anteil von 18,9 Prozent gebietet der »Alte«, wie ihn seine Untergebenen nennen, allein über ein Imperium, dessen Dach die »neue BHS« wie »Beisheim Holding Schweiz AG« am Wohnsitz Baar bildet. Die 1999 mit einem Startkapital von 300 Millionen Euro formierte Holding fungiert als »der unternehmerische Investor der Beisheim Gruppe«, klärt der Internetauftritt vom Herbst 2004 auf. Die BHS produziere »Wertsteigerungen durch gezielte Finanzinvestitionen und persönlichen unternehmerischen Einsatz in wachstumsstarken Unternehmen und Märkten«. Weiter verrät die Auskunft im Internet: »BHS hält über mehrere Subholdings Beteiligungen an über 70 Wachstumsunternehmen, darunter so namhafte Companies wie Scout24, Walter Telemedien, Primus Online, Pago eTransaction oder TellSell Consulting. Die Beteiligungsgesellschaften der BHS beschäftigen derzeit über 5 000 Mitarbeiter europaweit.« Den Kern der Investitionen bilden also Firmen »in schnell wachsenden Zukunftsmärkten« der New Economy, gerade aus der Internetszene. Somit zählt Beisheim zu Europas führenden Investoren in diesem Bereich. Da sind etwa »Primus Online«, ein Internetkaufhaus oder die Venture-Capital-Gesellschaft »XL Venture«, die ihrerseits Gelder in Neugründungen der virtuellen Welt investiert. Und bis Frühjahr 2004 zählte auch der quirlige Internetanbieter »Scout24« zum Beisheim-Imperium. Die Firmengruppe, erst im Herbst 1998 gegründet, ist Marktführer in einigen Sparten der Internetmarktplätze. Über »Scout24« etwa können per Internet rund um die Uhr Autos, Immobilien, Partnerschaften, Jobs, Finanzen, Konsum- und Gesundheitsartikel und Reiseangebote gesucht und gefunden werden. Sein Geld verdient der Onlinedienst allerdings kaum mit dem Maklerservice, sondern mit Kleinanzeigen der kommerziellen Anbieter. Bei seinen Anlagen sucht der Metro-Gründer gezielt den Beistand junger Partner. So engagierte er den Mittdreißiger Joachim Schoss als Mitgründer und Teilhaber der Scout24 AG. Sein junger Kompagnon ist heute Sprecher der Geschäftsleitung der Beisheim Holding Schweiz, an welcher der Betriebswirt selbst 30 Prozent hält. Das gemeinsame Ziehkind Scout24 wurde inzwischen für rund 180 Millionen Euro an den Internetanbieter T-Online der Deutschen Telekom verkauft. Sicher warfen längst nicht alle Investitionen bei Internetfirmen so viel ab wie Scout24. Spätestens nach dem katastrophalen Zerplatzen der Seifenblase New Economy an den Weltbörsen im Sommer 2001 dürfte auch für den Metro-Milliardär das böse Erwachen gekommen sein. Er habe inzwischen vieles, was nach Flop roch oder ins Bodenlose stürzte, weitgehend veräußert. Hans-Jörg Rotberg, Partner der Beisheim-Beratungsfirma XL Venture, räumt selbstkritisch manche Fehleinschätzung ein: »Wir beobachten, dass hinter vielen Businessmodellen schon relativ radikale Konzeptänderungen stehen. Und viele Märkte sind dafür einfach noch nicht bereit. Genauso wie es gefährlich ist, zu spät in einen Markt einzusteigen, ist es auch gefährlich, zu früh hineinzugehen.«[5]

Aufgrund dieser bitteren Erfahrung wendet sich der Zuchtmeister im Rentnerstand lieber bleibenden Werten zu: Immobilien wie seinem Prachtbau in Berlin, »seinem« Golfplatz im oberbayerischen Bad Wiessee oder Sporthallen, Kindergärten und Spielplätzen rund um den oberbayerischen Tegernsee. Letztere sind eher sein Hobby beziehungsweise

Zeichen einer spontanen Spendenbereitschaft. Das gilt auch für Universitätsorchester, welche der Milliardär finanziell untersützt. Denn was überdauert wirklich dieses Karriereleben, was währt für die Ewigkeit? Mäzenatentum und Stiftungen. Beide haben allemal weiter über die Gegenwart hinaus Bestand als graue Metro-Märkte oder Internetfirmen. Ein Hauch vom sinnstiftenden Lebenswerk des Metro-Mitgründers soll wohl jenseits von Protz und Prunk in Berlin für die Nachwelt erhalten bleiben. Denn privat hatte der Selfmademan wenig Glück. Seine Frau Inge, eine ehemalige Metro-Mitarbeiterin, starb 1999. Kinder hat Beisheim nicht. Dafür darf er sich jetzt mit allerlei Titeln schmücken. Für seine Freigebigkeit wurde der Mann ohne höhere Schulweihen mit der Ehrendoktorwürde der TU Dresden ausgezeichnet. Und als größter Mäzen der ersten Privatuniversität Deutschlands darf er gar den Titel eines »Professors ehrenhalber« tragen. Der Wahl-Schweizer griff nämlich bereits vor gut zwei Jahrzehnten mächtig ins Räderwerk der deutschen Bildungspolitik ein und schaffte mit seinem Geld Tatsachen. Er gab umgerechnet rund 25 Millionen Euro aus, damit in Deutschland eine Eliteanstalt für den Führungsnachwuchs nach amerikanischem Muster entstehen konnte. Diese Spende hat es in sich, mischt sich doch der Mann, der die Schulbank nur kurz drücken konnte, ins Bildungssystem ein. Und seine Gabe für die Elite macht Schule, der Sponsor ist nicht mehr allein. Zahlreiche Familienunternehmer sowie einflussreiche Manager eifern Beisheims Beispiel nach und beteiligen sich generös sowohl mit Millionen als auch mit ideellen Beiträgen an der Privathochschule. Damit kommt in Deutschland eine Bewegung ins Rollen, welche die politische Bildungslandschaft sowie die Topetagen gravierend beeinflussen wird. Was also steckt hinter der »privaten Hochschulpolitik« der neuen deutschen Bildungselite?

Otto Beisheim macht (Elite-)Schule

Gegründet wird die Anstalt 1984 aus dem Privatvermögen reicher Leute wie Otto Beisheim. Er spendet nicht nur für den Start der Hochschule, er zieht auch 1993 mit, als das Stiftungskapital maßgeblich erhöht werden muss. Öffentlich jedoch nimmt von der Millionengabe des Metro-

Milliardärs kaum jemand Notiz. Das liegt vorerst an der vergleichsweise bescheidenen Dimension der Bildungsstätte sowie am abgelegenen Standort in der rheinland-pfälzischen Provinz. Aber beides ist von Stiftern wie Sponsoren offenbar gewollt. Denn in ungestörter Stille soll im Schatten staatlicher Bildungspolitik ein eigenes Pflänzlein gedeihen. Vallendar heißt der weitgehend unbekannte Ort am Rhein bei Koblenz, wo seit gut zwei Jahrzehnten eine Hochschulreform der Steinreichen praktiziert wird. WHU – Wissenschaftliche Hochschule für Unternehmensführung heißt Deutschlands Kaderschmiede für künftige Wirtschafts-Führer. Aus Dankbarkeit für den edlen Spender und Gründer trägt die private Anstalt den Zusatz »Otto Beisheim Hochschule«. Das von Beginn an konfliktbeladene, weil 99,9 Prozent der Bevölkerung ausgrenzende Denkmal, wird den Stifter sicher überdauern. Es spaltet unweigerlich in Befürworter und Gegner: der schweigende Schweizer Beisheim und seine steinreichen Mitstreiter gegen den Rest der Hochschulwelt. »Mit Ihrem Engagement investieren Sie in die Zukunft unserer Gesellschaft«, zielt das Vorlesungsverzeichnis bewusst mit politischer Absicht auf betuchte Spender und Sponsoren. Sie sollen ihre Zöglinge nach Vallendar schicken. Dieses Städtchen gegenüber Koblenz ist ein extrem enger Ort, eingezwängt zwischen Berghängen und dem Rheintal. Besucher mit dem Auto landen automatisch vor dem Parkhaus unter der »Marienburg«, wo um 830 nach Christus die Geschichte des Ortes begann. Gleich werden die ersten Gebühren fällig. Über der Tiefgarage liegt der Campus. Das Gelände macht einen aufgeräumten Eindruck. Alles sauber. Nirgendwo wilde Sudeleien oder unschickliche Plakate an den Wänden, kein Fahrrad rostet vergessen vor sich hin. Stattdessen ein Sonnenstudio, eine Fußpflegerin, eine Boutique und weitere Anlieger, die hier ihr Gewerbe betreiben. Und unbescheiden wirbt das Hochschul-Logo von Wänden und Tafeln mit dem Spruch: »WHU – Excellence in Management Education«. Es ist der Ruf nach etwas Besserem. Dezent reihen sich moderne Zweckbauten an das historische Gemäuer der Marienburg. Die Hochschule ähnelt einem neuzeitlichen Verwaltungskomplex, etwa der Zentrale von Beisheims Metro-Partner Haniel in Duisburg.

Alles ist in Vallendar einen Tick edler als an staatlichen Anstalten: Die Bibliothek ist in einem modernen Gebäude untergebracht. Das Essen in der Mensa wird von einer Cateringfirma im historischen Gewölbekeller der Marienburg serviert, für feierliche Anlässe steht eigens eine respektable Burgkapelle zur Verfügung. Doch den Anspruch auf »Excellence in Management Education« – auf Deutsch etwa: Vorzügliche Bildung für Führungskräfte – lässt sich die Kaderschmiede stattlich honorieren. So kostet der Hauch vom besseren Studieren 5 000 Euro Studiengebühren pro Semester. Hinzu kommen die üblichen Kosten für ein gehobenes Eleven-Leben. An der grundlegenden Ausrichtung der Anstalt ändert auch die Tatsache nichts, dass 20 Prozent der Studienplätze zur Begabtenförderung als Freiplätze, also gebührenfrei vergeben werden, wobei auf BAFÖG und die Begabtenförderung verwiesen wird. Dieses Fünftel ändert nichts an der grundlegenden Ausrichtung der Anstalt. Im vorderen Gebäude der WHU hängt im Eingangsbereich auch ein Foto des Hochschulgründers Otto Beisheim. Die Bildunterschrift würdigt ihn ausgiebig als »Professor Dr. h. c.« sowie als »Gründer der Metro-Gruppe und Ehrenpräsident des Verwaltungsrates der Metro-Holding AG, Mitglied des Präsidiums des Kuratoriums der Stiftung WHU«. Freilich, der stille Stifter selbst macht sich sogar hier rar. Nur dreimal ließ er sich in den gut 20 Jahren des Bestehens der Hochschule in Vallendar blicken: je einmal zu den runden Jubiläen plus einmal zwischendurch. Neben Beisheim zählt zu den im Foyer Geehrten der 1992 verstorbene »Ehrensenator« und Nobelpreisträger für Wirtschaftswissenschaften, der Urvater des Neoliberalismus, Professor Dr. Friedrich August von Hayek. Eine Wand weiter wird eines bedeutenden Spenders aus der Großindustrie gedacht: Herbert Quandt. Auf der großen Tafel mit dem Foto des Fabrikanten der aus »einer Seilerfamilie in dritter Generation entstammt«, wird der Herbert-Quandt-Stiftung für das großzügige und nachhaltige Engagement bei der Einrichtung dieses Hörsaal- und Bürogebäudes gedankt. Eine Summe ist nicht genannt. Dennoch wird klar: Für Geldgeber sind die Anlagemöglichkeiten in Vallendar so reichhaltig wie in einem Supermarkt. Andererseits muss die Hochschule um die Spendierfreude der Superreichen buhlen. Da darf zum Beispiel direkt ins Stiftungskapital gespendet werden, ebenso für einzelne Lehrstühle, in Studienplätze oder allgemein für den Betrieb. Entsprechend gestiftet, gefördert und gesponsert kommt der Lehrbetrieb daher. In Vallendar gibt es ein »Kühne-Zentrum für Logistikmanagement« oder den »Dietmar Hopp Stiftungslehrstuhl für Unternehmensentwicklung und Electronic Media Management«. Hier scheint es die Stifter, Sponsoren und Spender geradezu an die Töpfe zu drängen. Allerdings mildert der Staat den Aufwand der Reichen durch Steuernachlässe, womit der normale Steuerzahler – ob er will oder nicht – ebenfalls sein Scherflein zur Elitebildung beiträgt.

2004 waren 445 Studierende eingeschrieben, davon 325 Studenten vor Ort. Im Vergleich zu der kleinen Studentenzahl beschäftigt die Hochschule rund 150 Mitarbeiter, darunter 74 wissenschaftliche Assistenten für 15 Lehrstuhlinhaber. Hier ist alles, woran die politisch Verantwortlichen im öffentlichen Bildungsbetrieb sparen, vorhanden: ein »hervorragendes Betreuungsverhältnis«, also kleine Studiengruppen mit intensivem Unterricht, internationale Kontakte für die künftige Karriere. All das »garantiert eine hervorragende Ausbildung der Studierenden in der vorgegebenen Zeit«, sagt der ehemalige Rektor Prof. Dr. Klaus Brockhoff. »Die persönliche, beinahe familiäre Atmosphäre an der Hochschule ist geprägt durch die Faszination und das Engagement aller Beteiligten«, lobt er seine Anstalt, die »aus Privatinitiative entstanden« sei und diese auch fördere, so seine Ideologie. Der Professor ist übrigens Mitglied im Aufsichtsrat der Metro AG. So ist die Manager-Schmiede Teil einer einflussreichen Familie – eines lebenslangen Netzwerkes für die Elite. Viele Vorlesungen in Vallendar werden in Englisch gehalten. Und in Anerkennung einer globalen Amerikanisierung kooperiert die WHU mit mehr als 120 Hochschulen im Ausland. Besonders eng ist die Zusammenarbeit mit der Kellogg School of Management, mit der ein berufsbegleitendes MBA-Programm angeboten wird.

In Vallendar öffnet Beisheim ein Fass – und bedeutende Unternehmerfamilien oder deren Firmen sind dabei. Die Unterstützung (einfluss)reichster Konzerne für die »Otto Beisheim Hochschule« macht sie zur Vorhut einer politisch mächtigen Offensive in Deutschland. Allein neun von 15 Lehrstühlen werden direkt von Multimillionären oder Großfirmen bezahlt. Zwei solcher Stiftungs-Lehrstühle leistet sich die »Prof. Otto Beisheim Stiftung«. An einem weiteren (für BWL/Technologie- und Innovationsmanagement) ist die Stiftung des Gründers beteiligt. Auch Beisheims Metro fördert einen Lehrstuhl mit. Die Liste potenter Förderer umfasst fast zwei Seiten: Die Altana AG (Klatten-

Quandt) unterstützt den Herbert-Quandt-Stiftungslehrstuhl, zusätzlich fördert die Altana noch zwei Lehrstühle. Weitere Professoren werden durch die Allianz, BASF, Bayer, Beiersdorf, Deutsche Telekom, Deutsche Post, Deutsche Lufthansa, DaimlerChrysler (Konzern und Stiftung), Degussa, Dresdner Bank, Audi, Friedrich Flick, SAP-Mitgründer Dietmar Hopp und einige mehr gesponsert. Neben großen Aktiengesellschaften ist auch Deutschlands Steuerzahler über das Bundesaußen- und das Bundesministerium für Bildung und Forschung mit von der Partie. Gleichfalls unter den Geldgebern: fast alle Parteistiftungen von Konrad-Adenauer- (CDU) über Friedrich-Naumann- (FDP) und Friedrich-Ebert-Stiftung (SPD), dazu die Begabtenförderung des Freistaates Bayern. Die Politiker haben offenbar das Ziel gleicher Bildungschancen aufgegeben. Neben regelmäßigen Treffen der Stifter und Sponsoren finden im Jahr 30 bis 40 Präsentationen von Firmen statt. Das bringt wiederum Geld ein. Denn die Zur-Schau-Stellung in Vallendar kostet die Unternehmen mindestens 20 000 Euro Teilnahmegebühr. Dafür können sich ihre Personaler bei den Elite-Eleven Deutschlands in Stellung bringen. Auch bei diesem Angebot greifen Prominente zu: Der Metro-Partner Haniel ist ebenso engagiert wie die Pharmafirma Boehringer Ingelheim oder Bertelsmann, Freudenberg & Co., die ECE Projektmanagement GmbH & Co. KG der Familie Otto. Außerdem führt die Privathochschule Managementprogramme und Seminare für den Führungs-Nachwuchs gegen Cash durch. Davon machen zum Beispiel der Darmstädter Chemie- und Pharmakonzern Merck KGaA, die Süd-Chemie wie die Metro Gebrauch. Und wer in Summe am meisten Geld gibt, ist einflussreich über den Stiftungsvorstand der WHU an der Eliteanstalt beteiligt, darf also mitreden und den Hochschulbetrieb kontrollieren.

Tue Gutes und bestimme die Politik

Die Teilnehmer in Vallendar müssen beweisen, dass sie ihr Studium flott absolvieren können. Dieser geldwerte Anspruch klingt zwar populär, ist aber pädagogisch barer Unsinn. Denn er setzt einseitig auf pure Bildung und vernachlässigt die Entwicklung des Menschen, Werte wie Reife und Erfahrung. Doch Wissen allein – und sei es in noch so vielen

Sprachen – genügt nicht. Jeder erfährt – spätestens im Berufsleben – wie wichtig charakterliche Eigenschaften und soziales Verhalten bei Vorgesetzten sind. Stattdessen werden hier vorwiegend Individualismus, Willensstärke, Karrieredenken und der schnelle Weg zum Geld trainiert. Das leistet Mobbing und dumpfem Zahlendenken Vorschub, anstatt ein Gespür für das komplexe und soziale Gebilde einer Firma zu entwickeln. In Zeiten anhaltender Wirtschaftskrise mit zunehmendem Konfliktpotenzial sind weit mehr unternehmerische Kreativität, Verhandlungsgeschick sowie soziale Vernunft gefordert. Diese Werte aber gehen in Kaderschmieden wie in Vallendar unter. Eleven aus Zuchtanstalten sind nicht automatisch gute Führungskräfte oder Wissenschaftler. Es mag die reichen Familien dazu verlocken, ihre Jugend in eigene Hochschulen zu schicken, um den Nachwuchs abseits der Masse nach eigenem Gusto zu formieren. Doch die Clans sollten sich an die Anfänge der eigenen Firmengeschichte erinnern. Kaum einer der in diesem Buch genannten Gründer absolvierte je eine Eliteschule. Im Gegenteil. Sie boxten sich mit ihren bloßen Ideen meist gegen verkrustete Eliten durch. Die schweren Krisen von Unternehmen in Ländern mit elitärer Bildung wie den USA, England oder Frankreich basieren oft auf personellen Verfilzungen in der Gesellschaft, wo seit Generationen eine Hand die andere wäscht. Die Folgen: erstarrte, kundenfeindliche Strukturen, unkritisch gegen sich selbst. Schon der Befehlston der Bosse riecht nach Kasernenhof. Menschen werden nicht eingestellt, sondern »rekrutiert« wie Soldaten. So finden auch an der WHU laut Geschäftsbericht »zahlreiche On-Campus-Recruiting-Gespräche mit den Absolventen statt«. Die militante Sprache lässt ahnen, wie das Verhältnis der Zöglinge zu ihren »Untergebenen« sein wird. Diese Bildung kann kein Vor-Bild für ein modernes Deutschland sein.

Noch ein gewaltiger Nachteil spricht gegen Elitebildung. Sektierertum einer Oberschicht untergräbt jede offene, demokratische Gesellschaft. Wie »frei« kann ein Professor arbeiten, wenn er von privaten Spendern ausgehalten wird, die ausgerechnet auf seinem Gebiet wirtschaftliche Interessen verfolgen? Die Antwort liegt auf der Hand: Tue Gutes und bestimme die Inhalte. Denn so viel ist eindeutig: Mäzene verbinden ihre Gaben im Zeitalter des Nutzwertdenkens meist nicht nur damit, Steuern zu sparen, sondern sie machen auch Politik mit ihren ideologischen Auflagen für Bildung, Forschung und Entwicklung. Solche Gegengeschäfte geben dem Ganzen ein »Gschmäckle«. Schließlich gefährden diese Einfluss-Reichen – viele mit Wohnsitz im Ausland – mit ihren Ideologie-Stiftungen die Grundlagen der Gesellschaft. Es wäre viel vernünftiger, das Samaritertum der Einfluss-Reichen statt in die Elite in eine gemeinsame Hochschulpolitik zu stecken. Und gegenüber überholten Kasernenhofstrukturen ist motivierte Arbeit auf Zuruf viel effektiver und humaner. Das würde bedeuten, für alle beste Bildungschancen zu schaffen. Vielleicht wird die »Otto Beisheim Hochschule« in diesem Sinne eines Tages in eine Gesamtschule umgewandelt – natürlich nur unter dem Namen des Gründers. Denn die Verewigung durch seinen Namen wünscht der edle Spender schon. So zum Beispiel auch, als er im Sommer 2005 zehn Millionen Euro für das Gymnasium in Tegernsee spenden wollte. Beisheims Bedingung: Die Schule sollte seinen Namen tragen. Als dann jedoch das Lehrerkollegium von ihm eine Art »Unbedenklichkeitsbescheinigung« über seine Rolle im Zweiten Weltkrieg verlangte, zog der Milliardär sein Angebot wieder zurück.

Kapitel 4

Haniel

Oligopole in Familienhand

Die heimlichste Aktiengesellschaft Deutschlands residiert seit 1756 im Duisburger Vorort Ruhrort. Heimlich deshalb, weil das Imperium eine unbekannte Größe und in Wahrheit auch keine Aktiengesellschaft ist. Trotzdem wird die gut 250 Jahre alte Firma längst wie eine an der Börse notierte Gesellschaft geführt. Formal jedoch firmiert das Stammhaus als Gesellschaft mit beschränkter Haftung (GmbH) mit sage und schreibe 555 erbberechtigten Gesellschaftern (Sommer 2005). Und dieser verschworene Club von Anlegern erwartet, mindestens so gut von seinen Managern bedient zu werden, wie Investoren an der Börse. Der gemeinsame Besitz dieser »Aktionäre im Geiste« ist die Franz Haniel & Cie. GmbH. Sie sind die Nachfahren von Jan Willem Noot, dem Großvater von Franz Haniel, und Jacob W. Haniel, dem Vater, einst Kolonialwarenhändler aus dem besagten Ruhrort. Die Firma nennt sich »Führungsholding«, weil dort weltweit 800 bis 900 Betriebe mit 55 000 Beschäftigten diverser Branchen unter einen Hut gebracht werden müssen. Das Tagesgeschäft der Tochterfirmen ist Sache der jeweiligen Führungskräfte. »Zentral steuern, dezentral handeln« lautet bei Haniel die Devise. Hauptsache die Zahlen stimmen und am Ende glänzt die Rendite. Die Bereiche von A wie Apotheke bis Z wie Zubehörhandel haben die Zielvorgaben aus Duisburg »eigenständig und unabhängig voneinander umzusetzen«.[1] Der Riese von Rhein und Ruhr macht keine Geschäfte mit Konsumenten, sondern Haniel bedient nur Gewerbe und Industrie.

Es gibt die strikte Order, nicht unter dem Namen Haniel als Firma oder Marke aufzutreten. »Das ist Geschäftspolitik«, bestätigt ein Insider. »Die Familie will nicht in die Öffentlichkeit«, bremst die Pressestelle jeden Kontakt mit der Sippe aus. »Aus Angst vor Entführungen«, lautet die gängige Begründung. Androhungen habe es schon einige gegeben. Deshalb ist »die Familie vorsichtig, ihre Mitglieder wollen in Ruhe leben«. Aber für diese Abstinenz existiert noch ein weiterer Grund: Clan-Oberhaupt Franz Markus Haniel – es gibt in dieser Linie immer einen Franz – will nicht allen Lorbeer für sich einstreichen: »Wir sind ein Team, die Leistungen gehen auf alle zurück«, lässt der direkte Nachkomme des Gründers Franz Haniel ausrichten. Erbe »Franz M.«, mit Anfang fünfzig ein relativ »junger Kopf« an der Spitze der Großfamilie, ist im Hauptberuf Manager bei der Münchner Giesecke & Devrient, hierzulande der führende private Banknotendrucker. Dieser beachtliche Familienbetrieb (Umsatz: 1,1 Mrd. Euro, 6 800 Mitarbeiter) gehört nicht zum Reich der Haniels. Doch die absolute Verschwiegenheit besitzen Bayern wie Ruhrpöttler als gemeinsames Gen. Das Erbe weiß Franz M. Haniel, der diplomierte Ingenieur mit dem amerikanischen Titel MBA als Zusatz, bestens zu bewahren. Der zwar charmante, aber wenig charismatische Milliardär nutzt seinen Einfluss lieber unspektakulär im kleinsten Kreis. Auf der Flucht vor der Presse gastieren die Haniels in Hotels notfalls unter Pseudonym. Für Außenstehende erschließt sich die wahre Dimension des Mischkonzerns ohnehin erst unter der Rubrik »Wesentliche Beteiligung« in der Bilanz. Die weist einen kapitalen Brocken aus: Die Beteiligung von einem Drittel an der Metro Vermögensverwaltung GmbH & Co. KG. Das entspricht durchgerechnet knapp 19 Prozent Anteil am Metro-Konzern oder einem mehrfachen Milliardenvermögen, entstanden in der jüngeren Haniel-Geschichte. Denn die Duisburger zählen sich zu den Mitbegründern des Riesen Metro. Sie finanzierten seit 1966 die von Otto Beisheim und der Mülheimer Kaufmannssippe Schmidt-Ruthenbeck aufgebaute heutige Handelsmacht. Über die Holding unter dem Kürzel BHS ist das Gründertrio Beisheim, Haniel, Schmidt-Ruthenbeck Mehrheitsaktionär der Metro. Und über Jahre beziehen die Haniels ihr Wachstum großteils aus den Gewinnen des lukrativen Goldschatzes Cash-and-carry. Auch das knallharte Management der Metro mit den Pfennigfuchsern Otto Beisheim und den Brüdern Schmidt-Ruthenbeck als Sparkommissaren färbt auf Haniel ab. Und als Beisheim im Seniorenalter seinen Aufsichtsratssessel bei der Metro räumte, machte er einem Haniel Platz – damals Jan von Haeften, dem Chef des Clans. So viel Macht und Moneten stellen den Konzern am Drehkreuz von Rhein und Ruhr in eine Liga mit einflussreichen Unternehmen wie Aldi, Henkel, Oetker oder Quandt. Trotzdem sagt der Name Haniel dem breiten Publikum höchstens als Brennstoffhändler oder Spedition etwas. Diese Geschäfte aber sind längst Vergangenheit.

Mit dem stattlichen Alter von einem Vierteljahrtausend gehört die Franz Haniel & Cie. in die Galerie der ältesten Firmen Europas. Das barocke »Cie.« ist das überkommene Kürzel von Compagnie. Es braucht wohl eine eigene Überlebensstrategie, unternehmerisches Geschick und eine Portion Glück, so lange mit Hunderten von Teilhabern als Familienbetrieb zu überleben. Eine wesentliche Besonderheit der Rhein-Ruhr-Dynastie ist das ungeschriebene Gesetz, dass kein Nachkomme Franz Haniels und damit auch kein geborener Gesellschafter in einem der vielen Unternehmen tätig sein darf. Die Familie übt ihren Einfluss nur indirekt (Delegierte) über einen Konzernbeirat und den Aufsichtsrat aus. Die Geschäfte führen durchweg familienfremde Manager. Diese scharfe Trennung von Firma und Familie steigert die Entfremdung der vielen Gesellschafter zu »ihrer Firma«, womit automatisch die Sorge um den Zusammenhalt der Sippe wächst. Andererseits kann diese Distanz auch ein gutes Rezept sein, das Unternehmen unbeschadet von möglichem Familienzwist über Generationen zur bewahren. Dieses Modell bringt die Haniels nämlich in die komfortable Lage, dass ihr Erbe seit Jahren beste Renditen abwirft. So macht es Freude, ein Blutsverwandter des Stammvaters Franz Haniel (1779–1868) zu sein. Denn Gesellschafter dieser einflussreichen Compagnie wird nur, wer hundertprozentig »grünes Blut« – die Farbe der Firma – in direkter Linie zum Urahnen in seinen Adern hat. Vererbt wird nach der normalen gesetzlichen Erbfolge, ausgehend von den Gründerfamilien Noot und Haniel. Ein Firmenanteil kann also nur innerhalb der Sippe vererbt, verschenkt oder untereinander ver- oder gekauft werden. Wer kein »grünes Blut« nachweisen kann, bleibt draußen. Diese gewollt enge Verwandtschaft hält den Clan zusammen und bindet ihn zugleich an die lange Tradition des Hauses. Daher halten die Haniels ihre Herkunft als Unternehmer nicht nur der Form halber und für Jubilarfeiern wach, sondern auch zur Identifikation der Großfamilie. Denn die Historie prägt die Haniel-Kultur bis heute.

Ein Vierteljahrtausend überstanden

Das Jahr 1756 gilt als Gründungsjahr des Unternehmens. Am 10. Februar dieses Jahres erhielt der Zollbeseher (Zöllner) und Kaufmann Jan Willem Noot (1708–1770) vom Preußenkönig Friedrich II. die Erlaubnis, ein Grundstück für ein Packhaus in Duisburg-Ruhrort zu erwerben. Der Amtmann und Händler Noot braucht für sein Speditionsgewerbe ein Gebäude dicht am Rhein, um mit Kolonialwaren aus dem niederländischen Rotterdam – Gewürze, Kaffee, Tabak, Tee – handeln zu können. Das Dokument mit der Unterschrift des Königs gilt als Start für den Betrieb. Und wenige Jahre später übernimmt der Schwiegersohn Jacob W. Haniel (1734–1782) nach dem Tod von Jan Willem Noot dessen Geschäft. Er ergänzt das Sortiment um Wein und dehnt den Handel Richtung Süden und Westen aus. Dem Haus Noot/Haniel kommt die günstige Lage des Betriebs am Knotenpunkt der damaligen Handelswege sowie an Rhein und Ruhr zugute. Rasch wächst der Kolonialwarenhandel gegen Ende des 18. Jahrhunderts zu einem universellen Handelsbetrieb. Die Witwe von Jacob Haniel, Aletta Haniel (geborene Noot, 1742–1815) weitet das Angebot um Eisengusswaren und Kohlen aus dem Ruhrgebiet aus, die sie nach Frankreich und Holland verkauft. Mit Produkten aus der heimischen Montanindustrie gibt Aletta Haniel bereits die Richtung vor, welche die Duisburger bis zum Zweiten Weltkrieg nehmen sollten. Ihre Söhne Gerhard und Franz unterstützen die Mutter und erweitern die Liste der Transportgüter zeitweise um Öl, Salz, Zucker und Holz. Franz Haniel (1779–1868) gründet 1800 die Kohlenhandlung Franz Haniel. Unter diesem Namen und Geschäft bleiben die Duisburger bis weit nach dem Zweiten Weltkrieg im öffentlichen Bewusstsein. Über Alettas Tochter Sophie kommen enge Verbindungen der Haniels zu den Besitzern der Eisenhütten an der Ruhr zustande. Sophies Mann, der Ingenieur Gottlob Jacobi ist Mitbesitzer einer Hütte, ebenso Schwager Heinrich Huyssen. So steigt die Familie in die florierende Eisenindustrie ein. Die weitaus bekannteste Firma der Haniels wird die Gutehoffnungshütte (GHH) in Oberhausen. Mit dem Fortschritt der Montanindustrie geht der Aufbau eines modernen Maschinen- und Anlagenbaus einher. Unter ihrer Regie bauen die Duisburger auf einer Werft in Ruhrort sogar Passagierschiffe und später Schleppdampfer für die eigene Spedition. Das Handels- und Speditionshaus verwandelt sich im 19. Jahrhundert allmählich in ein Industrieunternehmen. Franz Haniel baut nach 1830 erste senkrechte Schächte zum Abbau von Kohle. Zur Mitte des 19. Jahrhunderts betreibt die Familie neben ihrer angestammten Speditions- und Handelsfirma durch Vernetzung der verschiedenen Arbeitsbereiche – Schacht, Zeche, Koksofen, Eisenhütte, Transport und Handel – Deutschlands ersten Montanriesen. Bis zur Jahrhundertwende schaffen die Haniels mit der Aktiengesellschaft Gutehoffnungshütte (GHH) den Aufstieg in die Klasse der Ruhrbarone. Nun stehen sie mit Größen wie Krupp oder Thyssen in einer Reihe. Und wie alle Ruhrbarone herrschen sie bis in die sechziger Jahre des 20. Jahrhunderts fürstlich im typischen Backstein-Palais.

Doch bereits Anfang des Jahrhunderts erkennen die Handelsprofis die Grenzen der Märkte für Kohle und Stahl und streben die Fusion möglichst vieler Zechen und Gruben an. Andererseits verstärken sie ihre Handels- und Speditionsinteressen. Nach dem Ersten Weltkrieg erreicht Haniel bei Handel und Schifffahrt – speziell bei Kohle – Spitzenpositionen. Und im Dritten Reich produziert Haniel ab 1936 unter der Marke »Rheinpreußen« Benzin aus Kohle und vertreibt es übers eigene Tankstellennetz. Der Zweite Weltkrieg zerstört zwar viele Anlagen, aber der europaweite Vertrieb für Brennstoffe sowie die Schiffsflotte profitieren vom Wiederaufbau ebenso wie die 60 Einzelbetriebe. Zugleich nutzt die Familie die Boomjahre des Wirtschaftswunders dazu, sich sachte aus der Montanindustrie zu verabschieden. Auf dem Höhepunkt der Kohlekrise werden die wichtigsten Zechen (Rheinpreußen und Neumühl) verkauft. Die Erlöse investieren die Duisburger in Bau, Steine, Erden. Und 1962 wagen sie erstmals den Schritt in den Großhandel mit Arzneimitteln. Schon ab Mitte der sechziger Jahre beginnen die Haniels sich zu häuten und so ziemlich alles Alte abzustreifen – obwohl die Firmen rentabel arbeiten. So ziehen sich die Milliardäre aus dem Tankstellengeschäft der Rheinpreußen zurück, als deren Marktwert den Gipfel erreicht. Einen Teil des Profits steckt die Familie in eine völlig neue Idee im Handel: den Aufbau von Beisheims Cash-and-carry-Märkten unter dem Namen Metro – ein Kapitaleinsatz, der sich tausendfach in Gewinne verwandeln sollte. Dagegen wird das Engagement bei GHH auf weit unter 50 Prozent reduziert. Zur Erinnerung: Der mächtige Maschinen- und Anlagenkonzern in Oberhausen bildete Anfang der siebziger Jahre noch einen Club mit Thyssen, Krupp, Mannesmann, Klöckner/Deutz oder Siemens. Die GHH produzierte Anlagen für Stahlwerke, Dampfkessel und Turbinen für Kraftwerke (GHH Sterkrade), Druckmaschinen (Roland Offset), Aufzüge und Rolltreppen und selbst Großmotoren und Lastwagen der Marke MAN. Doch für die Haniels wirft der Industriekoloss zu wenig ab. Stattdessen investieren sie vehement in den Handel (Scrivner Inc./USA, Metro, Pharma-GEHE), in die Deponie- und Abfallwirtschaft sowie in die Hochseeschifffahrt.

In den achtziger Jahren – das Stammhaus Franz Haniel & Cie. wird 1980 Führungsholding – entfernen sich die Duisburger schrittweise weiter von ihrem Ursprung. Sie erwerben zum Beispiel den Schweizer Hersteller von Handtuch- und Seifenspendern CWS, bekannt aus vielen Toiletten. Dazu kommen Firmen aus dem Edelstahl-Recycling und Rohstoffhandel, der Schnelllieferdienst Trans-o-flex oder der Versandhändler für Büro- und Lagereinrichtungen Kaiser + Kraft. Im Gegenzug verabschieden sich die Haniels 1986 aus dem Brenn- und Kraftstoffgeschäft. Auch die Hochsee- und selbst die Binnenschifffahrt (2000) werden komplett verkauft. In den neunziger Jahren konzentriert sich Haniel auf den Pharmagroßhandel (Celesio/GEHE), auf das Filialgeschäft mit Apotheken (noch im Ausland), auf Bau- und Rohstoffe sowie auf Spezialgebiete. Dagegen bleibt die Herstellung von Medikamenten, hauptsächlich Generika (Azupharma, Allphamed, Aliud-Pharma, Jenapharm), nur eine Episode. Aus strategischen Gründen beendet Haniel die Herstellung von Generika und Hormonpräparaten zugunsten der Glaubwürdigkeit, als die ersten Apotheken erworben werden. Denn die Produktion von Pharmazeutika sei mit dem Handel nicht vereinbar, begründet der Konzern den Ausstieg. Und von ihren Geschäften aus der Gründungszeit – Handel mit Kolonialwaren, Transport, Eisenhütten etc. – haben die Haniels sich längst weit entfernt. Gegenwärtig sind ihre Aktivitäten auf sechs Felder konzentriert: Pharmagroßhandel und Apotheken (Celesio/GEHE, Lloyds Pharmacy), Bauindustrie (Ytong, Hebel, Fels), Recycling und Handel mit Rohstoffen der Edelstahlindustrie (ELG Haniel), Versandhandel für Büro-, Betriebs- und Lagereinrichtungen (Takkt AG, Kaiser + Kraft), Waschraumhygiene und Service für Berufskleidung (CWS, Boco) sowie auf die Brand- und Wasserschadensanierung (Belfor).

Das Chamäleon unter den Konzernen

Die Haniels sind mit keiner Branche verheiratet. Charakteristisch für die Familie ist der stete Wandel ihrer Geschäfte – und das seit hundert Jahren. Kaum ein deutsches Großunternehmen verfolgt die Strategie so konsequent, sich alle paar Jahre wie ein Chamäleon den Märkten und Finanztrends anzupassen. Vergleichbare Dynastien wie die Henkels, Merckles (Ratiopharm), Boehringers oder Oppenheims bleiben über Generationen ihren Wurzeln treu. Nicht so die Haniels. »Schuster bleib' bei deinem Leisten«, das gilt für die Rhein-Ruhr-Strategen nicht. Der Konzern betreibt heute kein einziges Geschäft aus der Gründungszeit mehr. Selbst Aktivitäten, die noch Anfang der achtziger Jahre dominierten, machen nun kaum noch ein Fünftel des Umsatzes aus, der Rest ist verkauft worden. Umgekehrt wurden die jetzigen Aktivitäten zu mehr als 90 Prozent erst seit 1980 entwickelt. Dabei konzentriert sich der Konzern auf den Ausbau des Pharmagroßhandels. Portfoliostrategie nennt sich diese wandelbare Firmenpolitik im heutigen Wirtschaftsdenglisch. Gemäß dieser Strategie treten die Haniels also wie Investoren gegenüber dem eigenen Unternehmen auf. Ihr Kapital fließt jeweils in die Sparten, wo sie eine gewisse Zukunft und fette Rendite wittern – mit Erfolg. So eilt die Pharmatochter Celesio/GEHE (Stuttgart) beim Gewinn von Rekord- zu Rekordjahr. Auch Haniels Einstieg in Beisheims Cash-and-carry-Geschäft ist ein Beispiel für die stete Bereitschaft zum Wandel. Haniels Herz hängt mehr am Zinsfuß als an speziellen Märkten oder einer bestimmten Technik. Pure Börsenspekulanten, wie es die Flicks oder Quandts einmal waren, sind die Haniels zwar nicht. Doch ihr ausgeprägt renditeorientiertes Investment-Denken ist das Motiv dafür, dass die Firma längst wie eine Aktiengesellschaft von familienfremden Managern gelenkt wird. Die strikte Trennung von den Eigentümern setzt andererseits voraus, dass niemand von der Familie in der Firma seinen Beruf in einem bestimmten

Geschäft ausüben will. Deshalb halten Haniels das bereits erwähnte – ungeschriebene – Gesetz hoch, wonach kein Nachfahre als Angestellter oder Führungskraft im eigenen Unternehmen arbeiten darf. Bemerkenswert ist, dass diese strikte Trennung einem familienfremden Manager zugeschrieben wird und nicht auf die Initiative der Sippe zurückgehen soll. Ein Generaldirektor Johann W. Welker, der erste Fremdmanager an der Firmenspitze überhaupt, verpasste dem Betrieb in den harten zwanziger Jahren eine neue Struktur, die bis heute gilt. Und mit dieser Reform setzt der so resolute wie erfolgreiche Firmenlenker die Trennung von Familie und Management durch – und die Sippe vor die eigene Türe. Der damals zerstrittene Clan respektierte Welkers Warnung: Entweder ihr zieht euch aus dem Alltagsgeschäft zurück, oder ihr macht munter so weiter und vererbt mit den Gesellschafteranteilen auch das Recht auf eine Geschäftsführung. Dann geht das hier in Duisburg-Ruhrort bald nicht mehr weiter. Die Eigner zeigten Einsicht und das Motto lautete nun: »Unternehmen vor Familie.« Allerdings dauerte es noch zwei bis drei Generationen, bis auch der letzte Haniel seinen Chefsessel räumte.

Da seit Welkers Zeiten also kein Haniel-Nachfahre ins operative Geschäft einsteigen darf, gehen alle unterschiedlichen Berufen und Berufungen außerhalb des Konzerns nach. Sich auf die faule Haut zu legen, ist in der Sippe verpönt. Manche betreiben ihre eigene Firma, andere sind irgendwo in führender Position tätig. Das gilt vorbildhaft für den Chef des Clans, Franz M(arkus) Haniel und seinen Managerjob in München bei Giesecke & Devrient. Ein anderer Haniel steht an der Spitze der Tür- und Baubeschlagsfabrik Dorma, und ein blaublütiger Abkomme, ein Baron, züchtet Pferde in Argentinien. Ein weiterer Verwandter betreibt eine kleine Brauerei, wieder andere fungieren als Vermögensverwalter oder bewirtschaften Ländereien. Und nicht wenige der Junioren – die Altersgrenze für diese Bezeichnung liegt bei 40 Jahren – starten ihre Karriere als Turnschuhunternehmer im Computer- oder Softwarebereich. Die selbst verordnete Eigenständigkeit verhindert, dass es im Hause Haniel unter den Nachfahren zu Vetternwirtschaft kommt. Familieninterna werden völlig herausgehalten. Diese durchgehaltene Trennung ist, obwohl sie nur ein ungeschriebenes Gesetz ist, vielleicht das wichtigste Erfolgsrezept für das Überleben als Familienfirma über die Generationen. Ihren Besitz dürfen die meisten Eigentümer nur indirekt wie Kleinaktionäre kontrollieren. Doch statt zur Hauptversammlung werden sie zur Gesellschafterversammlung geladen, wo sie auch ein Mitglied in den Familienbeirat wählen dürfen. Für eine direkte Kontrolle des Einzelnen hat der weit verzweigte Clan zu viele Köpfe. Alles in allem gibt es mehr als 1 000 Erben, doch nur 555 (Stand: Sommer 2005) haben auch Gesellschafterstatus. Heute bildet die Sippe fünf Erbstränge oder Stämme, die wiederum unter sich Gesellschafterkreise bilden. Die meisten haben einen »Franz« mit Vornamen an der Spitze. Die Mitglieder der Stämme wie die der von Starcks, der Libberts, der von Haeftens, der Horstmanns oder der Haniels leben weltweit verstreut. Die Mehrheit wohnt zwar noch in Deutschland, aber viele Nachkommen residieren in Österreich, Großbritannien, Italien oder der Schweiz, ein Häuflein ist über alle Kontinente bis Argentinien und Australien verteilt. Gemanagt werden die Obliegenheiten aller Haniel-Erben eigens von dem verschwiegenen Familienbüro in Düsseldorf.

Die 555 Gesellschafter wählen aus ihrer Mitte einen 30-köpfigen Familienbeirat, der die fünf Stämme der Haniels repräsentiert. Wer Mitglied im Beirat werden will, muss sich zumindest für das unternehmerische Erbe begeistern oder eine herausragende Rolle innerhalb der Familie spielen oder am besten beide Eigenschaften auf sich vereinen. Real gehören dem Familienrat vom 20 Jahre alten Studenten bis zum Achtzigjährigen alle Altersschichten an. Ebenso existiert eine repräsentative Auswahl von Berufen, die vom Landwirt über Juristen, Techniker, Ingenieure und BWLer bis zur Hausfrau reicht und eine relativ organische Struktur bildet. Bei der Ausübung der Macht im Konzern spielen allerdings aufgrund der Unterschiede bei den Beteiligungsquoten auch unterschiedlich reiche Erblinien eine Rolle. Doch um der Gemeinschaft willen sind die Gesellschafteranteile der Haniels offenbar gepoolt, also nicht ohne weiteres verkäuflich. Zudem ernennt der Familienbeirat aus den eigenen Reihen acht Mitglieder, welche in den 16-köpfigen Aufsichtsrat entsandt werden. Die andere Hälfte des Gremiums wählen die gut 50 000 Mitarbeiter nach dem Gesetz. Vorsitzender allerdings ist stets ein Familienmitglied – wie derzeit Franz M. –, dem im Konfliktfall das Doppelstimmrecht zusteht. Doch dazu kam es bisher nie. Die Haniels legen bei allen Entscheidungen Wert auf Konsens zwischen Arbeitgebern und Arbeitnehmern. Der 30-köpfige Familienbeirat berät darüber hinaus die drei Vorstandsmitglieder der Haniel-Holding. Deren Ratschläge kann sicher kein Manager in den Wind schlagen, zumal der finanzielle Spielraum gering ist; denn jede Investition ab fünf Millionen Euro muss die Familie absegnen. Den Vorgaben entsprechend bestellt, beaufsichtigt und entlässt der Aufsichtsrat die Mitglieder der Haniel-Holding. Die Delegierten der Sippe üben also einen Einfluss aufs Management aus, der durch ihre zusätzliche Stellung als »Berater« weit über die Macht eines normalen Aufsichtsrats hinausreicht.

Mehr Bank als Industriebetrieb

Das Topmanagement der Haniels wiederum versteht sich mehr aufs Steuern und Kontrollieren nachfolgender Führungsebenen als aufs operative Geschäft. Die Duisburger bezeichnen ihr Firmendach als »strategische Finanzholding« und sprechen von »aktiver Vermögensverwaltung« und Leistungskontrolle der direkt unterstellten Manager in sechs Unternehmensbereichen. Das bedeutet, dass das oberste Führungstrio in Duisburg zwar klare Vorstellungen äußert, diese aber von den Geschäftsführern der Tochtergesellschaften umgesetzt werden müssen. Zahlen, Daten und Menschen kontrollieren und gegebenenfalls mit der Autorität der Bosse durchgreifen, das sind die Hauptaufgaben des kleinen Holding-Vorstands. An der Spitze des Trios stand von 1992 bis zu seinem Tod im Dezember 2004 Günther Hülse. Der ehemalige Vorsitzende des Vorstands der Franz Haniel & Cie. GmbH war ein ausgewiesener Steuer- und Finanzfachmann und hatte früher als Steuerprüfer beim Finanzamt Düsseldorf gearbeitet. Hülse, ein Vertrauter der Familie, galt als strategischer Kopf. Ihm gelang frühzeitig eine intelligente Planung, die auf die künftige Steuerpolitik Berlins abzielte und dem Familienkonzern viel Geld sparte. Hülse suchte nicht plump nach Steuerschlupflöchern, sondern – eher legal – Wege für eine erträgliche Steuerlast, etwa über Firmen in den Niederlanden. Hülses Nachfolger ist seit Mai 2005 Professor Dr. Theo Siegert. Der exzellente Betriebswirtschaftler und Analytiker hat eine Professur für strategische Unternehmensführung und spielt seit Jahren eine bedeutende Rolle im Hause Haniel. Der 59-Jährige war und ist derjenige, dem die operative Steuerung beziehungsweise Planung (Controlling) für alle Haniel-Firmen untersteht. Ohne den »Professor« und seine Leute ging schon unter Hülses Führung keine wichtige Entscheidung durch. »Er dreht oft noch im Hintergrund an den Schrauben«, erinnert sich ein Ex-Manager. Holding-Chef Theo Siegert, ein kühler Zahlenmensch, ist auch der Vater der Berechnungsformeln seiner Wertschöpfungstheorie. Finanzexperten verliehen der börsennotierten Tochter GEHE dafür mehrere Auszeichnungen. Der große Rechner an der Spitze steht eher aufseiten der Schweiger, passt also nahtlos in die Tradition der Familienfirma. Und traditionell besetzt der Haniel-Chef, nun Theo Siegert, auch den Vorsitz im Aufsichtsrat der bedeutendsten Beteiligung, der Metro AG in Düsseldorf. Der Jüngste im Haniel-Olymp ist bisher Dr. Klaus Trützschler aus Gelsenkirchen. Der Wirtschaftsingenieur fungiert als Finanzchef und nimmt operative Aufgaben wahr. Nach dem dritten Mann an der Spitze wurde im Herbst 2005 intern wie extern noch gesucht. Kurz vor Weihnachten ließen Pressemeldungen verlauten, dass das ehemalige Vorstandsmitglied von DaimlerChrysler, Eckhard Cordes, 2006 im Bunde der Dritte sein und vermutlich die Nachfolge von Theo Siegert antreten wird.

Entsprechend der Führungskultur bei Haniels hält sich der Holding-Vorstand aus den Tagesgeschäften der Unternehmensbereiche heraus. Die obersten Bosse kontrollieren und »beraten« deren Chefs lediglich. Das Muster – Verantwortung delegieren und dafür Rendite kassieren – wird im Konzern jeweils auf die nächstniedere Hierarchiestufe übertragen. Auch die Chefs der Geschäftseinheiten kontrollieren und steuern ihre Spartenmanager über Vorgaben, Zahlen und Ergebnisse. Diese Führungspyramide (von unten: Sachbearbeiter, Abteilungsleiter, Bereichsleiter, Geschäftsführer, Vorstand) soll die Untergebenen im Tagesgeschäft möglichst unabhängig machen. Denn alle Konzernteile werden dezentral wie mittelständische Betriebe geführt. Das fordert von allen Risikobereitschaft und Durchsetzungsvermögen. Dieser letztlich am Gewinn orientierte Anspruch auf Dauerleistung gleicht dem an einen Sportler, fast täglich zur Olympiade anzutreten. Aus der positiven Sicht der Firma lautet das Motto: »Haniel propagiert unter den

Mitarbeitern den Unternehmer im Unternehmen.« In der Praxis muss jede Führungskraft beweisen, dass sie ihr Geschäft gut versteht, also der Pharmamanager genug von der Pillen- und Apothekerzunft, der Topangestellte bei CWS viel von den Feinheiten der Handtuch- und Toilettenhygiene, der Edelmetallhändler vom Recycling. Ob und wann der Daumen über glücklose Matadoren in der Arena gesenkt wird, entscheidet ausschließlich das Top-Trio der Holding. Unterstützt werden die Vorstände bei der schwierigen Auslese von einem Expertenstab in der Zentrale. Sie sind normale Büroarbeiter wie in einer Bank. Von Industriebetrieb mit Blaumännern und Fabriklärm keine Spur. Still, fast friedlich muten die Wasserspiele inmitten der Haniel-Hochburg in Duisburg-Ruhrort an. Der respektable Komplex mit Park grenzt an den Rheinhafen. Rund um den Campus reihen sich Häuser aus verschiedenen Epochen der Firmengeschichte. Das Stammhaus des Gründers Jan Willem Noot aus dem Jahr 1756 und seines Enkels, des Industriellen Franz Haniel, bildet als Museum den Mittelpunkt der Anlage. Zum Verwaltungskomplex um den Franz-Haniel-Platz gehört neben Bürogebäuden für rund 400 Beschäftigte auch ein Gästehaus, das externen Haniel-Managern offen steht. Beachtenswert ist Haniels Weinkeller, der – wegen seiner Werthaltigkeit – direkt vom Holding-Vorstand verwaltet wird. Ergänzt wird der Campus durch weitere gastronomische Einrichtungen sowie die internationale Haniel-Akademie, in der die Führungskräfte ihren letzten Schliff erhalten. Sie steht nur der eigenen Mannschaft und den Haniels selbst offen. Die Familie soll es abgelehnt haben, »unseren Fußboden von Fremden verschmutzen zu lassen. Wir können uns das leisten«, so die Begründung. Zur Zentrale zählt außerdem ein kleines Haniel-Hotel in unmittelbarer Nachbarschaft, in dem auch Freunde des Hauses nächtigen dürfen. Die Angestellten der Führungsetagen der einflussreichen Familienfirma, die sich an kostbaren Originalgemälden erfreuen dürfen, sind sich ihrer Bedeutung bewusst. Viele sehen aus wie Banker der Frankfurter City: dunkler Anzug, Schlips und weißer Kragen. Außerhalb des Campus fallen die proper gekleideten Mitarbeiter im Stadtbild angesichts der hohen Arbeitslosigkeit auf. Doch Haniels werten die Gegend auf. Sie sind stolz auf ihre Wurzeln im Ruhrpott am Duisburger Binnenhafen, dem größten Europas. Auch das Personal stammt überwiegend aus der Region.

Die Arbeit der Fachkräfte – darunter Betriebswirte, Rechtsberater oder Vermögensverwalter – gleicht oft der von Bankern oder Finanzanalysten. Denn die Ergebnisse und Statistiken von vielen Haniel-Firmen müssen penibel überprüft sowie Märkte und Wettbewerber beobachtet werden. Eine zentrale Aufgabe ist auch das Controlling, also das Manövrieren des Konzerns mit Zahlen, Daten, Fakten der sehr selbstständig unter dem Holdingdach operierenden Unternehmen. Die Manager entscheiden also rein nach betriebswirtschaftlichen Kriterien, werten akribisch Soll- und Ist-Zustände aus. Das Machtverhältnis zwischen der Mutter in Duisburg und ihren Töchtern entspricht etwa dem einer Bank zu ihren Kreditnehmern: Es ist wie ein firmeninternes Monopoly. Die Haniels strecken das Kapital vor und legen die Spielregeln fest, die Manager/Mitarbeiter riskieren ihre Karriere und versprechen, einen Profit herauszuholen, der über dem üblichen Kapitalmarktzins liegt. Zentrale Steuerungsgröße beim Haniel-Spiel ist Theo Siegerts EVA-Prinzip. EVA steht für »Economic Value Added«, eine Kennzahl, mit der sich eine betriebswirtschaftliche Wertsteigerung von Jahr zu Jahr für jedes einzelne Geschäft berechnen lässt. Dabei wird der jeweils erzielte Jahresüberschuss um die rechnerischen (erwarteten) Zinsen auf das Eigenkapital (anteiliges Stammkapital plus direkte Investitionen) reduziert. Bleibt nach Abzug dieser Eigenkapitalkosten noch ein Gewinn übrig, dann ist nach Ansicht der Haniels »ein echter Mehrwert entstanden«, der Economic Value Added eben. Weil der Überschuss nach EVA über der durchschnittlichen Verzinsung am Kapitalmarkt liegen muss, wird auch von »Überrendite« gesprochen. In der Praxis erreicht sie zwischen 12 und 14 Prozent der besagten Eigenkapitalkosten. Die Haniels erwarten also für ihr Geld und Erbe ein stattliches Sümmchen, vornehm als »langfristige Wertorientierung« bezeichnet. An diesem urkapitalistischen Anspruch wird auch das »unternehmerische Denken« der Mitarbeiter, also die variablen Gewinnanteile für Manager wie Mitarbeiter, gemessen. Und EVA ist auch die ökonomische Basis bei Firmenkäufen. Dieses Schema gilt heute auf der Suche nach der »Überrendite« in zahlreichen Firmen als Standard für die so genannte Portfoliostrategie, also für Investitionen in diverse Geschäftsfelder. Besonders Gesellschaften, die sich an der Börse tummeln, umschreiben das wegen seiner radikalen Sichtweise in Verruf geratene

EVA-Prinzip auch als »Shareholder-Value« (Aktionärsnutzen). Andererseits bleiben die Haniels als Pioniere des EVA-Prinzips beim Gewinn bescheiden: Mehr als ein Viertel des Überschusses darf der Konzern traditionell behalten.

»Es ist ein Haifischbecken«

Haniels Zahlen- und Häkchen-Kultur entspricht dem Führungsprinzip dieses Holdingtyps. Zwischenmenschlich läuft das Spiel etwa so ab: Der Konzernvorstand wünscht vom Geschäftsführer der Tochterfirma X eine Überrendite in Höhe Y in dem Zeitraum von Z Jahren. Diese Verzinsung wird allerdings gemeinsam mit dem Topmanager unter realistischen Perspektiven über einen Zeitraum von zwei bis drei Jahren festgelegt. Im Lauf der Zeit wird entsprechend den Markt- und Kapitalbedingungen nachjustiert. Wer aber die ganze Zeit unter der vereinbarten EVA-Rendite bleibt, verdient zu wenig Geld und kann bald einpacken. Wer andererseits das Ziel erreicht, dem winken hohe Gewinne. Der Erfolgsanteil kann für die oberen Führungskräfte bis zur Hälfte des Grundgehaltes erreichen. In das System von »teile und herrsche« sind selbst Abteilungsleiter und einfache Sachbearbeiter einbezogen. Letztere bekommen ein jährliches Fixum, das auf ihre persönlichen Arbeitsziele zugeschnitten ist. Beurteilt werden die Leistungsträger Haniels anhand von Veränderungsprozessen. Wieder werden Zahlen herangezogen und Ziele verglichen – Plan-Ist-Vergleiche, Prognosewerte, Trends –, wobei auch Aspekte wie das Marktumfeld oder der Wettbewerb berücksichtigt werden. Siegerts Leute halten zur formalen Erfüllung der Aufgabe extra Formulare bereit. Viermal im Jahr müssen sich die Chefs der Unternehmensbereiche den Inquisitoren in der Haniel-Zentrale stellen. Dabei präsentieren die Geschäftsführer brav ihre Leistungen unter den kritischen Augen der Vorstände und der oft jungen Spezialisten. Schonungslos wie auf dem TÜV-Prüfstand werden die vereinbarten Ziele genau mit den wahren Ergebnissen verglichen, die Geschäfte überprüft und durchleuchtet. Eine ähnliche Tortur veranstalten übrigens ihrerseits die Geschäftsführer aller Tochterfirmen mit ihren Bereichsleitern.

Das Topmanagement der Einzelfirmen entwickelt selbst die Ideen, die es den Holding-Bossen präsentieren will. Viele Anregungen stammen aus Vorschlägen, die von unten kommen. So entwirft der Vertriebsleiter für die GEHE Deutschland zum Beispiel ein Konzept für die nächsten Jahre und reicht es seinem Chef zur Begutachtung ein. Dieser wiederum vertritt es abgestimmt in Duisburg. Für die Präsentation und Diskussion lassen sich die Vorstände der Holding viel Zeit. Und sie erwarten über die reine Planerfüllung nach EVA-Prinzip hinaus von ihren Topkräften dazu ein »Bonbon«. Die Umsatz- und Ertragszahlen sind pure Pflicht, was jedoch zählt, ist die Kür. Gefragt sind zum Beispiel kreative Ideen, etwa mit welchen Methoden der Vertrieb noch schlagkräftiger werden oder wer mit wem im Markt kooperieren oder fusionieren könnte. Das erst bringt Unternehmergeist ins Spiel. Entsprechend den Quartals-Gesprächen und ihren Ergebnissen wird auch über Sein oder Nichtsein der Manager im Hause Haniel entschieden. Dieser Druck von oben über Zielvereinbarungen führt dazu, dass selbst die Angestellten der unteren Hierarchieebenen sich krummlegen und buckeln, um die Vorgaben zu schaffen. Denn wer mit seinen Ist-Werten Quartal um Quartal unter Plan liegt, der weiß bald um sein Schicksal. »Loser werden rasch entlarvt und nicht toleriert«, lautet erbarmungslos das Urteil. Am härtesten fordert das System die Führungskräfte der zweiten und dritten Ebene in den Tochterfirmen. Sie spüren zuerst die Ellenbogen, wenn ihre Chefs in Duisburg schlecht aussehen. Stark gefährdet in der Shareholder-Value-Maschinerie sind naturgemäß die Leute in Marketing und Vertrieb. Sie sind für Umsätze und Marktanteile verantwortlich, doch ebenso Niederlassungsleiter und Bereichschefs. Da verwundert es nicht, dass diese Menschen in kritischen Situationen verheizt und fast alle zwei Jahre ausgetauscht werden. Für nicht wenige Leistungsträger geht der dauernde Stress der Planerfüllung an die Grenze des Erträglichen. Manche leiden unter dem Burn-out-Syndrom mit körperlichen und psychischen Beeinträchtigungen. »Die Haniels bezahlen ihre Manager sehr gut. Darin ist ein Teil als Schmerzensgeld für mögliche Stressfolgen enthalten«, erklärt ein Unternehmensberater die Funktion des Systems. Die »brutale Mörderkultur«, so ein ehemaliger Manager, entspreche auch dem unbarmherzigen Wettbewerb im Handel, wo ein großes Rad gedreht wird, um bei niedrigen

Margen noch zu verdienen. Das knallharte Metro-Management exerziert vor, wie es geht. »Das ist ein Haifischbecken«, stöhnt ein Betroffener. In dem Kampf gehe es nur um Sieger und Besiegte. Positiv an Haniels Führungskultur dagegen ist die Offenheit gegenüber dem Personal. »Vorgesetzte haben die Pflicht, ihre Leute zu informieren, um sie an den betrieblichen Prozessen zu beteiligen«, lobt ein Insider. Im Vergleich dazu sei die von Herrschaftswissen geprägte Kultur anonymer Kapitalgesellschaften an der Börse brutaler.

Geschäftsidee: Versuch, Irrtum, Zufälle

Grundsätzlich bevorzugen die Haniels etablierte Unternehmen, gerade im Handel und in der Dienstleistung. Die Phase, ihr Geld auch in Neugründungen zu stecken – etwa gemeinsam mit ihren Metro-Kompagnons Beisheim & Co. –, liegt für die Duisburger lange zurück. Ihre Portfoliostrategie, der Kauf oder Verkauf von Firmen also, und die chamäleonartige Anpassung an veränderte Märkte sind dank des EVA-Prinzips nebst Markt- und Wettbewerbsanalysen eine ausgesprochen nüchtern kalkulierbare Angelegenheit geworden. »Wichtigste Ziele sind Wertorientierung und Wachstum – bei begrenztem Risiko«.[2] Konkret führt der Konzern dazu aus, dass »Haniel nur in wirtschaftlich und politisch stabilen Ländern aktiv sein will«. Für die praktische Anwendung gibt es einen »Haniel-Filter«, den Firmen wie Märkte im Falle einer Übernahme durchlaufen müssen. Eine Expertentruppe für Firmenkäufe (Mergers & Acquisitions) – »M&A-Abteilung«– filtert jedes Mal prüfend heraus, ob die Eckdaten eines Geschäfts zu den Vorstellungen des Konzerns passen. Oberstes Ziel ist der Ausbau von Wertschöpfungsketten bei den vorhandenen Unternehmensbereichen. »Und das gern international«, betont der Konzern.[3] Vereinfacht gesagt: Bestehende Positionen werden gezielt zu Oligopolen etwa in Europa ausgebaut. Bei diesem Monopoly werden Konkurrenten so lange vom Markt weggekauft, bis drei, vier verbleibende, etwa gleich starke Gegenspieler berechenbar werden. Diese Politik läuft auf eine Marktbeherrschung hinaus. Und weil die Haniels nur in mittelständisch geprägte Märkte investieren, können sie mit relativ wenig Kapital und Risiko ein großes

Rad drehen. Denn unter den Mittelständlern ist der kapitalstarke Riese Haniel nach wenigen Zukäufen der König – und das international. Rasch erreichen sie die geplante Führungsposition und können auch mal abwarten, bis der eine oder andere Gegenspieler in die Knie geht oder billig an Haniel verkauft.

Allen Rechenmodellen nach EVA-Methode und Portfolio-Theorien zum Trotz führen oft auch Zufälle zu einem neuen Geschäftsfeld. Oder es blühen irgendwo kleine Aktivitäten im Verborgenen eines vorhandenen Unternehmens, die dann zu einem eigenen Zweig ausgebaut werden können. So erwuchs das Geschäft mit der Entsorgung buchstäblich als Abfallprodukt aus den Speditionen und entwickelte sich unerwartet zu einem dynamischen Wachstumsfeld. Durch die kleine Tochter Westdeutsche Abfallbeseitigungsgesellschaft (Westab) stießen die Duisburger nämlich Ende der sechziger Jahre früher als andere auf den Müll- und Recyclingboom. Die Westab machte Haniel für einige Jahre zum Marktprimus in der Beseitigung von Sonderabfällen. Als aber der Betrieb von Deponien und die Beseitigung delikater Abfälle schwieriger und der Wind aus der Politik rauer wurde, da stieß Haniel die Westab zu guten Konditionen an die Düsseldorfer Veba wieder ab. Anfangs ähnlich zufällig, dann jedoch sehr erfolgreich entwickelte sich auch der Logistikbereich in den sechziger Jahren zu einer tragenden Säule des Konzerndachs. Das Transport- und Lagerwesen, zuvor ein kaum beachteter Appendix der damaligen Industrie, rückte ins Zentrum Hanielscher Aktivitäten. Die Spedition fuhr bald an der Spitze des europäischen Transportgewerbes. Vielen Menschen ist der Name Haniel bis heute durch die Aufschrift auf den Lastwagen präsent. Ende der achtziger Jahre ziehen sich die Duisburger aus der Spedition zurück und verkaufen die Anteile an Thyssen. Geradezu aus der Laune einer Biertischbekanntschaft entwickelt sich der Einstieg ins Handelsgeschäft mit Büroeinrichtungen, heute Takkt AG. Der damalige GEHE-Chef Dr. Dieter Schad lernt den Inhaber der Vorgängerfirma Kaiser + Kraft in seinem Stammlokal in Stuttgart kennen. So nebenbei fragt er ihn über seine Firma und die Branche aus. Bei einem der nächsten Treffen offenbart Schad, ein zupackender Machertyp, dass er den Betrieb gern kaufen möchte. So geschieht es, und Kaiser + Kraft wird als weiteres Handelsgeschäft der GEHE (Pharmahandel) angegliedert. Tatsächlich blüht der Zweig eine Zeit lang unter dem Ex-IBMer Schad auf. Takkt ist nun mit rund 2 000 Mitarbeitern weltweit tätig. Private Kontakte zwischen den Haniels und Otto Beisheim sollen einst den Weg zur Goldgrube Metro geebnet haben. Auch gezielte Beobachtungen von Marktentwicklungen können den Anfang eines neuen Geschäftszweiges bilden. So entstand die Sparte Brand- und Wasserschadensanierung (Belfor International) als Nischenprodukt durch Ausgliederung aus einem vorhandenen Bereich. Ähnlich lief es bei den Handtuchspendern CWS, die nun als Hygienesparte HTS International firmieren und sehr profitabel arbeiten. Nachdem Haniels die Schweizer Firma CWS erworben und ausgebaut hatten, dehnten sie das Geschäft bei den Saubermännern aus. Nahe lag die Ausweitung auf Miet- und Waschservice für Berufskleidung. Das gelang mit dem Kauf des Mittelständlers Boco in Hamburg, der sich im CWS-Markt tummelt und Berufsklamotten vermietet und verkauft.

Flops und Fehlversuche

Allerdings funktioniert die bewährte Strategie, mit der eigenen Macht mittelständische Branchen aufzumischen, nicht immer. So kamen die Duisburger zum Beispiel mit Fertigböden aus Beton, die ein Teil von Haniel-Baustoffe waren, nicht zurecht. Zum Misserfolg geriet ebenfalls die DASAG, ein Anbieter von Kunststoffböden, in Verbindung mit dem Baustoffgeschäft. Das eher handwerkliche Metier blieb den Haniels stets so fremd, dass sie buchstäblich keinen Fuß auf den (Kunststoff-) Boden brachten und aussteigen mussten. Ungeheuer daneben ging der Versuch mit Trans-o-flex. Der fulminante Schnell-Lieferservice aus Weinheim (Nordbaden) bildete eine sinnvoll erscheinende Klammer zwischen dem normalen Speditionsgeschäft und der direkten Belieferung im Pharmagroßhandel (GEHE). Doch Haniel bekam das Engagement nie in Griff. 1990 gekauft und 1995 – mit satten Verlusten – wieder abgestoßen. Dazwischen lagen bittere Erfahrungen mit Diebstahl, schwierigen Managern, Bestechung, Betrug usw. Ganze Lkws verschwanden samt Ladung. Der Gründer und Verkäufer der Trans-o-flex gründete bald wieder eine eigene Firma, Go, die dem ursprünglichen Modell der

Trans-o-flex in vielem glich – äußeres Erscheinungsbild, Konzept, Standort. Eine Rabattschlacht um Großkunden entflammte, es wurde prozessiert, Privatdetektive eingeschaltet usw. Und obwohl Haniel reichlich Erfahrung aus dem Transportgewerbe mitbrachte, müssen die Experten in Duisburg das spezielle Streckengeschäft der Trans-o-flex völlig falsch eingeschätzt und viel Lehrgeld bezahlt haben. Heute fährt die wesentlich kleinere und selbstständige Trans-o-flex wieder vorwiegend für Apotheken.

Weit weniger Erfahrung als mit Speditionen besaß der Konzern als Fabrikant von Leitplanken für Autobahnen und Schnellstraßen. Auch dieses Geschäft kam zufällig zustande. Haniel besaß damals die S + I Industriereinigung, welche unter höchstem Wasserdruck Industrieanlagen, Lagertanks und Container reinigte. Zum Service gehörte auch die Beseitigung von Markierungen auf Tausenden von Straßenkilometern, wozu die Leitplanken entfernt werden mussten. So kontaktierte Haniel Spezialisten, die Leitplanken nach komplizierten staatlichen DIN-Vorgaben herstellen. Offenbar wollten einige der Mittelständler ihren Betrieb verkaufen und Haniel griff zu. Bald war Haniel nach klassischer Oligopolregel Deutschlands größter Produzent von Leitplanken, was die kleinen, weniger kapitalstarken Konkurrenten in Bedrängnis brachte. Doch diese Nische war für die Duisburger zu eng. Zu streng waren die gesetzlichen Auflagen, zu kleinteilig die Märkte. Das übliche Rezept – rasch Mittelständler aufkaufen, Geschäftsidee standardisieren und das Geschäft globalisieren – klappte nicht. Und die Billigproduktion von Leitplanken in Polen brachte ein schlechtes Image. Haniel stieg wieder aus der Randsparte aus. Die S + I Industriereinigung wurde am Ende ans eigene Management verkauft. Ebenfalls zu den schmerzhaften Episoden der jüngeren Haniel-Historie zählt die »Pro Reha«, ein Betrieb für Beratung und Rehabilitation im Gesundheitswesen. Die Servicetochter stand mit weit mehr als tausend Mitarbeitern unterm Dach des Pharmagroßhändlers GEHE in Stuttgart. Doch die Margen verfielen stetig, und Ende der neunziger Jahre war der Zweig hoch defizitär. Da es nicht einmal gelang, den Flop an Konkurrenten zu verkaufen, zog die GEHE ein Management-Buy-out durch. Allerdings gelang es den Nachfolgern dann überraschend schnell, Pro Reha zu gesunden und mit sattem Aufschlag an den Fresenius-Konzern zu veräußern. Diese herbe Niederlage zeigt, dass auch dem Mischkonzern trotz EVA-Prinzip Grenzen gesetzt sind. In diesem Fall musste Haniel den entgangenen Gewinn vollständig abschreiben.

Erfolgsstory mit Edelschrott und im Apothekenhandel

Unterm Strich indes sind Haniels Aktivitäten lohnend bis hoch profitabel. So zum Beispiel die Rohstoffhandels- und Recyclingfirma ELG Haniel GmbH. Der auf die Edelmetallindustrie konzentrierte Verwerter ist eng mit dem Auf und Ab der Rohstoffmärkte verbunden. In jüngster Zeit ging es steil bergauf. Die ELG profitiert von der hohen Nachfrage sowie Verknappungstendenzen in aller Welt und damit von rapide steigenden Preisen für ihre Ware (Schrott). Auch der Fall der Mauer wurde zum lukrativen Geschäft. Der verfügbare Rohstoff – der Drahtzaun war aus Edelstahl – wurde erst verwertet, als die Preise stiegen. So harrten Metalle im Wert von bis zu 25 Mio. DM (gut 12 Mio. Euro) auf einem riesigen Haufen ihrer Verwertung. Das Warten hat sich gelohnt: 2004 kletterte der ELG-Gewinn um 173 Prozent auf den Rekordwert von 134 Millionen Euro. Eine wahre Goldgrube ist der Großhandel mit Medikamenten. Auch dieser inzwischen weitaus größte Bereich entstand eher zufällig und wuchs sich seit 1962 aus einer kleinen Pharmagroßhandlung (Lieser in Duisburg) mit der GEHE AG (Stuttgart) zu einer Erfolgsstory aus. GEHE – der Name steht nur noch für Inlandsaktivitäten – trägt als Konzern den Kunstnamen Celesio (Umsatz 2004: 19,2 Milliarden Euro, 34000 Mitarbeiter in 15 Ländern Europas). Haniel ist mit knapp 60 Prozent beteiligt. In den neunziger Jahren expandierte Celesio/GEHE explosionsartig. Wieder galt es, so rasch wie möglich eine starke Position in einem europaweit entstehenden oligopolen Markt zu erobern. Große Gegenspieler im Pharmagroßhandel waren (und sind) Phoenix (Ulmer Merckle-Gruppe), die Frankfurter Andreae-Noris Zahn AG (ANZAG) sowie der Apotheker-Verbund Sanacorp aus Planegg. Das Geld für GEHEs Sprung an Europas Spitze stammte vorwiegend aus den anteiligen Gewinnen der Metro sowie aus dem Verkauf von Tochterfirmen, die Arzneimittel herstellten. Darunter waren so bedeutende Betriebe wie Azupharma (Gerlingen bei

Stuttgart), Jenapharm in Thüringen, Allphamed (Göttingen) oder Alliud Pharma (Laichingen). Verkauf von Unternehmen einerseits, Kauf von Pharmagrossisten und Apothekenketten andererseits verwandelten die mittelständische GEHE AG in einen Giganten. Setzte der Pharmahändler Anfang der neunziger Jahre kaum zwei Milliarden Euro um, so wurden daraus zehn Jahre später nahezu 13 Milliarden Euro – großteils Folge der Übernahme von Wettbewerbern. Nur durch die Eroberungsstrategie erreichte Haniel das Ziel, in Europas Schlüsselmärkten eine dominante Stellung im Pillengeschäft zu erringen. Auf der britischen Insel lohnten sich die Übernahmeschlachten besonders. Denn neben einem Drittel des gesamten Marktes brachte die dort erworbene AAH als Dreingabe über 1000 eigene Apotheken im Vereinten Königreich mit.

Genau diese Ausweitung interessiert die Deutschen ganz besonders, eröffnet sie doch wieder ein neues Betätigungsfeld. Unbemerkt von Öffentlichkeit und Kunden tobt unter Apotheken und in der Politik ein Kampf um die grenzenlose Filialisierung. In Großbritannien (Lloyds Pharmacy), Skandinavien und Ungarn betreibt Haniel bereits riesige Apothekenketten (2005: rund 1900 Apotheken). In Deutschland ist das noch verboten. Doch was nun unter der »Liberalisierung des Apothekenmarktes« diskutiert wird, könnte in Wahrheit auf Drugstore-Linien wie in den USA hinauslaufen. An diesem Dorado der Gewinnschürfer möchte Haniel hierzulande von der ersten Sekunde an teilhaben und sofort über ein dichtes Netz gut gehender Apotheken verfügen. Mit dem Startschuss wird frühestens für 2006 gerechnet. Damit auf politischer Bühne nichts schief läuft, sicherte sich Celesio/GEHE im Sommer 2004 die Dienste eines hochkarätigen Lobbyisten: Matthias Kleinert. Der ehemalige CDU-Minister im Kabinett von Baden-Württembergs Ministerpräsidenten Lothar Späth (CDU) und langjährige Firmensprecher von DaimlerChrysler verfügt über beste Drähte nach Berlin und Brüssel. Er könnte Haniels Interessen Gehör verleihen. Der Konzern dürfte wie im Großhandel auch mit Apotheken-Ketten europaweit eine Oligopolstellung anstreben. Beobachter gehen davon aus, dass eine Reihe deutscher Apotheker insgeheim für den Eventualfall längst per Vertrag an einen der Pharmagroßhändler gebunden ist. Droht eine Aldisierung der Apotheken? So richtig verdient wird in dem Geschäft nur, wenn die

Preise freigegeben sind und das Sortiment wie im Handel auf flott verkäufliche »Schnelldreher« reduziert werden kann. Heute müssen Apotheken bis zu fünfmal täglich beliefert werden. Diese Vielfalt kostet viel Geld. Daher besteht die Tendenz, das Sortiment drastisch auf lukrative Bereiche wie die Selbstmedikation zu konzentrieren. »Marketingorientierte Apotheken« (Branchenjargon) werden in diesem Sinne über Nacht einen viel höheren Wert bekommen, sollte hierzulande die Filialisierung ohne Limit erlaubt sein. Großhändler wie Celesio/GEHE kennen die Standorte potenzieller Pillen-Drugstores bereits bestens. Sie analysieren seit Jahren den Markt und erhalten genaue betriebswirtschaftliche Daten von einzelnen Apotheken. Damit schaut der Händler den Apothekern direkt ins Geschäft und kann exakt »Starke« von »Schwachen« trennen. Sollte es also »Drugstores« auch in Deutschland geben, dann könnte Celesio aus dem Stand ein maßgeschneidertes Netz umsatzstarker Apotheken aufkaufen und Konkurrenten durch gezielte Sortimentspolitik auf Abstand halten. Bisher wird eine Apotheke von mindestens zwei Großhändlern beliefert. Haben Grossisten wie GEHE erst mal die Apotheken im Griff, dann könnte die Vielfalt leiden – für Haniel eine viel versprechende Perspektive.

Foren und Feste kitten die Familie

Wirtschaftliche Erfolge und damit jährlich schöne Überweisungen aufs Privatkonto sind für die Haniels sicher wichtige Gründe, um dem Unternehmen treu zu bleiben. Daher achten sie besonders darauf, dass mit ihrem Vermögen sorgsam umgegangen wird. So wird über einen wahren Sparkommissar unter den Erben in Duisburg berichtet: Ein jüngerer Haniel-Nachfahre habe die modern ausgestatteten Büros der Holding aufmerksam inspiziert. Darauf befand er in Gegenwart verdutzter Angestellter: »Da kann man noch einiges wegnehmen, um die Dividende zu erhöhen.« Eine so rigide Einstellung jedoch ist die Ausnahme. Die Haniels gelten zwar als sparsame Hausherren, aber nicht als knauserig. Sie selbst treten bescheiden auf. Zum Beispiel wird »ein auffällig luxuriöser Lebensstil insbesondere von jüngeren Familienmitgliedern nicht geduldet«, schreiben die Wittener Autoren Rudolf Wimmer, Torsten Groth, Fritz B. Simon in ihrer Studie über das traditionsreiche Familienunternehmen.[4] Generell dürften Mitglieder von Familien wie den Haniels, Freudenbergs oder Oetkers während ihrer Ausbildung nur Wagen der Polo-Klasse fahren. Solche Verhaltensregeln sollen den Erben deutlich machen, »was sich gehört und was nicht, wie sich ein Gesellschafter zu verhalten hat und wodurch er sich im eigenen Kreis unmöglich macht«. Die eher informell existierenden Vorgaben werden fast durchweg auch unter den Haniels akzeptiert und folglich auch eingehalten.

Ein heikles und schwieriges Thema ist die schleichende Entfremdung von Haniel-Erben von der Tradition des Familienunternehmens. Für viele der 555 meist passiven Gesellschafter und gut tausend Nachkommen ist es nur natürlich, dass ihre Verbindung zum Konzern erlahmt. Denn was verbindet die in alle Welt zerstreuten Erben noch? Der jährliche Scheck allein schmiedet keine Gemeinschaft über Generationen hinweg zusammen. Daher sehen die Autoren die Gefahr, dass die »zunehmende Kapitalmarktorientierung im Anlegerverhalten die traditionelle Bindung von [...] Familiengesellschaftern lockern wird. Wird dem nicht rechtzeitig entgegengesteuert, entdecken Gesellschafter quasi automatisch ihre persönlichen Investmentbelange. «[5] Jedem Abkömmling stehe schließlich ständig der Ausstieg vor Augen. Auflösungstendenzen durch Passiv-Gesellschafter befürchtet auch Jan von Haeften, der langjährige Nestor der Sippe (bis Mai 2003) und Vorgänger von Franz Markus Haniel. Der Hamburger Kaufmann und Unternehmensberater, der über eine ordentliche Beteiligung an Haniel verfügt, sieht die Grenzen einer rein finanziellen Bindungswirkung: »Nur ein Verband von gut ausgerüsteten Aktionären zu sein, hält eine Familie auf Dauer nicht beisammen.« Von Haeften fordert noch andere »Bindemittel« für die Familie, um fundamentale Werte wie Fleiß, Bescheidenheit, Unternehmertum und soziale Verantwortung über Generationen hinweg zu vermitteln und den Individualisierungstendenzen von Kindesbeinen an entgegenzuwirken. Haniel organisiert daher gezielt den Zusammenhalt der Großfamilie. So existieren neben den formellen Gremien, in denen das Unternehmen gemanagt wird, auch informelle Plattformen, um die Familientradition zu pflegen sowie gemeinsam über Werte und Ziele der Identifikation zu reden. Starke Bindungen etwa gehen von regelmäßig inszenierten Kommunikationsforen in positiver Atmosphäre aus. Zudem unterhalten Haniels »Jugendkreise«, um ihre Nachkommen rechtzeitig mit ihrem Erbe zu impfen und nachfolgende Generationen zu binden.

Zu den Foren und Festen erscheinen regelmäßig gut 200 erbberechtigte Haniels, die sich mit »ihrem Unternehmen« identifizieren. Wichtigster Anlass zum Zusammentreffen der Sippe ist die jährliche Gesellschafterversammlung am Stammsitz in der firmeneigenen Akademie in Duisburg-Ruhrort. Für die mehrtägige »Familienkonferenz« bieten das Management nebst Angestellten reichlich Information und Unterhaltung. »An diesen Tagen und kurz davor steht der ganze Laden Kopf«, schildert ein Mitarbeiter die Bedeutung der direkten Begegnung von Personal und Patronat. Am liebsten bleiben die Haniels unter sich, um sich und ihre gemeinsamen Interessen kennen zu lernen. Gute Gastredner sind jedoch willkommen. Und fürs Private ist das anschließende Familienfest auf dem Campus der Zentrale mit Smalltalk, Begleitprogramm und Gala-Abend von unschätzbarem Wert. Zudem treffen sich die Haniels etwa alle fünf Jahre auch außerhalb Duisburgs, um ihre Verbundenheit zu intensivieren. Geradezu schweißtreibend wird es, wenn der Haniel-Nachwuchs alle zwei Jahre in Duisburg eintrifft. Nach der Sause ist das Gästehaus meist renovierungsbedürftig, wissen Augenzeugen zu berichten. Doch dieser Aufwand ist den »Alten« der Eintritt junger, nachwachsender Gesellschafter und deren Heranführung ans Unternehmen wie ans Topmanagement offenbar wert. Zielgruppe der bis zu drei Tage dauernden »Jugendtreffen« mit rund 150 Teilnehmern und Besuch im eignen Firmenmuseum sind Erben im Alter zwischen 18 und 40 Jahren. Zu ihrer Orientierung stehen der »Jugend« Ansprechpartner aus Firma und Familie zur Seite. Die Inhalte tragen ausschließlich interne Manager vor. Dem Nachwuchs »muss die Geschäftsidee klar gemacht werden«, so eine Firmensprecherin, zumal Haniel immer wieder angestammte Bereiche veräußert und neue Felder erschließt. Das irritiert, sodass Jung-Haniels die Macher in der Zentrale oft erstaunt fragen: »Womit verdienen wir eigentlich unser Geld?« Zur Aufklärung wird einen Tag lang über den Zusammenhalt der Großfamilie, über die Firma und künftige Strategien gesprochen und diskutiert. Der Abschlusstag mit dem Familienfest dient schließlich dem persönlichen Kennenlernen der Clanmitglieder. Und mit Blick auf die Bewahrung des »Haniel-Geistes« sind spätere Kontakte im Kreise der »Jugend« durchaus erwünscht.

Haniels ausgefeilte Familienkultur mit regelmäßigen Kontakten für Alt und Jung gilt als vorbildlich. Damit ist bis heute der Versuch gelungen, die 250 Jahre alte Unternehmerdynastie über alle Generationen hinweg neu zu gestalten. Dieser stille Erfolg findet Beachtung, auch in der eigenen Belegschaft. Alles in allem seien es »vornehme Leute, die Haniels«, brechen Insider eine Lanze für die vielköpfige Milliardärsfamilie. Auch die auf den ersten Blick nur auf Rendite abzielende Firmenpolitik relativiert sich beim zweiten Hinsehen deutlich. Die tatsächlich kassierte Dividende der 555 Gesellschafter pendelt seit Jahren zwischen 70 und 80 Millionen Euro. Gemessen am Umsatz von mehr als zwanzig Milliarden Euro entspricht das einem Anteil von kaum vier Prozent. So betrachtet ein bescheidener Profit. Hier würde von »Überrendite« an der Börse niemand reden. Und bis Ende der neunziger Jahre erhielt die Sippe gerade das, was die Metro-Beteiligung abwarf. Die Gewinne schluckte das rasante Expansionstempo, allen voran der Pharmabereich. Dieser lange Atem bei Investitionen zeichnet Konzerne in Familienhand wie Haniel aus: Firma geht vor Profitinteressen der Eigner. Dieser eherne Grundsatz verleiht dem Mischkonzern die Stärke, selbst schwere Wirtschaftskrisen gut überstehen zu können. Der gewinnorientierte Führungsstil dient demnach in erster Linie dem Erhalt und Wachstum der Traditionsfirma an Rhein und Ruhr.

Kapitel 5
Freudenberg
Familie mit geschichtlichem Gewissen

Mit dem Namen »Freudenberg« verbinden nur wenige ein Unternehmen von Weltgeltung. Wer nicht in der Kleinstadt Weinheim an der Bergstraße oder in der nordbadisch-südhessischen Region zu Hause ist, dem begegnet der am westlichen Rand des Odenwalds beheimatete Konzern selten. Zumal der Technikspezialist die meisten Geschäfte mit Industrie und Handwerk tätigt. Die Endkunden erfahren oft den Firmennamen nicht, denn rund ein Fünftel der Erzeugnisse zur Haushaltsreinigung und Wäschepflege kommt unter den Marken »Vileda«, »O'Cedar« (USA) und anderen auf den Markt. Und welcher Kunde kennt schon den Zusammenhang zwischen Haushaltstuch, Fensterleder, Wischmopp oder Putzeimer und Freudenberg? Auch bei Fußböden aus Kautschuk (Marke: »Nora«) oder beim Besohlen von Schuhen bleibt der Name Freudenberg ungenannt. Von der enormen Vielfalt der Produkte abgesehen, liegt das Besondere des Mischkonzerns in seiner Historie. Sie ist von hoher sozialer Verantwortung wie von Personen geprägt, welche selbst Geschichte geschrieben haben. Einige Freudenbergs engagierten sich weit über die Belange der Firma hinaus für die Gemeinschaft und die Demokratie. Die Erben der ursprünglichen Gerberei fallen auch deshalb auf, weil sie in der Krise nicht sofort zu Entlassungen griffen, sondern gezielt nach Innovationen suchten und so ihre Mitarbeiter in Lohn und Brot hielten. Dieser Geist, betriebsam wie sozial, führte nicht nur zur heutigen Größe, sondern auf diese Weise überstand die Familie über Generationen alle schweren Existenzkrisen in der mehr als 150-jährigen Geschichte. Auch wenn gegenwärtig vieles von der gelebten Gemeinsamkeit zwischen Kapital und Arbeit verblasst – ein praktizierter »Freudenberg-Geist« ist kaum mehr spürbar –, so steht der Konzern doch für ein gutes Stück sozialer Industriegeschichte.

Vor einem Blick in die Vergangenheit empfiehlt es sich, zuerst den aktuellen Stand der Entwicklung des Konzerns zu betrachten. Die als Freudenberg & Co. firmierende reine Kommanditgesellschaft rangiert in Deutschland unter den 15 größten Familienunternehmen und ist weit über die nationalen Grenzen hinausgewachsen. Der Weltumsatz des in Nordamerika und Fernost stark vertretenen Konzerns marschiert forsch auf die Marke von fünf Milliarden Euro zu. Die Zahl der Mitarbeiter dürfte bald die 33000 überschreiten; rund 12500 arbeiten in Deutschland. Bei weitem größter Standort ist der Stammsitz Weinheim nebst Umgebung (gut 6500 Beschäftigte). Doch die wahren Dimensionen sind deutlich größer, als aus der Bilanz ersichtlich wird. So ist der Konzern in Japan an zwei bedeutenden Familienunternehmen beteiligt, mit denen er in Asien und Amerika gemeinsame Firmen betreibt. Die Leistungen dieser Kooperationen sind nur teilweise oder gar nicht im offiziellen Geschäftsbericht ausgewiesen. Fest steht indes, dass Freudenberg bewusst breit diversifiziert ist, um die Risiken auf unzählige Produkte in den verschiedensten Nischen zu verteilen. Diese hochgradige Auffächerung, die Kritiker als beliebigen Gemischtwarenladen tadeln, verfolgt die Familie bewusst seit Jahrzehnten in der Absicht, dadurch die volle Selbstständigkeit zu behalten. Die innere Logik: Bricht der eine oder andere Bereich ein, können andere Sparten einen Ausgleich schaffen. Allerdings, endlos subventionieren wollen die 302 Gesellschafter (Stand: Sommer 2005) notleidende Geschäfte nicht mehr. Sie schreiben ihren Managern inzwischen vor, dass der Mischkonzern künftig nur dort Geschäfte betreiben darf, wo er im jeweiligen Markt die Nummer eins oder zwei ist oder die Chance besteht, diese Position bald erringen zu können. Anderenfalls zieht man sich zurück oder fasst das Geschäft erst gar nicht an. Das bedeutet, dass fortan ganze Betriebsteile rigoros zur Disposition gestellt werden. Um die Spreu vom Weizen trennen zu können, wurden seit 1995 alle Bereiche auf bestimmte Produktgruppen (»Lead-Centers«) fokussiert und oft rechtlich verselbstständigt. Das zieht einen gravierenden Kulturwandel in der Firmengeschichte nach sich.

Im Bauchladen von Freudenberg tummeln sich unterschiedlichste Firmen, verteilt auf 170 Fabriken und Vertriebsstandorte in 53 Ländern. Die Struktur der mehr als 200 Unternehmen unter dem Dach einer Führungsholding ist für Externe kaum durchschaubar. Ersichtlich wird, dass das Geschäft mit der Industrie und dem Anlagenbau gut läuft. Besonders für die Fahrzeugindustrie liefern die Weinheimer allerlei Produkte in alle Welt zu. Die Dichtungs- und Schwingungstechnik mit dem »Simmerring« zählt zu den stärksten Sparten. Außerdem werden Luft-, Flüssigkeits- und Ölfilter sowie Ansaugsysteme, Sitzoberstoffe, Luftfedern, Schmiermittel, Motorraum- und Dachverkleidungen geliefert. Den Kfz-Anteil am Umsatz beziffert der Konzern mit 40 Prozent. Doch die Sparte wiegt schwerer, da viele Aktivitäten mit der Autoindustrie auf Partnerfirmen und deren Ableger in Fernost (China, Japan, Korea) und Nordamerika zurückgehen. Deren Dimensionen sind aber nur marginal erfasst. Die beiden strategischen Kooperationspartner in Japan sind Nippon Oil Seals Corporation (NOK) und Japan Vilene Comp. Ltd. (JVC/Vliesstofftechnik) mit jeweils gut 22 Prozent Anteil von Freudenberg. Der wahre Automobilumsatz mit den Anteilen von NOK und JVC liegt daher weit höher. Insgesamt dürfte Freudenberg sicher eine Position unter den drei Dutzend größten Autozulieferern der Welt einnehmen.

Die zweitstärkste Säule sind Vliesstoffe, die aus natürlichen oder synthetischen Fasern erzeugt werden. Freudenberg gilt als Erfinder dieses außerordentlich variabel einsetzbaren Materials. Es wird als Vorprodukt für Schuhe, Textilien oder Bekleidung ebenso verwendet wie in der Medizin (Pflasterträger, Wundkompressoren). Für die Damen- und Herrenbekleidung geben Vliese als Einlagestoff Form und festen Halt. Als grobe bis mikrofeine Matte dient das Material als Filtermedium, woraus wiederum komplette Luft- und Flüssigkeitsfilter für jeden Bedarf entstehen – vom Fahrzeug über Lüftungen in Gebäuden bis zu Spezialanwendungen in Lackierstraßen von Fabriken oder in einem Turbinengehäuse. In einer fertigen Filterkassette integriert halten Vliese feinste Stäube wie Pollen oder Rußpartikel aus dem Inneren von Autos fern. In diesem Sektor mit Zukunft ist Freudenberg Marktführer. Weitere Anwendungen für Vliesstoffe sind Batterieseparatoren, Elektroisolationen, Schleifvliese, Schalldämpfung und vieles mehr. Auch am Bau finden technische Vliesstoffe etwa als Trägermaterial für bituminöse Dachbahnen oder als Isolierung in Metalldecken vielfach Verwendung. Zum Objektgeschäft der Weinheimer gehören zudem genoppte

Bodenbeläge aus Kautschuk. Die rutschfesten Böden sind für Räume mit hoher Belastung geeignet, etwa für Flughäfen, Behörden, Golfclubs, Krankenhäuser, Schulen, Universitäten, Museen und selbst Bahnwaggons. Fürs Besohlen von Schuhen entwickelten die Badener die Marke »Nora«. Und 1963 nahm Freudenberg die Produktion von Kunstleder der Marke »Helia« nach einer US-Lizenz auf. Das Geschäft wurde freilich stark reduziert und ist auf Automobilsitze und technische Spezialitäten beschränkt.

Eine dritte Säule des Geschäfts sind Haushaltsprodukte. Dazu zählen Wischtücher und -mopps sowie allerlei Gerätschaften zum privaten und gewerblichen Gebrauch. In Europa ist diese Sparte unter der Marke »Vileda« bekannt, in den USA unter der Firma »O'Cedar«. In der Nische fürs Wischen und Waschen bezeichnet sich Freudenberg in zahlreichen Ländern als Marktführer. Um den Vorsprung zu halten, setzt man auf Werbung, Internationalisierung und Innovationen. Das Sortiment wächst stetig: Tücher, Tischdecken, Bürsten, Besen, Schwämme, diverse Bodenreinigungsgeräte. Das vierte Geschäftsfeld umfasst »Spezialitäten und Sonstiges«. Dahinter steckt ein Sammelsurium von Gesellschaften und Aktivitäten mit dem größten Bereich »Chemische Spezialitäten« (»Freudenberg Chemical Specialities«). Hierunter sind besondere Schmierstoffe, Öle und Fette vorwiegend für industrielle Anwendungen der Marke »Klüber Lubrication« zu verstehen sowie Spezialschmierstoffe und Trennmittel (für die Fertigung von Formteilen). Diese Mixtur an Spezialitäten wirft eine hohe Marge ab, zumal der Konzern in der einen oder anderen Anwendung Weltmeister ist. Denn jedes Lager – von der Armbanduhr übers Computerlaufwerk bis zur Rolltreppe – muss mindestens einmal geschmiert und zahllose Apparate müssen regelmäßig gewartet werden. Zum Geschäftsfeld »Sonstiges« gehört auch der Bereich »Bausysteme« (Bodenbeläge), ein IT-Service sowie »Freudenberg Forschungsdienste«. Diese und andere Bereiche stehen nicht nur dem eigenen Konzern zu Diensten, sondern auch Außenstehenden. Im Rahmen des Brain-Trusts existiert eine Arbeitsgruppe, die sich um den Aufbau neuer Geschäftsfelder kümmert. In der Entwicklung und Forschung beschäftigt der Mischkonzern 2 138 (2005) Mitarbeiter, davon 220 Experten in der zentralen Forschung in Weinheim.

Andererseits verleitet die Anwendung des enormen Spezialwissens dazu, mit der Zeit in zu viele Märkte mit einer wild wuchernden Anzahl von Kunden zu expandieren und sich heillos zu verzetteln. Also muss das Unternehmen immer wieder auf einen Kern zurückgestutzt werden. Eine große Zäsur fand in den sechziger Jahren statt. Damals nahm die Traditionsfirma allmählich Abschied von ihren Wurzeln, dem Ledergeschäft, sodass das aus Zukäufen entstandene Schuhimperium mit den Marken Tack, Gustav Hoffmann (»Elefanten«-Kinderschuhe) und Fisch (Babyschuhe) zur Belastung wurde. Auslöser der Trennung war die Dauerkrise in der Leder- und Schuhbranche sowie die Suche nach neuen Geschäftsfeldern. Die letzte kleine Gerberei in Weinheim wurde im Jahr 2002 geschlossen, weil der Markt für teures Leder in Westeuropa einbrach. Doch zu dieser Zeit war Freudenberg längst ein hochgradig gespreizter Multi. Das verbliebene Gerbergeschäft erinnerte lediglich noch eingefleischte »Freideberger« an die glanzvolle Zeit als Europas führende Lederfabrik mit einer herausragenden (Industrie-)Geschichte, geschrieben von einer sozial wie politisch aktiven Gerberdynastie.

Soziales Patriarchat und politischer Geist

Zäher Fleiß, ungebrochene Strebsamkeit, der unstillbare Drang in die wohlhabende Klasse aufzusteigen sowie eine Mitgift durch eine glückliche Heirat bildeten das Startkapital für das Weltunternehmen. Die treibende Kraft bei seiner Entstehung war Carl Johann Freudenberg (1819–1898). Mit 14 Jahren zieht der Junge, dessen Familie aus Hachenburg im Westerwald stammt, zur Tante Anna und ihrem Mann nach Mannheim, die dort an der Lederhandlung Heintze & Sammet beteiligt sind. Hier darf der Neffe aus armen Verhältnissen seine Ausbildung absolvieren. Der Familienbetrieb in Mannheim gliedert dem Handel 1828 eine Lederfabrik im ebenfalls nordbadischen Weinheim an. Neben der strengen Lehre findet Freudenberg junior Gelegenheit, mit etwas Zigarrenhandel Geld zu verdienen, um sich Bücher oder Theaterkarten zu leisten. Carl Johann, der Ehrgeizige, möchte sich seiner wohlhabenden Gastfamilie ebenbürtig erweisen. Nach der Lehre arbeitet er als Angestellter (»Commis«) weiter beim Onkel. Bald verhelfen ihm sein Händlergeschick und seine Sparsamkeit zu bescheidenem Wohlstand, und allmählich kann Carl Johann Freudenberg in den »Familien der wohlbestallten Mannheimer Kaufleute« verkehren.[1] In dieser Gesellschaft begegnet ihm 1843 seine spätere Frau Sophie Martenstein (1820–1904), die aus einer begüterten Wormser Familie stammt. Freudenbergs gesellschaftlicher Aufstieg, sehr durch die Heirat begünstigt, macht den Emporkömmling schon 1844 zum dritten stillen Teilhaber bei Heintze & Sammet. Sein Gewinnanteil an der Firma beträgt laut Schreiben seiner Frau an ihre Kinder immerhin ein Fünftel. Aus dem Lehrling Carl wird nun selbst ein »Handelsherr« – und bald auch Vater. Sein Schwiegervater finanziert in den Folgejahren mehrmals die Investitionen seines Schwiegersohns – ein außergewöhnlicher Glücksfall, denn die Jahre um 1848/49 sind hart. Außer Hungersnöten und Missernten bescheren sie dem Land auch politische Unruhen, gar eine Revolution. So gerät Heintze & Sammet in den Strudel einer Finanzkrise. Doch Carl Johann Freudenberg erhält durch ein gnädiges Schicksal die 10000 Gulden Mitgift seiner Frau aus der Liquidationsmasse der fallierenden Firma zurück. Darüber hinaus zahlt sein Schwiegervater noch das Erbteil für seine Tochter aus, womit der Gatte ein neues Unternehmen, Heintze & Freudenberg, mitgründen kann. Mit dem Kapital errichten die beiden Freimaurer eine völlig neue Gerberei in Weinheim (»Müllheimer Tal«), aus der im Jahr 1849 die Firmengruppe Freudenberg hervorgehen sollte. Und wieder hat der erst 30 Jahre junge Unternehmer Glück. Pünktlich ab Herbst 1849 geht es mit dem Geschäft aufwärts, enorm beschleunigt durch eine spektakuläre Technik für edles Lackleder. Das modische Produkt für elegante Schuhe, Stiefel oder teures Pferdegeschirr liegt in Deutschland bald im Trend. Die Gerberei blüht auf, Carl Freudenberg muss die Anlagen ständig erweitern und modernisieren. Der Grundstein für ein prosperierendes Lederimperium ist gelegt. Gegen Ende 1874 entsteht nach einem Zerwürfnis und der Trennung vom Partner Heintze die Firma Carl Freudenberg. Als der bescheiden gebliebene Gründer 1898 stirbt, hinterlässt er eine stattliche Gerberei mit 1293 Mitarbeitern.

Den Herrschaftsstil der Dynastie prägt in den ersten Generationen ein autoritäres Patriarchat gepaart mit dem Bewusstsein für die soziale

Verantwortung gegenüber Belegschaft wie Gesellschaft. Schon Firmengründer Carl Freudenberg, der als Kind Armut und Entbehrung verspürt hatte, bekennt sich trotz schwieriger Umstände und vor dem Hintergrund sozialer Unzufriedenheit zu einer besonderen Verantwortung gegenüber den Arbeitern. Der spätere Geheimrat gründet eine Fabrik-Krankenkasse, die er 1884 in die Reichsgesetzgebung integriert. Im Jahr 1892 erlässt er eine »Arbeitsverordnung für die Fabriken«, welche neben zahlreichen Verboten und Geboten auch einen »ständigen Arbeiter-Ausschuss« vorsieht, dessen Vorstände durch die Mehrheit der Arbeiter gewählt werden. Dieser Ausschuss ist ein echter Vorläufer der heutigen Betriebsräte – Freudenbergs Ahnen als Wegbereiter der Mitbestimmung. Die Bereitschaft, Arbeiter und Angestellte als Partner zu betrachten und den Erfolg mit ihnen zu teilen, ist beträchtlich. So bietet die Fabrik seit 1892 ein warmes Mittagessen für die Arbeiter. Für unverschuldet in Not geratene Beschäftigte ruft der Patriarch 1894 anlässlich seiner Goldenen Hochzeit eine Stiftung ins Leben. Diese wird 1903 durch einen Invalidenfonds erweitert, dem später Witwen- und Waisenfonds folgen, gestiftet von der nächsten Generation Ernst, Hermann und Helene Freudenberg. Ab 1905 führt Hermann Ernst Freudenberg, ein weiterer Sohn des Gründers, eine freiwillige Ergänzungskasse ein, bei der sich Belegschaftsangehörige gegen Krankheit, Invalidität und Arbeitslosigkeit versichern können. Die Sozialleistungen werden nun stetig fortentwickelt. Ebenso kommt der Einsatz in der Politik über Jahrzehnte nicht zu kurz – worunter nicht nur Lobbyismus für eigene Interessen verstanden wird. Für ihre Heimatstadt Weinheim engagieren sich Generationen von Freudenbergs. Firmengründer Carl Johann ist Mitglied des Gemeinderats, hilft die Bezirkssparkasse wie die Volksbank am Ort zu gründen, kümmert sich ums Gewerbe der Gemeinde. Dafür ernennt ihn Weinheim 1894 zum Ehrenbürger. Darin folgen ihm später der Sohn Hermann Ernst sowie die Enkel Hans und Richard Freudenberg, auch sie werden Ehrenbürger der nordbadischen Kleinstadt.

Der älteste Sohn Friedrich Carl Freudenberg (1848–1942) setzt die Tradition fort. Der in Chemie und Volkswirtschaft studierte Filius hat in jungen Jahren – er ist 21, als ihn sein Vater ins Unternehmen holt – als Betriebsführer nicht den erwünschten Erfolg. Stattdessen schreibt der Junior unter dem Pseudonym Gottfried Germanus für das Blatt *Der Staatssozialist* kritische Artikel – was den christlichen Vater zutiefst enttäuscht. Trotzdem darf der Erstgeborene die zweite Gerberei der Familie in der Gemeinde Schönau über Heidelberg leiten. Hier etabliert sich Friedrich fortan als sozial engagierter Bürger. Er und seine Frau sorgen in der kleinen Kommune für wesentliche Verbesserungen. »Er initiierte einen Werkkonsumverein, eine Krankenpflegestation, einen Kindergarten und ein städtisches Bad.«[2] Selbst in der Weinheimer Baugenossenschaft ist er aktiv. Als der literarisch und wissenschaftlich interessierte Freudenberg-Spross aus der Führung der Fabrik ausscheidet, verfasst er volkswirtschaftlich-soziologische Arbeiten, was ihm einen Ehrendoktor der Universität Heidelberg einbringt. Der Erstgeborene in der zweiten Generation stirbt 1942 mit fast 94 Jahren.

Zu den markanten Figuren der Freudenberg-Familie gehört auch Hermann Ernst Freudenberg (1856–1923). Der drittälteste Sohn des Gründers ist der Erste aus der Sippe, der das Gerberhandwerk von der Pike auf lernt und einen ausgeprägt technischen Sachverstand besitzt. Als junger Mann darf er zwei Jahre in die USA, um die amerikanische Art des Gerbens zu studieren. Mit diesem Wissen und Können wird er später zum Innovator und Manager zugleich. Er lässt »als Erster in Europa ein ausgezeichnetes chromgegerbtes Kalbleder herstellen«[3], das er nicht wie bisher nach Gewicht, sondern wie die Amerikaner nach Fläche verkauft. Das sollte bald europäischer Industriestandard werden. Hermann Ernst bringt sein Familienunternehmen an die Spitze der Branche, entwickelt es zum Weltunternehmen. Um 1914 liegen fast 70 Prozent der Aktivitäten im Ausland, 2400 Menschen arbeiten für Freudenberg. Doch trotz mancher Neuerungen, die er in der Neuen Welt kennen lernt, bleibt eine kritische Distanz. Nach einer erneuten USA-Reise mit seinem Sohn Otto im Mai 1914 vermerkt er in seinem Tagebuch zur Fließbandarbeit bei Ford in Detroit: »Die ganze Organisation ist ebenso großartig wie einseitig und der Arbeiter absolut zur Maschine degradiert. Dafür erhält er als Mindestlohn fünf Dollar pro Tag, und wenn er nicht entsprechend Arbeit leisten kann, wird er gebimmelt. Trotz des Riesenlohnes sehen die Leute weder gehoben noch fröhlich aus [...] Dies hier geht zu weit, der Mensch ist keine Maschine und nicht einen Tag wie den anderen. Er leidet hier Not an seiner Persönlichkeit, und dies umso mehr, als sich die Fabrik auch um seinen privaten Lebenswandel kümmert.«[4] Der Industrielle lehnt ausdrücklich Versuche ab, »die Mitarbeiter auch in ihrem Privatleben zu bevormunden – und sei es durch Anhalten zur Frömmigkeit«.[5] So richtet Freudenberg keine eigenen Sport- oder anderen Vereine ein, sondern gibt dafür Spenden. Mit seinem Respekt vor dem Privatleben »seiner« Mitarbeiter ist der Patron der Zeit weit voraus. Die Chronik meint, die Welt des aufgeklärten und verantwortungsbewussten Hermann Ernst sei die rechtschaffene Ordnung des badischen Großherzogtums gewesen und weit weniger das (militante) Kaiserreich Wilhelms II. Denn im Gegensatz zu vielen Unternehmern im Kaiserreich ist der weitsichtige Gerber kein Hurrapatriot. Im Alter macht sich der Geheimrat mit Blick auf den Weltkrieg gar Vorwürfe, dass er sich nicht politisch engagiert hatte. Hermann Ernst Freudenberg stirbt 1923, auf dem Höhepunkt der Inflation, an Typhus.

In der Tradition des liberalen Paternalismus steht auch die nächste Generation. Hier seien vor allem die drei Söhne von Hermann Ernst Freudenberg, Hans (1888–1966), Otto (1890–1940) und Richard (1892–1975) sowie der zweite Sohn Friedrich Carls, Walter (1879–1957), genannt. Am stärksten verkörpert der Jüngste in diesem Freudenberg-Quartett, Richard, die liberale Linie, die er auch als Politiker vertritt. Die dritte Generation wächst in den schweren zwanziger Jahren in die Führung der Firma hinein. Die Position eines Patriarchen gibt es nicht mehr, das Quartett lenkt den nach dem Krieg wieder im Aufbau befindlichen Konzern kollegial. Richard Freudenberg, der bereits seit 1914 Führungsaufgaben im Steuer- und Finanzwesen sowie im Lohn- und Personalbereich wahrnimmt, fällt seit dem Tod des Vaters 1923 informell die Rolle des Koordinators und Repräsentanten der Gruppe zu. Der Gerber gilt zeitlebens als »ehrliche Haut«, der auch als Erster unter Gleichen am Boden bleibt. Bei Anmeldungen im Hotel trägt er als Beruf »Gerber« ein. In Unternehmerkreisen wie unter Freunden heißt er scherzhaft »Richard Lederherz«. Sein Stil ist geradeheraus, persönlich und offen; über seine Meinungen und Wünsche lässt der machtbewusste Boss niemanden im Unklaren. Als Kaufmann und Personaler führt er (Tarif)Verhandlungen mit Gewerkschaften, ist Ansprechpartner des Betriebsrats. Er ist sich auch nicht zu schade, ohne

Überheblichkeit an allen Betriebsratssitzungen im Hause teilzunehmen. Er ist ein Pragmatiker: »Wo er unternehmerische Fähigkeiten und praxisorientierte Initiative erkannte, konnte er fast unbegrenzte Freiräume geben, während er sich Theorien und akademischen Ansprüchen gegenüber eher ungeduldig zeigte.«[6] Zahlen sind für Richard Freudenberg zeitlebens ein Werkzeug und nicht allein ausschlaggebendes Kriterium. Neben der unternehmerischen Tätigkeit gehört er von 1919 bis 1971 Weinheims Gemeinderat an und ist von 1919 bis 1925 Abgeordneter im Badischen Landtag (damals ein selbstständiges Parlament). Die politische Heimat des Industriellen ist bis zum Verbot durch die Nazis die Deutsche Demokratische Partei, wo er viele Jahre als Zweiter Vorsitzender des Badischen Landesverbandes fungiert. Nach dem Zweiten Weltkrieg wird der längst populäre »Gerber« 1949 als Parteiloser im Wahlkreis Mannheim-Land in den ersten Deutschen Bundestag gewählt. Der FDP, der er politisch am nächsten steht, will er als engagierter Anhänger des Mehrheitswahlrechts angelsächsischer Prägung nicht angehören. Er behauptete einmal, dass Konrad Adenauer, der nur mit einer Stimme Mehrheit zum Bundeskanzler gewählt worden war, ihm sein Amt verdankt habe. Tatsächlich ist der Badener oft das Zünglein an der Waage. Neben der Wirtschaftspolitik profiliert sich der Demokrat besonders als Gegner der Wiederbewaffnung der Bonner Bundesrepublik. In der entscheidenden Debatte 1952 wendet sich Richard Freudenberg leidenschaftlich dagegen, »so kurz nach dem Kriege und der deutschen Teilung wieder Soldaten aufzustellen«. Zu seinen Freunden zählt das Multitalent Bundespräsident Theodor Heuss (FDP) ebenso wie Ludwig Erhard (CDU), Bundeswirtschaftsminister und Kanzler. 1953 kandidiert Richard der Politiker wieder als Parteiloser für den Bundestag, unterliegt aber der Macht der inzwischen gefestigten Parteien. Erst nach seinem 70. Geburtstag scheidet er als persönlich haftender Gesellschafter aus der Firmenleitung aus und übernimmt bis 1972 den Vorsitz im Gesellschafterausschuss. In diesem Gremium hat der »große Alte« Freudenbergs Manager zu kontrollieren, also auch seine Neffen. So nebenbei kümmert er sich persönlich um ein riesiges Wald- und Holzunternehmen in Brasilien, das 1988 an eine dortige Firma verkauft wird. In dieser fernen, tropischen Welt fühlen er und seine Frau Sibille Elisabeth (geb. Sternberg, 1900–1973) sich sehr wohl.

Zivilcourage gegen Nazi-Willkür

Als aufrechter Demokrat der Weimarer Zeit hat Richard Freudenberg im Dritten Reich einen schweren Stand. Seine Kritik an Adolf Hitler, dem er bestenfalls Fähigkeiten eines »Kurhaus- oder Zirkusdirektors« zutraut, ist im Volk bekannt. In dieser Situation ist es für den Primus eine große Hilfe, dass das Führungsquartett der Familie harmoniert und der Clan hinter ihm steht. Denn trotz des wirtschaftlichen Aufbruchs unter den Nazis und deren Anbiederungsversuchen halten die Freudenbergs Distanz zum Hitler-Regime. Die Geschäftsführer, so die Chronik, versuchen, »die Firma mit Anstand zu führen, arrangieren sich aber, soweit es möglich war, mit dem Regime ...«.[7] Die Naziherrschaft sei »nie zum eigenen Vorteil genutzt« worden. Hier spielt wohl auch die teilweise jüdische Herkunft einiger Familienmitglieder und Ehefrauen eine Rolle; die meisten wandern nach Amerika oder in die Schweiz aus. Die verbleibenden Freudenbergs beweisen durchaus Zivilcourage. Einige Beispiele: Walter Freudenberg, der christlich-evangelisch erzogen und gesinnt ist, protestiert als aktives Kirchenmitglied gegen die Propaganda der Nazis gegen die jüdische Bevölkerung. Erfolglos fordert der Fabrikant die Amtskirche zum Handeln auf. Und Richard Freudenberg soll einem Nazi-Aktivisten von der Deutschen Arbeitsfront bei dessen »Amtsantritt« im Betrieb offen erklärt haben: »Ich mach's Ihnen nicht leicht!« Ein Nazi-Denunziant wird von der Betriebsführung »gemaßregelt und versetzt«.[8] »Von einem deutschen Gruß der Geschäftsinhaber ist nur bei mir persönlich und gegenüber politischen Persönlichkeiten etwas zu sehen«, beklagt dieser Spitzel die mangelnde Linientreue »seiner Betriebsführer« in einem Brief. Dafür stellen Freudenbergs später einen SPD-Sympathisanten wieder ein, als dieser aus dem Gefängnis kommt. Und dem Clan gelingt es sogar mit gewissem Erfolg, die benachbarte Lederfabrik Max Hirsch einer jüdischen Familie durch Übernahme vor dem Zugriff der Nazis zu schützen. Ähnlich greifen die Weinheimer der Schuhfabrik und -handelskette Conrad Tack & Cie. AG in Burg bei Magdeburg unter die Arme. Zuvor war der Betrieb mit damals mehr als 140 Läden, welcher ebenfalls Juden gehört, bereits durch die Weltwirtschaftskrise in eine Schieflage geraten. Als die Nazis an die Macht kommen, kauft Freudenberg die Firmengruppe und überweist den schwer zu beziffernden Preis an den schon in Paris weilenden Hauptaktionär Hermann Krojanker. 1946 erhalten die Tack-Erben eine höhere Nachzahlung für das Unternehmen. Einige Tack-Mitarbeiter tauchen im Dritten Reich unter und werden im Widerstand aktiv, etwa in der Gruppe um den sozialdemokratischen hessischen Innenminister Wilhelm Leuschner. Er soll die Tack-Filiale in Berlin-Steglitz geführt haben. Leuschner wurde im Zusammenhang mit dem Hitler-Attentat vom 20. Juli 1944 hingerichtet. Richard Freudenbergs Frau Sibille kümmert sich um die russischen Frauen, die Zwangsarbeit im Konzern leisten müssen. Nachdem ihr Mann von seiner Frau erfährt, wie schlecht die Russinnen in den Baracken hausen müssen, reagiert er aufgebracht mit den Worten, er fühle sich wie ein »Sklavenhalter«. Seine Gattin setzt sich nun noch energischer für bessere Bedingungen ein.

Der stille Widerstand und der nicht immer leise Protest gegen das Regime stoßen in Hitlers Partei sauer auf. Der Konzern darf zwar auch Lederausrüstungen fürs Heer wie Halfter, Reiter- oder Kartentaschen produzieren, aber die Nazi-Gewaltigen zeigen den Freudenbergs deutliche Grenzen. Ein Großauftrag für Tornister etwa wird von der Reichszeugmeisterei der NSDAP abgelehnt. Begründung: »... nachdem sich der Sohn ihres Herrn Walter Freudenberg mit einer Jüdin verheiratet hat. Desweiteren haben wir in Erfahrung gebracht, dass Herr Walter Freudenberg Freimaurer war, beziehungsweise zu Freimaurerkreisen Beziehungen hat.«[9] Der Druck auf die Geschäftsleitung wächst. Richard Freudenberg wird 1943 von der Gestapo in Berlin eine Woche lang verhört. Respektlose Äußerungen wie sein Eintreten für Staatskritiker sowie eine »jüdische Versippung« der Familie werden ihm vorgehalten. Nach seiner Rückkehr beschließen die drei Geschäftsführer – der vierte, Otto Freudenberg, fiel 1940 an der Front in Frankreich – unter Einwirkung des badischen Ministerpräsidenten Walther Köhler, der NSDAP beizutreten. So wollen sie »weiteren Schaden von der Firma abwenden«, begründet die Firmenchronik. Ende 1943 schreibt Richard Freudenberg an seine Gesellschafter: »Im Augenblick bleibt uns nichts übrig, als unsere Betriebe mit der letzten Konsequenz für – nüchtern ausgedrückt – die Erhaltung unserer nationalen Selbständigkeit in einem werdenden Europa einzusetzen. Je geradliniger und sachlicher wir diesen Kurs steuern, desto sicherer wird es uns gelingen, unsere Betriebsgemeinschaft auch durch die Stürme dieser Zeit zu steuern.«[10] Selbst im schlimmsten Krieg glaubt der Konzernlenker offenbar noch immer an ein »werdendes Europa«. Nach Kriegsende wird Richard Freudenberg seine Mitgliedschaft im Aufsichtrat der einflussreichen und systemstützenden Deutschen Bank angelastet, was ihm ein Verfahren als »Kriegsverbrecher« und anderthalb Jahre Aufenthalt in diversen Lagern der Besatzungsmacht einbringt. Obwohl ihn die amerikanische Besatzungsmacht noch am 3. April 1945 kommissarisch als Bürgermeister von Weinheim eingesetzt hatte, wird ihm der Prozess gemacht. Am Ende jedoch wird Richard Freudenberg freigesprochen. Zur Entlastung des Industriellen und Politikers tragen zahlreiche positive Aussagen der Belegschaft wie aus der Weinheimer Bevölkerung bei.

Die Boschs von Baden: Ihr Eigentum verpflichtet

Bis weit nach dem Zweiten Weltkrieg wird das Familienunternehmen von erfahrenen Praktikern und technisch begabten Autodidakten geführt, von Elite-Eleven keine Spur. Dieser Geist macht sich in Krisenzeiten positiv bemerkbar, besonders Ende der zwanziger Jahre in der Krise der Weltwirtschaft. Der Export bricht ein, die Lederindustrie fällt in eine tiefe Krise. Auch Freudenberg, mit einem Ausfuhranteil von fast 75 Prozent aufs Ausland angewiesen, gerät in eine existenzbedrohende Lage. Anstatt jedoch wie andere Firmen die Krise auf die Mitarbeiter abzuwälzen und massenhaft zu entlassen, suchen die Weinheimer kreativ nach Auswegen. »Den Betrieb durch Kündigungen zu verkleinern, entsprach nicht der Tradition und ich weiß noch sehr wohl, wie ich tief betroffen war, als ich während der Abwesenheit Richards im Jahre 1930 etwa 180 Mann kündigte«,[11] schildert Hans Freudenberg die Gemütslage. Dank dieser Einstellung, die im Hause zur fieberhaften Suche nach Arbeitsmöglichkeiten führt, entstehen bei Freudenberg völlig neue Produkte. So erfindet der in der Gerberei angestellte Ingenieur Walther Simmer buchstäblich aus der Not den »Simmerring«, eine Dichtung aus Lederabfällen, die im Autobau reißenden Absatz findet und vom Start weg Geld bringt. Später werden die bahnbrechenden Dichtungen aus ölhaltigem Kunstgummi gefertigt, um sie hitzebeständig zu machen. Über den Simmerring findet die Lederfabrik Anschluss an den gerade entwickelten Synthesekautschuk (Buna). Und rasch wächst aus den Dichtungen ein völlig neuer Fabrikationszweig, das riesige Geschäft mit der Autoindustrie. Als nächstes »Nebenprodukt« entsteht 1938 eine abriebfeste Schuhsohle aus Synthesekautschuk (»Buna-Schuhsohle«). Dem »überraschenden Anfangserfolg« (Hans Freudenberg) folgt ein zweiter Ausbruchsversuch aus der lähmenden Firmenkrise. Wieder experimentiert man mit den vorhandenen Materialien und Techniken aus der Lederproduktion und stellt aus Falzspänen eine papierartige Masse her. Dieses Material wird auf Rundsiebmaschinen verarbeitet. Heraus kommt ein neuartig beschichteter Lederfaserstoff, der nach der Währungsreform 1948 als vielseitig verwendbarer Vliesstoff in Technik und Haushalt Weltruhm erlangen sollte. Dieses universelle Material bedeutet für Freudenberg etwa dasselbe wie der Tesafilm für Beiersdorf: den Sprung in die höhere Liga.

Mit epochalen Erfindungen im damaligen Unternehmen »Zufall + Schicksal« geht das Feuerwerk der Innovationen weiter. Als weiteres »Abfallprodukt« wird aus der Not die Idee realisiert, Kunstdärme herzustellen. Die Wursthülle namens »Naturin« aus veredelten Gerbereiabfällen und Hautfasermasse (Kollagen) ist bis zum Verkauf der Sparte über Jahrzehnte eine der Topmarken aus Weinheim. Und ebenfalls in den dreißiger Jahren kreiert Freudenberg aus dem Rohstoff für die künstliche Wurstpelle ein künstliches Rosshaar (»Marena«), das die Polsterindustrie begehrt, bis es Ende der fünfziger Jahre von Nylonfasern verdrängt wird. Gleichfalls auf die Wiederverwertung von Lederabfällen geht ein anderer Markenartikel zurück, »Vileda« (der Name entstand badisch verballhornt für »wie Leder«). Kommissar Zufall will es, dass die nun systematischer zu Werke gehenden Entwickler in Weinheim sparsame Putzfrauen dabei beobachten, wie sie Abfälle und Reste des Versuchsmaterials zum Wischen der Böden benutzen. Aus dieser Idee entwickelt Freudenberg 1949 ein Ersatzmaterial für Fensterleder und Bodenlappen, die Vileda-Tücher. Im Interesse von Wohlstand und Bequemlichkeit kommen ständig weitere Artikel für Haushalt und Gewerbe dazu. Solche Haushaltsprodukte, die von Innovationen leben, sind längst zum globalen Geschäft geworden. Und dank »Vileda«, »Simmerring«, »Naturin« und den Vliesstoffen – alles Kinder beschäftigungsarmer Krisenjahre, geboren aus der Idee der Abfallverwertung in der Gerberei – geschehen die wichtigsten geschäftlichen Weichenstellungen in der Firmengeschichte Freudenbergs. Zugleich wandelt sich der handwerklich geprägte Lederbetrieb zum breit gefächerten Weltkonzern mit Massenprodukten für den Fahrzeug- und Maschinenbau, die Textil-, Schuh-, Möbel- und Bauindustrie.

Eng verbunden mit diesem weitsichtigen Unternehmertum sind die im Geiste vereinten Freudenberg-Bosse. An der Firmenspitze agieren neben Richard Freudenberg als »Primus« viele Jahre Walter und Hans Freudenberg. Weil sie ihr Eigentum als soziale Verpflichtung auffassen, gelten die Männer der dritten Generation in ihrer Heimat als die Boschs von Baden. Denn der Großindustrielle aus Württemberg, Robert Bosch der Ältere, Gründer des gleichnamigen Elektrokonzerns, war ebenfalls ein Pionier des sozialen Fortschritts und stand den Nazis kritisch gegenüber. Die Freudenbergs, einig in der Ablehnung des Hitler-Regimes, zugleich aufgeschlossen für den gesellschaftlichen wie technischen Fortschritt, harmonieren als Geschäftsführer trotz mancher Probleme und Differenzen. Richard ist dabei als treibende Kraft und kaufmännischer Organisator zugleich gefürchtet wie geachtet. Sein Vetter Walter Freudenberg macht sich als Techniker im Einkauf als Rohstoffspezialist für Leder und Felle einen Namen und publiziert Fachbücher. Aufgrund seiner enormen Kompetenz erhält er als einer der ersten Deutschen 1956 die Ehrendoktorwürde der Universität Leeds. Hans Freudenberg wird zum Motor der technischen Entwicklung. Doch ebenso engagiert kümmert er sich um die praktische Ausbildung des Nachwuchses und richtet 1938 die erste Lehrwerkstatt in Weinheim ein. Hans ist in seiner ruhigen Art für die »Freideberger« da, was ihn für viele zu einer Vaterfigur macht. Diesem Anspruch wird die Tüftlernatur auch nach dem Krieg gerecht, als er gegen die drückende Wohnungsnot ein Selbsthilfeprogramm für die Mitarbeiter initiiert. Er lässt in der Werkstatt Maschinen konstruieren, mit denen die Arbeiter Bausteine für ihre Häuser selbst fabrizieren können. Die Baupläne für ein Musterhäuschen im Baukastenprinzip erhalten sie ebenfalls im Unternehmen. Aus der Selbsthilfe entsteht zum hundertjährigen Firmenjubiläum im Mai 1949 die Organisation der Wohnbauhilfe GmbH für mehrere Tausend geförderte Häuser. Aufgrund seiner technischen Begabung erhält der

Autodidakt Hans Freudenberg, dessen Söhne im Krieg gefallen sind, 1948 den Ehrendoktortitel der Technischen Hochschule Karlsruhe. Auch politisch ist der Gründerenkel wirksam. Er macht sich in den fünfziger Jahren für die Einführung des 9. (Pflicht-)Schuljahres stark. Der Fabrikant hat beobachtet, dass Schulabgänger mit 13 oder 14 Jahren noch nicht reif und kräftig genug fürs Berufsleben sind. Sein politisch-pädagogischer Ansatz führt zur Gründung des »Ettlinger Kreises«, einer Vereinigung von Industriellen und Pädagogen. Dieser übt lange Einfluss auf die Schulpolitik im Südwesten aus.

In der Tagesarbeit ergänzen sich Hans und Richard Freudenberg trotz unterschiedlicher Charaktere, obwohl – oder gerade weil – sich die Brüder hie und da bei Meinungsverschiedenheiten fetzen. Die Differenzen, so die Chronik, »führten aber nie zu einem bleibenden Konflikt, weil beide sich ausschließlich dem Unternehmen verpflichtet wussten.«[12] Natürlich bleiben den Mitarbeitern gewisse Gegensätze nicht verborgen, und sie taufen das ungleiche Paar »Hans-Glanz« und »Richard-Glanz«.

Was das Verhältnis der Freudenbergs zur Politik anbelangt, so kühlt dieses in den späteren Generationen merklich ab. Bekannt ist, dass ein Dr. Hans Freudenberg zurzeit hauptberuflich als FDP-Politiker die Repräsentanz des Landes Baden-Württemberg in Berlin leitet. Und aus dem Konzern betätigte sich Dr. Hans-Jochen Hüchting (Jahrgang 1942) für die »Freie Wählervereinigung« im Ortschaftsrat einer Teilgemeinde von Weinheim. Der Jurist und Schwiegersohn von Hans Erich Freudenberg war bis 2004 Personalchef in der Holding. Seit seinem Abschied vertritt das Familienmitglied den Clan im Gesellschafterausschuss. Im Übrigen sind es nun eher Führungskräfte von Freudenberg, die zuweilen im Stadtrat von Weinheim auch Interessen des Unternehmens vertreten.

Kämpferische Töchter statt gemeinsamer Geist

Seit den Krisen und den Tagen der Aufbauzeit, die nach 1945 mit vereinter Kraft zügig voranschreitet, unterliegen die Firmengruppe wie die Firmenkultur einem starken Wandel. Mit der forcierten Globalisierung, die bereits in den siebziger Jahren einsetzt und neben Europa auch Fertigungs- wie Absatzschwerpunkte in Nordamerika und Fernost (Japan, China) zum Ziel hat, wächst die Distanz zwischen Familie und Belegschaft. Für aufmunternde Streicheleinheiten für einzelne Mitarbeiter oder für persönliches Schulterklopfen wie unter Hans, Richard, Walter & Co. ist Freudenberg offenbar zu elefantös. Heute verkündet die Firmenspitze stolz, dass die Personengesellschaft (KG) in ihrer Struktur mehr einer Aktiengesellschaft gleicht und entsprechend geführt wird. Dieser Wandel bringt automatisch mehr Anonymität mit sich. So treten im Management überwiegend externe Manager an die Stelle von Familienmitgliedern. Der Rückzug der Sippe geht in den achtziger und neunziger Jahren so weit, dass kaum noch ein Nachkomme des Gründers in der obersten Leitung arbeitet. Freudenberg, die Familie zum Anfassen existiert nicht mehr. Unter diesem Trend zum unpersönlichen Arbeitsstil leiden viele Mitarbeiter. Die Entwicklung wird durch die Aufspaltung in zahlreiche Tochterbetriebe seit 1995 eher noch verstärkt. Der Prozess ist Teil einer tiefgreifenden, kontinuierlichen Kulturwende, wofür der Konzern 1996 eigens ein Manifest unter dem Titel »Innovations- und Zusammenarbeitskultur« verabschiedet hat. Doch so gut das Reformwerk gemeint sein mag, viele Beschäftigte reagieren misstrauisch, gar ablehnend. Mitarbeiter beklagen den Zerfall der einstigen »Freudenberg-Familie« durch die zunehmende Gewinnorientierung. Das Betriebklima sei rau geworden. An die Stelle von Gemeinsamkeit treten kämpferische Konzerntöchter mit der Folge: Jeder ist sich selbst der Nächste.

Plötzlich mutieren die Sparten zu Einzelkämpfern, das Maximum bei Umsatz und Gewinn fest im Visier. Wurden früher die Mitarbeiter defizitärer Bereiche der Tradition gemäß von ertragreichen Einheiten aufgefangen, so gilt das nach der Zersplitterung nicht mehr automatisch. Außer unverbindlichen Absichtserklärungen besteht auch keine Verpflichtung mehr, anderen in Not zu helfen. Es liegt nun am Verhandlungsgeschick der Arbeitnehmervertreter, den Managern im Krisenfall Zugeständnisse abzutrotzen. Selbst Entlassungen in großem Stil sind bei Freudenberg keine Seltenheit mehr. Doch in solchen Konfliktsituationen bleiben die Vertreter der Familien meist außen vor. »Die Chance, die Familie leibhaft zu sehen, ist für normale Mitarbeiter äußerst gering«, weiß ein Betriebsrat. Neulinge, die seit 1996 eingestellt worden seien, bekämen die Familie nie zu spüren. Nur Ältere könnten sich daran erinnern, wie ihnen etwa ein Richard Freudenberg früh morgens auf die Schulter geklopft, sie aufgemuntert und sich für ihre Arbeit interessiert habe. Noch in der Ära von Dr. Reinhart Freudenberg (geboren 1932), der den Konzern von 1988 bis 1997 in vierter Generation leitete, bestand ein reger Kontakt zum Arbeitgeber. So habe der jüngste Sohn von Adolf Emil Freudenberg (1894–1977) und Urenkel des Gründers damals regelmäßig bei großen Betriebsversammlungen »gesprochen und gestritten«. Doch nach der Aufspaltung des Konzerns in juristisch selbstständige Firmen gebe es diese Gemeinschaft aller nicht mehr, die Familie mache sich rar. Ein Betriebsrat: »Das Denken in Kosten und Gewinn verdrängt die menschliche Begegnung aus der alten Kultur. Was sich nicht rechnet, wird gestrichen.« Zum Leidwesen vieler Mitarbeiter drifte der Betrieb auseinander und beschäftige weniger Menschen. Tatsächlich schrumpfte durch vielfache Aktivitäten die Zahl der Beschäftigten am Stammsitz seit den siebziger Jahren von 13 000 auf rund die Hälfte (6 500). In den neunziger Jahren wurden viele Arbeitsplätze nach Osteuropa verlagert, das Management gibt dem Druck der Globalisierung nach. »Die Hallen werden immer leerer und die ungenutzten Räume werden an fremde Firmen verpachtet«, beschreibt ein Beobachter den Strukturwandel der Kommanditgesellschaft in Weinheim.

Die Kulturwende von der patriarchalischen »Wir-sind-eine-Familie«-Firma mit Herz zur anonymisierten Weltfirma mit garantierter Gewinnmarge verschont inzwischen so manche soziale Errungenschaft nicht. Selbst die Werkswohnungen sollen zur Disposition gestellt worden sein. Und der eine oder andere Geschäftsleiter erfüllt die Erwartungen der Eigentümer, indem er beim Personal am Urlaubs- und Weihnachtsgeld knapst. »Es wird versucht herauszuholen, was geht«, beobachtet ein Gewerkschafter. Mancher Manager begründet seine Forderung mit dem Hinweis, »man müsse eben auch mal alte Zöpfe abschneiden«. Außer nackten Zahlen und Renditezielen kennen viele Führungskräfte offenbar keine weiteren Verpflichtungen mehr. An allen Ecken und Enden wird der Rotstift angesetzt und die Organisation optimiert. Gewerkschaften warnen: »Der Sozialabbau bei Freudenberg fängt im Kleinen an.« Die Einschnitte treiben neuerdings die Betroffenen auf die Barrikaden. In mehreren Kundgebungen demonstrierten (2005) jeweils einige Hundert Freudenberger »gegen die Aufweichung des Flächentarifvertrags und das Rütteln an der Mitbestimmung« (Betriebsrat). Sie vermuten, dass das Management einen eigenen, niedrigeren Haustarif anstrebt mit unterschiedlichen Bedingungen für die gleiche Arbeit. Außerdem standen Ende 2005 mehrere hundert Arbeitsplätze zur Disposition. Eine Demonstration verlegte die Belegschaft gezielt auf jenen Vormittag, als die Konzernleitung vor der Presse Hof hielt, um ihre Bilanz zu publizieren. Dieser Nadelstich wäre früher undenkbar gewesen. Jedoch gelang es der Firmenspitze, die Protestler so weit vom Ort der Pressekonferenz, dem »Hermannshof« (benannt nach dem Gründersohn Hermann Ernst Freudenberg) fern zu halten, dass die meisten Medienvertreter von der Aktion der Mitarbeiter nichts erfuhren. Umso mehr hofften die Demonstranten, dass die Freudenbergs, von denen viele Mitglieder in der Region wohnen, den Aufschrei aufmerksam registrierten. »Wir stellen Öffentlichkeit her, damit sich die Eigentümer bewusst werden, welche Forderungen sie im Gesellschafterausschuss den Managern diktieren«, zieht ein Arbeitnehmersprecher die Verbindung zur fortdauernden Spar- und Spalterpolitik. Immerhin hegen die Beschäftigten die Hoffnung, bei der Familie Gehör zu finden, zumal »der Kapitalismus pur bei uns noch nicht ausgebrochen ist«. Das belege auch die Existenz des »Europa-Betriebsrats«.

Im Zweifel geht das Unternehmen vor

Als globalisierte Welt-KG ist Freudenberg gewiss kapitalistischer geworden als in früheren Zeiten. »Zwischen Freudenberg und einer x-beliebigen Firma sehe ich keinen Unterschied mehr«, bewertet ein Mitarbeiter den Wandel bei der täglichen Arbeit. Andererseits liegt die soziale Absicherung der »Freideberger« weiter klar über der in einem Durchschnittsbetrieb. Und was für ein personenbezogenes Unternehmen ebenso zählt, ist das Verhältnis der Gesellschafter untereinander wie zu ihrer Firma. Daran gemessen ist Freudenberg unverändert ein waschechter Familienbetrieb. Denn der rechtliche Rahmen zielt darauf ab, das Erbe in der Hand der Nachkommen zu erhalten. Diesem obersten Ziel, das seit 1994 als Grundsatz festgeschrieben ist, haben sich Mitarbeiter wie auch alle Eigentümer gerade in kritischen Phasen unterzuordnen und eigene Interessen (Rendite, Karriere) zurückzustellen. Dazu legt der Gesellschaftsvertrag, der bis ins Jahr 2031 verlängert wurde, eindeutig fest, dass es sich um ein Unternehmen handelt, »das sich bereits seit Generationen im Besitz der Familie Freudenberg befindet, in guten und schlechten Zeiten von der Familie durchgehalten worden ist und das im Sinne seines Gründers und der heutigen Inhaber als Familienunternehmen erhalten bleiben soll. [...] Als Auflösungsgrund soll es insbesondere nicht angesehen werden, wenn die Gesellschaft zeitweilig unrentabel ist oder wenn einzelne Gesellschafter an der Realisierung ihres in der Gesellschaft investierten Vermögens Interesse haben.«[13] Um sich die Eigenständigkeit mit einem hohen Grad an Unabhängigkeit im Geschäftsleben leisten zu können, wird das Eigenkapital stetig erhöht. Ausdruck dieser strikten Thesaurierungspolitik ist die Freudenbergsche 40-Prozent-Regel für die Eigenkapitalquote (Eigenkapital im Verhältnis zur Bilanzsumme), die 2004 nach den Firmenübernahmen knapp erreicht wurde. Damit verpflichtet sich das Unternehmen, nicht von Schulden abhängig zu werden, obwohl dafür Aktivitäten mit hohem Kapitalbedarf gemieden und Nachteile beim Wachstum in Kauf genommen werden müssen. Der Hang, solche Sicherheitsreserven anzulegen, zeigt, dass den Nachkommen die Furcht vor den früheren Existenzkrisen noch in den Knochen steckt. Um solche Schwächephasen überstehen zu können, müssen die 302 Kapitaleigner beim Gewinn erheblich zurückstecken: Die effektive Auszahlung vom jährlichen Überschuss liegt unter zehn Prozent.

Der Einfluss einzelner Erben auf den Konzern ist gering. Kein Familiengesellschafter besitzt mehr als etwa 2,5 Prozent des Kapitals; Stammesprivilegien innerhalb der Clans sind nicht erlaubt. Was bindet dann die einzelnen Nachkommen noch an »ihr« Unternehmen? Warum verkaufen sie ihre kleinen Anteile nicht? Es sind wohl eher die weichen Faktoren, welche die Freudenberg-Familie bei der Stange halten. Der langjährige Firmenchef (bis Juli 1997) und Vorsitzende im Gesellschafterausschuss (bis Juni 2005), Dr. Reinhart Freudenberg, wird nicht müde zu betonen: »Man muss es gern haben, zu diesem großen Netz zu gehören. Das ist ein Gefühl, das vom Geld unabhängig ist.« Allein die Zugehörigkeit zu einem erfolgreichen Unternehmen oder zu einer renommierten Dynastie sei eine »eigene Währung«. Diese Haltung des promovierten Juristen und Mannes des Ausgleichs gibt eine Studie über *Erfolgsmuster von Mehrgenerationen-Familienunternehmen* wieder.[14] Danach achte Reinhart Freudenberg, selbst Vater von fünf Kindern, streng auf den Wertekanon bei den Seinen. »Das Oberhaupt passt persönlich darauf auf, dass einzelne – vor allem jüngere – Gesellschafter nicht mit teuren Autos rumfahren oder mit anderen Dingen protzen.« Im Ernstfall ruft er die Betroffenen an und verwarnt sie: »Das geht so nicht!« Andererseits ist seit 1936 der Weg für Familienfremde an die Spitze des Konzerns frei. Mit Dr. Peter Bettermann engagierte Reinhart Freudenberg 1997 als seinen Nachfolger den ersten Konzernboss, der nicht zur Familie gehört. Der 1947 geborene Mineraloge und Jurist kam 1994 nach Weinheim in die Firmenleitung. Bevor er zum Sprecher der Konzernleitung gekürt wurde, war er als persönlich haftender Gesellschafter zuständig für Betriebswirtschaft und Datenverarbeitung. Den letzten Sympathietest vor seiner Inthronisierung musste Bettermann beim gemeinsamen Abendessen in der Villa des Stammesfürsten nebst Gattin bestehen. Wer bei diesem Meeting auf den Gastgeber und seine Frau den erwünschten Eindruck hinterlässt, dem steht die Welt bei Freudenbergs offen. Diese Hürde für Topmanager ist typisch für die Weinheimer. In diesem Sinne emanzipiert sich Freudenberg unter Wahrung der Firmenkultur über alle Generationen hinweg selbst von der Familie. Denn die von außen geholten geschäftsführenden Gesellschafter genießen großzügige Freiheiten und nehmen fast den Status eines selbstständigen Unternehmers ein.

Familie kehrt zurück

Strategisch wichtige Entscheidungen fallen im Gesellschafterausschuss. Dieses Gremium ernennt und kontrolliert die Mitglieder der Konzernleitung und schiebt wesentliche Projekte an. Er bildet wie der Aufsichtsrat einer Aktiengesellschaft die oberste Instanz für die Freudenberg-Holding. Dieses Organ vertritt die Interessen aller etwa 302 Kommanditisten, der Familiengesellschafter also. Hinter diesen Leuten steckt die eigentliche Großfamilie Freudenberg, die vereint rund tausend Mitglieder in aller Welt zählen dürfte. Dem Lenkungsorgan gehören zwischen sieben und 13 Personen an (2005 sind es zwölf). Die Meinungen und Stimmen der familienfremden Mitglieder zählen gleichberechtigt, wobei Familienangehörige oder Ehegatten aber in der Mehrzahl sein müssen. Vorsitzender im Gesellschafterausschuss darf nur jemand aus der Familie (bisher nur Männer) sein. In diesem erlauchten Gremium wurde im Sommer 2005 der Übergang von der vierten zur fünften Eignergeneration vollzogen. Reinhart Freudenberg stieß mit 73 Jahren an die satzungsgemäße Altersgrenze und übergab den Stab an Wolfram Freudenberg (Jahrgang 1941), den Sohn von Hans Erich Freudenberg. Er ist promovierter Volkswirt und Politikwissenschaftler und verbrachte den Großteil seines Arbeitslebens bei der Deutschen Bank. Danach gehörte er bis 2002 dem Vorstand der Württembergischen Versicherungsgruppe an. Bekannt wurde der Namensträger in Wirtschaftskreisen Württembergs als Präsident der Börse Stuttgart von 1987 bis 1995. Seit 2003 befindet sich Wolfram Freudenberg »im aktiven Ruhestand«, weil er weiter in Aufsichtsgremien anderer Familienfirmen und Stiftungen beratend mitwirkt. Dem Gesellschafterausschuss im eigenen Unternehmen gehört der wichtige Finanzmann mit kurzer Pause seit 1975 an. Als Vorsitzender des Organs wacht Wolfram Freudenberg nun wie ein Aufsichtsratsvorsitzender über alle Aktivitäten des Konzerns. Zugleich übernimmt er mit diesem Posten automatisch die Rolle des »Familienoberhaupts« oder einer »grauen Eminenz«.

Bei den wesentlichen Ereignissen trifft sich die Großfamilie. Um die Weltgemeinde der Großfamilie von Baden bis Britannien, von der Schweiz bis in die USA und Kanada einzubinden, gibt es Gremien zur Entscheidungsfindung sowie regelmäßige Foren, in denen das – sonst eher unwahrscheinliche – gegenseitige Kennenlernen der Erben in positiver Atmosphäre möglich wird. Für Angehörige im Ausland werden alle zwei Jahre auf Einladung der Firmenleitung regionale Meetings in Großbritannien, Nordamerika oder der Schweiz arrangiert. Die Organisation der Großfamilie[15] übernimmt eigens eine Abteilung »Gesellschafterangelegenheiten« (eine Art »Family-Office«), wo die Konten der Kommanditisten geführt, ihnen komplexe Zusammenhänge verdeutlicht und Dispositionen von Familienmitgliedern angenommen werden. Eine wichtige Plattform – auch als Sprungbrett für den Nachwuchs –

ist der Gesellschafter-Informationskreis. Die 16 Mitglieder werden teils durch Los, teils durch Beschluss der Konzernleitung und des Gesellschafterausschusses bestimmt. Sie treffen sich zweimal jährlich einen Tag lang, um sich über einen bestimmten Bereich des Unternehmens zu informieren und zu diskutieren. Darüber verfassen sie einen Bericht, den sie den anderen Gesellschaftern präsentieren. Auf dem Laufenden gehalten wird die Sippe zudem durch den jährlichen Geschäftsbericht und einen halbjährlichen »Gesellschafterbrief« sowie durch die *Freudenberg Familienzeitung*. Diese erscheint drei- bis viermal im Jahr, herausgegeben von einer Gruppe von Gesellschafterinnen. Die Postille enthält Berichte aus der Familie, über die Firmengeschichte sowie Stellungnahmen zu aktuellen Themen aus dem Unternehmen samt internem Klatsch. Ein Höhepunkt für die ganze Familie ist die jährliche Gesellschafterversammlung. Formal betrachtet entspricht sie einer Hauptversammlung, auf der zum Beispiel die Mitglieder für den Gesellschafterausschuss gewählt werden. Aus privater Sicht ist es eine verbindende Veranstaltung für die 302 Anteilseigner samt Anhang. Das Treffen am Stammsitz Weinheim, umrahmt von geselligem Zusammensein im »Hermannshof«, dauert ein Wochenende. Es ist zunehmend stark besucht, auch von jüngeren Gesellschaftern.

All die familiären Einrichtungen sind dazu da, die Beziehungen zwischen dem Unternehmen und den Verwandten, den Kommanditisten, zu festigen. Hohe Priorität genießt die Einführung junger Gesellschafter in den Betrieb nebst Kontakten zum Topmanagement. Dieser traditionelle Geist der Freudenbergs scheint gegenwärtig wieder zu neuem Leben zu erwachen. Tatsächlich wächst in der jüngeren, sechsten Generation das Interesse am eigenen Haus, nachdem es für drei Jahrzehnte ziemlich erlahmt war. Schon die Berufswahl macht die Rückkehr der Familie an die Spitze deutlich. Gab es vor einer Generation mehr Pädagogen, Soziologen, Psychiater, Geisteswissenschaftler, so befinden sich heute mehr Volks- und Betriebswirte, Juristen und Techniker im Nachwuchs. Auch die Zahl der Praktikanten aus der Familie – 2005 etwa ein Dutzend – steigt. Für sie wird extra das Programm »Freudenberg Inside« geboten. Fest steht, dass nach der Abstinenz der Familie – Konzernchef Peter Bettermann führt sie auf den Einfluss der 68er-Generation zurück, wo »das nicht schick war« – wieder mehr Freude der

Freudenberger an Freudenberg herrscht. So leistet Dr. Sibylla Schuster geb. Freudenberg wertvolle Arbeit im Archiv, das der Abteilung Kommunikation (Holding) angegliedert ist. Hanno D. Wentzler, um die 50 und ebenfalls aus der Familie, leitet seit 2005 in der Führungsgesellschaft das Geschäftsfeld »Chemische Spezialitäten«. Der Enkel von Richard Freudenberg steuert die Schmiermittelfirma Klüber Lubrication in München. Ebenfalls Aufsteiger aus der sechsten Generation und neu im Topmanagement sind Martin (geb. 1966) und Lorenz (geb. 1967) Freudenberg. Ersterer, zweitältester Sohn von Reinhart Freudenberg, ist seit 2006 Chef des wichtigen Bereichs Dichtungs- und Schwingungstechnik Europa. Bewährt er sich auf dem Posten, kann Martin Freudenberg in wenigen Jahren in den Olymp aufsteigen und Jörg Sost (Anfang 60) als persönlich haftenden Gesellschafter und Mitglied der Geschäftsführung beerben. Auch Lorenz Freudenberg aus dem Club der Enddreißiger ist auf dem Weg nach oben. Seit 2004 agiert der Sohn von Günter Freudenberg als erster Personaler in der Obergesellschaft und ist dort für die übergreifenden Dinge zwischen den Einzelgesellschaften zuständig. Bei ihm laufen im Personalbereich alle Fäden aus den vielen Tochterfirmen zusammen. Lorenz Freudenberg ist auch Ansprechpartner für den Konzernbetriebsrat. Der Nachfahre, der in der Nachfolge Richard Freudenbergs steht, rangiert hierarchisch unterhalb der Geschäftsführung und berichtet direkt an Konzernboss Bettermann. Dieser begrüßt zwar die Rückkehr der Freudenbergs ins eigene Unternehmen, betont aber zugleich, dass ihre Arbeit an den Qualifikationen familienfremder Mitarbeiter gemessen werden müsse. Niemand erfahre eine Sonderbehandlung. Bettermann erinnert daran, dass auch Familienmitglieder, die Karriere machen wollten, »wieder verabschiedet wurden, weil sie die Erwartungen nicht erfüllten«. Aus dem Munde eines Familienfremden klingt das fast wie eine Warnung und wenig ermunternd. Die Freudenberg-Junioren werden sich also wohl mächtig anstrengen müssen.

Kapitel 6

B. Braun

Der Marathon-Mann der Medizintechnik

Die Firma gehört zum »Standort Deutschland« wie ihre Produkte, die in kaum einem Krankenhaus oder einer Arztpraxis fehlen. Spritzen, Kanülen, Ampullen, Infusionsgeräte und -lösungen, Pflaster und Wundmaterial – sind im Gesundheitswesen so alltäglich wie Nieten und Nägel in der Fabrik. Doch den Markt für Medizintechnik und seine Hersteller kennt außer Insidern kaum jemand, zumal die Produkte wenig Glamour verbreiten. Eines der in dieser Branche international tätigen Unternehmen, das Patienten von der Wiege bis zur Bahre begleitet, ist B. Braun Melsungen. Die Nordhessen beliefern mit ihren mehr als 30000 Artikeln Krankenhäuser, niedergelassene Ärzte, Apotheken, Pflegedienste sowie Pharmahändler. Wie viele Familienfirmen blüht Braun Melsungen im Stillen, obwohl der Konzern auf einigen Gebieten international Spitzenpositionen besetzt. An der Börse ist der Betrieb nicht zu finden. Für den Clanchef, Ludwig Georg Braun, kommt ein Börsengang nicht infrage: »Ich will mir meine Unternehmensführung nicht von anderen vorschreiben lassen. Deshalb gehe ich auch dem Einfluss der Banken so weit wie möglich aus dem Weg.« Woher rührt dieses demonstrative Selbstvertauen des Hessen?

Seniorchef Dr. h. c. Ludwig Georg Braun ist die treibende Kraft im aufstrebenden Konzern, alles andere als der Typ »Senior«. Einzig das schütter werdende Haupthaar erinnert an sein Alter. Sonst ist der Mann des Medizinbedarfs »fit wie ein Turnschuh«, staunen alle über den Asketen. Er joggt regelmäßig, nimmt zuweilen an Marathonläufen in New York, Berlin oder Kapstadt teil. Mit wachen Augen zwischen den großen Ohren pflegt der agile Sportsmann sein Gegenüber aufmerksam zu betrachten. Der Workaholic, der 1943 in Kassel geboren wurde, will in jeder Situation die Oberhand behalten. Alles, wofür ein langer Atem nötig ist, was Kraft kostet und den Körper stählt, reizt ihn: Leichtathletik, Schwimmen, Skifahren … Beim Aufzählen der Sportarten winkt er lässig ab. Puste brauchen auch alle in seiner Umgebung und die mit ihm arbeiten, denn mit seiner Firma möchte der Dauerläufer und Kraftsportler stets an der Spitze marschieren. Das begründet Brauns beruflichen Erfolg. »Wir sind immer am Anfang dabei«, betont er. Schon in den sechziger und siebziger Jahren bei der Europäisierung, ebenso bei der Internationalisierung in Lateinamerika und Asien, wo Braun seit Anfang der siebziger Jahre präsent ist, dann in Nordamerika seit 1980 und als Pionier nach der Osterweiterung der Europäischen Union – stets sind die Melsunger vorn. Das ist für den rastlosen Beweger eine Sache des sportlichen Ehrgeizes. Willensstark drückt er dem Unternehmen seinen Stempel auf, gibt Richtung und Ziele vor. Nur über den Weg dahin und über Details lässt Braun mit sich reden – das unterscheidet ihn von den bissigen Leitwölfen, als die sich manche Manager gebärden. Er gefällt sich als christlich inspirierter Liberaler in der Position des Oberhirten, der seine Verantwortung offen zeigt.

Seine Fairness und kommunikative Art wissen Arbeitnehmer wie Gewerkschafter zu schätzen. »Er lebt Sozialpartnerschaft, indem er uns regelmäßig gut informiert.« Braun gilt in Verhandlungen als umgänglich. Die Stimmung ist gut, sagen Mitarbeitervertreter: »Es gibt die normalen Auseinandersetzungen im Betrieb zu den üblichen Themen. Doch insgesamt haben wir eine gesunde Mitbestimmungskultur, wo Sozialpartnerschaft noch zählt.« Ein Belegschaftssprecher beschreibt ihn als »Vaterfigur, fürsorglich mit relativer Strenge, ein Patriarch im Sinne von fordernd und fördernd«. Der Mann weiß, von wem er spricht. Als Widersacher in durchaus harten Verhandlungsrunden lernte er den Kampfgeist seines Gegenübers kennen. Der durchtrainierte Oberhirte von Melsungen predigt nicht unverbindlich lammfromm, sondern weiß sich durchzuboxen. »Braun erwartet konkrete Vorschläge von der Gegenseite, möchte klare Ergebnisse erzielen.« Am stärksten leitet ihn die Idee, »Werte zu schaffen«, das Motto für sein Unternehmen. Als Wertsteigerung proklamiert Braun auch eine wieder längere Arbeitszeit. Denn, so des Liberalen Leitgedanke: »Arbeit schafft Arbeit« – sofern »neue Werte« in einem innovativen Betrieb entstehen. Für seine Ideale engagiert sich der Braun-Chef auf vielen Ebenen: im Betrieb, in der Familie, im Branchenverband, in der Industrie- und Handelskammer, in der Politik, in der Kirchengemeinde ... Der Mann ist vielseitig interessiert. Andererseits findet der Universalist sicheren Rückhalt in der Familie, welche die Entwicklung und Firmenkultur in mehr als 165 Jahren des Bestehens entscheidend förderte und prägte.

Von der Dorfapotheke ins Krankenhaus

Zu keiner Zeit entwickelte sich das Unternehmen so rasant wie in den vergangenen drei Jahrzehnten, in denen der Betrieb zum global agierenden Konzern aufstieg. Die heutige Weltfirma B. Braun Melsungen AG schrieb eine Erfolgsstory, welche auf die fünfte Generation unter Führung von Ludwig Georg Braun zurückgeht. Er leitet in den siebziger Jahren den steilen Aufstieg des damals klassischen Mittelständlers zum respektablen Multi mit Milliardenumsätzen ein. Die Grenze von 1 000 Mitarbeitern hatte der hessische Betrieb erst 1958 überschritten. Als der Ur-Ur-Enkel des Gründers Julius Wilhelm Braun Anfang 1972 in die Firma einsteigt, beschäftigt die Gruppe ungefähr 2 500 Leute. Das ein Jahr vorher in eine Aktiengesellschaft umgewandelte Unternehmen setzt 199,7 Millionen Mark (1972/73) um – ein neuer Rekord. Zugleich verstärkt die Braun Melsungen AG damals ihr Engagement an der Aesculap AG in Tuttlingen, einem großen Hersteller von chirurgischen Instrumenten mit Weltruf, beträchtlich. Die Aktienmehrheit der zu jener Zeit in Schwierigkeiten steckenden Firma wird schließlich 1976 erworben. Dieser Fundus bildet die Basis, auf der Ludwig Georg Braun am Beginn seiner Vorstandskarriere aufbaut. Die respektable Vorarbeit dazu leisteten seine Vorgänger Otto Braun (sein Vater) und Dr. Bernd Braun (sein Onkel). So verfügen die Nordhessen im Inland bereits über fast 50 Vertriebsfilialen und erste Vertretungen im Ausland sowie über zahlreiche Teile- und Lizenzfertigungen rund um die Welt von Afghanistan über Chile und Indien bis Zypern. Für Braun junior ist das erst der Anfang der Expansion. Der frischgebackene Chef, gerade mal Ende zwanzig, will aus dem Unternehmen einen Global Player im Geschäft mit Medizinalprodukten machen.

Die Vorgeschichte der Familienfirma beginnt im nordhessischen

Kassel, die Brauns betreiben in der Residenzstadt eine Hofsattlerei. Das Handwerk floriert so gut, dass die Kutschenbauer zum Hofwagenfabrikanten und Posthalter aufsteigen. Ihr Reichtum ermöglicht es ihnen schließlich, sich in Apotheken einzukaufen – damals eine Zukunftsbranche. Die Heilkunst schreitet erheblich voran, womit sich gut Geld verdienen lässt. So engagieren sich Brauns 1835 an der Brambeer'schen Apotheke im kleinen mittelalterlichen Melsungen, rund 25 Kilometer entfernt von Kassel. Die Dorfapotheke wird noch von Ludwig Theodor Braun (1753–1843) verwaltet. Als Unternehmer stehen die Nordhessen mit ihrer handwerklichen Manufaktur in Kassel und ihrem Apotheken-Engagement nun übrigens in der elften Generation. 1839 erwirbt der Urahn Ludwig Theodor Braun für seinen Sohn (sein achtes Kind) Julius Wilhelm Braun (1808–1850) die »Rosen-Apotheke« zu Melsungen. Mit der »Rosen-Apotheke« betreiben die Brauns erstmals eigenständig ein Gewerbe abseits des Handwerks. Daher gilt dieser Erwerb als das eigentliche Geburtsjahr der heutigen Firma. Brauns verkaufen zur üblichen Arznei auch heimische Heilpflanzen, die sie im Nebenerwerb sammeln und an Drogengroßhandlungen vertreiben. In den drei folgenden Generationen sind die Brauns nun alle Apotheker. Das lukrative Zubrot zur Apotheke lässt den bescheidenen Betrieb wachsen. Schritt für Schritt erweitert die Sippe ihr Geschäft vorwiegend mit heimischen Kräutern und Pflanzen zu einem überregional bedeutenden Handelshaus und stellt bald selbst chemisch-pharmazeutische Produkte her. Ihre »Drogenhandlung«, wie die Zunft im 19. Jahrhundert heißt, dazu die Manufaktur in den hinteren Räumen der Apotheke erlangen rasch eine überragende Bedeutung. Besonders der geschäftstüchtige, in Heidelberg studierte Bernhard Braun (1837–1900), der älteste Sohn von Julius Wilhelm Braun, erkennt, dass mit Riechstiften (gegen Migräne), Pillen und Pastillen, mit englischem Heftpflaster oder Mottenpulver gut Geld zu verdienen ist. Mit seinem Gespür für »Wellnessprodukte« gegen allerlei Pein oder für die Schönheit teilt er 1867 den Betrieb in zwei Abteilungen: A wie Apotheke und B wie pharmazeutische Erzeugnisse (manche sagen auch B wie Bernhard). Mit dieser Strategie erwächst in der Hochphase der Industrialisierung aus dem Handels- und Produktionszweig einer kleinen Apotheke der Industriebetrieb B. Braun Melsungen. Bernhard Braun lässt sein Gewerbe 1867 als Einzelfirma ins örtliche Handelsregister eintragen, womit auch der Firmenname mit den unverwechselbaren Zusätzen »B« und »Melsungen« amtlich ist.

Ein wichtiger Abschnitt ist mit dem Gründerenkel Carl Braun (1869–1929) verbunden. Der Apotheker mit der Pillenfabrik im Hinterhof sucht um die Jahrhundertwende intensiv nach interessanten Produkten, um Manufaktur wie Großhandel auslasten zu können. Da kommt dem ältesten Sohn von Bernhard Braun der Zufall zu Hilfe. Auf der Rückreise von einem Naturforscher-Kongress 1908 trifft er im Zug den Kasseler Chirurgen Dr. Franz Kuhn. Dieser erzählt ihm von einer Methode, wie Operationsfäden aus natürlichem Hammeldarm reißfest und steril herzustellen sind. Braun ist von Kuhns Idee sofort begeistert. Bis dahin nämlich sind schlechte Operationsnähte stets ein Problem der Hygiene. Der Melsunger lässt Dr. Kuhns Sterilisationsverfahren sofort ausprobieren – und schafft den technischen Durchbruch. Den Rohstoff, Hammeldarm, besorgt er sich als Abfallprodukt von der Musiksaitenindustrie. Noch im gleichen Jahr produziert Braun das »Kuhnsche Katgut«, wie die Operationsfäden nun in der Fachwelt heißen. Bis heute wird originales »Kuhnsches Katgut« noch in Indien gefertigt. Brauns Innovation markiert die entscheidende Wende und öffnet den Melsungern die Tür zu Krankenhäusern wie Chirurgen. Für die Erzeugung von Katgut bildet Braun 1909 eigens die Abteilung C (wie Chirurgie), zunächst in den engen Räumen der Rosen-Apotheke. Mit dem Operationsfaden, welchen die Fachwelt nach anfänglicher Skepsis schließlich hoch lobt, geht es steil bergauf. Um die hohen Ansprüche an das Produkt erfüllen zu können, wird das Darmmaterial in einer ehemaligen Färberei in Melsungen aufwändig unter Dampf und Gestank selbst verarbeitet. Schon 1912 zählt das industriell gefertigte Katgut zum wichtigsten Umsatzträger der »Fabrik steriler Präparate«. Auch im Ersten Weltkrieg sind Brauns Erzeugnisse gefragt. Ab 1914 stellt die medikomechanische Werkstatt des Hauses Schienen für die Chirurgie, Blutdruckmessgeräte und Glaserzeugnisse für Labors her. Damals stehen 60 Beschäftigte in Lohn und Brot.

In den kommenden Jahrzehnten heißen die Motoren des weiteren Aufstiegs in der Medizintechnik »neue Märkte« und »innovative Produkte«. In Mailand wird 1925 die erste Fabrik im Ausland errichtet.

Eine Pionierleistung ist 1931 das erste resorbierbare synthetische Nahtmaterial, eine gemeinsame Entwicklung von B. Braun Melsungen und Wacker-Chemie, München. Inzwischen hat die vierte Generation mit Otto (1904–1986) und später Bernd Braun (1906–1993) den Vater Carl Braun 1929 an der Firmenspitze abgelöst. Ludwig Georgs Vater Otto hatte außer ihm noch drei Kinder aus zwei Ehen, da er früh verwitwete. Einen Höhepunkt in der Ära der Brüder Otto und Bernd Braun bildet der Einstieg ins Geschäft mit Infusionslösungen und -techniken 1930. Der Einzug von Kunststoff in die Medizin beschleunigt die Expansion. Vor allem Glas und Metall werden ersetzt, um das Verletzungsrisiko zu minimieren. Das Brüderpaar Braun forciert den Trend und gelangt zu einer Reihe neuer Produkte, wie etwa Brauns »Plastikinfusor« oder den ersten Einmalgeräten aus Kunststoff. Auch die erste flexible Venenverweilkanüle („Braunüle«, 1962) verdankt den Innovationen aus leichtem und unzerbrechlichem Plastikmaterial ihre Entstehung. Das hundertjährige Firmenjubiläum fällt ins Kriegsjahr 1939 – die politische Großwetterlage soll den Stolz und die Freude der Firmenleitung nicht beeinträchtigt haben. Im Zweiten Weltkrieg sind vor allem Brauns chirurgisches Nahtmaterial, Feinmechanik, sterile Lösungen sowie Glaserzeugnisse gefragt. Den braunen Diktatoren in Berlin erscheint der Mittelständler in der hessischen Provinz mit rund 500 Mitarbeitern wohl zu unbedeutend, um ihn zum »Vorzeigebetrieb« aufzubauen, für die Melsunger ein Glücksfall. Dennoch wird der kaufmännische Leiter Otto Braun Mitglied der NSDAP. Er soll sich »mit dem Regime arrangiert« haben, wie es in der Region heißt. Dafür muss er sich nach dem Krieg rechtfertigen und für kurze Zeit ins Gefängnis. Sein jüngerer Bruder Dr. med. Bernd Braun dagegen, Arzt und Chemiker, galt nie als Freund der Nazis. Er tritt später der CDU bei. Bernd Braun ist es auch, der nach der Heimkehr aus der Kriegsgefangenschaft dem mächtig geschrumpften Familienbetrieb wieder Schwung verleiht.

In der Nachkriegszeit wird in Melsungen der steile Aufstieg zum Milliardenkonzern mit größter Energie in Angriff genommen. Neben modernen Techniken beschleunigt der Drang auf fremde Märkte mit eigenem Vertrieb, Lizenzfertigungen und Werken die Expansion. Es ist Ludwig Georg Braun (der heutige Senior), ein Sohn Otto Brauns, der die Internationalisierung wie im Marathonlauf vorantreibt: 1979 Gründung einer strategischen Operationsbasis in den USA, 1980 Werk in Malaysia, 2000 Fabrik in Indien, um nur einige wichtige Etappen zu nennen. Dazu kommt der Erwerb bedeutender Firmen im In- und Ausland. So zählt der Kauf der Aesculap AG für Ludwig Georg Braun zu den ersten Bewährungsproben. Der bedeutende Spezialist für chirurgische Instrumente in Tuttlingen kämpft nämlich von 1948 bis Ende der sechziger Jahre ums Überleben, entlässt kräftig Mitarbeiter. Es gelingt Aesculap lange nicht, einerseits Konkurrenten aus Billiglohnländern wie Pakistan oder Indien beim herkömmlichen Operationsbesteck zu schlagen, andererseits erfolgreich in neuen Techniken Fuß zu fassen. Inzwischen zählt Brauns chirurgischer Bereich zu den Perlen. Gleichfalls eine Herausforderung bedeutet 1997 der Kauf der McGaw Inc. in Kalifornien (USA). Es ist die bisher größte Akquisition in der Unternehmensgeschichte. Parallel dazu gelingt es den Melsungern immer wieder, sich bei Erfindungen als Pionier an die Spitze zu setzen. So zum Beispiel 1962 mit der »Braunüle«, der ersten einteiligen flexiblen Plastikkanüle für Dauerinfusionen. Die Innovation kurbelt das Geschäft kräftig an, sodass den damals mehr als 2000 Arbeitern und Angestellten zum 125-jährigen Firmenjubiläum ein Rekordumsatz von gut 50 Millionen Mark gemeldet werden kann. An herausragenden Neuigkeiten folgen Anfang der achtziger Jahre Komplettlösungen für die intravenöse Zufuhr von Nährstoffen. Zur Unterstützung der Intensivtherapie präsentiert Braun den Kliniken ein variables System zur Datenordnung und -kommunikation. Es ebnet mit weiteren Innovationen den Weg für die »totale intravenöse Anästhesie, TIVA« (B. Braun Melsungen). Ende der neunziger Jahre folgt ein Verfahren, mit dem Cholesterin aus dem Blut herausgefiltert werden kann. Und mithilfe eines Navigationssystems von Braun führen Chirurgen nun mit Roboterunterstützung Knieoperationen durch. Im dritten Jahrtausend werden die auf viele Patienten martialisch wirkenden Infusionsgeräte kleiner, leichter und sind dank eines Barcodes auch einfacher und sicherer zu handhaben. Zu den jüngsten Weltneuheiten der Melsunger zählen »SUSI«-Instrumente (Single Use Surgical Instruments, also chirurgische Einmalinstrumente) aus einem Hochleistungskunststoff. Laut Firmenangaben weist es dieselben Eigenschaften auf wie herkömmliche Instrumente aus Metall. Auf Nummer sicher im Zeitalter tödlicher Viruserkrankungen setzt eine

Venenverweilkanüle mit einem winzigen Sicherheitsclip, der die Kanüle beim Herausziehen sofort automatisch schließt, um Pflegepersonal wie Patienten zu schützen.

Das Aktionsfeld für Medizinprodukte ist grenzenlos. Zu den Industrieprodukten stößt Braun nun zügig in den noch jungen Markt der Dienstleistungen rund ums Krankenhaus vor. Die Aesculap Akademie in Tuttlingen zum Beispiel schult, berät und trainiert Mediziner, Pflegekräfte, Klinikmanager und Krankenhausapotheker aus aller Welt. Neben dem »Aesculapium« (seit 1995) genannten Forum fördert die B.Braun-Stiftung den medizinischen Nachwuchs mit Stipendien. Eine Tochterfirma betreibt mehr als 50 Dialysestationen in Europa und Asien, an die mehrere Tausend Patienten angeschlossen sind. Den Versuch, die Lücke zwischen Krankenhaus und anschließender ambulanter Behandlung zu schließen, unternimmt die Sparte »Transcare«. Unter dem (politischen) Diktat, Klinikaufenthalte zu verkürzen, soll dieser Service den therapeutischen und pflegerischen Standard »aus der Klinik ins heimische Umfeld überführen« sowie Apotheken, Pflegedienste und den Fachhandel beraten und schulen. Der Bedarf für diese Brückenfunktion wächst zwar stark, aber die Gewinnspannen sind nach Ansicht von Marktkennern noch minimal oder es entstehen gar Verluste. Insgesamt jedoch schreibt Braun Melsungen mit seinem riesigen Sortiment dicke schwarze Zahlen – und das seit mehr als 165 Jahren. »Wir haben noch nie Verluste gemacht«, bilanziert Konzernchef Braun mehr als zufrieden. Ein Großteil der Überschüsse fließt traditionell in neue Geschäfte. Eine gute Kapitaldecke muss die Expansion tragen und gibt auch Sicherheit bei möglichen Schäden. Wie dünn das Eis bei Medizinalprodukten ist und wie schnell Menschen zu Schaden kommen können, das zeigte sich 2001. Damals wurden die Etiketten auf Ampullen für Infusionslösungen vertauscht: Anstatt »Glukose 5 %« befand sich Kaliumchlorid in den gelieferten Fläschchen, in Belgien starben zwei Babys an der Flüssigkeit. Bei aller Vorsicht können auch den Melsungern bei der Masse an täglichen Auslieferungen Fehler unterlaufen. Um das zu verhindern, existiert seit langem ein ausgefeiltes System der Qualitätssicherung. Jeder Artikel durchläuft bis zur Marktreife eine Vielzahl von Tests und wird in der Produktion nach Schwachstellen untersucht und gegebenenfalls aussortiert.

Braun – ein Oligopolist im Weltformat

Die Grenzen des Wachstums sind im Markt für Medizinprodukte noch fern, besonders bei internationaler Betrachtung. Während in den westlichen Industriestaaten nur Innovationen das Geschäft beleben können – das Marktwachstum in Deutschland und den meisten westeuropäischen Ländern beträgt nur drei bis vier Prozent –, expandiert das Geschäft zum Beispiel in Brasilien, China oder in Osteuropa kräftig. Für Braun kommt es also darauf an, international stark präsent zu sein, um von den regionalen Unterschieden profitieren zu können. Die Melsunger sind mit eigenen Tochterfirmen in mehr als 50 Ländern vertreten. Damit steht zu erwarten, dass die Zahl der Arbeitsplätze im Konzern insgesamt eher leicht steigen wird, während sie in der Branche hierzulande bestenfalls stagniert, vermutlich aber leicht sinken dürfte. Freilich, Grund zur Untergangsstimmung besteht für die meisten Anbieter medizintechnischer Waren und Dienstleistungen nicht. Die Marktbasis ist beachtlich, wenn auch die Abgrenzung zwischen den Segmenten ausgesprochen unscharf ist. So erwirtschaftet die Branche etwa im Jahr 2003 weltweit einen Umsatz von 184 Milliarden Euro.[1] Dieses Volumen entspricht zum Beispiel laut Bundesverband BVMed »dem Militärhaushalt der EU oder den weltweiten Ausgaben für Fernsehwerbung«; für den Milliardenumsatz der Zunft könnten 1,2 Millionen VW-Golf gekauft werden. Und Deutschland steht in der Umsatzstatistik mit gut 20 Milliarden Euro knapp hinter den USA und Japan an dritter Stelle; in Europa ist Deutschland absoluter Spitzenreiter. Immerhin beschäftigt die relativ junge Branche rund 100 000 Menschen zwischen Flensburg und Konstanz.

Unter den 1 200 deutschen Firmen der Branche bildet ein Schwergewicht wie Braun Melsungen die Ausnahme. Ein Durchschnittsbetrieb beschäftigt kaum 100 Leute. Das zeigt das Gewicht der Nordhessen, zumal es mehr als 400 000 verschiedene Medizinprodukte »Made in Germany« gibt und nur wenige direkt miteinander konkurrieren. Diese Vielzahl an Fabrikaten und Fabrikanten führt zu einer wilden Gemengelage, welche eine Klärung der Wettbewerbssituation beträchtlich erschwert. Jeder Hersteller beackert sein eigenes Feld und berührt die meisten anderen nur punktuell. Viele Winzlinge sind lupenreine Spezialisten in einem schier unendlichen Aktionsfeld, das von Heftpflastern und Spritzen über Katheter und Kanülen bis zu künstlichen Gelenken, Implantaten, Herzen und Nieren reicht. Auch die Elektromedizin zählt mit Messgeräten, Röntgenapparaten und computerisierten Diagnosesystemen dazu. Abgesehen von der gut doppelt so großen Fresenius AG und dem Pharmariesen Bayer (Leverkusen) konkurriert Braun heftig mit ausländischen Konzernen – allen voran US-Amerikanern sowie Japanern. Unter den globalen Champions besetzt B. Braun Melsungen den 14. Platz. Doch auch weltweit gilt dasselbe wie für den deutschen Markt: Direkt konkurriert Braun nur gegen wenige Größen auf einzelnen Produktfeldern. Die wahren Wettbewerber Brauns, die an allen Ecken der Welt antreten, konzentrieren sich auf wenige Kerngebiete. Das sind in der Wundversorgung (Pflaster, Verbände) etwa der US-Konzern Becton Dickinson (BD) und die deutschen Beiersdorf, Paul Hartmann sowie Lohmann und Rauscher. Bei der weit wichtigeren Chirurgie (Aesculap) kreuzen die Melsunger die Klingen mit Giganten wie Johnson & Johnson oder Tyco sowie dem Mittelständler Karl Storz. Auch im Hightech-Bereich Dialyse konkurrieren mächtige Herausforderer wie Fresenius, Baxter, Gambro/Hospal, Althien und Nikkiso (Japan). Bei Infusionslösungen wiederum sind es weltweit vorwiegend zwei Widersacher, Fresenius und Baxter (USA), die Braun das Geschäft streitig machen. Beim Massenprodukt Spritzen stehen die Hessen international mit dem US-Weltmarktführer Becton Dickinson, mit Tyco (Mischmulti) sowie Terumo (Japan) im Wettbewerb – also wieder nur ein Weltquartett.

In Wahrheit bildet jedes Segment weltweit ein mächtiges Oligopol von Spezialisten, welches den Markt der Medizinprodukte beherrscht. Denn in den einzelnen Kernbereichen stehen sich maximal drei bis vier dominante Anbieter gegenüber; daneben existieren oft kleinere, regionale Firmen. Der Vorteil für die Starken liegt darin, dass jeder die Absichten des anderen Oligopolisten – Preise, Sortimentsgestaltung, Eroberungsstrategien – sehr gut einschätzen und danach die eigene Strategie abstimmen kann. Im Zweifel richten sich alle Teilnehmer nach dem jeweiligen Weltmarktführer. Die Marktstellung, die Braun im globalen Wettbewerb einnimmt, ist also durchaus komfortabel – zumal die Melsunger bei ihren wichtigsten Spezialitäten unter den Weltmarktführern sind. Hinzu kommt als wesentliche Kraft die ständige Erneuerung des Sortiments. In Sachen innovative Produkte und Dienstleistungen treibt der Marathon-Mann Ludwig Georg Braun seine Mannschaft an. Auf Lorbeeren will er sich nicht ausruhen, die sind mehr fürs Grab als fürs Leben. In einem wachsamen Erfindergeist sieht er die große Chance für sein Unternehmen. »Firmenchef Braun zählt sicher zu den kreativsten Köpfen der Unternehmerszene«, charakterisiert ihn ein Verbandsoberer respektvoll. Was den Klinik- und Ärzteversorger dagegen schwächen könnte, sind teure Fehlschläge bei den Neuheiten oder riskante Firmenübernahmen – Sportsmann Braun ist hier durchaus zu Angriffen bereit. Akquisitionen schließt er nicht aus. Auch firmen- und imageschädigende Pannen stellen latent eine Gefahr dar; jedenfalls würden sie Braun viel Geld kosten. Und bei der Kapitalbeschaffung sind die Melsunger besonders den Giganten aus den USA unterlegen. Diese können sich ihre Abenteuer frei vom Kapitalmarkt – sprich Aktionären – finanzieren lassen. Braun dagegen ist auf sich angewiesen: »Wir finanzieren uns aus eigener Kraft«, betont er bei jeder Gelegenheit und erhebt diesen Grundsatz zum Leitgedanken seiner Familienfirma. Das heißt »Disziplin bei der Unternehmensentwicklung bewahren«. Für die Börse ist Braun durch die Rechtsform der Aktiengesellschaft zwar vorbereitet, aber das ist nur als Plan für den schlimmsten Notfall gedacht. Der soll niemals eintreten. Immerhin, bei einem finanziellen Engpass könnten die Melsunger rasch reagieren.

Familien sind bessere Unternehmer

Braun glaubt generell an den Bestand von Familienunternehmen. Allerdings müssten auch die Gesellschafter ihren Beitrag dazu leisten. »Wenn wir die feste Absicht haben, unser Unternehmen als Familienfirma fortzusetzen und dazu eine eigene Kraft und Philosophie entwickeln, dann sehe ich keine Probleme«, ist sich der Clanchef sicher. Familienbetriebe besitzen für ihn den Vorteil, dass sie kurzfristig »keine Mode mitmachen müssen«. Das unterscheide ihn von den auf Zeit ernannten Geschäftsführern oder gewählten Managern von Publikumsgesellschaften. Zwar hält Braun deren Arbeit nicht für schlechter, aber sie stünden wie Politiker unter einem gewissen Zeitdruck. »Ich habe nicht die etwas verkrampfte Sicht, kurzfristig etwas bewegen zu müssen. Ich will ja nicht wiedergewählt werden und verliere ohne meinen Chefposten nicht die Rolle als Gesellschafter.« Daher agierten Unternehmen wie seines auch vorsichtiger. »Mein öffentlicher Druck ist begrenzt auf die Zuneigung der Familie. Sie muss sagen können: ›Wir sind stolz darauf, Aktionäre dieser Gesellschaft zu sein.‹« Ludwig Georg Braun stellt laufend Vergleiche mit seinen Wettbewerbern in aller Welt an, darunter den genannten Börsenriesen. Trotzdem ist er nicht aufs Maximum aus. Größe als Selbstzweck gilt ihm als schiere »Überexpansion«. Auf die Schnelle hohe Renditen für Aktionäre herauszupressen, diese Kurzsichtigkeit, Shareholder-Value genannt, ist Brauns Sache nicht. Geld an der Börse zu tanken, um das Wachstum anzuheizen oder Kasse zu machen, verachtet der Melsunger. Der Mittelständler hat da einige negative Beispiele von Familienunternehmen vor Augen – auch aus der eigenen Branche –, die bald nach dem Börsengang ihre Unabhängigkeit verloren hatten und oft hoch verschuldet sind. »Den größten Einfluss auf diese Firmen nehmen jetzt die Banken und die halten so lange still, wie es noch gut geht«, gibt Braun zu bedenken und bekräftigt: »In diese Abhängigkeit will sich unsere Firma nicht begeben.« Vor dieser Gefahr schützt nur ein Rezept: »Die Bankverbindlichkeiten müssen niedrig bleiben« und das eigene Kapital möglichst hoch. Die Eigenmittel betragen derzeit im Konzern knapp 30 Prozent der Bilanzsumme. Dieser Wert liegt gerade an jener magischen Grenze, an der Betriebe aus eigener Kraft expandieren können. Die Brauns werden also künftige Gewinne für mehr Rücklagen verwenden müssen. Im Übrigen, beruhigt der Vorstandschef, sei seine Familie so strukturiert, »dass wir eine Krise überstehen können«. Das Unternehmen verfüge schließlich über einige verborgene Reserven. »Ich gehe da sehr konservativ vor«, unterstreicht Braun. Zu den »stattlichen Polstern« kämen neben dem Grundvermögen viele Patente und Schutzrechte sowie der Wert für die Weltmarke »B. Braun Melsungen«. Doch mehr will er zu diesem Thema mit Blick auf den Fiskus nicht verraten. Als Beraterin in Steuerfragen steht Braun seine Frau zu Seite, die unter anderem gelernte Steuerexpertin ist.

Eine Familienfirma unternimmt »möglichst kleine Schritte, die sie bezahlen kann«, sagt der Marathon-Mann, der dennoch riesige Schritte wagt, wie bedeutende Zukäufe in Europa und Amerika unter seiner Regie belegen. Solche Akquisitionen fallen für Braun ebenfalls unter sein Motto »Werte schaffen«. Zudem solle jeder das Handwerk seiner Branche gut beherrschen, denn »zu einem guten Geschäft gehört immer Herzblut«, weiß der Seniorchef aus den Erfahrungen seines langen Berufslebens. Schon als Schüler half er dem Vater samstags und sonntags, die eingehende Post zu öffnen, damit die Beschäftigten am Montag gleich loslegen konnten. Für den Filius fielen damals bei den Wochenendjobs interessante Briefmarken von der Firmenpost ab, die er sammeln durfte. In diversen Ferienarbeiten im väterlichen Betrieb lernte Ludwig Georg das Handwerk dieser speziellen Branche von der Pike auf kennen. Weil ihn sein Vater früh an den Betrieb heranführte, kennt Braun die Wurzeln der Firma und ihr Metier genau. Diese Bodenständigkeit trennt den Familienunternehmer von der angestellten Führungskraft. »Ein Manager bringt nie die traditionelle Verwurzelung mit«, räsoniert Braun. Sie zwinge zur Konzentration auf die eigene Branche. Austauschbare Manager wie in der Politik lehnt er ab: »Jeder gute Unternehmer macht nur das Geschäft, von dem er etwas versteht«, lautet sein Credo.

Mit dem eigenen Nachwuchs will Ludwig Georg Braun ähnlich verfahren wie seine Eltern einst mit ihm. »Ich führe meine Kinder langsam an die Firma heran.« Dabei verfolge er klare pädagogische Vorstellungen. Stets wägt der Vater von fünf Kindern ab, ob und welche Sprösslinge aus der folgenden, sechsten Generation für welche Position im Unternehmen geeignet sind. So löste auch sein Vater die Nachfolgefrage in der Familie. Er selbst wurde damals über verschiedene Aufgabenstellungen an die Firma herangeführt und als Jüngster zum Erbprinzen bestimmt. »Als ich 19 Jahre alt war, hat mein Vater schon entschieden, Ludwig Georg, der Jüngste, der macht das.« Dann habe ihm seine Mutter 1962 in einem Geburtstagsbrief geschrieben, dass sich die Eltern freuen würden, dass er Nachfolger werden solle. So geschah es. Von nun an gezielt zum Unternehmer erzogen, sammelt der designierte Nachwuchschef auf diversen Etappen im elterlichen Betrieb und durch Auslandsaufenthalte seine ersten unternehmerischen Erfahrungen. Die Basis für sein kaufmännisches Wissen erhält der Realschüler bei der Deutschen Bank in Kassel, wo er eine Lehre absolviert. Braun rückblickend: »Ich habe mein Handwerk nicht in der Theorie, sondern in der Praxis gelernt.« Denn nun unternimmt der künftige Braun-Boss von 1965 bis 1966 »praktische betriebswirtschaftliche Studien in England und den USA«, wie die offizielle Agenda berichtet. Zu einem formellen Abschluss kommt er bei den Studienreisen nicht. »Ich machte meine Fehler beim Wettbewerber«, witzelt er heute. Der junge Unternehmersohn bewährt sich von 1968 bis 1971, als er in Brasilien die Geschäfte der Laboratorios Americano SA leitet, immerhin ein Großbetrieb mit 1600 Beschäftigten. Als weitere Aufgabe muss der Junge aus Melsungen das Exportgeschäft für ganz Lateinamerika organisieren. Dann erst darf er nach Europa in den Familienbetrieb zurückkehren, wo er sofort in den Vorstand einzieht. Das ist 1972 und der Benjamin der Brauns 28 Jahre jung.

Dieser olympiareife Karrierespurt ist der Maßstab, den der erfolgsverwöhnte Unternehmer bei seinen Nachkommen anlegt. Und mit betonter Strenge setzt der Liberale wie bei der Belegschaft auf das Prinzip von Fördern und Fordern. Braun beobachtet auch seine Sprösslinge vom ersten Tag an auf ihre Befähigung zum Unternehmensführer: Wie sind ihre Leistungen in der Schule? Fällt ihnen das Lernen leicht, sind sie sportlich, musikalisch oder künstlerisch begabt? Erbringen sie neben der Schulpflicht auch freiwillige Leistungen? Denn sportlichen Ehrgeiz und eine musische Beschäftigung erwartet der Vater von seinem Nachwuchs ebenso wie das Erreichen eigener Ziele. Und er registriert bei seinen Kindern genau, wie sie »die Dinge annehmen« und ihren Weg gehen. Sind sie geordnet oder chaotisch, mutig oder ängstlich, sparsam oder verschwenderisch? »Ich kann doch meine Kinder besser beurteilen als einen Manager in einem sechsstündigen Bewerbungsgespräch. Sind sie Leader, übernehmen sie die Führung in einer Gruppe, entwickeln sie also Führungsqualitäten?« Das Clanoberhaupt lässt keinen Zweifel daran, was er erwartet: »Ich lege Wert darauf, dass die Kinder sich ausgeglichen in den körperlichen und geistigen Fähigkeiten entwickeln.« Abgesehen von ihm, der die Herausforderung im Sport so mag, habe diese Einstellung in seiner Familie Tradition. Auch Musik und Kunst zählten dazu. Einer seiner Brüder spiele virtuos Klavier und singe begeistert im Chor, und seine zweite Tochter habe sich dem Schauspiel verschrieben und spiele bereits in einem Laientheater. »Ich wollte unbedingt Saxophon spielen, aber mein Vater sagte: ›Das kommt nicht infrage.‹« Dafür bringt er es im Sport zu Glanzleistungen. Im Übrigen ist Braun der Ansicht, dass sich die wichtigsten Eigenschaften des Menschen schon früh herausschälen. »Die Schwangerschaft und das erste Lebensjahr prägen ein Leben lang. Das ist die entscheidende Phase im Leben.« Danach könne der Mensch nur noch äußerlich gestützt werden. »Davon bin ich fest überzeugt«, bekräftigt er. Die Funktion in einem Betrieb hänge nicht allein vom Intellekt ab, sondern von den sozialen Fähigkeiten und später davon, widerstreitende Kräfte in der Familie, in der Belegschaft oder im Verhältnis zur Gewerkschaft integrieren zu können. Braun ist wohl ein solcher Integrator. Sein Tipp für Familienunternehmer lautet: »Sei grundehrlich und trachte nicht nach eigenen Vorteilen, sondern lasse Firma und Familie vorgehen.« Weil er fest davon überzeugt ist, dass das »gelebte Beispiel vom Vater auf die Kinder wirkt«, hegt er für den eigenen Nachwuchs große Hoffnungen. Beobachter bestärken ihn darin: »Braun integriert seine Familie behutsam und führt die Kinder ans Unternehmen heran. Das läuft bisher sehr positiv.«

Jedem Braun-Erben seine Chance

»Ich zähle zu denjenigen, die absolut pro Nachfolge in der Familie sind, wenn die Voraussetzungen stimmen und die Kandidaten sich bewähren«, bekennt Braun wiederholt. In diesem Sinne sichert er die Zukunft seines Lebenswerks ab. »Unsere Kinder und ihre Freunde kommen nun in eine Abschlussphase in der Ausbildung.« Doch bevor der Ruf aus Melsungen ertönt, müssen sie sich in der Fremde bewähren. »Bewirb dich draußen«, fordert der gestrenge Vater seine Kinder nach Abschluss ihres Studiums auf. »Erst wer bewiesen hat, dass er woanders gut ist, wird integriert und darf sich im Unternehmen hochdienen«, schildert Braun sein Ausleseverfahren. Schon die Bewerbung in einem fremden Betrieb relativiere die Position des eigenen Kindes. Wer sich schon x-Mal für seinen Traumjob beworben und Absagen bekommen habe, der müsse sich überlegen, ob seine Selbsteinschätzung richtig sei. So mache der Nachwuchs die Erfahrung, »ich bin nicht der Erste in meiner Gruppe«.

»Versuch und Irrtum« lautet Brauns pädagogisches Muster. Doch will er als Vater keinesfalls passiv daneben stehen: »Eltern haben die Pflicht, ihre Kinder zu fördern und ihnen Anregungen zu geben.« Er widerspreche, wenn Unternehmer-Kollegen sagten, sie dürften heute ihren Kindern nichts mehr zumuten und müssten sie ihrem Schicksal überlassen. »Kinder hören und lernen doch von ihren Eltern.« Wenn diese Unternehmer ihm später erzählten, dass »sie jetzt über Headhunter einen Geschäftsführer suchen, dann kann ich nur noch den Kopf schütteln.« Das eigene Vorbild weiterzugeben ist ihm wichtig. Die Fähigkeit, ein Amt erfolgreich auszufüllen, »das können Sie alles trainieren«, meint das Multitalent lässig. Und wer sich nicht traut? Der Einwand zählt für Braun nicht. »Mit der Konfirmation hat jeder die Pflicht, die erste öffentliche Rede zu halten, sich zu bedanken«, ist der bekennende Christ überzeugt. »Bedanken kann sich jeder. Das ist so wie die Pflicht, die Betten zu machen, den Hund auszuführen, sich verantwortlich zu fühlen für sich und andere.«

Die Verhältnisse in der Unternehmersippe Braun sind mit zehn bis zwölf potenziellen Nachkommen der sechsten Generation übersichtlich, sodass jeder eine reelle Chance an der Spitze bekommen kann. Ludwig Georg Braun selbst hat fünf Kinder, drei Söhne, zwei Töchter. Sein Bruder Bernd Braun hat zwei Kinder. Er zog sich bereits aus dem aktiven Geschäft zurück und lebt in Österreich. Die Braun-Schwester Carla Schwoebel lebt schon seit einigen Jahren in der Schweiz. Dagegen wohnt die Cousine Barbara Braun-Lüdicke weiter in Melsungen und kontrolliert den Konzern als Mitglied im Aufsichtsrat. Sie hat drei Kinder. Und Brauns Stiefbruder Dr. Joachim Schnell, ebenfalls im Aufsichtsrat, hat zwei Kinder. Auch er ließ sich vor wenigen Jahren »pensionieren«. Ludwig Georg Braun ist der letzte Aktive aus der fünften Generation und wird selbst bald in Rente gehen. Der sechsten Generation bleibt also wenig Zeit, um sich für den Wechsel an der Firmenspitze fit zu machen. Übrigens holt Braun in seinen Aufsichtsrat traditionell einen Topmanager aus einem anderen Familienunternehmen. Seit Herbst 2004 ist das Konzernchef August Oetker (Bielefeld), der dem verstorbenen Rudolf Miele (Hausgeräte, Gütersloh) gefolgt ist.

Ein Nachfolger für die Vorstandsspitze bei B. Braun ist bisher nicht bestimmt worden. Es heißt lediglich, dass Ludwig Georgs erster Sohn,

Otto Philipp, derzeit auf diese Aufgabe vorbereitet wird. Der Filius studierte Betriebswirtschaft und Management, unter anderem in Großbritannien und sammelt dort in einem Praktikum unternehmerische Erfahrungen. Otto Philipp, so ist es gedacht, soll wohl als Erster behutsam in den Familienbetrieb eingebunden werden. Seine Ernennung zum Konzernchef würde der Tradition des Hauses entsprechen. Denn bisher wurde meist ein »Erbprinz« aus dem Kreis der Familie auserkoren, dem zur Führung ein ausschlaggebender stimmrechtlicher und vermögensmäßiger Einfluss eingeräumt wird. So kompliziert dies klingt, formaljuristisch beschert die Erbfolge dem Haus Braun kaum Probleme. Die Übertragung des Aktienbesitzes an der B. Braun Melsungen AG ist seit zwei Generationen in der Familie eindeutig geregelt. Heutige Neugründungen dagegen, bedauert Braun, sind nicht mehr für die Ewigkeit bestimmt. Doch auch er weiß, dass es für eine endgültige Nachfolgeregelung kein Patentrezept gibt. Trotzdem glaubt der Seniorchef fest an die personelle Erneuerung seiner Firma in der kommenden sechsten Generation und will »für eine qualifizierte Nachfolge sorgen«. Zwei Stämme – die Erben von Otto und Dr. Bernd Braun – besitzen gemeinsam das Unternehmen, und dabei soll es bleiben. Denn die formalen Erbregelungen wurden bereits vom Großvater Carl Braun per Testament und Erbvertrag vorgezeichnet. Die Stämme schlossen Schutzrechtsverträge ab, um in der Generationenfolge den Charakter des Unternehmens zu bewahren und das Vermögen der Firma an die Familie zu binden, das Wachstum der Gesellschaft zu fördern und der Familie in den Organen eine einheitliche Stimmabgabe zu sichern. Die gegenwärtigen Mitglieder der fünften Generation, also Ludwig Georg Braun, seine beiden Brüder und seine Schwester, beschäftigen sich mit dem Thema »Erbfolge« im Rhythmus von acht bis zehn Jahren immer wieder. Das entspricht etwa dem Zeitraum, in dem die Erbschaftssteuer anfällt. Der juristische Übergang im Firmeneigentum erfolgt in jeder Generation sehr früh. Bereits der Großvater habe diesbezüglich »kluge testamentarische Regelungen getroffen« und die Erbfolge über Generationen hinweg im Voraus geregelt. Schon heute wird das Grundkapital an die sechste Generation übertragen, die fünfte hat ein Nießbrauchsrecht. Diese Verpflichtung enthält eindeutig das Signal, das Unternehmen von Generation zu Generation in Familienhand zu erhalten. Vereinfacht dargestellt: Die Jugend wird zum Haupterben (juristisch: »Nacherben«) bestimmt, während die aktive Generation davor als »Vorerbe« mit dem Nießbrauch versehen ist.

»Ich besitze nur noch eine normale Aktie mit einer einzigen Stimme«, kokettiert Braun. Das habe nur den Zweck, dass er ohne Komplikationen an der Hauptversammlung der eigenen Firma teilnehmen könne. Tatsächlich aber ist das Familienoberhaupt nicht so machtlos, wie es scheinen mag. Er ist zwar kaum am Eigentum (dem haftenden Aktienkapital) der Gesellschaft beteiligt, wohl aber am Besitz. Ludwig Georg Braun und die fünfte Generation können nämlich durch ein Nießbrauchsrecht im Betrieb frei schalten und walten. Der Konzernschmied bleibt also einflussreicher Teilhaber des eigenen Lebenswerks. »Die Führung ist gesichert«, beruhigt Braun. Und sollte er selbst Kasse machen wollen? Braun reagiert spontan: »Was hätte ich davon? Wenn ich plötzlich zum Beispiel 500 Millionen Euro auf dem Konto habe, dann müsste ich das Geld ja irgendwie wieder unterbringen. Dann bekomme ich Stress. Hier im Unternehmen habe ich doch viel mehr Möglichkeiten, mich einzubringen, mitzugestalten.« Der Christenmensch betrachtet die Erbfolge zudem weniger unter formellen Gesichtspunkten, sondern mehr unter den Aspekten Harmonie, Familienzusammenhalt und Familienpflege. Der Familiensinn erfordere »Fingerspitzengefühl«, denn »es darf kein Neid entstehen«. Jeder müsse die Chance bekommen, sich mit dem Betrieb zu identifizieren. Wem es gelinge, den Familienstamm zusammenzuhalten, der »ist praktisch zum Unternehmer geeignet«. Und als ob er an sich selbst und seine Verwandten appelliert, bekräftigt Braun: »Nur wenn die Familie zusammensteht, dann bleiben wir auch zusammen.« Und: »Jeder soll das tun, was er kann. Wir müssen die Klugheit haben, die Menschen nach ihren Möglichkeiten zu bewerten und einzusetzen. Warum nicht als Sachbearbeiter?« Der Konzern sei groß genug für alle. Der Gedanke der strikten Trennung von Familie und Firma, um den Betrieb vor innerfamiliären Konflikten zu schützen, ist ihm fremd. Er spricht im Gegenteil vom »Familien-Bonus«. Die Sippe müsse den Nutzen des Unternehmens »spüren« und »durch ihre Arbeit auch leben«. Bis zu ihrem Rückzug aus dem Tagesgeschäft waren alle Brauns – er, seine Brüder und seine Schwester Carla Schwoebel – über Jahre aktiv in und für »ihr Unternehmen« tätig.

»Ich stehe nicht unter Stress«

Gemessen an seinem Tagespensum und der Fülle von Aufgaben, die Braun sich aufhalst, ist der Freund von Ehrenämtern ein Kraftbündel. Die Rolle eines Unternehmers, der sich auf seine Aufgabe versteift und kaum über den Tellerrand hinausschaut, liegt ihm nicht. Obwohl er Anfang sechzig ist, braucht und sucht er mehr Herausforderungen als »nur« seinen 30 000-Mann-Konzern und seine Familie mit fünf Kindern. Über sich sagt er, er sei »ein Universalist«, der sich vielseitig einbringen muss: in die Politik, in die evangelische Kirche, ins Kammerwesen, in Vereine, Verbände und nicht zuletzt in die regionale Kunst- und Kulturszene. Die Liste seiner Posten und Pöstchen als Präsident oder Vizepräsident, als Mitglied im Vorstand einer Synode, einer Kammer, eines Förderkreises, eines schlichten Sportvereins oder als Mitglied im Aufsichtsrat der Berliner Industriebank AG nimmt in seiner Agenda mehr als eine Seite in Anspruch. In seiner nordhessischen Heimat tritt er wie selbstverständlich als Kunstmäzen auf. Bundesweit ist Braun durch seine Funktion als Präsident des Deutschen Industrie- und Handelskammertages (DIHK) in der Öffentlichkeit präsent. In dieser verbandspolitischen Spitzenstellung (seit 2001) nimmt er regelmäßig Stellung zu politischen und wirtschaftlichen Tagesthemen. Dafür muss er ständig Kontakt zu seinen Unternehmer-Kollegen wie zu anderen Kammern und Verbänden halten und etwa alle zehn Tage in der Kammerzentrale zu Berlin erscheinen. Hinzu kommen die unausbleiblichen Verbandstreffen sowie Pressekonferenzen für nationale und internationale Medien. Aber Braun empfindet all das nicht als besondere Bürde. »Pflicht«, »Werte«, »Verantwortung«, diese drei Worte kommen dem Firmenlenker häufig über die Lippen. Und der Nordhesse will »sich einbringen«. Drückt er sich doch mal um eine Aufgabe, dann nicht immer erfolgreich. So kandidierte das aktive FDP-Mitglied bei der Kommunalwahl im März 2001 in seiner Heimatgemeinde Melsungen absichtlich auf einem der hinteren Listenplätze für die Liberalen. Doch die Wähler katapultierten ihn mithilfe des neuen Wahlrechts in Hessen (Mehrfachstimmrecht und Streichungen unliebsamer Kandidaten) auf den ersten Listenplatz. Sein ältester Sohn Otto Philipp, ebenfalls bei der FDP, landete direkt hinter ihm auf Platz zwei. Bei so viel Vertrauen musste Braun die Wahl annehmen, zumal ihn nicht wenige aus seinem Betrieb gewählt haben. Nebenbei fungiert der Wirtschaftskapitän noch als Mitglied der FDP-Fraktion in der Stadtverordnetenversammlung Melsungen, wo er bereits von 1974 bis 1994 gesessen hatte, zeitweise als Fraktionsvorsitzender der Partei. Sein Sohn nahm die Wahl übrigens nicht an. An der Spitze zu sein, das ist für den Marathonläufer aus Melsungen auch in seiner Heimat eine Verpflichtung. Als großer Steuerzahler am Ort müsse er bereit sein, sich »auch kommunalpolitisch einzubringen«, begründet er sein Engagement. Wieder spricht er von einem »Stück Pflicht der Gesellschaft gegenüber«. In Melsungen, wo von 14260 Einwohnern rechnerisch jeder Dritte sein Brot bei Braun als größtem Arbeitgeber verdienen könnte, wiegt das Wort des Konzernchefs auch in der Politik schwer.

Weniger öffentlich ist Brauns Engagement in der evangelischen Kirche. Hier bringt sich der Christ seit 1986 bei der Landessynode der Evangelischen Kirche von Kurhessen-Waldeck ein und spricht auf Tagungen der Akademie. Zu diesem Leitungsgremium aus Berufstheologen und Laien bekennt sich Braun mit ganzer Seele. Das gibt ihm die Kraft für den Alltag. In Glaubensfragen wird der sonst eher aufgeklärt-nüchtern wirkende Mann fast zum Missionar. So verpflichtete er sich aus Anlass des 4. Landeskirchentags der Evangelischen Kirche Kurhessen-Waldeck 2000, die Initiative »Moment mal« ins Leben zu rufen. Seitdem schickt er seinen Mitarbeitern pünktlich zum Mittagessen per SMS ein »Moment mal« aufs Firmentelefon und ins Internet: Über diesen Weg lässt der erste Mann im Haus einen Liedvers, ein Stück aus der Bibel, einen Psalm oder einen Sinnspruch übermitteln, die »Anstöße« zum »besonderen Nachdenken« liefern sollen. Zudem will Braun an die Tradition der »Stundengebete als heilsame Störungen« anknüpfen: »Ein kurzes Gebet, ein Innehalten, ein Nachdenken unterbricht die Turbulenz des Alltags – wie die Mittagspause«, so wird diese »E-Mail-Kooperation« im Internet erklärt. Brauns christlicher Gruß »Moment mal« aus dem elektronischen Off ist sozusagen wie ein virtuelles Mittagsläuten vom Kirchturm, das von immer weniger Menschen wahr genommen wird. Und was sagen die Empfänger zur christlichen Mittagsbotschaft ihres missionarischen Chefs? »Man muss die Botschaft ja nicht lesen, sondern kann sie schnell wegklicken, wenn sie einem nicht gefällt.« Wie wohl überzeugte Andersgläubige die elektronischen Rufe empfinden mögen? Die meisten Mitarbeiter hätten sich an die SMS-Mission am Mittag gewöhnt, heißt es abgeklärt im überwiegend evangelischen Melsungen. Dem unternehmerischen Christen oder politischen Christen mit Unternehmen – je nach Rolle und Situation – scheint die Mischung aus Modernität und christlicher Soziallehre auf den Leib geschnitten zu sein. Dabei ist der Typ »Pragmatiker« stets als Macher unterwegs. So baute Braun ganz nebenbei in der örtlichen Turngemeinde noch einige Abteilungen wie Schwimmen und Leichtathletik auf und aus. Und in einem regionalen Förderverein, der das nahe Kloster Haydau vor dem Verfall retten will, sitzt der vielseitige Mäzen dem Vorstand vor. Rein privat freut sich Braun in einer größeren Verschnaufpause noch über seine stattliche Rinderfarm. Dass ihm die Universität Freiburg inzwischen die Ehrendoktorwürde verlieh und dass er seit Anfang der neunziger Jahre Ehrensenator der Gesamthochschule Kassel ist und lange Zeit Vize im Vorstand des Kasseler Hochschulbundes war, rundet die Fülle seiner Aktivitäten ehrenhalber ab. Sein Arbeitstag beginnt zwischen sieben und acht Uhr und geht bis in den Abend. Vorher läuft er sich im heimischen Stadtwald warm. Nach vollbrachter Arbeit müsste der Mann halb tot sein und unter seiner Bürde einknicken – weit gefehlt: Abends geht Braun zum Beispiel noch ins Theater, was ihn nicht im Geringsten anstrengt, sondern »total entspannt«. Er ist eine lebendige Kraftmaschine. »Ich stehe nicht unter Stress«, beteuert Braun und lacht.

»Arbeit schafft Arbeit« und Weiterbildung für alle

Ein Stück sozialer Rückschritt bedeutet für den Modernisierer und Liberalen durchaus Fortschritt. Kein Wunder also, dass die Melsunger bei der Rolle rückwärts zur 40-Stunden-Woche in Deutschland an der Spitze stehen. Gemäß seiner Devise »Arbeit schafft Arbeit« lässt er die Belegschaft wieder länger arbeiten. Allerdings beschreitet der gewiefte Taktiker auch hier einen Sonderweg. Als Gegenleistung für fast zweieinhalb Stunden unbezahlter Mehrarbeit verspricht Braun der Belegschaft, mit dem gesparten Geld das Firmenwachstum sowie zusätzlich einen weiteren Stellenaufbau finanzieren zu wollen. Zunächst empfanden Vertreter der Mitarbeiter sowie Gewerkschafter Brauns »Modell Mehrarbeit« als ungeheuer rückschrittliche Zumutung. Dann legte der Unternehmer Vergleichszahlen aus Werken des Konzerns auf den Tisch, in denen effizienter und billiger gefertigt wurde. Dann begannen harte Verhandlungen. Den ersten internen Abschluss für sein Mehrarbeitsprogramm für sichere Arbeitsplätze setzte Braun beim Ableger Aesculap Ende der neunziger Jahre durch. Er stellte die Belegschaft im schwäbischen Tuttlingen knallhart vor die Alternative, länger fürs gleiche Geld zu arbeiten, oder er werde die Fertigung von Implantaten komplett ins Ausland verlagern. Braun präsentierte den Betriebsräten und Gewerkschaftern (IG Metall) internationale Vergleiche mit anderen Fabriken. Das direkt konkurrierende Werk für Prothesen im britischen Birmingham war seine wichtigste Messlatte. Für den Fall, dass die Arbeitnehmer einlenkten, machte Braun konkrete Zusagen: »Ihr bekommt nur eine tolle neue Fabrik, wenn ihr bei der Arbeitszeit Zugeständnisse macht.« Er forderte mindestens 300 Stunden Mehrarbeit im Jahr bei gleichem Lohn. Schließlich einigten sich beide Seiten auf einen Kompromiss. Seit 2001 steht in Tuttlingen eine der modernsten Implantate-Fertigungen Europas. Die Zahl der Beschäftigten – nun mehr als 2000 – wurde wirklich erhöht. Bei Aesculap – der Traditionsname gerät durch die Dachmarke B. Braun in den Hintergrund – sind alle Produkte für die Kernprozesse im OP konzentriert.

Nach ähnlichem Muster wie bei Aesculap lief das Ringen zwischen Braun und der Belegschaft ab, als es um den Erhalt einer Fabrik für Infusionslösungen in Melsungen ging. Diesmal stellte der Boss 700 Arbeitsplätze zur Disposition. Die konkurrierende Fabrik ist ein Werk im spanischen Barcelona, wo Braun seit 1933 eine Pharmafiliale hat. Wieder wurde gemeinsam eingehend geprüft, wie der Standort Melsungen verbessert werden könnte. Neben dem Lohnniveau spielten die Arbeitszeit sowie die Produktivität der jeweiligen Fabrikationen eine Rolle. Wieder erhielten die Vertreter der Arbeitnehmer volle Einsicht in die Unterlagen. Wieder machten Belegschaft und Gewerkschaft (diesmal die Chemiegewerkschaft) am Ende Zugeständnisse. Die wöchentliche Arbeitszeit stieg im Rahmen eines umfassenden »Qualifizierungsprogramms« von 37,5 auf knapp 40 Stunden ohne Lohnausgleich. Braun forderte als Sparbeitrag für Melsungen im Kern von jedem Mitarbeiter die Mehrarbeit von 520 Stunden in fünf Jahren, kostenlos. Das entspricht etwa der Rückkehr zur 40-Stunden-Woche. Diesmal aber erhöhten Belegschaft und Gewerkschaft den Preis für ihr »Ja« zum Kompromiss. Sie forderten und bekamen im Gegenzug ein umfassendes Weiterbildungsprogramm. Damit erhalten alle Braun-Beschäftigten, ob Arbeiter oder Akademiker, die Chance, sich während der Arbeitszeit fortzubilden. Mit diesem »Qualifizierungspaket«, freut sich die Arbeitnehmerseite, kassieren sie wieder einen Teil der Arbeitszeitverlängerung ein. Das Braunsche Schulungsprogramm ist nach seiner Art und Dimension »einmalig in Deutschland« (Gewerkschaft) und besitzt Modellcharakter. Bei dem Programm zur Schaffung »lernförderlicher Arbeitsbedingungen im Unternehmen« fällt zudem eine Fülle von Forschung ab. Eine erste Soll-Ist-Analyse macht bereits deutlich, dass der Bedarf an Qualifizierung in der Braun-Belegschaft auch bei ungelernten Kräften recht hoch ist.

Firmenchef Braun mag das opulente Qualifizierungspaket vielleicht mehr kosten als geplant, dennoch liegt es auf seiner Linie. Unter Innovation versteht der Mittelständler nämlich nicht nur neue Produkte, sondern auch moderne Arbeits- und Organisationsstrukturen, die Systemverbesserungen bringen. Für ihn ist »Weiterbildung für alle« ein Faktor des Erfolgs. Überall lässt er in betriebsinternen Organen oder bei Treffen für das Projekt namens »Make it!« (Mitarbeiterorientierte Kompetenzentwicklung im Team) trommeln. Braun Melsungen, so seine Botschaft, will »durch Wissen überzeugen«. Wie selten ziehen beim Thema »betriebliche Weiterbildung« Führungsspitze, Arbeitnehmer und Gewerkschaft an einem Strang. Das sei typisch für die Firmenkultur bei Braun, bemerkt ein Betriebsrat. Und selbst kritische Gewerkschafter staunen über die großen Gemeinsamkeiten: »Herr Braun ist zwar ein Konservativer, aber er steckt voller Ideen und ist seiner Zeit oft um ein Jahrzehnt voraus, gerade in Fragen der Arbeitszeit und der Weiterbildung.« Inzwischen trat die Standortvereinbarung von 2002 in Kraft. Wie vereinbart wurde im Melsunger Industriegebiet »Pfieffewiesen« 2005 die modernste Pharmafabrik Europas für Infusionsmittel fertig gestellt. Die Effizienz der neuen Fabrik ist dreimal so hoch wie die der alten. Das LIFE (Leading Infusion Factory Europe) getaufte Projekt – in der Kommunikation Brauns wimmelt es von Anglizismen, die das Verständnis erschweren – wurde von Beginn an so aufgezogen, als gelte es, völliges Neuland zu erobern. Zwar beklagt die Arbeitnehmerseite, dass viele Arbeitsverträge nur noch befristet abgeschlossen würden, dafür aber sind die Stellen der Kernbelegschaft bis 2009 gesichert. »Was wir dort erreicht haben, ist positiv für die Beschäftigten wie für den Betrieb«, freut sich ein Beschäftigter. Lediglich die Forderung nach einer Gewinnbeteiligung, einer Prämie als Ausgleich für die kostenlose Mehrarbeit, steht noch in den Sternen, ebenso wie die wirtschaftliche Situation im Jahr 2010. Braun steht einer Beteiligung seiner Mitarbeiter skeptisch gegenüber. Aber beim Thema »Arbeitszeit« sieht er die Mitarbeiter durchaus in der Pflicht. Wenn sich die Parteien in diesem Punkt einigen, dann will er sein Versprechen einlösen, für das gesparte Geld auch hohe Summen in neue Techniken zu investieren. Im Gespräch deutet der Konzernlenker an, in der Nanotechnologie aktiv werden zu wollen. Diese Technik der winzigsten Elemente ist zum Beispiel in der Chirurgie so nützlich wie in der Optoelektronik (Laser, CD-Player, Messtechnik).

Radikales Fabrik- und Bürokonzept

»Typisch Braun«, meinen alle, die den in die Moderne verliebten Melsunger kennen. Ihr Urteil betrifft sowohl die ausgefallene Fabrik- und Büroarchitektur im Industriegebiet »Pfieffewiesen« als auch das dazugehörige »Bürokonzept 2010«. Die gigantisch ausgestreckte Werks- und Büroanlage, die kräftig erweitert werden kann, liegt im Grünen, am Ortsrand von Melsungen. Auf den ersten Blick wirken die Fabriken, die Zufahrtsstraßen, das Parkhochhaus und das bizarre Verwaltungsgebäude wie eine Szene in einem James-Bond-Film. Die streng angeordneten, wenigen Fenster ähneln Schießscharten. Beton und Stahl dominieren weit sichtbar zwischen prägnanten Holzstützen. Entworfen wurde die »Stadt der Industrie« mitten in der Provinz vom britischen Stararchitekten James Sterling, erbaut für 150 Millionen Euro. »Ich möchte etwas machen, was in zehn Jahren noch gut ist«, sagt Konzernchef Braun und setzt seinen Willen prompt durch. Die Belegschaft ist zwar eingebunden und kann ihre Vorstellungen einbringen, aber wie so oft gibt der Konzernherr klar die Richtung vor. 1992 wird der erste große Abschnitt des »Welt-Hauptquartiers« mit der zentralen Warenverteilung und Teilen der Fertigung bezogen. Im Sommer 2001 folgt der Verwaltungstrakt in dreieckiger Form. In dem anspruchsvoll »Europagebäude Pfieffewiesen« getauften Komplex finden maximal 240 Mitarbeiter Platz. Wer den gesamten Werks- und Verwaltungskomplex besichtigt, schreitet gut vier Kilometer ab, die Strecken zum Parkhaus und Eingang nicht mitgerechnet. Der ungewohnte Baustil mit möglichst wenig Wänden ordnet sich Brauns Idee von der »offenen Kommunikation in transparenten Räumen« unter. Im Inneren der Betongemäuer beeindrucken endlose, menschenleere Gänge. Der lange Marsch auf Brauns staufreien Verbindungswegen mutet kafkaesk an. Außer den Schießscharten links oder rechts bietet sich dem Fußgänger auf weiten Strecken kaum Abwechslung. Doch offensichtlich will der Marathonmann seine Angestellten mit den weiten Wegen auf Trab bringen.

»Bürokonzept 2010« nennt der rastlose Beweger eine weitere Idee vom Zusammenleben der Verwaltungsmenschen, die er von Melsungen aus in die Welt seines Konzerns tragen wird. Seiner Vorstellung nach spielt sich die tägliche Arbeit am besten in einem Großraumbüro ab. Alles darin muss mobil und durchlässig sein. So tun sich hinter den Türen der langen Gänge plötzlich riesige Räume auf, nur durch Glasrahmen leicht strukturiert. Lediglich auf der höchsten »Ebene 6«, wo Vorstand wie Topmanagement residieren (auch bei Braun Melsungen ganz oben), gibt es noch ganze Trennwände, halbhoch milchig verglast, dazu leicht abgeschirmte Konferenzräume. Einzelne Mitarbeiter haben keinen Anspruch auf einen räumlich festen Arbeitsplatz, jeder muss sich jeden Morgen neu an irgendeinem freien Computer einloggen. Die einzig feste Zuordnung bilden die Stockwerke mit den definierten Abteilungen. Auch Firmenchef Braun loggt sich jeden Tag neu auf seiner »Ebene 6« ein. Das wirklich Verbindende ist das schnurlose Telefon mit der festen eigenen Telefonnummer. Sobald alle Büroleute mit einem Laptop ausgerüstet sind, brauchen sie ihr Gerät nur noch beim Zentralcomputer anzumelden, sprich: »einzuloggen«. Wer für seine Arbeit Papierunterlagen und Akten benötigt, darf diese in einen silberfarbenen Koffer mit schwarzem Henkel packen. Dieser fahrbare »Caddy« ähnelt jenen rollenden Koffern, die das Flugpersonal hinter sich herzieht. Die mobilen Metallcontainer werden entweder zusammen mit dem Haustelefon im Schließfach deponiert oder – bei Bedarf – nach Hause mitgenommen. Laptop, Handy und Caddy sind zugleich die technischen Vorboten für Telearbeitsplätze daheim oder sonst wo, die Brauns Bürokonzept ergänzen werden. Ebenso steht der Abbau von Papierbergen auf dem Programm. Wurden früher pro Mitarbeiter 12,5 Meter Archivlänge gemessen, so sind es jetzt noch 2,5 Meter, und das Ziel liegt bei etwa einem Meter Ablage. Am Ende soll möglichst alles im PC eingescannt sein.

Jüngere Mitarbeiter betrachten die Gemeinschaft ohne Wurzeln eher positiv, ältere kritisieren sie leise und vermissen ihren Stammplatz im Büro. Das Verhältnis Zustimmung zu Ablehnung zum »Bürokonzept 2010« schätzen Gewerkschaftern auf etwa halbe-halbe. In der Tat bricht Braun mit einem Privileg, das Büromenschen bisher stets gewährt wurde: einer persönlichen Heimat mit Schreibtisch und Stuhl. Hier wird ihnen alles Persönliche genommen: der Tisch, der Stuhl, das Kissen darauf, das abgeschirmte Plätzchen am Fenster, die Blumen, der Tischkalender, die Uhr, das Familienfoto, das Maskottchen, das letzte Geburtstagsgeschenk der Kinder oder Kollegen usw. Bei Brauns »Bürokonzept 2010« hinterlässt kein Angestellter persönliche Spuren. Alles bleibt kahl, durchsichtig, ohne jede Intimsphäre, die vor Blicken und Lauschern geschützt wäre. Alle agieren auf einer offenen Bühne, schick gekleidet wie beim Cocktailempfang. Kein Ausrutscher, kein Fluchen, kein Bohren in der Nase bleibt unbemerkt. Der perfekte Büromensch in einer effizienten, globalen Welt von Verwaltern. »Aufgrund des Arbeitsplatzangebotes und einer elastischen Büroraumnutzung werden Synergiewirkungen erzielt«, begründet Braun Melsungen so gewunden wie abstrakt das Anliegen. Im Klartext: Das »Bürokonzept 2010« ist billiger als herkömmliche Anlagen. Auf gleicher Fläche können mehr Menschen untergebracht und teure Zwischenwände mit Türen eingespart werden. Auch lässt sich das Personal so leicht kontrollieren oder einfacher: es kontrolliert sich gegenseitig. Sie müssen morgens pünktlich erscheinen, wollen sie ein günstiges Plätzchen ergattern. »Arbeitsabläufe werden optimiert, die Arbeitsproduktivität wird gesteigert«, legt die Konzernkommunikation das Ziel offen. Über »digitale Team-Archive« bekommt praktisch jeder Zugang auf Informationen des anderen. Dabei wird erwartet, dass »die Haltung der Mitarbeiter eher vorausschauend als abwartend« ist. Bei diesem radikalen Konzept stehen offenbar Überwachung der Belegschaft und Sparsamkeit weit oben auf der Prioritätenskala. Dazu passt auch der Versuch, die »Veränderungs- und Innovationsbereitschaft« der Menschen zu beeinflussen. Hier geht der Eifer des strengen Modernisierers aus Melsungen wohl doch einen Tick zu weit.

Brauns Firmenpolitik wie sein Führungsstil sind das Resultat einer nachhaltig erfolgreichen wie eigenwilligen Unternehmerpersönlichkeit. Und so lange der Oberhirte aus Melsungen seine Schäflein weiter nach oben führt, genießt Braun eine hohe Akzeptanz in der Belegschaft. Zumindest folgen die Mitarbeiter seinem Weg weitgehend ohne zu murren, weil ihr Chef den meisten als integer gilt. Selbst wenn er bei Gewerkschaftern als »harter Verhandlungspartner mit Ecken und Kanten« bekannt ist, schätzen sie an ihm, dass er zu seinem Wort steht. Diese Glaubwürdigkeit ist den Arbeitnehmern allemal lieber als »ein aalglatter, abgehobener Managertyp«, sagt ein Funktionär und präzisiert: »Braun hält einmal gemeinsam gefundene Kompromisse durch und kartet nicht nach wie so viele Spitzenmanager.« Er sei in Wirklichkeit viel moderater als in seinen öffentlichen Rollen als Verbands- und Kammerlobbyist. Hier gehöre Klappern zum Handwerk, besonders in der Presse. Gottlob decken sich seine Worte als Verbandsmensch und seine Taten oft nicht. Im Betrieb trete Braun »nicht als Fundamentalist auf, der die reine Lehre vom Kapitalismus vertritt«. »Gewerkschaft und Belegschaft gehören mit ins Boot«, zitieren ihn Gewerkschafter. Wenn eine Arbeitnehmerorganisation als Sozial- und Tarifpartner notwendig sei, dann wünsche sich Braun eine starke Gewerkschaft. Immerhin, der Organisationsgrad in seinem Konzern erreicht 70 Prozent. Doch Berührungsängste sind nicht Brauns Art. Er lässt es sich nicht nehmen, gelegentlich bei Betriebsversammlungen zu erscheinen und das Wort zu ergreifen. Dann spricht er ausgiebig über Arbeitsethik, Arbeitszeit und die Werte, die es zu schaffen gilt. Selbst die persönliche Lebensführung thematisiert er. Ein Zuhörer: »Herr Braun entpuppt sich als Gesundheitsapostel, wenn er seinen Mitarbeitern rät, sie sollen mal drei bis vier Wochen fasten oder keinen Alkohol trinken. So bekämen sie den Kopf wieder frei.« Der Meister der Medizintechnik gibt die Ratschläge weiter, an die er sich offensichtlich selbst hält. Aber abgesehen von seiner

Tätigkeit als Kammerpräsident und gelegentlich als Politiker gibt sein Privatleben für Medien wenig her, schon gar nichts für Klatschspalten: keine Allüren, keine Affären. Die Brauns treten bescheiden auf, ohne Extravaganzen. Ihren privaten Reichtum zeigt die Sippe nicht. Brauns sprachbegabte Frau bleibt im Hintergrund. Sie verfügt über mehrere Ausbildungen: Betriebswirtschaft, Wirtschaftsdolmetscherin, Steuerberaterin, Hauswirtschafterin. Und in diversen Kursen bildet sie sich ständig fort. So absolvierte sie 2004 einen Lehrgang für den »Europäischen Computerführerschein«, erzählt ihr Mann stolz. Die fünf Kinder der Brauns gingen früher unspektakulär in Melsungen zur Schule, ohne besondere Privilegien. Später besuchten die beiden Töchter in England ein Internat, um ihre Englischkenntnisse zu vertiefen.

»Wenn ich aufhöre, dann höre ich ganz auf«

Inzwischen zieht sich die Familie Braun allmählich aus der Leitung des Konzerns zurück. Ludwig Georg Braun ist der Letzte, der den Clan im Vorstand vertritt. Die Mehrheit dort besteht aus familienfremden Managern. Braun hält es für möglich, dass nach seinem Ausscheiden aus dem Vorstand über eine längere Phase kein Familienmitglied mehr an der obersten Spitze tätig sein wird. Die Eigentümer seien ja weiter als Gesellschafter vertreten. Alles hänge davon ab, »mit welchem Engagement die sechste Generation da reingeht«, unterstreicht Braun und betont den Anspruch: »Wir – als Familie – wollen das Unternehmen auch noch in Zukunft leiten.« Aber seine Nachkommen sollen sich ohne Druck frei entscheiden können. Eine Grundregel bei der Firma besagt: »König ist immer ein Kaufmann. Der hat im Vorstand immer das Sagen.« Sein ältester Sohn Otto Philipp ist Betriebswirt. Der Senior kann sich ebenso vorstellen, dass eines Tages mehrere Mitglieder aus der Familie an der Firmenspitze stehen. Aber: »Eine Gewichtung im Vorstand muss gegeben sein. Einer muss sagen können: ›So machen wir es jetzt.‹ Ein Rätesystem wird es nicht geben.« Er selbst plant, etwa bis zum 65. Lebensjahr auf dem Chefposten zu bleiben. Dann – das nimmt sich der umtriebige Macher fest vor – soll endgültig Schluss sein: »Wenn ich aufhöre, dann höre ich ganz auf.« Aber wenigstens in den Aufsichtsrat wird er doch wechseln wollen, um seinen Nachfolgern auf die Finger zu sehen? Nein, von dieser Unsitte hält Braun nichts: »Ich gehe nicht in den Aufsichtsrat und will meinen Nachfolgern nicht reinreden. Ich rufe da nicht immer wieder an, um mich zu erkundigen.« Er habe ja schon andere Ämter aufgegeben, ohne hinterher »als graue Eminenz noch dahinter zu stehen«, sagt er zum Beweis. Und was nimmt sich das Multitalent für den Ruhestand vor? »Zur Ruhe setzen«, reagiert er reflexartig, wobei ihm beim Nachdenken sofort einiges einfällt: »Ich werde viel reisen, mich in soziale Engagements einbringen, kulturelle Angebote intensiver nutzen, meinen Garten in Ordnung bringen…« Auch als Wirtschaftskapitän a.D. dürfte sein Tag voll ausgefüllt sein. Was er als »Ruheständler« aber gewiss nicht machen werde, ist, ein Büro als Unternehmensberater zu eröffnen. Da hätten soziale Ehrenämter Vorrang. Braun hält nichts davon, dieses Feld allein den Frauen zu überlassen.

Im Grunde seines Herzens ist der Unternehmer der heimliche Theologe geblieben, der er einmal offiziell werden wollte. In seiner Jugend war es der Herzenswunsch von Ludwig Georg Braun, evangelischer Pfarrer zu werden. Gern hätte der engagierte Christ »seine Gemeinde« gehabt, um sich in seinem Sinne einzubringen. Seine innere Nähe zur Kirche zeigt der Firmenlenker seit fast einem Jahrzehnt als Mitglied der Landessynode der Evangelischen Kirche von Kurhessen-Waldeck. Doch das Schicksal, genauer sein Vater Otto Braun, hatte den anderen Weg für ihn vorgesehen. Der Jüngste sollte besser die eigene Gemeinde, den Familienbetrieb fortführen. Das war dem pflichtschuldigen Sohn auch recht – bis jetzt. Und wenn Braun seine Tätigkeit als Unternehmer mit der eines Theologen vergleicht, dann findet er den Unterschied heute gar nicht mehr so groß. Die Berufe seien irgendwie verwandt. Beide Figuren an der Spitze müssten motivieren und den richtigen Weg weisen können. Braun: »Ein Pfarrer ist der Interpret einer Glaubenslehre, und ein Unternehmer ist ihm ein Stück weit ähnlich, nur dass der nicht im Talar herumlaufen muss.« Verschmitzt fügt der verhinderte Theologe hinzu: »Ich predige den ganzen Tag.«

Kapitel 7
Mohn
Die Gutmenschen aus Gütersloh

Der mit Abstand größte und mächtigste Medienmulti Deutschlands hebt sich von den meisten Familienunternehmen klar dadurch ab, dass er seit vielen Jahren die Öffentlichkeit sucht. Absolut freiwillig publiziert das Haus im westfälischen Gütersloh regelmäßig seine Wirtschaftsdaten, diskutiert in der Presse aktuelle Themen und publiziert freimütig seine Firmenstrategie. So viel Offenheit ist nicht nur bei familiengeführten Firmen selten, sondern ebenso unter Verlagen. Obwohl diese Branche von der Auskunftsfreude anderer lebt, ist sie selbst so verschlossen wie ein Geheimbund. Das gilt für die Bertelsmann AG nicht – zumindest wenn es ums ökonomische Tun oder Lassen geht. Im Gegenteil: Dem Verlags- und Medienriesen gehören nicht nur viele Medien, er hat darüber hinaus auch andere im Griff. »Tue Gutes und rede darüber« – die Gütersloher beherrschen den Grundsatz zur Selbstinszenierung wie kaum ein anderes Privatunternehmen. Für die Selbstdarstellung der Bertelsmänner ist es auch wichtig, dass sich die Führungselite hoch zufrieden über die eigene Leistung auf die Schultern klopft. Denn was den US-Amerikanern – das große Leitbild der Westfalen – bei ihren Geschäften nützt, das kann den kleinen Deutschen nicht schaden. »Good Speak« ist Pflicht, wenn die Eigentümer von Bertelsmann über ihren Koloss reden. Dann entsteht der Eindruck, es handle sich bei dem Medienkonzern um eine Art karitativer Einrichtung. Das höchste Gut sind die Mitarbeiter, Umsatz und Gewinn sind zweitrangig – behauptet die Firmenpatriarchin Liz Mohn, geboren 1941, etwa auf dem Manager-Colloquium in München im April 2005, dem fast die gesamte deutsche Wirtschaftselite beiwohnt. Brav beklagt die Großverlegersgattin die »Orientierungslosigkeit« und den »Werteverlust« in der modernen Wirtschaft und Gesellschaft. Dabei liest sie

Sätze von ihren Karteikärtchen ab, die in jede Sonntagspredigt passen würden: »Jeder Mensch ist ein Mosaikstein der Gesellschaft« – »Wir brauchen die Religion – wo wird denn sonst noch Gemeinschaft gelebt?« Die Mitarbeiter suchten wieder »Sicherheit, Halt, Kontinuität und Werteorientierung«. All das und viel mehr fänden sie bei Bertelsmann. Dank der dort verankerten »partnerschaftlichen Unternehmenskultur« ziehen dort alle 73 000 Beschäftigten in über 50 Ländern an einem Strang – so sieht es jedenfalls die oberste Chefin in Gütersloh von ihrem Podest herab.

Tatsächlich war es ihr Ehemann Reinhard Mohn, Jahrgang 1921, der den Verlag nach dem Zweiten Weltkrieg in einen globalen Medienkonzern verwandelte. Er zog sich im Jahr 2003 nach zwei Schlaganfällen aus dem Betrieb zurück. Auch Mohn trat früher gern als Lehrmeister auf, der seinen Unternehmerkollegen riet, dass es »mit Kooperation, Menschlichkeit und Partnerschaft besser geht«. Lange Zeit galt Bertelsmann tatsächlich als beispielhaft bei der Pflege von Mitarbeitern. Bereits in den fünfziger Jahren hatte das Haus sein Personal am Gewinn beteiligt. Allerdings hatte das mit Nächstenliebe wenig zu tun. Es handelte sich dabei viel mehr um einen legalen Steuertrick des Patriarchen. Mit den ausgeschütteten Gewinnen umging er nämlich den Fiskus und konnte trotzdem mit dem sicheren Geld arbeiten. Zudem sparte er weit höhere Zinsen für Bankkredite, die damals ziemlich rar waren. Bis heute machen die Einlagen der Mitarbeiter Millionensummen und damit einen wesentlichen Teil des Eigenkapitals von Bertelsmann aus. Andererseits motivierte die Gewinnbeteiligung viele Beschäftigte zusätzlich, zumal der Konzern ein Betrieb mit vielen sozialen Leistungen war, die es anderswo nicht gab. Die Bezahlung lag meist weit über den üblichen Tarifen. Doch inzwischen habe sich das völlig gedreht, resümiert frustriert ein langjähriger Mitarbeiter.

Erzwungene Partnerschaft

In Gütersloh herrscht heute Ernüchterung. Sparpakete, modisch etikettiert als »Partnerschaftspakete«, stellen die Beschäftigten nach Berechnungen der Gewerkschaften um bis zu 30 Prozent schlechter als vergleichbare Tarifverträge. »Weniger Geld für mehr Arbeit«, lautet die Marschrichtung. Zwar willigen die Betroffenen meist zähneknirschend ein, aber was bleibt ihnen schon anderes übrig? Wer ein »Partnerschaftspaket« widerspruchslos akzeptiert, genießt diverse Vorteile, hören die Kollegen. Dessen Firmenjubiläum wird vom Betrieb gefeiert, er hat gute Aufstiegschancen und bekommt besser bezahlte Schichten zugeteilt. Wer umgekehrt zu den wenigen gehört, die die moderne »Partnerschaft« verweigern oder kritisieren, fühlt sich gemobbt. Dessen Jubiläum wird nur beiläufig erwähnt und dessen Karriere in der Firma tendiert gegen null. Die Belegschaft spricht daher abschätzig vom »Stasi-Paket«. Geknapst wird gern bei Beschäftigten mit kurzer Betriebszugehörigkeit. Langjährige Mitarbeiter haben es besser – einige liegen mit ihrem Einkommen sogar über Tarif. Aber dafür landen sie auf dem Abstellgleis, wie lang gediente Bertelsmänner und -frauen inzwischen wissen: »Jeder, der älter als 50 Jahre ist, wird mit Macht in Altersteilzeit gedrückt.« Auch durch Ausgliedern und Verkaufen von Betriebsteilen wird der Mediengigant teure Mitarbeiter los, sodass die Zahl der über 50-Jährigen sinkt. Für deren Probleme bis zur Rente und danach ist dann der von Reinhard Mohn stets gern für seine Ineffizienz gescholtene Staat zuständig. Die Sparziele dieser »Partnerschaftspakete« – neuerdings lieber »Standortsicherungspakete« genannt – werden in der jährlichen »Osterklausur« gesetzt. Um Ostern herum trifft sich die Führungselite zahlreicher Betriebe, um die Vorgaben für Löhne, Gehälter, Arbeitszeit und -bedingungen festzulegen. Für den 17-köpfigen Betriebsrat – nur eine Minderheit von ihnen ist gewerkschaftlich organisiert – kommen diese Pakete eher einem Diktat gleich. Denn wesentliche Korrekturen zugunsten der Arbeitnehmer setzen deren mehrheitlich firmenkonforme Kollegen selten durch. Entweder lockt die Konzernspitze mit der Ankündigung, Arbeitsplätze zu schaffen, oder die Drohung steht im Raum, dass Arbeitsplätze verlagert werden, bevorzugt in ein Billiglohnland. So ist die Mehrheit des Gremiums bereit, einige Kröten zu schlucken. Zum Beispiel gibt es bei Bertelsmann künftig für viele Beschäftigte keine feste Arbeitszeit mehr. Diese Form der »Flexibilisierung« räumt dem reichen Unternehmen jede Möglichkeit ein, Beschäftigungsrisiken und Kosten elegant auf die Belegschaft abzuwälzen. All das passt nicht so recht zusammen mit den Vorstellungen des langjährigen Firmenpatriarchen Mohn, der stets betonte: »Die Wirtschaft wird durch den Wettbewerb zu mehr Menschlichkeit gezwungen, weil sie dann besser ist und konkurrenzfähig bleibt.« Den Mitarbeitern, welchen der Konzern seinen rasanten Aufstieg vom pietistischen Provinzverlag zum Global Player zu verdanken hat, müssen solche Sätze als blanker Hohn erscheinen.

Bertelsmann erweist sich als ausgewachsener Krake im Mediengeschäft. Einen Gutteil des Milliardenumsatzes und Gewinns erzielt der Gigant längst mit der RTL Group. Diese Fernsehtochter besitzt die Sender RTL, RTL 2, Vox und n-tv sowie weitere bedeutende TV-Studios in den Niederlanden, in Frankreich, Luxemburg, Spanien, Großbritannien und Russland. Den Bestand im Bereich Film, Fernsehen und Hörfunk runden elf Radiosender im In- und Ausland sowie Produktionsfirmen im Film- und Fernsehbereich wie die traditionsreiche Ufa ab. Der Medienmulti, der mit seinen Buchclubs bekannt wurde und sich gerne rühmt, »den Deutschen das gute Buch« zu bringen, lebt heute sehr stark vom schillernden Fernsehen. Dies scheint ebenfalls kaum ins Bild der Bertelsmann-Oberen zu passen, wenn sie über ihre gesellschaftliche Verantwortung schwadronieren. Die hauseigene Senderfamilie machte vor allem dadurch von sich reden, dass sie mit einer Show namens »Tutti Frutti« Sex auf die Mattscheibe brachte und auch sonst wenig Wert auf gehobene Unterhaltung oder anspruchsvollen Journalismus legt. Brüll- und Müll-Sendungen nach amerikanischem Muster sollen Geld bringen, wie die TV-Soap *Gute Zeiten, schlechte Zeiten,* die Casting-Show *Deutschland sucht den Superstar* oder die Containershow *Big Brother* zeigen. Einzig die Bild-Zeitung freut sich, wenn sie unter den Stars der »Staffel Sex« von *Big Brother* das barbusige »Latina-Luder Juanita« abbilden darf, die als Containerfrau ebenfalls zum Personal des Kulturkonzerns Bertelsmann gerechnet werden muss. Kritische Themen stören in Mohns Medien eher, zumal Anzeigenkunden ein positives Umfeld für ihre Werbung wünschen. Die fulminanten Renditevorgaben sind nur noch einzuhalten, wenn die Anzeigenerlöse steigen und die Produktionskosten sinken. Solche Zwänge gehen zulasten der Redaktionen und schränken die Themenwahl ein. Doch zuerst kommen Einnahmen und Einschaltquoten, dann die Moral.

Fast ein Viertel trägt der Unternehmensbereich »Arvato« als internationaler Mediendienstleister zum Umsatz bei. Zu dem grafischen Kernbereich zählt der ehemalige Stolz der Gruppe, der Tief- oder »Mohndruck«, wie ihn langjährige Mitarbeiter nennen. Die Arvato AG besitzt weltweit 250 Firmen mit rund 34 000 Beschäftigten. Neben den Druckereien betreibt die Gesellschaft diverse Call-Center, unter anderem in Marokko. Mit den Finanzdienstleistungen konkurriert Bertelsmann mit Firmen wie Schober, Creditreform oder der Schufa. Arvato-Infoscore operiert vorwiegend auf den Feldern Bonitäts- und Risikoprüfung, Factoring, Inkasso bei Privat- und Geschäftskunden sowie Adressmanagement. Des Weiteren betreiben die Gütersloher einen eigenen Logistikbetrieb. Vier von fünf Mobiltelefonen werden von Bertelsmann ausgeliefert, ebenso die BahnCards der Deutschen Bahn oder die Bonuskärtchen der Lufthansa. Darüber hinaus will der Konzern selbst ins Mobilfunkgeschäft einsteigen. Über die Internet-Plattform »Gnab« bietet Arvato Musik, Filme und Klingeltöne fürs Handy zum Herunterladen an. Schließlich nimmt der Multi über seine Tochter Arvato auch Aufgaben in der öffentlichen Verwaltung der britischen Gemeinde East Reading wahr. So überweist er dort den öffentlichen Bediensteten ihr Gehalt. Längst steuert auch die Bertelsmann Music Group Milliardenumsätze bei. Zu dem Musikkonzern, kurz BMG, gehören 200 Labels, zum Beispiel auch die renommierte Plattenfirma »Ariola«. Internationale Stars wie Britney Spears oder Christina Aguilera stehen bei BMG unter Vertrag. Hauptsitz der Musiktochter ist heute New York. Das hängt mit der weitgehend vollzogenen Fusion mit dem japanischen Wettbewerber Sony zusammen, wodurch der vereinte Musikgigant zum Weltmarktführer aufsteigen dürfte. Im klassischen Printbereich stützt sich Bertelsmann längst auf die Tochter Gruner + Jahr. Zu diesem Milliardenunternehmen zählen unter anderem die Zeitschriften *Stern*, *Brigitte*, *Geo* und *Capital*, das Wirtschaftsblatt *Financial Times Deutschland* (zu 50 Prozent) sowie etwa 120 weitere Zeitschriften und Zeitungen in Deutschland, Frankreich, Polen, den USA und China. Zudem hält Gruner + Jahr einen 25-Prozent-Anteil am Spiegel-Verlag, in dem das gleichnamige Nachrichtenmagazin erscheint wie auch das *manager magazin*. Ende 2004 bekam Gruner + Jahr nach vielen Anläufen endlich die Mehrheit am Motor-Presse-Verlag mit *Auto Motor Sport* in die Hand. Andererseits spielt das klassische Buchclub-Geschäft eine immer geringere Rolle in der Bertelsmann-Familie. Der Club zählt 3,6 Millionen Mitglieder (2005) und ist in Deutschland mit 300 Filialen vertreten. Das Geschäft wird stetig global durch Großaquisitionen erweitert. Zu weiteren Interessen in der Buchproduktion zählt nicht zuletzt auch Random House, der weltweit größte Buchverlag. Er dehnt das Imperium Richtung angloamerikanische Welt aus. Und natürlich sind die Westfalen im Internet vertreten, so zum Beispiel mit Firmen wie Lycos und Pixelpark.

Nur eine hohe Rendite zählt

Der einst so heimatbezogene Betrieb wird zusehends internationaler und zerklüfteter. Allein etwa 600 Profit-Center nennt Gunter Thielen, Vorstandschef von Bertelsmann. Diese Multi-Kulti-Gesellschaft verändert das Betriebsklima an der Basis radikal. Mitarbeiter sagen, dass von der einst so gerühmten Unternehmenskultur in Gütersloh kaum noch etwas zu spüren sei. Stattdessen regiert betriebswirtschaftliches Kalkül. So müssen die Manager der einzelnen Bereiche hohe Vorgaben der Konzernspitze erfüllen: eine Kapitalrendite von mindestens 12 bis 15 Prozent pro Jahr. Diesen Marschbefehl von Liz und Reinhard Mohn geben sie prompt an die Belegschaft weiter – wohl wissend, dass sie selbst ihren Job verlieren, wenn sie diesen Anspruch nicht erfüllen. Kein Wunder, dass die Mitarbeiterbeteiligung auf Sparflamme kocht und längst nicht mehr die Bedeutung hat wie in den Aufbaujahren. Früher wurde die Summe solidarisch aus dem Gesamtergebnis des Konzerns bezahlt, heute wird die Ausschüttung gespalten. Der größte Teil wird entsprechend dem Ergebnis der einzelnen Tochterfirma bemessen, in dem der jeweilige Mitarbeiter tätig ist. Und da die Beteiligung erst ab einem bestimmten hohen Niveau erfolgt, gehen die Belegschaften weniger ertragreicher Betriebe meist leer aus. Von wegen Partnerschaft, die Großen verdienen, die Kleinen dienen. »Es regiert die Angst, und die Leute halten die Klappe«, heißt es hinter vorgehaltener Hand zur Frage nach der Unternehmenskultur. Mobbing und Frust ziehen sich quer durch den Konzern. Jeder bewache jeden. Stark beunruhigt sind Mitarbeiter über die Verlagerungen von Betriebsteilen und Tochterfirmen ins Ausland. Was passiert, sobald die Zahlen nicht mehr stimmen, konnte die Belegschaft unlängst am Beispiel der Musiksparte beobachten: »BMG Deutschland kehrt mit eisernem Besen«, titelten die Zeitungen im Juni 2004, als sich die Bertelsmann Music Group kaltschnäuzig von 60 Prozent ihrer Künstler trennte. BMG-Manager Marten Steinkamp verkaufte das rigorose Vorgehen als »Teil eines kulturellen Wandels«. BMG wolle sich vor allem auf »zugkräftige, für die Zukunft viel versprechende Stars konzentrieren«. Künstler, die nur einen Hit landeten, dürfen nicht länger für die Firma tätig sein. Steinkamp möchte BMG wieder zum »großen Music-Powerhouse« machen. Daher ging es nicht nur den Künstlern an den Kragen: Der Manager drückte zugleich die Zahl der BMG-Mitarbeiter von 500 auf knapp die Hälfte. »Weniger Künstler brauchen auch weniger Menschen, die sie managen und betreuen«, begründete der Erfüllungsgehilfe der knallhart am Profit orientierten Konzernführung. So passt es durchaus ins Gesamtbild, dass BMG seinen Sitz nun in New York aufschlägt, also im Mutterland des Hire-and-Fire.

Ähnlich ruppig geht es 2004 beim Ausstieg der RTL Group aus dem defizitären privaten Nachrichtensender n-tv zu. Zunächst wird vom Personal ein fünfprozentiger Gehaltsverzicht als Sanierungsbeitrag sowie die Anhebung der Arbeitszeit auf 40 Stunden pro Woche ohne Lohnausgleich erzwungen. Doch fast über Nacht verlegt der Konzern die Sendezentrale von Berlin nach Köln ins RTL-Hauptquartier und schließt ganze Abteilungen ersatzlos. Viele Angebote an Beschäftigte, ins Rheinland umzuziehen, sind so unattraktiv, dass sie einer Kündigung gleichkommen. Bereits Ende 2003 ist der Haustarifvertrag von RTL vorsorglich gekündigt worden. Daran ändert auch eine Demonstration der Belegschaft im April 2004 nichts. Zur Angst der Mitarbeiter um ihre Arbeitsplätze und vor einem Qualitätsverfall des Programms antwortet der Obermanager des Bertelsmann-Senders: »Die Mitarbeiterzahl bei n-tv ist dreimal so hoch wie bei vergleichbaren Nachrichtensendern in Europa. Sie sollten es positiv sehen, dass der allergrößte Teil der Arbeitsplätze dauerhaft erhalten werden soll.« Und besonders zynisch: Ein Arbeitsplätze fressendes digitales Sendezentrum in Köln – 240 Stellen fallen weg, Hunderte freie Mitarbeiter verlieren ihren Auftraggeber – und das Land Nordrhein-Westfalen fördert den Kahlschlag mit etwa einer Million Euro. Die Beziehungen zur Politik zahlen sich für die Gütersloher aus. Andererseits fühlt sich die Belegschaft von Bertelsmann zunehmend erpresst. Das kommt nicht von ungefähr, sagen kritische Betriebsräte und verweisen auf die Drucksparte von Arvato. Diese baut im britischen Liverpool eine Tiefdruckerei für 170 Millionen Euro, laut Arvato-Chef Hartmut Ostrowski ist das gigantische Werk die größte Investition der Firmengeschichte in dieser Sparte. Parallel dazu zieht Arvato eine neue Tiefdruckerei im norditalienischen Treviglio bei Mailand für stolze 100 Millionen Euro hoch. Beide Werke stellen für die Belegschaft in Gütersloh ein gewaltiges Drohpotenzial dar. Weil Arvato auch noch mit den Druckereien des Axel Springer Verlags und von Gruner + Jahr fusionieren will, könnte auf Kosten deutscher Standorte ein neuer europäischer Marktführer entstehen. Nach Brancheninformationen soll London der Hauptsitz dieses europäischen Druckriesen – 25 Prozent Marktanteil, mehr als 5 000 Mitarbeiter – werden. Bei solchen Gedankenspielen fragen sich besorgte Mitarbeiter, ob sich Bertelsmann allmählich aus Deutschland verabschiedet. Intern lässt das Management verlauten, dass sie im Ausland bereits viel mehr als hierzulande verdienen und expandieren könnten. Und bei Investitionen des Konzerns bekommt das Ausland oft den Vorrang. In die Bertelsmannsche Kultur, einzig auf mehr Umsatz und Gewinn ausgerichtet, passt kein Bekenntnis zum Standort Deutschland.

Selbst in den Betriebsversammlungen, wo die Beschäftigten kraft Gesetzes ihre Probleme und Nöte offen und ungestraft zur Sprache bringen dürfen, führt der Konzern mit Regie. »Das ist oft eine einzige Show, eine perfekte Inszenierung. Da fehlen nur noch Jubelchöre und Tanzmariechen«, karikiert verärgert ein Mitarbeiter. Besonders die jährlich im Herbst veranstaltete große Betriebsversammlung mit rund 2 000 Teilnehmern findet oft einzig zum Ruhme Bertelsmanns statt. Nachdem die Betriebsräte brav ihre Berichte abgeben haben, sei beim Punkt »Aussprache« selbst die – meist milde – Kritik am Management mit der Führungselite abgesprochen, sagen Mitarbeiter. Und als Highlight des Events darf dann die jeweils oberste Garde ausgiebig das Wort ergreifen und einen opulenten Vortrag bieten, unterstützt von einem Stab an Hiwis und allerlei medial-technischem Schnickschnack. Die Selbstdarstellung der Bosse kann bis zu zwei Stunden dauern. Entsprechend kurz fällt die anschließende Diskussion aus, wobei sich aus den Reihen der

Belegschaft kaum noch jemand meldet. Bestenfalls reden Betriebsräte und Gewerkschaftsvertreter mit. Und wird tatsächlich mal Widerspruch laut, dann beginnen sofort alle Stäbe im Konzern auf Hochtouren zu arbeiten, um die Kritik unter Kontrolle zu bringen. An der Hochglanzfassade des Medienmultis darf ja kein Kratzer entstehen. »Das hat manchmal nur noch Sektencharakter. Da kann man nur mitschwimmen oder aussteigen«, resümiert ein Ehemaliger. Bessern wird sich die Kultur der Unzufriedenheit an der Bertelsmann-Basis so schnell nicht. Die Bereitschaft zum Streik ist äußerst gering und »dass jemand den Aufstand probt«, so ein Mitarbeiter, »das ist im Moment nicht zu erwarten«. Der Stolz allerdings, der früher die Belegschaft einte, ein Mohn-Drucker zu sein oder ein Bertelsmann, der ist gebrochen – in Gütersloh wie anderswo.

Vom Kirchenblatt zur Containershow

Dabei steht der Name »Bertelsmann« fast von Beginn an für wachsenden Wohlstand, Sicherheit und Bodenständigkeit. Gegründet wurde der Verlag 1835 von dem Lithografen (Drucker) Carl Bertelsmann (1791–1850). Der kleine Betrieb gibt anfangs vorwiegend Sammlungen frommer Lieder und Texte für Bibel- und Missionsstunden heraus und bedient die lutherische Gemeinde in Gütersloh und Umgebung. Aber Carl Bertelsmann lebt nicht nur von der Religion. Als durch und durch frommer Calvinist, der hart arbeitet und spart, engagiert er sich sehr in seiner Kirchengemeinde. Als er die Firma 1850 an seinen 22-jährigen Sohn Heinrich übergibt, beschäftigt sie 14 Mitarbeiter. Filius Heinrich ist auf Wunsch des Vaters Buchhändler geworden. Er führt das Geschäft des Vaters mit den frommen Schriften fort und landet mit dem Liederheft *Die Kleine Missionarsharfe* den ersten Bestseller im Hause Bertelsmann. Das Werk verkauft sich mehr als zwei Millionen Mal.[1] Daneben baut er den Verlag durch Zukäufe aus und vervierfacht die Belegschaft. Er druckt nicht nur christliche Schriften, sondern auch Bücher, die sich mit Philosophie und Geschichte befassen. Zudem gelingt ihm etwas, woran sein Vater wiederholt gescheitert war: Zusammen mit seinem Bruder Wilhelm verlegt Heinrich Bertelsmann mehrere Zeitungen.

Privat lebt er, was ihm der Senior vorgelebt hatte: Neben der Arbeit widmet er sich der Kirchengemeinde, kümmert sich um Soziales und sitzt im Stadtrat von Gütersloh. Mit seiner Frau hat er drei Kinder, die beiden Söhne sterben jedoch schon im Säuglingsalter. Es bleibt Tochter Friederike. So bekommt die Eigentümerfamilie der Firma Bertelsmann 1887 einen neuen Namen: Nach dem Tod von Heinrich Bertelsmann heißt der neue Chef Johannes Mohn (1856–1930), der Ehemann von Friederike Bertelsmann (1859–1946). Der Pastorensohn lenkt den Verlag wieder mehr in Richtung christlicher Erweckungsschriften. Er gründet Blätter wie *Die evangelischen Missionen* und *Saat und Ernte auf dem Missionsfelde.* Allerdings macht der Verlag unter seiner Führung, die 34 Jahre dauert, keine großen Sprünge.

Richtig Fahrt nimmt der Verlag erst unter Heinrich Mohn (1885–1955) auf, dem Sohn von Johannes Mohn. Auch er gilt als frommer Mensch, der bei der Morgenandacht in Gütersloh regelmäßig Orgel spielt und vorbetet. Doch Heinrich erweitert das Programm nun um die Unterhaltungsliteratur. Sein quirliger Vertriebschef Fritz Wixforth revolutioniert mit immer neuen Innovationen gar das Verlagswesen: Weil sich die meisten Menschen keine teuren Bücher leisten können, bringt er billigere Volksausgaben mit einfachen Umschlägen auf den Markt – die Vorläufer des Taschenbuchs. Außerdem stellt er den Buchhandlungen große Plakate zur Verfügung, mit denen sie die Volks-Literatur von Bertelsmann spektakulär bewerben können. Andererseits wird die betuchtere Leserschaft über hochwertig verarbeitete Bücher erreicht, die in Kassetten verpackt sind. Dem Handel bietet Wixforth zudem an, die Hälfte der bestellten Bücher wieder zurückzunehmen, sollten sie sich als Ladenhüter erweisen. Dank des geschickten Marketings landet der Verlag, der eher mittelmäßige Autoren unter Vertrag hat, mit Romanen wie *Heimat wider Heimat* oder *Die magischen Wälder* Auflagen von mehreren 100 000 Büchern. Nach dem Zweiten Weltkrieg übernimmt der 1921 geborene Reinhard Mohn, eines von sechs Kindern Heinrich Mohns, das Ruder. Er verabschiedet sich endgültig vom theologischen Anspruch seiner Vorgänger und steuert den Verlag ins Massengeschäft. Dafür gründet er 1950 den Lesering. Seine Idee ist einfach: Nach dem katastrophalen Krieg suchen die Deutschen nach Ablenkung. Reinhard Mohn will genau das bieten. Er möchte die Deutschen sogar zum Lesen bekehren, wenn auch mit eher unchristlichen Methoden. Seine Vertriebsagenten suchen ihre Opfer direkt an der Wohnungstüre und auf Bürgersteigen heim, locken sie mit Preisausschreiben. Einziges Ziel solcher »Kloppertruppen«: eine Unterschrift des Kunden, der oft nicht ahnt, dass er im Grunde einen Knebelvertrag mit dem Buchclub von Bertelsmann unterschreibt, aus dem es nur schwer ein Entrinnen gibt. Die Gerichte rügen regelmäßig die rabiaten Methoden der Drücker, doch Mohn bleibt unbeeindruckt. Weil seine Vertreter auf eigene Rechnung arbeiten und nicht direkt bei ihm angestellt sind, weist er stets die Schuld von sich und behauptet, dass es sich nur um ein paar schwarze Schafe handele. Die Historiker Hersch Fischler und Frank Böckelmann kommen in ihrem Buch *Bertelsmann. Hinter der Fassade des Medienimperiums*[2] zu dem Schluss, das Unternehmen verdanke »seine Existenz weitgehend den Drückerkolonnen, den von ihnen geworbenen Mitgliedern, und den Verlagen, die Bertelsmann Lizenzen verkauften«. Unbestritten ist jedenfalls, dass ein florierendes Clubgeschäft die Basis für alles ist, was in den kommenden Jahrzehnten folgen sollte: die Übernahme der Berliner Filmfirma Ufa, der Einstieg beim Hamburger Zeitschriftenverlag Gruner + Jahr, der Kauf der US-Buchverlage Bantam Doubleday und Random House, die Kontrolle der privaten TV-Senderkette RTL, der Aufbau eines globalen Musikproduzenten, die Gründung von Internet-Firmen usw.

Zum Mediengiganten wird Bertelsmann nur durch den Kauf der vielen anderen Unternehmen, denn wirklich innovativ war der Mediengigant nie. RTL ist eine lupenreine Kopie der amerikanischen Unterhaltungssender. Die meisten erfolgreichen Formate stammen aus dem Ausland. Das beginnt in den ersten Tagen des Senders mit *Tutti Frutti*, einem Format, das in Italien längst unter dem Namen *Colpo Grosso* spektakulär lief. Und das ist heute nicht anders: Die Vorlage für den Quotenhit *Wer wird Millionär?* heißt *Who Wants to Be a Millionaire?* und wurde in England entwickelt. Die Zeitschriftensparte Gruner + Jahr hat seit Jahrzehnten keine erfolgreiche Neuentwicklung vorzuweisen und schlachtet lieber die Zugpferde *Stern*, *Brigitte* und *Geo* weiter aus, indem sie unzählige Ableger auf den Markt bringt (*Stern Campus und Karriere*, *Stern Gesund Leben*, *Stern Biografie*, das Stern-Bildermagazin *View* und das Stern-Jugendmagazin *Neon*, *Brigitte Young*

Miss, *Geo Reise*, *Geo Wissen*, *Geolino*). Noch trister sieht die Bilanz im Musikgeschäft aus. Darüber kann auch der kurzfristige Medienhype durch die Sendung *Deutschland sucht den Superstar* nicht hinwegtäuschen. Einen wirklichen Superstar aufzubauen, dafür fehlt dem Koloss mit dem kurzfristigen Renditedenken einfach der lange Atem. Ähnlich sieht es bei Büchern aus: Außer Walter Kempowski hat der Verlag keinen Autor vorzuweisen, der literarisch Wertvolles schuf. Die Pflege von Nachwuchsautoren passt wohl nicht ins Konzept des Hauses. Stattdessen kaufen die Gütersloher lieber Bestsellerautoren von außen ein und schleusen sie durch die zahlreichen Marketingkanäle des Verlags, um so den maximalen Profit aus manch dürftigem Werk herauszuholen. Zumindest der wirtschaftliche Erfolg gibt der Konzernspitze und den sie zahlreich umgebenden Controllern Recht. Der Familie dürfte das reichen.

Einmischen und mitmischen: Mohns Stiftungstrust

Nüchtern betrachtet handelt es sich bei Bertelsmann um ein ganz normales Unternehmen, das in erster Linie Gewinne machen will und nach Jahren rasanten Wachstums den Kontakt zu seinen Mitarbeitern schleifen lässt. Doch damit wäre der Gigant nur unvollständig beschrieben. Dem eigenen Anspruch nach wollen die Mohns ja gerade nicht wie alle anderen sein, nicht bloß Geldvermehrungsmaschine als Teil der banalen Wirtschaft. Sie möchten Ökonomie und Gesellschaft (mit)gestalten und nach ihren Ideen verändern. Deshalb unterhält die Familie seit 1977 die Bertelsmann Stiftung. Sie sei aus der »Überzeugung des Stifters Reinhard Mohn entstanden, dass Eigentum verpflichtet«[3], wird der Marketingprofessor Heribert Meffert, der Vorsitzende der Stiftung, zitiert. Es ist aber anzunehmen, dass der Stifter vor allem das Wohl seines Unternehmens im Auge hatte: Er sieht nämlich unter seinen sechs Kindern keinen geeigneten Nachfolger; so übertrug er der Stiftung das Kapital der Familie. Dieses Vorgehen bietet auch den Vorteil, dass die lästige Erbschaftssteuer teilweise umgangen wird. Manches spricht auch für die Vermutung der Autoren Fischler und Böckelmann[4], dass sich Mohn am Lebenslauf des amerikanischen Ölmagnaten Rockefeller orientiere. Der hatte sich mit seinem brutalen Geschäftsgebaren Feinde in Politik, Wirtschaft und Justiz eingehandelt. Doch als er begann, einen Teil seines immensen Reichtums in Stiftungen und andere gemeinnützige Einrichtungen zu lenken, änderte sich sein Bild in der öffentlichen Wahrnehmung. Er ging schließlich als einer der größten Wohltäter des Landes in die Geschichte ein. Ähnlich funktioniere die Bertelsmann Stiftung für den Medienmogul, argumentieren Böckelmann und Fischler: Sie »legt einen Schutzschild der Gemeinnützigkeit um den Konzern und entzieht ihn der öffentlichen Kritik«.

Mohns Stiftung zählt zu den größten, besonders jedoch einflussreichsten Firmenstiftungen Deutschlands. Ausgestattet mit der Dividende von 57,6 Prozent der Aktien der Bertelsmann AG, verfügt sie über ein Jahresbudget von derzeit etwa 70 Millionen Euro. Rund 300 qualifizierte Mitarbeiter treiben fast 200 Projekte auf den Feldern Politik, Bildung, Arbeit, Gesundheit und Medien voran. Das klingt zwar neutral, tatsächlich aber reicht der Einfluss der Bertelsmann Stiftung weit ins politische Tagesgeschäft hinein. Die Zuwanderungskommission unter Rita Süssmuth, die übrigens im Kuratorium der Stiftung sitzt, griff inhaltlich auf die jahrelange Stiftungsarbeit zurück, deren Gedanken sich im Zuwanderungsbericht wiederfinden. Und 2005 beschloss der damalige Bundesinnenminister Otto Schily (SPD) mit den Gütersloher ein Kooperationsprojekt, das den Namen »Staat der Zukunft« trägt. »Wir ersetzen die Politik nicht. Wir nehmen Einfluss auf die Gestaltung von Veränderungen, die in der Gesellschaft notwendig sind«, betont Heribert Meffert.[5] Welche Änderungen notwendig sind, entscheidet allerdings die Stiftung selbst. So etwa beim Thema Krankenversicherung: Hier fordern die Gütersloher die Kopfpauschale, also den »unverfälschten Wettbewerb zwischen gesetzlichen und privaten Krankenkassen«[6]. Mit diesen und weiteren drastischen Einschnitten sollen die Sozialabgaben um die Hälfte sinken. Arbeitslosen Sozialhilfeempfängern müsse die Hilfe gekürzt, die erste Pflegestufe wieder abgeschafft werden. Das Risiko solle wie vor Einführung der Pflegeversicherung jeder allein tragen. Die gesetzliche Arbeitslosenversicherung bewerten die Ideologen aus Gütersloh »zunehmend als teuer, anreizfeindlich und ungerecht«. Sie fordern dafür »eine Lohnversicherung für Langzeitarbeitslose, um die Aufnahme einer geringer entlohnten Arbeit durch staatliche Zuschüsse attraktiver zu machen, sowie die Einführung individueller Versicherungskonten zur Stärkung der Eigenvorsorge«.[7] Das ebenfalls zur Stiftung gehörende Centrum für Hochschulentwicklung trommelt seit Jahren für Studiengebühren und untergräbt mit seinen »Rankings« gezielt das Vertrauen in staatliche Einrichtungen. Ganz im Sinne des Stifters Mohn übrigens, der mit einer kräftigen Finanzspritze Deutschlands erster Privatuniversität Witten/Herdecke auf die Beine half. Das Haus fördert dort einen Lehrstuhl (Betriebswirtschaftslehre). Und mit seinem »Standortranking« macht der Bertelsmann-Trust Stimmung gegen den Sozialstaat: Fast immer münden die als unabhängige, wissenschaftliche Studien getarnten Dogmen der Gütersloher in der Generalforderung nach weniger Staat, mehr Eigenverantwortung, mehr Kindern – nur so könne der angeblich kranke Patient Deutschland genesen.

Der Einfluss von Mohns Dogmatikern bei der Verbreitung neoliberalen Denkens, dem nun nahezu alle großen Parteien hierzulande anhängen, kann nicht hoch genug eingeschätzt werden. Wo Politik fast nur noch inszeniert wird, da ist ein Mediengigant für viele Politiker genau die richtige Adresse. So rief die Gütersloher Stiftung zum Beispiel den »Kanzlerdialog« ins Leben: Fernab allen Medienrummels lädt sie halbjährlich ins Berliner Schloss Grunewald den Bundeskanzler, seine wichtigsten Minister, die Fraktionsvorsitzenden und die bedeutendsten Ministerpräsidenten ein. Bei dieser Art »Klausurtagung« diskutiert die Elite brav über ein festgelegtes Thema auf der Grundlage eines Strategiepapiers – gefertigt von Mohns Stiftung.[8] Über die neoliberale Speerspitze des Mulitmilliardärs sagte der abgewählte SPD-Kanzler Gerhard Schröder, er wisse »die gewachsene Zusammenarbeit zwischen der Stiftung und dem Bundeskanzleramt sehr zu schätzen«. Wesentliche Teile seiner ungeliebten »Agenda 2010« soll die Gütersloher Denkfabrik erarbeitet haben. Alle zwei Jahre findet das »Internationale Bertelsmann Forum« statt, bei dem europäische Spitzenvertreter aus Politik, Wirtschaft, Kultur und Medien im kleinen Zirkel vertraulich über Projektergebnisse aus der Europaarbeit der Stiftung diskutieren dürfen. Es geht um aktuelle wie strategische Fragen europäischer Politik. 2004 zählte zum Beispiel Bundesaußenminister Joschka Fischer (Grüne) zu den Teilnehmern. Auch den Nachwuchs bindet der Konzern früh an sich, so etwa mit der »Sommerakademie Europa« im bayerischen Kloster Seeon. Nominiert werden die künftigen Entscheider für diesen elitären Club von so genannten Mentoren, einer bewährten Seilschaft. Zu dieser zählen Spitzenpolitiker fast aller Parteien, ebenso Führungskräfte aus Wirtschaft und Medien wie Heinrich von Pierer, Siemens-Aufsichtsratschef und Berater für »Innovation und Wachstum« der Bundeskanzlerin Angela Merkel (CDU), VW-Boss Bernd Pischetsrieder, ARD-Intendant Fritz Pleitgen und Stefan Baron, Chefredakteur der *Wirtschaftswoche* (Holtzbrinck-Verlag).

Schließlich unterstützt die Stiftung ihr genehme Politiker jeglicher Couleur und andere Meinungsführer: Der in Talkshows bis zu seinem Tod als Reformer apostrophierte SPD-Politiker Peter Glotz verdankte sein Medien-Institut an der Universität Sankt Gallen zum Teil der Bertelsmann Stiftung. Oswald Metzger von den Grünen arbeitete als Fellow der Stiftung beim Projekt »Aktion Demografischer Wandel« zu. Meinhard Miegel, der seit Jahrzehnten gegen das solidarische Rentensystem zu Felde zieht, wirkt als Haus- und Hofgutachter im Auftrag der Bertelsmänner. Dem Stiftungs-Vorsitzenden Meffert ist wichtig, »dass wir in bestimmte Zielgruppen hineinwirken und bestimmte Entscheider bewegen können«. Denn die Politik brauche Unterstützung. »Wir dürfen uns deshalb nicht nur als Think-Tank verstehen, sondern müssen auch kampagnenfähig werden und konkrete Lösungsansätze bieten. Damit steigt natürlich unser Einfluss.«[9] Mohns Trust denkt und lenkt.

Diese Selbstgewissheit wirkt erschreckend. Der Beiname »Mohn-Sekte« für die eingeschworene Gemeinschaft in Gütersloh kommt nicht von ungefähr. »Der rote Faden, der sich durch die letzten zwei Jahrzehnte hindurchzieht, ist der Gedanke, das Handeln von Bertelsmann sei identisch mit dem Gemeinwohl. Das wird geglaubt. Gerade die höchste Ebene bei Bertelsmann, allen voran Reinhard und Liz Mohn, glauben daran. Das ist das Interessante: Bei Bertelsmann gibt es keine Zyniker. Sie sind überzeugt von dem, was sie sagen«, stellt der Autor Frank Böckelmann fest.[10] Dabei fällt kaum auf, dass zwischen den hehren Forderungen der Stiftung und dem alltäglichen Wirken von Bertelsmann nicht selten eine beträchtliche Lücke klafft. So sorgt sich die Stiftung völlig zu Recht um die Jugendarbeitslosigkeit – der Konzern aber streicht hierzulande kräftig Stellen. »Pisa und andere bildungspolitische Studien machen es deutlich: Kinder und Jugendliche sind nicht gerade Meister im Lesen«, konstatiert die Stiftung durchaus richtig. Deshalb will sie Bibliotheken samt Personal durch Leistungsvergleiche und Online-Schulungen des Personals nach vorne bringen. Auf die wesentliche Frage allerdings bleibt sie die Antwort schuldig: Wie sollen Eltern ihre Kinder zum Lesen bringen, wenn auf den diversen TV-Sendern aus dem Hause Bertelsmann zu jeder Tages- und Nachtzeit so einfach gestrickte Helden wie *Bob, der Baumeister, New Spiderman* oder die *Power Rangers* über den Bildschirm flimmern?

Natürlich gibt es auch Beispiele, die zeigen, wie nahtlos sich die Arbeit der Stiftung und die Ziele des Konzerns ergänzen. »Die Bertelsmann Stiftung setzt sich mit ihren Projekten für eine zukunftsfähige Gesellschaft ein. Kernbestandteil dieser Strategie ist die Reform der staatlichen Verwaltung«, doziert Stiftungslenker und Marketingprofessor Meffert. Er fordert »eine neue Balance zwischen Bürger- und Staatsverantwortung«. Was es bedeuten kann, wenn die Privatwirtschaft mehr Aufgaben übernimmt, demonstriert Bertelsmann im englischen East Reading, wo die Konzerntochter Arvato einen Teil der Gemeindeverwaltung besorgt und sogar das Bürgerbüro managt. »Das ist für Bertelsmann ein Pilotprojekt von strategischer Bedeutung und ein Markt mit unglaublichen Wachstumschancen«, bekräftigt Konzernchef Gunter Thielen. Und Arvato-Manager Rolf Buch sieht im Geschäft mit der öffentlichen Hand einen schlafenden Riesen. Auf rund neun Milliarden Euro schätzt er das schlummernde Marktvolumen pro Jahr allein auf der Insel. »Später zielen wir natürlich auch auf Zentraleuropa und vor allem auf Deutschland«, frohlockt er. Hier rechnet er frühestens ab 2008 mit ersten Gehversuchen.[11] Die USA sind hier wieder mal einige Schritte weiter: Dort stellen Privatfirmen wie der Rüstungsriese Lockheed Martin Strafzettel für Falschparker aus und jagen Vätern hinterher, die ihre Alimente nicht zahlen. Und Firmen wie Corrections Corporations of America und Wackenhut Corrections betreiben sogar private Gefängnisse. »Verbrechen lohnt sich«, freuen sich Analysten an der Wall Street. Es ist zu erwarten, dass die Gütersloher im Rahmen ihrer unzähligen Studien auch die Ineffizienz staatlicher Gefängnisse anprangern werden.

Die Legende vom Widerstand bricht zusammen

Die Bertelsmann Stiftung grätscht in jede Türe hinein, um handfeste Kontakte zu den Großen und Mächtigen zu bekommen. Davon profitiert natürlich auch der Konzern und sein Geschäft, wie Werner Weidenfeld, Vorstandsmitglied der Stiftung, zugibt. Die Gutmenschen von Gütersloh arbeiten an dem Image, dass sie der Gesellschaft einen Teil ihrer Profite zurückgeben. Tatsächlich wirkt das dichte Netz an Verbindungen wie eine Schutzschicht gegen Kritik. Daher blieb zum Beispiel die Rolle von Bertelsmann im Dritten Reich lange im Dunkeln. Stets wurde der Anschein erweckt, der Verlag sei damals eine Bastion des Widerstands gewesen. Reinhard Mohn selbst strickte an der Legende mit. Im ZDF äußerte er, sein Vater Heinrich habe in Opposition zu den Nazis gestanden. Als ein Schweizer Reporter Ende 1998 für den Sender 3sat das Verhältnis der Gütersloher zu den Nazis untersuchte, habe Dieter Stolte persönlich seine Recherchen gestoppt, sagt der Reporter. Stolte, damals Intendant des ZDF und deshalb teilweise für 3sat verantwortlich, bestritt dies. Unbestreitbar indes ist, dass er zu dieser Zeit im Kuratorium der Bertelsmann Stiftung saß. Nur der Hartnäckigkeit des Journalisten und Politikwissenschaftlers Hersch Fischler ist es zu verdanken, dass die Wahrheit ans Tageslicht kam: Bertelsmann verlegte unter den Nazis sehr wohl kriegsverherrlichende Literatur, etwa Titel wie *Flieger am Feind* sowie *Deutsche Tanks fahren in die Hölle* oder *Bomben gegen England*. Laut Fischler war Bertelsmann zwischen 1939 und 1944 der »mit Abstand erfolgreichste Lieferant von Wehrmachtsliteratur«. Als die Alliierten nach dem Krieg die Lizenzen zur Herstellung von Büchern und Zeitschriften verteilten, unternahm der Verlag alles, um seine Rolle klein zu reden. Heinrich Mohn verschwieg zunächst auch, förderndes Mitglied der SS gewesen zu sein. Als der Schwindel aufzufliegen drohte und die Lizenz in Gefahr war, zog er sich aus dem Verlag zurück. Erst als Fischler seine Erkenntnisse in US-Medien veröffentlichte, setzte Reinhard Mohn eine Historikerkommission ein, um die eigene Vergangenheit zu erforschen. Der Konzern hatte gerade den US-Verlag Random House übernommen und stand in der amerikanischen Öffentlichkeit verstärkt unter Beobachtung. Negative Schlagzeilen hätten die neuen Geschäfte sicher verdorben.[12]

Trotzdem funktioniert die Gehirnwäsche à la Bertelsmann besser, als es alle Miele-Waschmaschinen können, die ebenfalls aus Gütersloh stammen. Als 2005 zum Beispiel bekannt wird, dass der Springer Verlag die ProSiebenSat.1-Media-Gruppe übernehmen will, ist der Aufschrei einiger Medien groß: Die Meinungsvielfalt werde erheblich eingeschränkt, warnen Kommentatoren, der Zusammenschluss von Europas größtem Tageszeitungsverlag und dem Fernsehen sei gefährlich für die Demokratie. Die Befürchtungen mögen begründet sein. Unverständlich jedoch bleibt, warum nicht längst auch der Krake Bertelsmann aus denselben Gründen attackiert wird. Der Konzern zählt zwar kein Kampfblatt wie *Bild* zu seinem Imperium, wohl aber den *Stern*, Europas größte Zeitschrift, mit der RTL Group die dominierende TV-Kette Europas, den größten Buchverlag der Welt plus unzählige andere Zeitschriften, Blätter und Spezialverlage. Eine gewaltige Medien- und Meinungsmacht, welche jedoch die Öffentlichkeit kaum als solche wahrnimmt. Dagegen bezeichnet der amerikanische Medienkritiker Ben Bagdikian, ehemals leitender Redakteur der *Washington Post* und Autor des Bestsellers *The Media Monopoly*[13], Bertelsmann als einen von fünf Mediengiganten in Anlehnung an George Orwell als das »private Ministerium für Information und Kultur«. Er kritisiert die ausufernde Macht der Konzerne und ihre Verstrickung mit der Politik, die zu einer wechselseitigen Abhängigkeit führe. Denn kein deutscher Spitzenpolitiker kann sich dauerhaft ein schlechtes Verhältnis zu einer Medienmacht wie Bertelsmann leisten. Umgekehrt sind die Gütersloher bei ihrer Expansion auf die Willfährigkeit von Politikern angewiesen. So beim Kartellverfahren zur Fusion der Bertelsmann Music Group mit Sony oder beim Start des Privatfernsehens vor gut 20 Jahren. Hier legte sich der damalige Finanz- und Wirtschaftsminister (1982) Manfred Lahnstein (SPD) besonders ins Zeug. Nachdem er sein Ministeramt aufgegeben hatte, wechselte er in den Vorstand der Bertelsmann AG. Er sollte den Politikern das Projekt eines hochwertigen Privatfernsehens verkaufen und tat dies auch. Heute will er davon nicht mehr soviel wissen und beklagt lieber den allgemeinen Niveauverfall im Fernsehen, wofür die Gesellschaft verantwortlich sei. Das Einzige, was Lahnstein vielleicht zugute gehalten werden kann: Er war zuerst Politiker, dann Mohns Lobbyist.

Anders liegt der Fall bei Elmar Brok. Der Politiker sitzt für die CDU im Europaparlament – und steht zugleich als Senior Vice President for Media Development in Brüssel auf der Gehaltsliste von Bertelsmann. Bis vor kurzem hieß er noch »Europabeauftragter des Vorstandes«. Laut Presseberichten kassiert der »Volksvertreter« neben 9000 Euro Diäten im Monat noch Jahr für Jahr 180000 Euro aus Gütersloh. Brok beteuert, er wisse beide Funktionen sehr wohl zu trennen und nehme an Diskussionen und Abstimmungen zur Medienpolitik im Europaparlament und in der Fraktion nicht teil. Dass dies nur die halbe Wahrheit sein dürfte, lässt zum Beispiel eine Vollzugsmeldung Broks an die Zentrale in Gütersloh von 1993 erahnen, die der Presse zugespielt wurde: »Wir verhinderten die Einführung eines Rechts der ausübenden Künstler auf angemessene Vergütung bei Weiterverbreitung ihrer Darbietung über Kabel oder Satellit.«[14] Im Gegensatz zur Zeitung *World* des legendären US-Journalisten Joseph Pulitzer, deren Räume das Motto »Die *World* hat keine Freunde« zierte, brauchen sich Großverlage wie Bertelsmann über einen Mangel an Sympathisanten wohl nicht zu beklagen. Die Liste an Politikern, Funktionären et cetera dürfte dicker als das Telefonbuch von Gütersloh sein. Und angepasste Journalisten im Haus, welche die Kreise ihres machtorientierten Arbeitgebers nicht stören wollen, wissen genau, welche Fettnäpfchen sie im eigenen Interesse besser meiden sollten. Auf der Strecke bleibt im System Bertelsmann aus Abhängigkeit und Selbstzensur die Meinungsfreiheit, weil sich die Verlage viel zu tief im Interessengestrüpp von Politik, Wirtschaft und Gesellschaft verfangen haben, das sie eigentlich aufklären sollten.

Frau Mohn am Steuer

Nach dem Rückzug von Reinhard Mohn hält seine Frau Liz (Elisabeth) die Fahne der Familie im Unternehmen hoch. Sie ist Vorsitzende der Bertelsmann Verwaltungsgesellschaft BVG (wo die Stimmenmehrheit für den Konzern liegt) sowie stellvertretende Vorsitzende im Präsidium der Bertelsmann Stiftung.[15] Ihr Aufstieg sei eine »faszinierende Bildungsgeschichte«, stellte Ex-Bundestagspräsidentin Rita Süssmuth fest, die ebenfalls zum Kuratorium der Stiftung zählt. Tatsächlich schaffen es Telefonistinnen selten ans Steuer eines Weltkonzerns. Liz Mohn gehört zudem dem Club of Rome an sowie dem Welt-Ethik-Rat und landete 2005 gar auf Platz 18 der Rangliste der begehrtesten Partygäste Deutschlands, die das Society-Magazin *Gala* jedes Jahr erspäht – noch vor Gloria von Thurn und Taxis oder Boris Becker. »Sie besitzt die Qualitäten der perfekten Gastgeberin ebenso wie die des perfekten Gastes«, befand das Blatt aus dem hauseigenen Verlag Gruner + Jahr. Liz Mohn hat auch ein Buch geschrieben mit dem Titel *Liebe öffnet Herzen.* Sie meint, die Familie sei das Wichtigste und kritisiert hohe Scheidungsraten und häufige Partnerwechsel. Sie verschweigt dabei geflissentlich, dass sie selbst 19 Jahre lang mit einem Mann verheiratet war, den ihre drei Kinder lange Zeit für ihren Vater hielten. Der wirkliche Vater von Brigitte, Christoph und Andreas aber war Reinhard Mohn, damals noch mit seiner ersten Frau Magdalene verheiratet, mit der er ebenfalls drei Kinder hat. Jener Reinhard Mohn, der so gern zum Thema Menschlichkeit spricht, zog nach 30 Ehejahren zu Hause aus und hinterließ nur einen Abschiedsbrief: »Unsere Ehe war ein Irrtum.« Seitdem soll er nie wieder mit seiner ersten Frau Magdalene Mohn gesprochen haben. Doch dieses Kapitel fehlt im Buch der Moral- und Ethik-Expertin Liz Mohn. Stattdessen suggeriert sie, ihr Reinhard und sie seien ein Paar gewesen, seit sie 17 Jahre alt war, und hätten ihre Kinder gemeinsam erzogen. Wer sich etwas auskennt in Gütersloh, wunderte sich nicht schlecht über diese Version. Ihr Schwager Sigbert habe sich ein Exemplar von *Liebe öffnet Herzen* mit den Worten besorgt, er wolle »mal einen Blick in das Märchenbuch werfen«, schreibt der Journalist Thomas Schuler in *Die Mohns.*[16] Schuler berichtet weiter, Liz Mohn habe das Honorar aus dem Buchverkauf der von ihr gegründeten Deutschen Schlaganfall-Hilfe vermacht. Als sie die Abrechnung sah, habe sie bemängelt, es sei zu wenig Geld an die Organisation geflossen. Darauf hätten Mitarbeiter der Großverlegerin erst mal erklärt, »dass der Ladenpreis keineswegs in voller Höhe dem Autor zusteht«.

Zu ihrer Entlastung muss gesagt werden, dass Liz Mohn das Geschäft nie in der Praxis gelernt hat, sondern nur einen einzigen Lehrer hatte: Reinhard Mohn. Der Patriarch war ein strenger Meister, der seiner Schülerin auch im Beisein anderer ins Wort fiel, um sie zu korrigieren und den Anwesenden zu erklären, was seine Frau gerade sagen wolle. Doch die ehemalige Telefonistin lernte fleißig. So übernahm sie schnell von ihrem Mann, wie ein Geschäft zur sozialen Großtat hochstilisiert werden kann. Freilich, in der Bertelsmann-Welt sollte niemand den Einfluss der Mittsechzigerin unterschätzen. Das können ehemalige Topmanager wie Mark Wössner, Gerd Schulte-Hillen oder Thomas Middelhoff bestätigen. Sie mussten gehen, weil es die Verlegergattin so wollte. Geschickt zieht sie die Fäden im Medienimperium und überlässt das Tagesgeschäft dem langjährigen Mitarbeiter Gunter Thielen. Der treue Diener muss unrentable Firmenteile abstoßen, Schulden senken und Personal entlassen, während die Herrin über Moral spricht. Obwohl diese Aufgabenteilung bei Hofe reibungslos funktioniert, hat Liz Mohn ein Problem: Anders als ihr Mann, der einst mittags wie jeder normale Angestellte in die Firmenkantine ging, fehlt ihr der Kontakt zur Basis. Sie kann zwar über die Stiftung massiven Einfluss auf den Konzern ausüben, aber normale Bertelsmänner und -frauen erreicht sie kaum. Mit ihr an der Spitze verlor die Familie nach fünf Generationen den direkten Draht zur Belegschaft.

Schweres Erbe einer Parallelfamilie

Bei Bertelsmann schwelen noch schwerwiegendere Probleme. Weit weniger als bei anderen Milliardärsfamilien ist die Frage der Nachfolge geklärt. Dahinter steckt die tragische, lange Geschichte von Mohns Doppelclan. Schon vor mehr als 25 Jahren übertrug Reinhard Mohn seinem einzigen Sohn aus erster Ehe, Johannes, die Kapitalmehrheit am Konzern. Doch die eigentliche Macht besaß weiter der Patriarch. Er hatte sämtliche Stimmrechte auf eine Aktie gebündelt – und die behielt er selbst. Johannes, damals 28 Jahre jung, sollte in seine Rolle als Firmenchef hineinwachsen und selbst entscheiden, ob er ihr gewachsen sei. Der Spross besaß aber nicht ausreichend Talent, wie sein Vater im Laufe der Zeit feststellte. So erkor Reinhard Mohn den nächsten Nachfolger: Andreas Mohn, den jüngeren Sohn aus seiner zweiten Ehe. Doch Andreas ist eine sensible Natur. Er zerbrach bald an der Bürde der künftigen Aufgaben und musste sich gar zwischenzeitlich in psychiatrische Behandlung begeben. Darauf überschrieb der Senior das Kapital der

Familie auf die Bertelsmann Stiftung. Die »goldene Aktie«, wie er sie wegen der Stimmrechte nennt, übertrug er auf den Verwaltungsrat (heute: BVG, Bertelsmann Verwaltungsgesellschaft), in dem neben ihm selbst sein damaliger Aufsichtsratsvorsitzender Mark Wössner und der Vorstandsvorsitzende Thomas Middelhoff saßen. Für kurze Zeit sah es so aus, als würden die Mohns die Kontrolle über ihr Unternehmen ans Management übergeben. Doch auch diese Konstruktion hielt nur wenige Jahre. Bald überwarf sich Mohn mit den Managern, was wohl auch seine Frau unterstütze. Zuerst flog Wössner, dann Middelhoff, der den nach seiner Auffassung provinziell regierten Familienbetrieb gern in einen börsennotierten Allerweltsmulti verwandelt hätte. So zog Liz Mohn in die Aufsichts- und Kontrolletage ein, die folgsamste Schülerin ihres Mannes. In seinem Buch *Die gesellschaftliche Verantwortung des Unternehmers*[17] rechnet Reinhard Mohn anschließend mit seinen Managern ab. Er habe ihnen offenbar »zu viel Freiheit zum Ausleben ihrer persönlichen Eitelkeiten gelassen«. Pauschal urteilt er über Topangestellte, sie seien eitel, besserwisserisch, ruhmsüchtig.

In der BVG hängt nun jede Entscheidung an den Stimmen von Liz Mohn und ihren Kindern Brigitte und Christoph. Brigitte Mohn arbeitet seit geraumer Zeit in der Stiftung und soll, so wird intern gemunkelt, die Mutter im Präsidium der Stiftung bald ablösen. »Die Familie wird eingesetzt, damit eine menschliche Haltung im Unternehmen gewahrt bleibt«, begründet Reinhard Mohn seine jüngste Kehrtwende. Das bedeute nicht, dass die Sippe auch das Tagesgeschäft führen werde. Sie bekomme »keine einzige Exekutivaufgabe, keine!«, unterstreicht der Patriarch. »Dafür haben wir den Vorstand und andere Gremien.« Mohns eigenes Modell der dezentralen Führung hat jedoch einen Haken: Selbstständiges Denken ist bei Bertelsmann nur erlaubt, wenn es im Einklang mit der Familie Mohn steht. Das musste auch der altgediente Verlagsmanager Gerd Schulte-Hillen erleben, der sowohl den wachsenden Einfluss der Sippe kritisierte als auch die Fusion von Sony und BMG – er wurde gefeuert. Mohns Manager gehen, die ungelösten Probleme bleiben. Deshalb rollen auf die verbliebene Führungsspitze schwere Aufgaben zu. Der Musikmarkt steht vor einer völlig ungewissen Zukunft – mit und ohne Sony. Auf vier verkaufte CDs kommen inzwischen sechs illegale Internetkopien. Die Handelsumsätze brechen weltweit ein; auch der Buchclub ist ein Sorgenkind. Gerade in Deutschland rechnet Vorstandsboss Gunter Thielen in dieser Sparte mit weiter sinkenden Umsätzen. »Auf Dauer wird es nicht gelingen, die Leute zum Kauf von vier Büchern im Jahr zu verpflichten.« Sogar die Cashcow der Gütersloher gibt Anlass zur Sorge: RTL verliert Marktanteile an Springers ProSiebenSat.1 Media AG. Der Düsseldorfer WAZ-Konzern, lange Mitgesellschafter der RTL Group, scheint hinsichtlich der Zukunft des Privatfernsehens inzwischen skeptisch zu sein und verkaufte im Sommer 2005 seinen Anteil von sieben Prozent.

Schließlich bleibt für Manager wie Familie die überaus spannende Frage zu regeln, was mit den Anteilen von Albert Frère passieren soll, jenem Finanzinvestor der belgischen Groupe Bruxelles Lambert. Der Großaktionär kann im Frühjahr 2006 seinen Anteil von 25,1 Prozent an der Bertelsmann AG ungehindert über die Börse verkaufen – es sei denn, der Konzern erwirbt seine Aktien im Rahmen des Vorkaufsrechts zurück. Doch verfügen die Mohns über die nötigen Milliarden, um diese Möglichkeit wirklich wahrnehmen zu können? Falls nicht, müsste die Familie ihre Macht womöglich mit Tausenden – unberechenbaren – Börsianern teilen. Deshalb hofft Bertelsmann-Chef Thielen, Frère möge seine Anteile behalten. Sicher kommt Stress auf Gunter Thielen zu, den Manager vom alten Schlag, der gottlob in der Belegschaft Vertrauen genießt. Er will das Haus noch bis August 2007 leiten und seinen Nachfolger einarbeiten. Doch das Wichtigste, den Familienfrieden wieder zu kitten, das schafft auch er nicht. Der Zwist der Stämme aus zwei zeitweise parallelen Partnerschaften mit sechs Kindern hat den Clan so tief gespalten, dass selbst Liz Mohn dem Autor sagen lässt, Bertelsmann sei »kein Familienunternehmen mehr«. Wer also tritt das unternehmerische Erbe in Gütersloh an? Monsieur Frère oder ein paar Tausend anonyme Aktionäre wohl nicht. Um diesen Albtraum zu verhindern, unternimmt Frau Mohn hinter den Kulissen alles, um das Verlagshaus in Familienhand zu behalten. Dabei wird die resolute Dame kaum um einen Clinch mit den Angehörigen um Mohns erste Frau Magdalene herumkommen. Und bei dieser Abrechnung wird es neben ordentlichem Klatsch vor allem um riesige Abfindungen gehen. Deshalb ist keinesfalls so sicher, dass das Geschlecht der Mohns allein noch weitere Generationen hinter dem Traditionshaus Bertelsmann stehen wird.

Kapitel 8

Henkel

Persil und Pattex halten sauber den Clan zusammen

Wer Henkel sagt, meint meist Persil oder die Seifenserie Fa, bestenfalls den Geschirreiniger Pril. Doch Waschmittel und Körperpflege stehen nur für eine Hälfte des Düsseldorfer Konzerns. Der andere und häufig renditestärkere Teil stellt Kleb-, Dicht- und Dämmstoffe her. Wichtige Marken sind »Pattex«, »Loctite«, »Metylan« oder »Ponal«. Weil diese Produkte meist im Handwerk oder in der Industrie gebraucht werden, besitzen sie weit weniger Charme und Bekanntheit als Henkels Konsumprodukte. Bei Klebstoffen für Haushalt und Handwerk wie in der Klebe-, Dichtstoffe- und Oberflächentechnik für industrielle Anwendungen ist die Familienfirma dafür Weltmeister. So kann der Konzern mit Fug und Recht behaupten: Mit Henkel klebt alles – der Namenszug der Brauerei auf dem Bierglas oder der Flasche ebenso wie die Frontscheibe im Auto, die Fliesen und Tapeten an der Wand wie Chips auf Leiterplatten und selbst Tragflächenteile am Flugzeug. Die Rennwagen der Formel 1 kämen mit Schrauben und Nieten statt Henkel-Kleber erheblich schwerer daher. Das Potenzial zum Kleben, Dichten, Dämmen und Schmieren von Papier, Pappe, Holz, Kunststoff, Eisen, Stahl und Aluminium ist nahezu unerschöpflich. Henkel liefert den Kunden nicht nur Kleber und Chemie, sondern die Dosiergeräte und Steuerungen gleich dazu. Da wissen die Düsseldorfer, was sie haben. Bei Wasch- und Reinigungsmitteln dagegen träumen die Henkels seit der Gründungszeit davon, die Nummer eins im Weltmarkt zu werden. Bisher müssen sie sich mit zweiten, dritten oder schlechteren Plätzen – je nach Region – begnügen. Ähnliches gilt im Kosmetikbereich. Es erfordert eine immense Kapitalkraft, um mit Giganten wie Procter & Gamble oder Unilever Schritt halten zu können. Inklusive der gewaltigen Summen für die Werbung ist Henkels Position für hiesige Verhältnisse – noch dazu für ein Familienunternehmen – einmalig. In Deutschland, mit Weltmarken mager gesegnet, ist Henkel wohl der bedeutendste Markenartikler. Abgesehen von Autos, der Lufthansa und vielleicht Adidas genießt Henkel unter den wenigen prominenten Marken Made in Germany als einzige einen internationalen Ruf.

Das raue Klima auf den Weltmärkten, die grenzenlose Werbepower, das Hin- und Herjonglieren mit Firmen und Beteiligungen hinterlassen Spuren. Seit Jahren nimmt die Konzernführung die ganze Welt ins Visier, was die Bindung zur Heimat lockert. Traditionspflege, soziale Errungenschaften oder der Vorrang für deutsche Arbeitsplätze geraten durch die so genannte Globalisierung ins Hintertreffen, die Prioritäten werden neu festgelegt. So erhält eine strengere Ausrichtung an den Kriterien der Börse und der internationalen Kapitalmärkte einen viel höheren Stellenwert. Diese Politik führt dazu, dass ganze Sparten und Abteilungen mit zum Teil mehreren Tausend Beschäftigten komplett verkauft oder verselbstständigt werden. Vor wenigen Jahren galten solche Amputationen noch als undenkbar. Der allseits beschworene »Henkel-Geist«, die Identifikation von Familie und Firma, droht sich zu verflüchtigen. Mitarbeiter befürchten, Opfer dieses rapiden Wandels zu werden. Der Henkel-Familie sind solche Ängste bekannt, und sie versucht zu beruhigen: »Der Ruf, Henkel entlässt niemanden, hat so nie gestimmt«, relativiert Albrecht Woeste die »guten alten Zeiten« und fügt hinzu: »Richtig ist die starke Verbindung zwischen Familie und Firma.« Albrecht Woeste (Jahrgang 1935) gehört der vierten Generation an und ist seit Dezember 1990 Sprecher aller drei Henkel-Stämme. Zudem fungiert er als direkter Nachfolger von Dr. Konrad Henkel (1915–1999) in der Position als oberster Kontrolleur des Konzerns. An Woeste, einem Urenkel des Firmengründers Fritz Henkel, geht keine wichtige Entscheidung vorbei. Der 70-jährige Diplomingenieur kennt das Haus, seine Familie und sämtliche Problemzonen dazwischen. Der Henkel-Mann Nummer eins hat viel Macht, weiß dies aber geschickt zu verbergen. Woeste ist kraft seines Amtes die Personifizierung für den allseits beschworenen »Henkel-Geist«, die traditionelle Bindung der Familie zur Belegschaft. Doch bei rund 50000 Beschäftigten, verteilt auf fünf Kontinente in 125 Ländern, laufen die Beschwörungsformeln vom »Henkel-Geist« allmählich ins Leere. Den Zwiespalt begründet

Woeste mit dem Zwang zur Modernisierung. Immer wieder betont der Kopf des Clans im Gespräch, wie wichtig die Zukunftssicherung für Henkel sei. Doch welche Rolle wird die Belegschaft dabei spielen?

Familie professionell gemanagt

Woeste, der seit bald anderthalb Jahrzehnten an der Spitze Henkels den grünen Löwen im Strahlenkranz (Wappentier der Firma) reitet, nimmt die undankbare Mittlerrolle zwischen den drei Stämmen der Sippe und dem Unternehmen wahr. Für den Henkel-Urenkel ist es ein Vollzeitjob, der Diplomingenieur will nicht nur ein Frühstücksdirektor sein. Er versteht sich als aktiver, präsenter und kundiger Kontrolleur des Konzerns. Woeste arbeitet nicht als Zahlenmann, der die Lage vom grünen Tisch aus beurteilt. Stattdessen schaut er sich die Dinge persönlich an, reist zu den Fabriken vor Ort, fragt und hakt konkret nach. »Sie können ein so großes Unternehmen nicht mehr von der Spitze aus führen.« Eine Hilfe beim Begreifen dieser Weltfirma ist ihm seine Frau Renate. Als kundige Kennerin ist die Diplomingenieurin oft vor Ort mit von der Partie und bringt manchen Manager und Betriebsleiter mit fachlichen Fragen ins Schwitzen. Renate Woeste wird ein hohes technisches Fachwissen bescheinigt, obwohl angeheiratete Frauen in der Henkel-Erbfolge bisher eher vernachlässigt werden. Das Büro ihres Mannes auf dem Gelände des Stammwerks in Düsseldorf-Holthausen liegt Wand an Wand zum obersten Angestellten des Hauses, dem Vorsitzenden der Geschäftsführung. Der heißt seit 2000 Dr. Ulrich Lehner und steht seit vielen Jahren in Henkels Diensten. Das Gespann Woeste/Lehner arbeitet im engen Schulterschluss in der Zentrale sozusagen auf Zuruf. Selbst alltägliche Dinge bespricht das Duo miteinander. Und die übrigen Topmanager bei Henkel tun gut, im Zweifel den obersten Boss, also Woeste, zu konsultieren. Ohne sein Plazet läuft hier nichts – keine Innovation, weder der Kauf noch der Verkauf einer Firma. Die beiden wichtigen Ämter für Woeste – Vorsitzender des Aufsichtsrats im Konzern plus Vorsitzender des Gesellschafterausschusses – wünscht die Familie ausdrücklich. Offiziell trifft das Oberhaupt seine Geschäftsführung (Vorstand) nur sechsmal im Jahr, um oft heiße Themen zu besprechen. Zuvor jedoch berät sich bei allen Schicksalsfragen der zehnköpfige Gesellschafterausschuss, das eigentliche Hirn Henkels. Dieses gibt dann die entscheidende Order ans Management aus. Familie und Konzernspitze stellen nur einmal im Jahr gemeinsam in einem Workshop strategisch die Weichen.

Alle wichtigen Entscheidungen fallen im Gesellschafterausschuss, in dem fünf Mitglieder der Familie und fünf Externe sitzen. Hier besitzt die Familie weit mehr Macht als die Aktionäre in der Hauptversammlung. Sie bestimmt in diesem Gremium zum Beispiel das Topmanagement im Hause Henkel. Damit sich in dem mächtigen Zehner-Club etwas bewegt, müssen sich die drei Henkel-Stämme auf eine gemeinsame Linie einigen. Nach außen, also auch gegenüber dem Management, spricht Woeste in seiner Doppelfunktion für die ganze Sippe mit einer Zunge – im Eigentümergremium wie im Aufsichtsrat. »Ich bin der Doppelkopf«, sagt der fröhliche Rheinländer lachend und witzelt: »Und jeden Dienstag spiele ich auch gern Doppelkopf.« Die bewusste Entscheidung für nur ein Oberhaupt unterstreicht nach Ansicht Woestes klar den Willen des Clans zu Kontinuität bei den Eigentumsverhältnissen. »Die Familie muss sich disziplinieren und hinter ihren Sprecher stellen.« Jeder der drei Stämme vertritt daher eine gemeinsame Linie. Auch die gemischte Rechtsform des Konzerns als Kommanditgesellschaft auf Aktien (KGaA, seit 1975) dokumentiert die Absicht der Henkel-Nachkommen, stets allein die Regie behalten zu wollen. Mit dieser Kombination erhält sich der Konzern die Vorteile eines Familienunternehmens im globalen, großindustriellen Maßstab. Woeste: »Über die KG-Lösung sind wir in den Gremien frei.« Von den etwa 63 Henkel-Gesellschaftern mit Stimmrechten wird der zehnköpfige Gesellschafterausschuss gebildet. Neben Albrecht Woeste als Vorsitzendem sind das seine Stellvertreter im Clan, Christoph Henkel (London) sowie der Düsseldorfer Unternehmer Stefan Hamelmann für die Nachkommen von Fritz Henkel junior. Der Diplomingenieur kontrolliert auch die Ecolab Inc. (USA). Als einfaches Mitglied aus der Familie (Stand: Frühjahr 2005) gehört der Investmentbanker Konstantin von Unger (London) dem entscheidenden Rat an. Ob auch der Zweig der Manchots wieder im Ausschuss der Gesellschafter direkt Sitz und Stimme bekommen wird, muss sich noch klären. Der betreffende Kandidat wäre der junge Thomas

Manchot, ein Sohn des Chemikers Dr. Jürgen Manchot. Der Vater vertrat bis zu seinem Tod im April 2004 im Gremium ebenfalls den kapitalstarken »männlichen« Stamm von Fritz Henkel junior als rechte Hand Woestes. Ausgeschieden ist 2004 die Ärztin Dr. Christa Plichta (Genf). Zu den familienfremden Eigentümer-Vertretern zählen unter anderem Topmanager wie der Allianz-Grande Paul Achleitner sowie der Multi-Aufsichtsrat und ehemalige EON-Chef Ulrich Hartmann. Im Aufsichtsrat der Henkel KGaA sitzen hinter Woeste als Nummer eins zum Beispiel Ex-Bundesforschungsminister Dr. Heinz Riesenhuber (der CDU-Politiker berät auch die Quandt-Firma Altana sowie die Frankfurter Allgemeine Zeitung) sowie der Münsteraner Marketing-Professor Dr. Heribert Meffert, der außerdem dem Präsidium und Kuratorium der Bertelsmann-Stiftung angehört. Es ist eine illustre Schar externer Berater und Kontrolleure.

Die Konstruktion schränkt die Mitbestimmungsrechte für außenstehende Teilhaber kräftig ein. So hat das Gros der Henkel-Aktionäre, die namentlich erfasst werden, an der Firmenspitze nichts zu sagen. Ihre so genannten Vorzugsaktien werfen zwar etwas mehr Dividende ab, aber dafür haben sie im Gegensatz zu den Stammaktionären kein Stimmrecht. Ihre Papiere beteiligen sie lediglich an einer zweitrangigen Unterfirma, von der entscheidenden Kommanditgesellschaft bleiben die Aktionäre ausgeschlossen. Rein juristisch gesehen ist Henkel eine nur auf Personen (Gründerfamilie) zugeschnittene (Kommandit-)Gesellschaft. Das gilt über die Rechtsform hinaus ebenso für die inhaltliche Ausrichtung des Markenartikel- und Klebstoff-Konzerns. Entsprechend harmlos laufen die Hauptversammlungen für die (stimmrechtslosen) Eigentümer einmal im Jahr ab. Das familiäre Klima dieser Treffen im großen Saal der Düsseldorfer Stadthalle nennt ein Beobachter amüsiert eine »Wellness-Veranstaltung«. Unter den bis zu 4000 Aktionären seien viele Henkel-Rentner, die das reichhaltige Büfett und das schöne Produktpaket zum Abschied erfreue. Als Gipfel der Harmonie bauchpinseln die Sprecher der Aktionärsclubs regelmäßig die Konzernbosse für ihre tollen Taten. Aber ob sie auf einer Henkel-Hauptversammlung reden oder nicht, niemand aus dem Publikum kann an den Resultaten der Abstimmungen etwas ändern. Woeste, Lehner & Co. haben auf diesem Parkett leichtes Spiel. Mitte der achtziger Jahre hielt die

Familie den Gang an die Börse als notwendig, um sich genügend Kapital für den globalen Konkurrenzkampf, das Markenprofil sowie auch für die ausstehende Erbschaftssteuer beschaffen zu können. Seitdem zwingt dieser Schritt die Familienfirma zu einer gewissen Öffnung (Geschäftsberichte, Pressekonferenzen, Hauptversammlungen usw.) und damit zur Pflege des Images, was damals dem Konzernchef Konrad Henkel wichtig war. Unterm Strich bringt die einst umstrittene Umwandlung Henkel die erhofften Vorteile: Geld und öffentliche Beachtung, ohne die Oberhand zu verlieren.

Alleskleber für drei Stämme

Dieses sichere Fazit kann Woeste beim Blick auf die traute Einigkeit der verzweigten Familie nicht immer ziehen. Die 63 stimmberechtigten Gesellschafter plus deren Angehörige – mit Ehefrauen, Kindern und so weiter dürften mehr als 150 Personen zusammenkommen – gehen im Privatleben recht unterschiedliche Wege. Fritz Henkels Nachfahren sind in alle Winde zerstreut und leben außer in Deutschland unter anderem in Österreich und der Schweiz, in Großbritannien und Italien, in den USA, Venezuela und selbst in China. So unterschiedlich wie die Orte, so verschieden sind die Berufe. Die Skala reicht vom Investmentmanager und Werbekaufmann über Forstwirte und Winzer bis zu Wissenschaftlern, Gewerbetreibenden und Ärzten. Auch Schauspieler und Sexfotografen bereichern die Familie. Ebenso gehören Mitglieder zum Clan, die Persil am liebsten Persil sein lassen und für die Dividende die Hand aufhalten. Jene Vielfalt an Henkel-Männern und -Frauen und ihre diversen Motivationen verlangen einiges Geschick, um die Sippe bei der Stange zu halten. Diese Fähigkeit beweist Henkel-Obmann Woeste seit gut anderthalb Jahrzehnten. Ihm gelingt es, die Familie in ihr Erbe zu integrieren und bei Differenzen zu disziplinieren – ein nerviger Vollzeitjob. Alles läuft über den Nestor, weil einzelne Erben im Unternehmen wenig zu sagen haben. Nebenher bekleidete der Milliardär mit Bodenhaftung – er braucht keinen Leibwächter und steuert seinen C-Klasse-Mercedes selbst aufs Werksgelände – lange das Amt des Präsidenten der Industrie- und Handelskammer (IHK) Düsseldorf. In seiner

Heimatstadt Düsseldorf gilt der volksnahe Rheinländer als ein Sponsor, der das Unmögliche möglich macht – ob beim Fußballclub Fortuna oder beim Eishockey-Club »Metro-Stars«. Und wenn der exzellente Tennisspieler auf diesen Sport und seinen »Rochus-Club« zu sprechen kommt, dann ist seine Begeisterung nur durch das Thema »Fittings« (spezielle Gussteile) zu steigern. »Mich fasziniert das Geschäft, das ich 40 Jahre lang gemacht habe«, strahlt der Clan-Chef und erzählt vom väterlichen Betrieb R. Woeste & Co. GmbH & Co. KG. Die mittelständische Firma in Velbert hatte er lange geleitet. Das verbliebene Unternehmen der Woestes managt nun einer seiner vier Söhne mithilfe seiner Frau.

Die Großfamilie Henkel besteht aus drei Stämmen. Für den Zusammenhalt der Sippe beschloss die Mehrheit 1996, ihre Anteile in einem Pool zusammenzulegen. Dabei teilten sie das Erbe unter sich im Verhältnis 20 zu 40 zu 40 auf. Zum kleinsten (»ärmsten«) Stamm zählt Albrecht Woestes Zweig. Seine »weibliche« Linie – er ist ein Urenkel des Konzerngründers – geht auf die Tochter des Firmengründers Emmy Henkel zurück, die mit dem Kaufmann Hugo Lüps verheiratet war. Dieser Nachlass stand ursprünglich für 20 Prozent des Gesamtvermögens von Henkel. Weil Woeste als Nestor der Familie alle drei Stämme nach außen vertritt, muss er für die eigene Linie neutral bleiben und darf ihr nicht vorstehen. Wie das Familienoberhaupt Woeste zählt der jüngere Christoph Henkel (Jahrgang 1958) ebenfalls zur vierten Generation. Der Sohn von Konrad Henkel vertritt den Stamm Hugo Henkel. Mit 5,8 Prozent Kapitalanteil ist der in London lebende Unternehmer zugleich persönlich größter Einzelaktionär der Familie. Diese starke Position dürfte auch ein Grund dafür sein, dass Christoph Henkel seit 1994 als Vize von Woeste fungiert. Offiziell repräsentiert seine Hugo-Henkel-Linie 40 Prozent des stimmberechtigten Konzernerbes. Genau das gleiche Gewicht – 40 Prozent – besitzt die Manchot-Linie. Sie geht auf Dr. Willy Manchot zurück, einen Sohn von Fritz Henkel junior. Willy Manchot bekleidete seit 1939 bis zu seinem Tod 1985 höchste Funktionen in der Firmenspitze und war auch Konzernchef. Sein Sohn Dr. Jürgen Manchot vertrat die mächtige Linie Fritz Henkel junior im Gesellschaftergremium bis zu seinem Tod im Jahr 2004.

Jeder Stamm spricht im Gesellschafterausschuss jeweils mit einer

Stimme, obwohl intern kontrovers gestritten und diskutiert werden kann. Damit kann keine der drei Linien – auch nicht Woestes kleiner Emmy-Lüps-Stamm – dauerhaft überstimmt werden. »Zwei Stimmen sind immer die Mehrheit«, rechnet der Kontrolleur vor. Zu Kampfabstimmungen aber sei es nie gekommen, da alle drei Clans stets gemeinsam stimmten. »Ich möchte keine Verlierer haben«, nimmt sich Woeste vor und lädt zu jeder Familienbesprechung nicht nur die formalen Gesellschafter ein, sondern auch deren Ehefrauen sowie die älteren Kinder. »Ich war immer dafür, das zu tun«, unterstreicht das Clanoberhaupt: »Meine Frau erzieht die Kinder, deshalb muss sie als Angehörige zu den Treffen dazu. Für mich ist das eine Frage der Solidarität, um die Eigentümerstruktur zu stabilisieren.« Die Treffen der Henkels verstärken die Identifikation der Angehörigen untereinander, ähnlich wie etwa bei den Haniels. Und vor jedem großen Meeting des Gesellschaftergremiums finden die einzelnen Stämme zueinander, um ihre Positionen festzulegen. Kommt das Thema dann aufs Vererben, auf den Aktientausch innerhalb der Sippe oder den eventuellen Ausstieg einzelner Familiengesellschafter, dann geht es hoch her. Sicher ist im Hause Henkel stets nur eins: Persil bleibt Persil.

Aber gilt diese Bestandsgarantie für die Blutsverwandten auf ewig? Um diese brisante Frage zu klären, ersann Woeste eine Rezeptur mit juristischer Haftung, sozusagen ein »Familien-Pattex«. Es wurde sein Meisterstück. Das »Familienbindungsvertrag« genannte Werk ist 1996 ausgehandelt und ausdrücklich in der Firmensatzung verankert worden. Woestes Kontrakt bindet die Sippe für mindesten zwanzig Jahre bis Ende 2016 aneinander. Vor Ablauf dieser Frist kann niemand kündigen, erhebt sich dann kein Widerspruch, läuft das Abkommen automatisch weiter. Zu Woestes Verdruss haben nicht alle Erben den Generationenvertrag unterzeichnet. Selbst aus der eigenen Linie flammte in der jüngeren Generation Widerstand auf. Die Widerspenstigen gehören als Einzelgänger (bisher) keinem Entscheidungsgremium an. Das Gros der Blutsverwandten indes verpflichtete sich damals gemeinsam, die Mehrheit (52,6 Prozent) der stimmberechtigten Aktien in einem Topf (Pool) zu behalten. Das Paket wächst um die Stammaktien der Hamburger Verlegerfamilie Jahr (2004: 6,11 Prozent). Diese Aktionäre, die nicht zur Henkel-Familie zählen, lassen sich bei Abstimmungen ebenfalls in den Aktienbindungsvertrag einbinden. Jahrs Anteile vertritt Burkhard Schmidt im Gesellschafterausschuss. Will ein Familienmitglied trotzdem Anteile verkaufen, müssen diese zuerst der Familie angeboten werden. Diese Andienungspflicht liegt auch im Vererbungs- und Erbschaftssteuerrecht begründet. Erst wenn die Familie das Kaufangebot endgültig ablehnt, dürfen die Stammaktien an Externe veräußert werden. Angeblich sollen Erben aus der zweiten und dritten Reihe durchaus verkaufsbereit sein. Jedenfalls tauchen regelmäßig Papiere aus Familienbesitz auf, die dann der Börse angeboten werden. Für Woeste ist der Familienbindungsvertrag trotzdem ein Garant der Unabhängigkeit Henkels zumindest bis 2017, weil ja vorher kein Familienmitglied kündigen darf. Dennoch zweifeln Finanzkreise die Übereinkunft an. Der Vertrag, kritisieren etwa Analysten, grenze fremde Geldgeber (Aktionäre) total aus und behindere damit das Wachstum. Aus ihren eigenen Mitteln könne die Familie kaum eine kräftige Kapitalerhöhung aufbringen. Sie glauben, dass Henkel früher oder später durch den globalen Wettbewerb auf potente externe Financiers angewiesen sein werde. Woeste beruhigt die Kritiker. Bis jetzt könnten die Düsseldorfer ihr Wachstum und die Firmenkäufe aus den Gewinnen bestreiten. An eine Fusion denke ohnehin niemand. Auch Woestes Vize Christoph Henkel schlägt in dieselbe Kerbe und betont, dass kein Gegensatz zwischen dem familiären Charakter der Gesellschaft und dem globalen Wachstum bestehe. Als lebendiges Familienunternehmen habe Henkel stets genug Möglichkeiten, um in der Zukunft konkurrenzfähig zu bleiben.

Der »Henkel-Geist«, wo fliegt er hin?

Früher war der »Henkel-Geist« vom Zusammengehörigkeitsgefühl zwischen Familie und Firma geprägt, beteuern viele Mitarbeiter und hängen wehmütig den »guten« alten Zeiten nach. Damals, unterm »alten Fritz« (Firmengründer Fritz Henkel), hielten die Führungskräfte unbedingt einen direkt Kontakt zur Belegschaft. Stets traten die Patriarchen leibhaftig vor ihre Mitarbeiter, um ihnen wichtige Weichenstellungen zu erläutern oder ihnen Sorgen und Nöte mitzuteilen. Diese

Nähe, die als Ausdruck von Solidarität der Eigentümer mit den Arbeitnehmern galt, blieb über Generationen erhalten. Als Folge dieser Verbundenheit schufen die Düsseldorfer in mehr als einem Jahrhundert ein überdurchschnittlich hohes Maß an Sozialeinrichtungen – von der Gesundheitsbetreuung und betrieblichen Aus- und Fortbildung über die Altersvorsorge bis zum Kasino, das mehr als eine bloße Kantine sein sollte. Mit dem Ende der Ära Konrad Henkel Anfang der neunziger Jahre änderte sich das soziale Klima. Noch 1995, als der alte Herr seinen achtzigsten Geburtstag feierte, fuhr der legendäre Patron durchs riesige Stammwerk in Düsseldorf-Holthausen und die Leute winkten ihm zu wie einem Monarchen, manche mit Fähnchen in der Hand. Einige »Henkelaner« lernten den Senior noch unmittelbar in Betriebsversammlungen kennen, an denen ihr oberster Chef persönlich teilnahm und das Wort ergriff. Heute lassen sich der Clan und seine Repräsentanten bei Betriebsversammlungen von ihren Managern vertreten. Lediglich bei wichtigen Jubilarfeiern – sie werden eigens vom »Jubilar-Verein« der Firma ausgerichtet – oder mal zu Weihnachten tauchen hochrangige Mitglieder der Familie wie oft auch Albrecht Woeste auf. Diese bloße Feiertags-Präsenz aber ist vielen Beschäftigten zu dürftig.

So werden Klagen laut, dass die wachsende Distanz der Eigentümer zu den Mitarbeitern den familiären Charakter der Firma verdrängt. Tatsächlich bekommt die »Werksfamilie«[1] den schleichenden Wandel hin zur anonymen Kapitalgesellschaft am Arbeitsplatz zu spüren. »Wir stehen in Tarifkonkurrenz zu global agierenden Konzernen und können uns daher vieles nicht mehr leisten«, machen Konzernmanager den Vertretern der Arbeitnehmer unmissverständlich klar. Überall müsse stark gespart werden. Das internationale Kostendiktat führt dazu, dass Aufgaben und ganze Abteilungen an fremde Firmen gegeben werden, weil Henkel deren Arbeit nicht mehr als Kernaktivitäten wertet. Eine in zahlreichen Betrieben heute zwar typische Vorgehensweise, die aber gerade bei Henkel kontroverse Diskussionen herausfordert. Schließlich wurde der Konzern einst für eine vorbildliche Sozialpolitik gerühmt. Die Belegschaft findet es bedenklich, wenn etwa der innerbetriebliche Fuhrpark und der ganze Putzdienst in die Hände fremder Firmen übergehen. Das vergiftet die Atmosphäre im Betrieb, bald geht die Furcht vor rasantem Sozialabbau um. Auch der komplette Werkschutz und die interne Poststelle stehen beziehungsweise standen zur Disposition. Bei all dem müssen die von der Ausgliederung (»Outsourcing«) betroffenen Henkelaner durchweg mit Einbußen bei Lohn und Gehalt rechnen sowie um ihren sozialen Status fürchten. Denn nur unter dem Diktat der Abgruppierung kommt der Konzern auf seine Kosten. Besonders hoch schlagen die Wellen in Düsseldorf bei der Kantinen-Frage. Eine Abgabe der Werksspeisung würde als glatter »Kulturbruch« empfunden. Das Kasino symbolisiert für viele in Holthausen das Positive am »Henkel-Geist«. Schließlich gilt der Ort als betrieblicher Treffpunkt und ist weit mehr als nur eine preiswerte Fabrikverpflegung. Auch bei Henkel geht die Liebe durch den Magen und sorgt für eine besondere Identifikation. Mit gutem Grund zelebriert der Pharmakonzern Boehringer Ingelheim seine »Kantinenrestaurants« als Teil der Unternehmenskultur. Bei Henkel aber sollte der Kasinobetrieb aus Kostengründen ausgegründet werden. Das Personal stand vor der Wahl, entweder Lohneinbußen hinzunehmen oder in eine Fremdfirma abwandern zu müssen. Am Ende gab es für die Kasino-Kultur doch noch eine Rettung, wofür die Holthausener allerdings fürs Mittagessen tiefer in die Tasche greifen müssen. Auch Henkel-Oberhaupt Woeste ist einer derjenigen, die für den Bestand des eigenen Küchenbetriebs plädiert hatten. »Das Kasino bleibt erhalten!«, entschied der Chef. »Das ist ein Stückchen Heimat«, begründet er. Auch bei der Sicherheit stemmte sich Woeste gegen den Outsourcing-Trend. Er sei dagegen, weil »das Wachpersonal im Unternehmen bekannt sein muss«. Für ihn sind das »Vertrauenspersonen, die nicht ständig wechseln dürfen«.

Die Konflikte um einzelne Arbeitsbereiche und Abteilungen mögen für Außenstehende banal erscheinen, für die Stammbelegschaft aber sind sie der Beleg, dass »bei Henkel Stück für Stück bestimmte soziale Bereiche verloren gehen«, warnt ein Gewerkschafter. Dieser Abbau geschehe auch »mit Billigung der Familienstämme«. Wie sensibel die Henkelaner beim Thema »Sozialpolitik und Familienbetrieb« geworden sind, zeigt eine vergleichsweise harmlose Begebenheit zu Weihnachten 2003. Der Chefmanager im Hause, Ulrich Lehner, ließ seinen Weihnachtsgruß an alle Beschäftigten per E-Mail in Englisch verbreiten. Das verblüffte die Gegrüßten sehr, hatten sie doch das Bekenntnis im Ohr, dass Henkel ein deutsches Familienunternehmen sei. Auf diesen Einwand von Mitarbeitern soll Lehner sinngemäß gekontert haben: »Wir sind ein internationales Unternehmen, und wer Englisch nicht beherrscht, ist hier fehl am Platz.« Diese Reaktion des höchsten Angestellten stößt vielfach bitter auf. Generell ist die Einführung von Anglizismen, auch in der Werbung, für Kritiker ein Ausdruck wachsender Distanz. Solche Tendenzen provozieren die Frage, ob die Familientradition bei Henkel nur Geschichte ist. Hatte Konrad Henkel dem »Henkel-Geist« noch durch Wort und Tat neues Leben eingehaucht, so relativieren gleich zwei Topmanager, Helmut Sihler und Hans-Dietrich Winkhaus, die »alten Werte«. Diese seien »einem Wandlungsprozess unterworfen: einerseits durch die Entwicklungen der gesellschaftlichen Bedingungen in Deutschland, andererseits durch die Internationalisierung der Henkel-Gruppe«[2].

Aufspaltung des Heimatstandorts

Mit dem »Henkel-Geist« eng verbunden ist das Schicksalsthema »Standort Deutschland«. Auch hier passt der Konzern seine Strategie der Zeit an. So stößt in der Stammbelegschaft auf Skepsis, dass heute fast 80 Prozent der Aktivitäten im Ausland liegen. Unter den 125 vertretenen Ländern haben die Düsseldorfer bei den Standorten die freie Auswahl. So soll Woeste, obwohl selbst mittelständischer Unternehmer, im kleinen Kreis geäußert haben, dass er die Produktion jeweils dorthin verlagern werde, wo sie am billigsten sei. »Wenn Polen zu teuer wird, dann gehe ich eben nach Rumänien oder noch weiter in den Osten.« Solche Worte stiften Unruhe in der heimischen »Werksfamilie«, zumal Henkel schon ganze Produktsparten verlagert oder verkauft. »Das Renditedenken beeinflusst verstärkt die Firmenstrategie«, behauptet ein Funktionär der Gewerkschaft. Steckt da ein gezielter Personalabbau dahinter oder muss Henkel flexibel auf die starke internationale Konkurrenz antworten? Mitarbeiter jedenfalls zählen mit Sorge in ihrer direkten Umgebung immer weniger Henkelaner. Ihre Beobachtung wird durch die Personalentwicklung im Heimatwerk Holthausen bestätigt. Beschäftigte die Mutterfabrik Anfang der neunziger Jahre knapp 14000 Menschen, so waren es Mitte 2005 noch etwa 6600. Unter Einbeziehung der abgetrennten Chemiesparte und des verselbstständigten Ecolab-Zweiges arbeiten in Henkels Keimzelle bestenfalls noch 9200 Mitarbeiter. Und das Vorhaben (2005), die Belegschaft im Konzern nochmals um rund 3000 auf 51000 zu kürzen, strapaziert den »Henkel-Geist« erneut kräftig. Vermutlich soll fast jeder zwanzigste Henkel-Mitarbeiter hierzulande gehen. Konzernchef Ulrich Lehner kündigte in den Medien die Schließung von Werken an: »Wir gehen nicht davon aus, dass sich das Konsumklima in Deutschland verbessert«, erklärt der Manager den harten Sparkurs.[3] Mit Einschnitten müssten neben Waschmitteln nahezu alle Sparten rechnen. All das geschieht vor dem Hintergrund des historischen Rekordgewinns von 1,7 Milliarden Euro (2004), der allerdings auch beträchtliche Erlöse aus Firmenverkäufen enthält.

Der einschneidendste Schritt der jüngeren Henkel-Geschichte ist die Abtrennung des traditionellen Chemiebereichs, der knapp ein Viertel des Konzerns ausgemacht hatte. Irritiert fragt die Mannschaft nach dem Sinn dieser Amputation. War es doch stets der eherne Grundsatz der Gründerväter seit Fritz Henkel gewesen, »dass sämtliche Grundstoffe aus eigenen Produktionsanlagen kamen«[4]. Diese Strategie mit gigantischen Werksanlagen in Düsseldorf-Holthausen sollte »die Qualität der Produkte« garantieren. Jetzt gilt diese Ausrichtung nicht mehr. Die Chemiesparte samt mehreren Tausend Mitarbeitern ging ab 2001 unter dem Firmennamen Cognis komplett in fremde Hände über. Haupterwerber ist ein internationaler Finanzinvestor (Permira/Schroeders), dessen Absichten schwer einzuschätzen und oft kurzfristiger Natur sind. »Wir haben ein Kind reich verheiratet, das Paar macht sich gut«, greift Woeste zu einem Bild. Immerhin sei das Geld aus dem Cognis-Verkauf zum Beispiel dafür verwendet worden, um das US-Unternehmen Loctite, Spezialist für Industriekleber, ganz an Henkel zu binden. Das Gleiche gilt für zwei gewaltige Einkäufe (2004): die Übernahmen der US-Markenartikler Dial Corporation (Wasch- und Pflegemittel; Hazleton und Saint Louis) sowie der ARL (Advanced Research Laboratories; Kosmetik). Für Mitarbeiter und Familie ist es sicher ein schöner Trost, dass bei der ehemaligen Henkel-Chemie so bedeutende Wettbewerber wie Procter & Gamble oder Unilever jetzt die besten

Kunden sind. Welchen Sinn jedoch ergibt der durchaus riskante Sprung nach Amerika? »Der US-Markt ist schon interessant für uns, weil er stabiler als der europäische ist«, antwortet Woeste. »Wir denken in Generationen«, sinniert er und fragt rhetorisch: »Was ist in 30 Jahren in den USA und in Europa? Wie schwierig wird es hier in der Alten Welt werden? Jetzt sind wir drüben wer im Bereich Konsum und Handwerker bei Klebern.« Henkel werde 2005 rund drei Milliarden Dollar in den USA umsetzen.

Für ihren strammen, globalen Kurs in Amerika und Asien brauchen die Düsseldorfer reichlich Kapital. Dafür haben sie mehrere Beteiligungen verkauft beziehungsweise abgebaut. So stiegen sie bei ihrem langjährigen US-Partner, der Clorox Company (Oakland/Kalifornien) weitgehend aus und stießen zudem Aktien der Ecolab Inc. (Saint Paul/Minnesota) ab. Das US-Unternehmen mit mehr als 20000 Beschäftigten ist Marktführer bei der institutionellen und industriellen Reinigung. An Ecolab bleibt Henkel mit etwa 28 Prozent beteiligt und »wir können bis 35 Prozent gehen«, sagt Woeste. Mit dieser kapitalen Power im Rücken beurteilt der Henkel-Nestor die US-Strategie optimistisch: »Wir haben nun die Chance, es mit einem Amerikaner an der Spitze richtig zu machen. Und mit der Marke ›Dial‹ sind wir nun sogar beim US-Handelsriesen Wal-Mart drin.« Bei aller Zuversicht bleiben jedoch die Sorgen der Beschäftigten und ihre Kritik am Sozial- und Stellenabbau in der Familie nicht ungehört. Die Eigentümer interpretieren die jüngsten Entscheidungen freilich nicht als leisen Abschied von der Familientradition oder als Flucht ins Ausland, sondern als Teil ihrer Überlebensstrategie. Sie brauchten Kraft für den Sprung in die Moderne. »Der Firma muss es gut gehen«, unterstreicht Woeste den eisernen Grundsatz des Hauses. Um dies zu garantieren, sei eine gewisse Flexibilität der Firmenpolitik nötig, ohne die kein Betrieb bestehen könne. Den Charakter Henkels würde dies nicht verändern. Die Familie achte darauf, dass der »Henkel-Geist« lebendig bleibe, hält Woeste Kritikern entgegen: »Wir verfolgen zwei Anliegen: Erstens, dass die Strategie des Unternehmens stimmt, da wollen wir mitwirken. Und zweitens, dass die Firma so geführt wird, dass wir Ehrlichkeit, Anständigkeit und unsere Kultur erhalten.« Zu Letzterem gehöre für jeden Mitarbeiter auch ein Stück Selbstverwirklichung. »Das bedeutet, dass wir das Unternehmen einerseits nicht zu diktatorisch führen, andererseits aber auch Fehlverhalten abstrafen wollen.« Natürlich müsse ein so traditionsreiches Haus wie Henkel bei sozialen Entwicklungen gelegentlich korrigierend eingreifen. So wurden die Werkswohnungen verkauft, die Mütterberatung abgeschafft oder der Friseur auf dem Werksgelände. Woeste: »Während der Arbeit zum Friseur oder ins Schwimmbad zu gehen, das passt nicht mehr in die Zeit.« Historisch betrachtet, heißt das schlicht: »alte Zöpfe abschneiden«. In dieser Hinsicht ist bei den Rheinländern während der langen Firmengeschichte ja allerhand gewachsen.

Waschen, seifen, kleben – die Erfolgsformel

Vom »Henkel-Geist« zeugt besonders die Historie des im Herbst 1876 in Aachen gegründeten Unternehmens. Der Gründer Fritz Henkel (1848–1930), ein Kaufmann aus Hessen, ist gerade 28 Jahre alt, als er die »Universalwaschmittelfabrik« zusammen mit zwei Geschäftsfreunden im Hinterhof einer ehemaligen Schuhfabrik startet. Das Thema »Chemie« steht damals allseits hoch im Kurs. Auch Fritz Henkel empfindet eine »lebhafte Neigung für chemische Prozesse«.[5] Von Beginn an legt er Wert darauf, die technischen Prozesse komplett zu beherrschen, um eine hohe Qualität zu erreichen. Das erste Produkt des Gründertrios jedoch, ein Pulverwaschmittel, überzeugt das Publikum nicht vollständig. Erst der zweite Versuch 1878, »Henkel's Bleich-Soda«, schlägt deutlich besser ein. Dieses »Universal-Waschmittel«, wie es der Hersteller werbewirksam nennt, schont angeblich Wäsche und Hände, ist geruchlos und macht die bislang notwendige Bleiche der Wäsche überflüssig. Doch Henkels Umsatz ernährt den Betrieb längst nicht. Die junge Firma hält sich in der schwierigen Anfangsphase mit dem Handel von Kolonialwaren über Wasser. So bieten Henkels Handelsvertreter außer Bleich-Soda auch Waren wie Ultramarin, Glanzstärke, Kosmetika, Fleischextrakt und Tee an. Dieser Handel, welcher lebhaft an die Anfänge von Haniel oder Tengelmann erinnert, wird erst um 1910 eingestellt, als sich das Waschmittel Persil zum Verkaufsschlager entwickelt.

Die zügige Expansion erfordert bereits 1879 den Umzug an den Verkehrs- und Energieträger Rhein. Seitdem ist Düsseldorf der Firmensitz des Seifen- und Sodaimperiums. Weil auch hier die Fertigungskapazitäten bald an Grenzen stoßen, der sture Hesse Henkel aber weiterhin alles einschließlich der Vorprodukte aus einer Hand fertigen will, siedelt der Betrieb an der Wende ins zwanzigste Jahrhundert erneut um. Diesmal wählen die auf Wachstum programmierten Waschmittelchemiker ein riesiges freies Grundstück im damals nur 600 Einwohner zählenden Ort Holthausen an der südlichen Stadtgrenze Düsseldorfs aus. Henkel, der Seifenfabrikant, wird mit seiner Strategie Recht behalten und fortan durch gute Qualität der Produkte wirtschaftlich von Erfolg zu Erfolg eilen. Schon nach wenigen Jahren erreicht das Stammwerk unermessliche Dimensionen, die es wie ein Chemiekombinat mit Ölraffinerie aussehen lassen. Der große Durchbruch der Düsseldorfer erfolgt ab 1907 mit Einführung des Waschmittels Persil. Bald ist Holthausen ein gigantischer Industriekomplex aus Seifen- und Waschmittelfabriken, Ölspaltungs- und -raffinationsanlagen sowie diversen Verpackungsbetrieben, in denen Papier, Pappe und Holz zu Millionen von Tüten, Schachteln und Kisten verarbeitet, verpackt und versandt werden. Zu den eher unsystematisch angeordneten Fabriken kommen Bürogebäude und später chemische Labors hinzu. Und zwischen Familie und Belegschaft formiert sich der »Henkel-Geist«: »Brave Arbeiter«[6], die dem Unternehmen treu, loyal und lange dienen, werden von Fritz Henkel großzügig entlohnt. Direktoren hatten die Anweisung, »gute Arbeiter« unter allen Umständen zu halten. »Selbst bei Überzahl« sollten diese »als Ersatz für die ständigen Wechsel […] möglichst […] behalten« werden, weiß die Firmenchronik *Menschen und Marken. 125 Jahre Henkel* zu berichten. Daneben bekommen die »Henkelaner« ein respektables Wohlfahrtsangebot. Und seit 1907 erlebt Persil eine Wiedergeburt nach der anderen – das ewige Erfolgsrezept der Weltmarke. Bis 1923 leidet Henkel stark unter der Besetzung des Rheinlandes. Doch die Nachkriegswirren haben auch ihr Gutes. Denn nur weil Fritz Henkel seinen Wohnsitz in Hösel und somit außerhalb der von den Franzosen besetzten Zone hat, darf er den eigenen Klebstoff produzieren lassen – damals ein Mangelerzeugnis, welches die Firma für ihre Verpackungen dringend braucht. So kommt Henkel zu Leim und Kleber als weiterem Standbein.

In den politisch wilden Dreißigern kommt die zweite und dritte Generation ans Ruder. Im Januar 1930 stirbt der Sohn des Firmengründers Dr. Fritz Henkel junior mit nur 54 Jahren an einem Herzleiden. Zwei Monate später stirbt sein Vater Fritz Henkel kurz vor Vollendung seines 82. Lebensjahres. Der zweite, 49-jährige Sohn Hugo muss nun unerwartet die Leitung übernehmen. Der promovierte Chemiker startet in einer unguten Zeit. Im Dritten Reich leidet nicht nur die Qualität der Produkte, sondern auch das Klima in der Firma wie in der Familie. Die Düsseldorfer beugen sich dem von den Nazis fürs Unternehmen verordneten »Führer- und Gefolgschaftsprinzip«. Hugo Henkel wird 1934 zum »Führer des Betriebes« ernannt. Der politisch engagierte Unternehmer war vor 1933 Düsseldorfer Stadtverordneter der Liberalen Vereinigung und wurde 1919 als Kandidat der ebenfalls liberalen Deutschen Demokratischen Partei ins Stadtparlament entsandt. Doch dann tritt Hugo Henkel 1933 freiwillig der NSDAP bei und wird 1934 Ratsherr in Düsseldorf (bis 1942). Der Industrielle »war zusammen mit Adolf Hitler Ehrenbürger von Düsseldorf«, notiert Peter Plichta in seinem Buch *Das Primzahlkreuz* (Band 3), in dem der Autor der Waschmittelfamilie harte Vorwürfe macht.[7] Der Diktator und seine Partei, behauptet Plichta, seien bereits 1932 von den Industriellen an Rhein und Ruhr »mit einem Koffer voll Geld« vor ihrer angeblichen Pleite gerettet worden. In der historischen Nachbetrachtung aber wirkt die Haltung der Henkels gegenüber den Nationalsozialisten eher unentschlossen, misstrauisch. Nach außen werden die Düsseldorfer als »nationalsozialistischer Musterbetrieb« gefeiert. Und im Volk betreibt Henkel gemeinsam mit Oetker Aufklärungsarbeit für Reinheit und gesunde Ernährung. Ordnung und Sauberkeit bei der Wäsche wie der Rasse, das passt bestens in die Nazizeit. Der Schulterschluss Henkels mit Hitler-Getreuen reicht bis zu Schulungsvorträgen von NSDAP-Funktionären im Betrieb. Vieles aber geschieht nicht im Sinne des Erben Hugo Henkel. So legt er 1938 – offiziell aus gesundheitlichen Gründen – den Vorsitz als Chef nieder und macht seinem machtbesessenen Neffen Werner Lüps Platz. Der bedingungslose Parteigänger der Braunen dient sich bei der NSDAP an, um allein Herr im Hause Henkel zu werden. Der 1906 geborene Henkel-Erbe mütterlicherseits ist längst vor der »Machtergreifung« bekennender Nazi. Und obwohl sich die Familie gegen seine

Alleinherrschaft stemmt, nutzt Lüps für seine Karriere eine weitläufige verwandtschaftliche Beziehung zu Hermann Göring aus. Zwar lehnen die Gesellschafter noch im März 1938 den Antrag seiner Mutter Emmy Lüps ab, ihren Sohn zum weiteren Geschäftsführer zu bestellen, aber im Juli 1938 wird er es doch. Lüps steht nun zusammen mit Dr. Jost Henkel (für den Stamm Hugo Henkel) und Carl August Bagel (für den Stamm Fritz Henkel junior) an der Spitze. Das Trio bildet die dritte Generation. Indes, der Erfolg reicht dem Henkel-Mann nicht. Der junge Erbe will mit dem Segen der Nazis zum Konzernchef und »Führer des Betriebes« aufsteigen. Doch gerade als Lüps mit seinem Drängen die Partei offenbar hinter sich weiß, ereilt den Henkel-Enkel das Schicksal. Er verunglückt im April 1942 auf der Rückfahrt von Berlin nach Düsseldorf tödlich. Sein Fahrer soll nachts nach einem Fliegerangriff in zwei Bombenkrater gerast sein. Hatte Lüps die gefürchtete Depesche der Nazis für den Rausschmiss einiger Henkels schon im Gepäck? Niemand wird es je wissen.

Neuer »Betriebsführer« wird Jost Henkel, der älteste Sohn Hugo Henkels. Allen Grabenkriegen im Hause Henkel und der Familie zum Trotz: Die Waschmittel- und Seifenwerke expandierten in den zwanziger und dreißiger Jahren unverdrossen. Auch die Grundstoffchemie sowie die Fabrikation tierischer (auch von Walen) und pflanzlicher Öle und Fette zählt nunmehr zu Kernfeldern von Henkel. Zur Sicherung der eigenen Produktverpackungen beteiligte sich Henkel an Papierfabriken, Holz- und Sägewerken. Selbst das Holz ist von Henkel, weil sie umfangreiche Forstgebiete etwa in Bayern, Schlesien und in der Weststeiermark erwerben. Heute nutzen die natur- und jagdbegeisterten Familienmitglieder Teile des stattlichen Waldbesitzes fürs Hobby, und so mancher Hektar wechselte längst in ihren privaten Besitz über. Nach dem Zusammenbruch der Nazi-Diktatur wird das Henkel-Vermögen 1945 sofort eingefroren und unter die Aufsicht der Alliierten gestellt. Eine Zeit lang darf die Familie ihre unternehmerische Tätigkeit nicht mehr ausüben. Doch nach und nach erhalten die Henkels von den westlichen Besatzungsmächten ihren »Persilschein« für ihre angebliche weiße Weste im Dritten Reich. Sie kommen wieder in Freiheit, und nachdem 1948 die Gefahr der Demontage der Produktionsanlagen weitgehend gebannt und die Währungsreform überstanden ist, kann der Wiederaufstieg zügig beginnen. An der Spitze der Nachkriegsmannschaft stehen nur Familienmitglieder: Jost Henkel (kaufmännischer Leiter), Dr. Willy Manchot (chemisch-technische Leitung) sowie der junge Konrad Henkel (Produktentwicklung). Mit dem »Wirtschaftswunder« in Westdeutschland geht es dank Marken wie Persil, Perwoll, Dixan, Weißer Riese, Imi, Ata, Pril, Dor, Dato, Fakt, X-tra, Somat, Fa, Poly Color, Pattex, Ponal, Metylan, Pritt & Co. steil bergauf. Eine riesige Zahl von Henkel-Marken profitiert gewaltig vom Konsumrausch. Zudem werden die Produkte technisch aufwändiger, die Werbung raffinierter, teurer und penetranter. Zuerst tönt es unüberhörbar aus dem Radio, dann wird erbarmungslos im Fernsehen getrommelt. Unaufhaltsam mausert sich die Persil-Firma zum Markenmulti mit heute 471 Namen in aller Welt. Nach der Wende 1989 kommt die in Ost und West erfolgreiche Billigmarke »Spee« (wie »Spezialentwicklung«) der Ex-DDR hinzu. Das Sortiment ist nun so umfangreich (es wird auf rund 10000 Produkte geschätzt), dass selbst Henkelaner es nicht mehr ganz kennen. Daher regte Woeste an, in allen Werken des alles klebenden Reinigungsriesen eine Vitrine aufstellen zu lassen, »damit unsere Mitarbeiter wissen, was wir produzieren«.

Partys, Promis und Persil-Politik

Zur Eigenmarke auf dem Gebiet Familien-PR und Politik profiliert sich in den sechziger und siebziger Jahren Gabriele Henkel. Obwohl die Professoren-Tochter und Frau von Konrad Henkel im Unternehmen nichts zu sagen hat, erlangt sie als Partydame bundesweit Prominenz. »Gabi gibt spektakuläre Partys in Düsseldorf und lässt sich im Hotel ›Palace‹ zu Sankt Moritz im eigenen Outfit sehen«, wissen die Klatschreporter zu vermelden. Bei den Festen Gabriele Henkels gibt es nicht nur Erlesenes zu essen und zu trinken, sondern auch einiges fürs Auge. So entwirft die Hausherrin ihre Kleider und Kleiderstoffe samt den Inszenierungen für ihre Programme, Menüs usw. selbst. So viel Kreativität der Persil-Millionärin schindet Eindruck, spricht sich herum. Zu den Gästen von Gabi und Konrad Henkel in der Villa in Hösel bei Düsseldorf zählen bald nicht nur scharenweise Promis aus Wirtschaft und Kultur, sondern auch aus der hohen Politik. Zu den Freunden und Fürsprechern des Hauses gehören unter anderen der Parlamentarier Carlo Schmid (SPD) ebenso wie der erste Bundeskanzler Konrad Adenauer (CDU), der damalige Wirtschaftsminister und spätere Kanzler Ludwig Erhard (CDU) oder US-Außenminister Henry Kissinger. Überhaupt machen die Henkels über Partys und Persönlichkeiten Politik. So beruft der Konzern 1970 den damaligen Juraprofessor Kurt Biedenkopf (CDU) als Wunschkandidaten von Konrad Henkel in die zentrale Geschäftsführung. Biedenkopf, ein Hoffnungsträger der CDU und (1973) deren Generalsekretär, gilt gar als aussichtsreicher Kandidat der Konservativen gegen den angeschlagenen SPD-Kanzler Willy Brandt. Doch der Sturz der sozialliberalen Koalition in den siebziger Jahren misslingt. Ebenso der Versuch in der Union, den damaligen CDU-Vorsitzenden Helmut Kohl zu entmachten. Angeblich entstand der Plan zur Rochade unter Beteiligung von Henkel-Manager Biedenkopf, dem damaligen CSU-Spitzenmann Franz Josef Strauß und Henkel-Chef Konrad Henkel – die Persil-Produzenten als Königsmacher im Nebenberuf.[8] Konrad Henkel soll davon beseelt gewesen sein, Spitzenpolitiker nach eigenem Gusto zu backen. Nach dessen Tod wird seine Witwe Gabi in der Familie marginalisiert; die Firmenanteile ihres Mannes gehen direkt auf ihre Kinder über.

In den Jahrzehnten des Wiederaufbaus flammen im Hause Henkel oft Diskussionen über das Kerngeschäft des Konzerns auf. »Brauchen wir überhaupt noch Markenartikel, die immer schwieriger an die Frau und den Mann zu bringen sind?« Oder: »Passen die Klebstoffe, die zeitweise ein Problemkind waren, noch zu Henkel?« Solche Grundsatzfragen wurden regelmäßig erwogen. Woeste: »Es ist so, als ob man vier verschiedene Kinder hat. Die einen machen mal Sorgen, wenn andere die Musterknaben sind. Aber alle vier haben wir gleich lieb.« Mit dieser Geduld erreichen die Düsseldorfer letztlich ihre ausgewogene Struktur. Ein starker Anteil entfällt auf Waschmittel und Kosmetik, der kleinere auf Klebstoffe und Industrietechnik. Ein Teilrückzug, etwa im Einzelhandel, wird stets als potenzielle Gefährdung für das ganze Sortiment betrachtet. »Sie brauchen immer eine gewisse Macht als Produzent, um im Einzelhandel gut vertreten zu sein. Sonst steht man alleine da«, weiß der oberste Henkel-Mann Woeste. Aus dieser Überlegung heraus wollte der Clan-Chef in der Kosmetiksparte vor wenigen Jahren gewaltig punkten. Der Henkel-Bereich war – und ist – in Relation zu kolossalen Markenartiklern aus Frankreich und Amerika trotz Schwarzkopf klein (Spartenumsatz gut 2,2 Milliarden Euro). Zudem unterscheidet sich das Kosmetikgeschäft mit seinen unzähligen Anbietern in diversen Preissegmenten grundlegend vom Markt der Wasch- und Reinigungsmittel, wo fast weltweit das Trio Henkel, Unilever, Procter & Gamble herrscht. Alles ist für jeden Mitspieler kalkulierbar. Körperpflege und Schönheit dagegen sind so individuell wie zersplittert. Um dieses Geschäft global in den Griff zu bekommen, entwickelte Woeste die Idee von einer Art deutscher »Kosmetik-Union« mit Firmen von Henkel, Beiersdorf (Familie Herz/Tchibo) und Wella (Familie Stoerer, Darmstadt). Vereint wären die drei Familienunternehmen »ein großer Player auf dem Weltmarkt geworden«, ist Woeste überzeugt. Die Vision wurde ernsthaft diskutiert und die Henkel-Truppe stand bereits mit einem Bein in der Wella-Tür. Dann aber zuckte Wella zurück. Ein gewichtiger Teil der Familie verkaufte lieber teuer an Henkels schärfsten Widersacher Procter & Gamble. Eine bittere Niederlage für Henkels, die offenbar ein Opfer von Familienquerelen bei Wella wurden. »Ich wollte gern die Wella haben«, blickt der Henkel-Stratege wehmütig zurück. Zum Ausgleich wurde 2004 die US-Haarkosmetikfirma Advanced Research Laboratories (ARL) gekauft. Mit dieser Akquisition schloss Henkel zumindest in der Haarpflege weltweit zur Spitzengruppe auf.

Die besseren Henkel-Manager: Familie oder Fremde?

Der Persil- und Pattex-Konzern nennt sich eine »offene Familiengesellschaft, ein Begriff, der vor allem der Sippe suggerieren soll, wir sind (welt)offen«[9]. Dazu treten Firma wie Familie als Stifter (Sponsoren) auf; etwa in der Dr.-Jost-Henkel-Stiftung, welche den Firmennachwuchs fördert. Diese Öffnung ist die Folge des Börsengangs (1985), der für das Persil-Imperium ein tiefer Einschnitt war. In besonderem Maße trifft das auf das Verhältnis der Eigentümersippe zum – familienfremden – Topmanagement zu. Ihren obersten Angestellten werden mehr

Rechte zugestanden, dafür werden sie aber stärker in die Verantwortung genommen. Jeder Geschäftsführer auf der obersten Etage wird nach einer Probezeit von etwa einem Jahr mit einem kleinen Anteil zum persönlich haftenden Gesellschafter (der KG) ernannt. Dann haftet er wie ein Unternehmer als Komplementär auch mit seinem privaten Vermögen und ist für sein Tun oder Lassen voll haftbar. Diese Konstruktion bewahrt Familie wie Firma vor Hasardeuren, die den Konzern in leichtsinnige Abenteuer stürzen könnten. Andererseits geraten Entscheidungen auf die lange Bank. Da wird jedes größere Engagement, fast jedes Alltagsgeschäft in allen Gremien abgewogen und durchgekaut. Mit diesem Nachteil werden Management, Familiensprecher und die Gesellschafter/Aktionäre wohl leben müssen. Wegen der Delegation von Verantwortung an Familienfremde muss Stammes-Nestor Woeste den Henkel-Nachwuchs viel intensiver motivieren und binden. Ihn treibt die Frage um: »Wie können wir einen Mehrwert als Familienunternehmen nutzen?« Sicher liegt ein Teil der Antwort in der Kontinuität der Familie und im Wert der Firma selbst. Doch dieser Beitrag reicht für eine feste und dauerhafte Bindung allein nicht aus. Die Identifikation der Erben mit »ihrer« Firma wäre umso höher, je näher sie dem Unternehmen stehen, am besten, sie arbeiten darin. Diese Überlegung wirft automatisch die – brisante – Frage auf, ob Henkel-Nachfahren wieder selbst an der Führungsspitze tätig sein sollten. »Bis Ende der siebziger Jahre hat sich die Familie intensiv mit dieser Frage befasst«, weiß Woeste. Aber dann hätten sich die Gesellschafter für den Gang an die Börse und die Aufnahme fremder Geschäftsführer entschieden. Doch das Thema »Familie und Management« bleibe aktuell. Woeste: »Es ist bei uns noch ein heißes Eisen. Jede Mutter glaubt, dass ihr Kind das beste ist«, legt der Clanchef den Finger in die Wunde. Grundsätzlich bleibe es dabei: Jeder geeignete Erbe soll seine Chance im Hause bekommen. Doch seit Konrad Henkel im Sommer 1980 als Konzernmanager ausschied und dann Oberaufseher wurde, also seit einer Generation, liegt die oberste Geschäftsführung bei Familienfremden.

Diese Praxis lässt freilich offen, ob ein oder mehrere Familienmitglieder nicht doch wieder als Manager bei Henkel tätig werden könnten. Woeste ist sich bewusst, dass dies die Solidarität von Mitgliedern der Sippe steigern würde. Die Frage sei »im Moment nicht aktuell, und ich glaube auch nicht, dass es in absehbarer Zeit dazu kommen wird«, dämpft Woeste die Erwartungen. Die Familie müsse die Möglichkeit haben, Kritik an Geschäftsführern zu üben. »Und man muss auch jemanden raussetzen können«, kommt Woeste zum heikelsten Punkt. Er fragt: »Wie schaffen Sie das bei einem Familienmitglied? Dadurch kann eine Krise in der Familie ausgelöst werden.« Lieber will der oberste Henkel-Kontrolleur und Integrator der Stämme »alles vermeiden, was Krisen heraufbeschwören könnte«. Trotzdem machen sich die Clanfürsten und er laufend über die Zukunft von Familie und Firma Gedanken. Das bedeutet für den Mann in den Siebzigern, sich verstärkt um den Nachwuchs zu kümmern. Als Instrument zur Integration und Motivation rief Woeste 1998 den »Informationskreis der Familie Henkel« ins Leben. In dieses inzwischen wichtige Gremium werden Mitglieder einzelner Stämme delegiert, die ein hohes Interesse am Konzern entwickeln und sich damit für Führungsaufgaben empfehlen. Junioren wie auch Ältere haben – informell – ein gewisses Mitspracherecht bei der Besetzung der Geschäftsführung. Der Informationskreis, dessen Vorsitz alle zwei Jahre wechselt, trifft sich regelmäßig, um aktuelle Entwicklungen und Themen aus dem Unternehmen zu besprechen. So war die Runde bereits sehr früh über die sensationellen Pläne informiert, dass die Chemiesparte Cognis vom Mutterhaus abgespalten und verselbstständigt werden sollte. Abgesehen von den ständigen Meetings, besucht der Juniorenkreis auch Fabriken und Niederlassungen des Persil- und Pattex-Multis. Und Woestes Informationskreis gestaltet Zukunft: Wer in dieser Runde entsprechendes Ansehen erwirbt, hat beste Chancen, Karriere zu machen. Entweder durch einen Sitz im Aufsichtsrat, oder das Nachwuchstalent qualifiziert sich in seinem Familienstamm für den Gesellschafterausschuss, Henkels wichtigstes Entscheidungsgremium. Von diesem Sprungbrett aus an die Spitze der Familie bleibt nur noch eine kurze Strecke. So ist der Informationskreis ein Vorhof, wenn es langfristig auch um die Besetzung von Albrecht Woestes Position geht.

Wer unter den Nachkommen des Henkel-Geschlechts eines Tages die größten Chancen haben wird, Woeste im Amt zu beerben, das steht eher in den Sternen. Im Familienkreis werden aber bereits Namen aussichtsreicher Kandidaten aus der fünften beziehungsweise vierten Generation gehandelt. So befindet sich unter den Topfavoriten auch eine Frau. Es ist Dr. Simone Bagel-Trah, Unternehmerin aus Düsseldorf und Biologin. Die promovierte und engagierte Juniorin ist seit 2001 im Aufsichtsrat von Henkel und vielleicht bald in der wichtigeren Gesellschafterrunde präsent. Simone Bagel-Trah stammt aus der starken Linie der Manchots (Fritz Henkel junior). Ein Konkurrent ist Thomas Manchot aus dem gleichnamigen Zweig. Der Henkel-Junior besitzt eine Werbeagentur in Düsseldorf, die auch mit Aufträgen vom Konzern versorgt wird, und war Vorsitzender des Informationskreises. Als aussichtsreich gelten zudem der Investmentbanker Christian Thorbecke; sein Vater Heinrich (Sankt Gallen/Schweiz) sitzt seit 1998 im Aufsichtsrat. Auch Konstantin von Unger, der 2003 in den Gesellschafterausschuss gewählt wurde, gilt als potenzieller Aufsteiger. Woestes Vize Christoph Henkel, Jahrgang 1958 und vierte Generation wie dieser, scheint bisher wenig Neigung für die Nachfolge zu entwickeln. Woeste selbst will sich zur Nachfolgerfrage nicht äußern, »weil ich es heute noch nicht weiß«, beteuert er. Es werde wohl »einer« oder »eine« aus der engeren Auswahl möglicher Thronfolger machen. Und diplomatisch ergänzt er: »Es bieten sich alle an.« Es ist also denkbar, dass eines Tages eine Frau die Henkel-Familie zusammenhält.

Streit-Kultur und »Familien-Pattex«

Wichtig für den Familienverband ist eine frühe Integration der Erben. Daher organisiert Woeste spezielle Jugendfeste. So traf sich der Nachwuchs (unter 18 Jahren) 2002 »zwei herrliche Tage« lang auf einer Berghütte. Im Jahr darauf wurde eine Reise nach Spanien arrangiert. Und 2004 fand erstmals ein großes Sommerfest für die ganze Familie samt Kindern auf der Rennbahn in Düsseldorf statt. Bei solchen Treffen wird nicht nur feste gefeiert, sondern es werden auch gemeinsame Werte vermittelt wie Fleiß, Ehrlichkeit, Anständigkeit, soziale Verantwortung – jene Attribute also, die Woeste für den »Henkel-Geist« reklamiert. Um das Leitbild zu schärfen, werden zuweilen Seminare veranstaltet, etwa für die herangewachsenen »Henkel unter 30«. Dann stehen folgende Fragen zur Diskussion: »Wie gehen wir mit Familienangehörigen um?«

Oder: »Wie lösen wir die Taschengeldfrage?« Und bei all diesen Treffen, Festen und Seminaren ist es für die Familienpflege wichtig, dass Jung und Alt »miteinander in Kontakt bleiben und auch die Firma kennen lernen« (Woeste). Zur Integration gehört ebenso, dass die Heranwachsenden in den Ferien bei Henkel arbeiten. »Ich begrüße Praktika«, bekennt der Familienvater. Woestes vier Söhne waren alle während der Ferien im Konzern (in den USA) tätig. Die Arbeit an der Basis führt seiner Ansicht nach die Kinder durch eigenes Erleben an die Weltfirma heran.

Die ganze Großfamilie – also jeweils gut hundert Teilnehmer – trifft sich normalerweise dreimal jährlich, im Winter, im Sommer und zu Weihnachten. Meist finden die drei Stämme auf dem ehemaligen Landsitz von Hugo Henkel in Hösel nördlich von Düsseldorf zusammen. Woeste bezeichnet die Villa als »das Familienhaus«. Das parkähnliche Anwesen, welches Christoph Henkel gehört, besitzt einen von seiner Mutter (Gabriele) ausgestatteten, großen Raum für Tagungen. Hier werden in angenehmer Atmosphäre die harten Themen aus der Firma ebenso wie die Problemzonen in der Familie debattiert. Dabei wird den Henkel-Nachfahren stärker bewusst, dass sie mehr für ihre Integration tun müssten, damit untereinander keine Tabus entstehen. Ein Schritt in diese Richtung war die Teilnahme von 40 Mitgliedern der Nachwuchsgeneration an Trainings- und Übungsseminaren im Schweizerischen Lausanne. Dort wurden anhand von Fallbeispielen große Schicksalsfragen durchgespielt: Woran gehen Familienunternehmen kaputt? Wo sind die Stolpersteine, auf die der Clan besonders achten muss? »Über diese Dinge muss in der Familie diskutiert werden«, macht sich Woeste klar. Es seien die kleinen, die menschlichen Dinge, die am Ende zu Intrigen, Neid und Missgunst führten und die Gemeinsamkeit zerstörten. So entstand aus den Erkenntnissen der Lausanner Diskussion der Wunsch, einen Kurs über eine Streit-Kultur innerhalb der Großfamilie zu veranstalten. Um mögliche Risse rasch wieder kleben zu können, wurde vorgeschlagen, einen Arbeitskreis mit dem Titel »Familien-Pattex« zu gründen. Noch steht dieser aus. Immerhin, Persil und Pattex könnten für den Zusammenhalt der Sippe eine saubere Lösung sein. Dafür existiert seit 2005 ein neues Gremium der jüngeren Generation, ein Arbeitskreis mit der beziehungsreichen Abkürzung »FACE« wie

Gesicht (auf Englisch). Die Langversion des Kürzels lautet: Family, Aid, Celebration, Education (Familie, Hilfe, Feste, Erziehung). Die Themen und Ergebnisse des FACE-Zirkels, der Henkel ein junges Gesicht geben will, werden in der eigenen Zeitung veröffentlich. Diese wird ähnlich wie bei den Freudenbergs von Mitgliedern der Familie für die Familie herausgegeben. Auf diese Weise soll die Diskussion in der Sippe offen vorangetrieben werden, was Woeste freut. Er hofft auf diese Art, Tabus zu vermeiden und das Gespräch über alle Themen lebendig zu halten. Er selbst dürfte seinen Job als Stammeshäuptling noch bis zum 75. Geburtstag (2010) machen. Dann stößt er laut Statut an Grenzen. »Ich habe mir selbst ein Limit von 72 gesetzt«, bescheidet sich der oberste Henkel-Mann im ersten Moment. Doch dann ergänzt der begeisterte Tennisspieler: »Ich fühle mich noch sehr fit und werde die Aufgabe noch drei bis vier Jahre wahrnehmen.« Solange ihn die Familie für den schwierigen Spagat zwischen den Sippen lobt, besteht für den kundigen Kontrolleur kein Grund, sich vorzeitig zurückzuziehen. Schließlich repräsentiert er nach so vielen Jahren selbst ein gutes Stück Kontinuität.

Kapitel 9
Haub
Ein stiller Riese von der Ruhr

Die Namen »Tengelmann« oder »Kaiser's« kennt so ziemlich jeder. Auch die Verbindung zum Lebensmittelhandel ist allgemein bekannt. Wer aber ahnt die Dimensionen dieser Firmierungen und weiß, wer dahintersteckt? Wie Handelsbetriebe so oft legt auch die Unternehmensgruppe Tengelmann – so heißt die Firma – wenig Wert auf allzu tiefe Einblicke ins Unternehmen oder gar in die privaten Verhältnisse. Zwar schottet sich die Familie Haub, die Eigentümer der Tengelmann Warenhandelsgesellschaft KG mit Sitz in Mülheim an der Ruhr, längst nicht so hermetisch ab wie die Familien hinter Aldi (Albrecht) oder Lidl (Schwarz), aber auch sie meiden das Rampenlicht: Werbung für die Filialketten ja, ein bisschen Information über die Firma und so gut wie nichts über die Familie. Das sind die Spielregeln. Dabei zählt ihr Handelshaus zu den führenden in Europa und Nordamerika. Haubs Konzern ist den Industriegiganten etwa in der Auto- oder Elektrobranche durchaus ebenbürtig. Nur einige Zahlen: Von 184 046 Beschäftigten in der gesamten Tengelmann-Welt arbeiten allein 82 711 in Deutschland; im restlichen Europa sind 27 150 Menschen in den Läden der Mühlheimer beschäftigt. Die Mehrheitsbeteiligung A & P (The Great Atlantic & Pacific Tea Company, Inc.) zählt in den USA und Kanada noch mal 74 185 Mitarbeiter. International betreiben die Haubs mehr als 7 300 Filialen samt Immobilien in 16 Ländern inklusive USA und Kanada. Das bald 140 Jahre alte Familienunternehmen gehört zu den ganz wenigen Überlebenden in einer Branche, in der die Jagd auf Platzhirsche wie Tengelmann zum Sport für Newcomer geworden ist. Die Mülheimer investieren daher laufend in neue Handelsformen. Neben den klassischen SB-Märkten Kaiser's und Tengelmann (nur in Deutschland) mischen sie mit der Filialkette »Plus« beträchtlich im Discountgeschäft mit. Und im Handel mit Nicht-Lebensmitteln schlagen sie sich mit Baumärkten der Marke OBI sowie mit »kik« im Textildiscount erfolgreich. Indes, auf Erfolgen und vorhandenen Strukturen darf sich die Kaufmannsdynastie keinesfalls ausruhen. Unter dem Druck im Handel, zu wachsen oder zu weichen, leiden etablierte Firmen wie Tengelmann besonders. Starke Konkurrenten wie Aldi, Lidl, Metro, Edeka hierzulande oder Carrefour aus Frankreich und Wal-Mart aus den USA sind in ihren Methoden nicht zimperlich. Um zu überleben, braucht die Haub-Familie Geschlossenheit und viel Kapitalkraft.

Mit den Finanzmitteln und deren Beschaffung ist das bei Tengelmann so eine Sache. Die völlig auf die Inhaberfamilie Haub zugeschnittene Firmengruppe kann ihr Kapital nur aus eigener Kraft erwirtschaften. Und wenn die wie in den neunziger Jahren mal nachlässt, dann wird das Geld schnell rar. Heute ist die Lage zwar wieder besser, aber keinesfalls rosig. Das Eigenkapital einschließlich der gebundenen Gesellschafterguthaben (haftendes Betriebsvermögen der Familie Haub) betrug 2003/04 nur 11,4 Prozent der Bilanzsumme (0,2 Prozent weniger als 2002/03). Dieser Anteil am Gesamtgeschäft liegt deutlich unterhalb dessen, was notwendig wäre, um kraftvoll expandieren zu können. Der Mindestsatz hierfür beginnt etwa bei 33 Prozent. Die Tengelmänner sind also darauf angewiesen, mit ihren rund 605 Millionen Euro sehr geschickt im Markt zu jonglieren. Auf Wachstum können sie gar nicht verzichten, wenn sie im Wettbewerb Schritt halten wollen. Haubs passen sich dem Wandel an, obwohl der Kaufmannsclan beim Schuldenmachen vorsichtig agiert. Tengelmann schließt Filialen und eröffnet zugleich neue und größere Läden, um seine Marktstellung zumindest halten zu können. Doch ausgerechnet jetzt ist die Kreditwirtschaft bei Kunden aus dem Einzelhandel knauserig geworden. Eine Verschnaufpause bei Filialgründungen oder Firmenkäufen jedoch wird keinem gegönnt – ein ständiges Dilemma. Stillstand oder Schrumpfen würde das absehbare Ende als selbstständiger Familienbetrieb bedeuten. Auf Dauer ist es mit »konservativem Investitionsverhalten« (Haub) allein also kaum getan. Daher freut es den Juniorchef Karl-Erivan W. Haub, dass sich 2004 ein Bankenkonsortium fand, das einen Extrakredit von 400 Millionen Euro für drei Jahre gewährte. »Das gibt Tengelmann jetzt wieder mehr Spielraum«, hofft Haub und fügt fast schüchtern hinzu: »Wir wollen gerne in die Offensive gehen.« Dieser Angriff dürfte großteils im Ausland – Süd- und Osteuropa – erfolgen, wo Tengelmann bereits mehr als die Hälfte umsetzt. Bei aller Globalisierung und Größe will die Kaufmannsdynastie ihre Wurzeln an der Ruhr jedoch nicht verleugnen. Ihr unternehmerisches Erbe datiert immerhin bis in die Gründerzeit zurück.

Von Kolonialwaren bis zum Supermarkt

Tengelmanns lange Tradition beginnt im Jahr 1867. Damals zeigt der Mülheimer Kaufmann Wilhelm Schmitz zum 1. Januar den Behörden an, dass er »das unter der Firma Schmitz & Lindges bestehende Colonialwaren-Geschäft mit allen Aktiven und Passiven für alleinige Rechnung übernommen habe und dasselbe unter der Firma Wilh. Schmitz-Scholl in der bisherigen Weise fortführen werde ...«. Mit von der Partie ist seine Gemahlin Louise, geb. Scholl. Die Tochter eines Mülheimer Fährmanns unterstützt ihren Gatten kräftig im Unternehmen und erhält dafür Prokura, was für die damalige Zeit eine sehr fortschrittliche Entscheidung darstellt. Ursprünglicher Geschäftszweck der Firma Wilhelm Schmitz-Scholl ist der Großhandel mit Kolonialwaren aller Art, besonders der Import von Kaffee, Tee und Kakao. Der Kaffee wird noch grün verkauft, Hausfrauen und Gastwirte rösten die kostbaren Bohnen selbst. Bald gedeiht das Geschäft mit Waren aus Übersee, gefördert durch die Handelsmetropole Mülheim/Ruhr und die Nähe zum Rhein. Historisch ist es ein ähnlicher Start wie bei der Familie Haniel im Nachbarort Duisburg, die ebenfalls mit Handel und Transport flott wächst. Die aufkommende Montanindustrie verschifft Kohle und Erze nach Holland. Auf dem Rückweg bringen die Schiffe Kolonialwaren und andere Güter aus den niederländischen Seehäfen zurück, darunter Öl, Tran, gesalzenen Fisch, Kaffee und Tee. Um jedoch endlich einen Kaffee in gleichbleibend hoher Qualität zu schaffen, beschließt der Firmeninhaber, Bohnen nicht nur zu vertreiben, sondern sie gleich für die Kunden zu rösten. Nach erheblichen Anlaufschwierigkeiten mit der Technik nimmt er 1882 in der Mülheimer Ruhrstraße gegenüber seinen Kontorräumen eine Großrösterei für Kaffee in Betrieb. Seine Idee stößt in eine Marktlücke, der Betrieb blüht kräftig auf. Doch schon 1886 stirbt Wilhelm Schmitz. Seine Söhne Karl und Wilhelm übernehmen die Leitung des Betriebs.

Dank bewusster Markenpflege – »Plantagen-Kaffee« und »Storch-Kaffee« – floriert das Gewerbe der Söhne. Dagegen stößt der Großhandel an Grenzen: Der Transport mit Fuhrwerken ist umständlich und teuer. Mangelnde Sorgfalt bei der Warenpflege in den Läden führt außerdem zu häufigen Reklamationen der Kunden. Deshalb bauen Karl und Wilhelm Schmitz-Scholl ihr eigenes Verkaufsstellennetz auf. Der Namensgeber für die Filialen ist ein schneidiger Prokurist namens Emil Tengelmann. Im Juni 1893 wird die neue Firma als »Hamburger Kaffee-Import-Geschäft Emil Tengelmann« ins Handelsregister eingetragen und im August die erste Tengelmann-Filiale in der Düsseldorfer Communicationsstraße eröffnet. Der verehrten Kundschaft werden Kaffee aus eigener Röstung, Tee, Kakao und Spezereien offeriert. »Tengelmann's Kaffee-Geschäft« prangt in weißer Schrift auf rotem Grund über dem Laden mit den großen Schaufenstern. »Selbst Händler mit Leib und Seele, empfinde ich es als ein Glück, dass meine Vorfahren vor einem Jahrhundert die solide Basis für eine Lebensmittelfilialkette geschaffen und ihren Kindern und Kindeskindern ein wohlbestelltes Haus hinterlassen haben«, drückt Seniorchef Erivan Haub seinen Stolz 1993 zum 100-jährigen Filial-Jubiläum aus.[1] Auch die Idee mit den Tengelmann-Geschäften schlägt ein. Bereits 1899 betreibt die Emil Tengelmann oHG im gesamten Kaiserreich Filialen. Das Sortiment wird um Schokolade, Zuckerwaren und Kekse, zuerst von fremden Lieferanten erweitert. Wachsender Wohlstand und feine, fremdländische Ingredienzien wie Rohrzucker, Vanille, Zimt oder Anis machen Süßigkeiten begehrt. An diesem Boom wollen die Tengelmänner teilnehmen. Sie gründen neben der Rösterei 1906 eine zweite Produktionsstätte: die Rheinische Zuckerwarenfabrik GmbH in Düsseldorf. Nur sechs Jahre später folgt eine große Kakao- und Schokoladenfabrik in Mülheim-Speldorf. Schließlich werden neben den eigenen Filialen auch Fremdkunden mit Süßigkeiten beliefert. Für sie wird eigens der Markenname WISSOLL – Abkürzung für Wilhelm Schmitz-Scholl – kreiert.

Mit den Jahrzehnten wächst das Angebot in Tengelmanns »Niederlagen« stetig. Zu Nahrungs- und Genussmitteln kommen Haushaltswaren für den täglichen Bedarf. Und trotz der Krisen und zweier Weltkriege bauen die Mülheimer ihren Mischkonzern kontinuierlich aus. Bei Kriegsende 1945 jedoch steht auch Tengelmann auf einem Trümmerhaufen. Weil Firmenchef Karl Schmitz-Scholl junior spät aus der Gefangenschaft zurückkehrt, führt seine Schwester Elisabeth Haub die Geschäfte und beginnt den Wiederaufbau – anfangs in Behelfsläden mit Holzkisten als Regalen. Erneut geht es mit dem Nachkriegsboom steil bergauf. 1953 wird in der Münchner Leopoldstraße das erste Selbstbedienungsgeschäft eröffnet. Modern mit elektrischen Kassen und Waagen sowie ersten Computern in der Mülheimer Zentrale (seit 1957) expandiert das SB-Filialnetz stark. Und 1965 wird das vom italienischen Designer Gianninoto im Stile eines Springbrunnens entworfene »doppelte T« als Markenzeichen eingeführt. Ab Mitte der sechziger Jahre werden andere Handelsformen ausprobiert wie der junge Discount-Sektor (Marke: »Tenga«) oder großflächige Vertriebsformen unter dem Label »Grosso-Markt« mit riesigem Sortiment und Dienstleistungen. Im Frühjahr 1969 stirbt Karl Schmitz-Scholl. Er hinterlässt keine Kinder. Nachfolger in der Konzernführung wird sein Neffe Erivan Haub, Jahrgang 1932. Der studierte Volkswirt und gelernte Einzelhändler baut das Erbe zu einem der weltweit führenden Filialunternehmen des Handels aus. Das Lebenswerk seiner Generation begründet zugleich Erivan Haubs Ruf als der legendäre »Tengelmann«.

In der Ära des Mülheimer Kaufmannkönigs Erivan-Karl Mathias Haub expandiert die Kolonialwarenhandlung »Wilhelm Schmitz-Scholl« unaufhaltsam. Der erste Schlag des von amerikanischen Marketingmethoden angesteckten Firmenlenkers gilt dem Erzrivalen Kaiser's. Haub kauft im Mai 1971 spektakulär den fast gleich großen Wettbewerber aus dem niederrheinischen Viersen. Nun wächst die Gruppe in mehr als 25 Jahren von rund 400 Filialen auf fast 7000 Geschäfte der verschiedensten Handelsformen. Der Umsatz schwillt von etwa 700 Millionen auf 26 Milliarden Euro an, mehr als 80000 Arbeitsplätze entstehen in dieser Zeit. Sicher profitiert der kernige Kaufmann mit Herzblut, ökologischer Verantwortung und sozialer Ader lange vom wachsenden Wohlstand im Nachkriegsdeutschland und der »Edelfresswelle« in den siebziger und achtziger Jahren. Doch es gelingt dem Konzernschmied auch, dem Haus national wie international ein unverwechselbares Profil zu verleihen. Er kreiert die typischen SB-Märkte mit dem grünen »T« wie Tengelmann und der lachenden Kaffeekanne von Kaiser's auf großzügigen Flächen mit ausgewiesenen Frischestationen für Obst, Gemüse, Fleisch, Wurst und Brot.

Positiv sticht der Mülheimer Märkte-Multi schon in frühen Jahren aus der Handelslandschaft hervor, als Erivan-Karl Haub kurzerhand Schildkrötensuppe und Froschschenkel aus den Regalen seiner Läden verbannt und bald keine phosphathaltigen Waschpulver oder Sprays mit umweltschädlichen Treibgasen mehr verkauft. Mit diesem Verzicht nimmt er bewusst weniger Umsatz in Kauf. Die starke Umwelt-Orientierung ergänzt der Händler mit Gewissen durch Einführung ethischer Grundsätze. So wird bis heute darauf geachtet, dass bestimmte Waren »fair gehandelt« werden und nicht aus Fabriken mit extrem unterbezahlten Arbeitern kommen oder gar mit Hilfe von Kinderarbeit hergestellt wurden. Mit dieser Einstellung sammelt der Filialist in seinen Nachbarschaftsläden überall Pluspunkte und Zugewinne im Markt. Andererseits: Zu Haubs wagemutigsten Entscheidungen zählt der Erwerb einer Mehrheit am US-Einzelhandelskonzern A&P (The Great Atlantic & Pacific Tea Company, Inc., Montvale, New Jersey) 1979. Dieser Brocken liegt den Mülheimern bis heute schwer im Magen. Für »Mr. Tengelmann« indes blieb der Sprung in die Neue Welt unumkehrbar.

Wenn der Vater mit den Söhnen

Am Vorbild des Vaters, dem überlebensgroßen Denkmal, muss sich die heutige Garde an der Spitze messen lassen. Seit Beginn des dritten Jahrtausends liegt die Führung von Tengelmann – zumindest offiziell – bei der Ur-Ur-Enkel-Generation. Die neuen Macher im Management nämlich sind die drei Söhne von Erivan-Karl Mathias Haub: Karl-Erivan W. (Wader), Christian Wader und Georg Haub – kein leichtes Erbe für die drei. Das Junioren-Trio teilt sich auch das Eigentum an einer Hälfte des Konzerns. Doch über das gesamte Imperium wacht der Vater wie gewohnt mit strengem Blick. »Mr. Tengelmann« selbst bleibt Hauptgesellschafter und besitzt allein die andere Hälfte des Handelsimperiums. Im Hause gilt er als schärfster Kontrolleur seiner Söhne wie der familienfremden Manager, denn seit 2000 fungiert Vater Haub als Aufsichtsrat in einer 1999 formierten Holding. Und bis 2007 nimmt er noch die Vollstreckung des Testaments über das Erbe wahr.

In dem Spitzentrio, das in Wirklichkeit mit dem Senior ein Quartett ist, führt der Erstgeborene Karl-Erivan seit 2000 die Geschäfte im Stammhaus. Er ist zugleich in der Tengelmann-Holding vertreten, in jener Obergesellschaft also, in der sein Vater als leitender Kontrolleur agiert. Der jüngste Spross, Christian Haub, ist gemäß der Arbeitsteilung unter den Junioren für die Geschäfte des US-Filialisten Great Atlantic & Pacific Tea Company (A & P) verantwortlich. Der mittlere Sohn Georg schließlich betreut das verzweigte Immobilienvermögen der Gruppe. Dieses nimmt durchaus eine Schlüsselposition bei der Finanzierung und Expansion des Konzerns ein. Aber Georg Haub tritt offiziell nicht als strategisch aktiver Manager in Erscheinung. Die Geschäftsberichte unterzeichnen als Geschäftsführer jeweils nur die Brüder Karl-Erivan W. Haub und Christian W. E. Haub. Alle drei Söhne sollen die doppelte Staatsangehörigkeit als Deutsche wie als US-Amerikaner besitzen, die Familie ist schon längst hüben wie drüben gleichermaßen beheimatet.

Politik-Kritik gratis im Sortiment

In der dosiert gepflegten Öffentlichkeit spielt seit geraumer Zeit der älteste Haub-Filius, Karl-Erivan W., die erste Geige. Er ist für die Firma nach außen präsent, auch bei offiziellen Anlässen. So meldet er sich wie einst der Vater in Publikationen (wie zum Beispiel den Geschäftsberichten) zu Wort. Junior Karl-Erivan bekundet gern seine private Meinung zu Politik und Wirtschaft wie zur Gesellschaft im Allgemeinen. Als Podium dient dem Chef für Tengelmann-Europa etwa die jährliche Pressekonferenz des Konzerns. Hier offenbart der drahtige Mittvierziger seine Meinung vor einigen Dutzend ins Stammhaus nach Mülheim an der Ruhr geladenen Journalisten. 2004 konnte er sich zum Beispiel maßlos erregen über die Einführung des »Zwangspfandes« für Einwegverpackungen durch die rot-grüne Bundesregierung. Schließlich bescherte das den Mülheimern bei Getränken einen starken Umsatzknick. Berlins Eingriff empfindet Haub gar als »Behinderung des freien Unternehmertums in Deutschland«. Dafür schämt sich der Weltbürger für seine Heimat. Andererseits vermisst der Unternehmer nachdrücklich »Sanierer in der Politik«. Es werde nichts für die Binnenkonjunktur getan. Alle bekommen ihr Fett weg, Regierung wie Opposition. Der kritische Tengelmann-Chef: »Es scheint mir die politische Alternative abhanden zu kommen.« Die Wirkungen dieser Tendenzen unter »Hartz IV« und folgende spürt Tengelmann deutlich. Die Menschen konsumieren weniger – zumindest in den Filialen des Konzerns. Obwohl die Läden im Durchschnitt stetig größer und zahlreicher werden, halten sich die Kunden zurück. Nach Ansicht von Haub »sparen sie« und haben nicht die richtige Laune und das Vertrauen in die Politik, ihre Groschen bedenkenloser auszugeben. Den Zusammenhang zwischen sinkendem Wohlstand und weniger Konsum spricht er erst gar nicht an – diese Erkenntnis passt wohl nicht ins Weltbild des Multimillionärs. Aber warum sonst wenden sich so viele Käufer vom Angebot eines klassischen Supermarkts wie Tengelmann oder Kaiser's ab und billigen Discountern zu?

Handelskaufmann Karl-Erivan Haub dagegen sieht die Feinde fürs Wirtschaftswachstum an erster Stelle in zu kurzen Arbeitszeiten, zu hohen Löhnen und Gehältern, bei der Mitbestimmung, im rigiden Kündigungsschutz und dem Fehlen einer wirklichen Steuerreform. »Wir müssen auch mal einen Rückschritt wagen, um wieder Fortschritt zu haben«, lautet sein Rat an die Politik. Der Wohlstand bei zu kurzen Arbeitszeiten, der Kündigungsschutz und so weiter, all das müsse »für eine Weile zurückgedreht oder ausgesetzt werden«. Damit der soziale Fortschritt nicht wieder so unvorbereitet über die Unternehmer hereinbricht, sollten neue Gesetze erst kommen, wenn sie von Unternehmerseite wirtschaftlich für sinnvoll erkannt und abgesegnet wurden. Gleichzeitig jedoch ahnt der Kaufmann, dass »uns das kommende Weihnachtsgeschäft nicht vom Hocker reißen wird«. Denn vom Verlauf des Jahres (2004) ist der Einzelhändler »enttäuscht«. Am Ende der Pressekonferenz fordert er die Journalisten auf, zum Fest Textilien und Kleidung zu schenken, um der schwächelnden Konjunktur Schwung zu verleihen, seine Filialen seien ja besonders preiswert.

Krise löst Konflikt der Generationen aus

Karl-Erivan W. Haub, der Älteste von drei Söhnen des Konzernschmieds, ist wohl derjenige in der Familie, welcher am stärksten in die Pflicht genommen wird. Als langjähriger Stellvertreter des Vaters, als Vorsitzender der Geschäftsleitung der Firmengruppe sowie als Alleinverantwortlicher für den dicksten Brocken, das Europa-Geschäft, ist er mit den höchsten Weihen im Hause ausgestattet. Daher muss der Junior ständig beweisen, dass er in die Fußstapfen seines mehr oder minder freiwillig »pensionierten« (Über)Vaters passt. Der beäugte Nachfolger wie seine Brüder wissen zu genau, dass Tengelmann für den Vater »nicht irgendein Investment« ist, sondern »sein Lebenswerk«, wie Karl-Erivan Haub in einem Interview offenbarte.[2] Ohne den Rat des Seniors werden die Junioren keine wichtige Entscheidung fällen. Deshalb geht die Zusammenarbeit mit dem Patriarchen weit über die vier Aufsichtsratssitzungen hinaus, welche die Tengelmann-Satzung vorschreibt. »Mein Vater hat nach wie vor sein Büro in der Tengelmann-Zentrale in Mülheim. Wenn er hier ist, sehen wir uns regelmäßig. Wir sprechen über alle wichtigen Themen, manchmal auch über Kleinigkeiten, von denen ich weiß, dass sie meinem Vater besonders am Herzen liegen«, beschreibt Karl-Erivan das Verhältnis zum Nestor der Familie.[3] Seine erste Bewährungsprobe hat der Primus unter den drei Söhnen bereits bestanden: Er sanierte gemeinsam mit den Brüdern Christian und Georg das krankende Kerngeschäft in Europa. Bei der Höllenarbeit musste der studierte Wirtschaftswissenschaftler hart durchgreifen und schmerzhafte Eingriffe – Filialschließungen, Firmenverkäufe, Belegschaftsabbau – durchsetzen, die sein Vater stets vermieden hatte. Sein Rüstzeug als künftiger Konzernlenker erwarb der 1960 geborene Tengelmann-Erbe nach dem Abitur bei einer Kaufmannslehre im eigenen Unternehmen parallel zum Wirtschaftsstudium an der Hochschule Sankt Gallen (Schweiz). Seinen ersten Job bekam der Junior 1984 im Vertrieb bei einer Nestlé-Filiale in White Planes im US-Staat New York. Zwei Jahre später heuerte er beim US-Firmenberater McKinsey in Düsseldorf an – der klassische Karrierestart für einen Unternehmersohn. Im Jahr 1991 kehrte Karl-Erivan Haub alias »Charly« (für Familie und Freunde) als Projektleiter Ost zu Tengelmann zurück.

Schon 1992 kürte ihn der Vater zum stellvertretenden Tengelmann-Boss. Ausgleich für den beruflichen Stress sucht der Kaufmannssohn im Sport. »Charly« gilt als exzellenter Skifahrer und ist erfolgreich als Marathonläufer, etwa in Köln und New York. Im November 2000 zum Beispiel lief er beim New York Marathon mit; seine Zeit: vier Stunden, neun Minuten.

Diesen langen Atem wird »Charly« an der Spitze des Imperiums gebrauchen können. Tengelmann steckt zwar längst nicht mehr in der Krise, aber der Filialist zeigt hier und da Sanierungsbedarf. »Wir sind heute raus aus der Intensivstation und befinden uns nun in einer Rehabilitationsphase«, beschrieb Karl-Erivan Haub im kleinen Kreis realistisch die Situation. Für seinen endgültigen Erfolg weiß der heutige Spitzenmann, der seit 1989 verheiratet ist und zwei Kinder hat, eine längere Wegstrecke als sanierender Chefmanager vor sich. Auch ist es noch nicht lange her, als es mit dem Vater zu Reibereien über den künftigen Kurs des Konzerns kam. Damals, 1997 hatte der Sohn bereits die Verantwortung fürs Europa-Geschäft übernommen. Zu dieser Zeit wurde das Traditionshaus samt Eigentümerfamilie vom schwersten Konflikt in der Nachkriegszeit geschüttelt. Ausgerechnet diese Krise sollte der unerfahrene Junior bewältigen. Als es richtig dramatisch unter den Haubs brodelte, da meldete sich 1998 vehement Vater Erivan-Karl zu Wort. Obwohl sich der Clanchef 1996 aus dem aktiven Dienst verabschiedet hatte, kehrte er nun wieder auf seinen Führungsposten zurück. »Dann hat es ziemlich gekracht«, erinnern sich Insider noch heute. Helga Haub, die Ehefrau des Patriarchen, musste zwischen dem Vater und den Söhnen schlichten, um die Harmonie in der Familie wiederherzustellen. Ihrem Mann passte die ganze Richtung nicht. Sein Lebenswerk wie seine Grundsätze, die er zäh verteidigt hatte, gerieten seiner Ansicht nach unter der Führung der Söhne in Gefahr. Der Senior verfolgte stets die eiserne Regel, bei den Geschäften Ethik und im Betrieb soziale Verantwortung gegenüber den Mitarbeitern walten zu lassen. Daher störte es den großen Tengelmann-Baumeister sehr, dass gleich in der ersten Firmenkrise Tausende von Arbeitsplätzen geopfert wurden.

Andererseits ächzte der angeschlagene Konzern in den neunziger Jahren unter beträchtlichen Altlasten. Der riesige Apparat steckte in einer »Komplexitätsfalle«, voran die Kaiser's- und Tengelmann-Läden, die Lieblingsketten des Nestors. Lähmung machte sich breit, wichtige Entscheidungen wurden vertagt. Bürokratie erstickte neue Handelsformen wie die ursprüngliche Billigschiene »Plus« im Keim. Alles war an lange Entscheidungswege und komplizierte Logistikstrukturen der Zentrale gebunden und geriet sehr komplex: zu viele Produkte, riesige Lagerbestände, zu hoher Aufwand für Transport, für Qualitätskontrollen und Service, ja selbst für die Mitarbeiterschulungen. Als hinderlich erwiesen sich zudem das komplizierte Preissystem (viel Beratungsbedarf beim Kunden), die übermächtige Computerisierung sowie das riesige Angebot gespickt mit Sonderwünschen. Wildwuchs und chaotisches Management verschlangen viel Geld, es drohten Schulden in schwindelnder Höhe. Am Ende musste der Vater aus seinem Privatvermögen vermutlich mehrere Hundert Millionen Mark zuschießen, um die Tengelmann-Gruppe im letzten Moment vor dem Kollaps zu retten. »Unser Dilemma waren rapide sinkende Umsätze und steigende Kosten. Zuletzt hatten wir operative Verluste in dreistelliger Millionenhöhe«[4], gibt der Junior offen zu. Einige Ursachen für den damaligen Problemstau stammen noch aus der Zeit, als der Senior die Geschäfte alleine geführt hatte. Vielleicht plagte den Alten auch deshalb das schlechte Gewissen, und er wollte seine Söhne in ihrer Not nicht im Stich lassen. Nachdem Edeka abgelehnt hatte, mit Tengelmann beim defizitären Supermarktgeschäft zu kooperieren, fiel die Saniererrolle für das Stammhaus letztlich doch wieder »Charly« zu. Der jüngste Sohn, Christian W. E. Haub, sollte das Amerikageschäft auf Kurs bringen. Und wieder zog sich Senior Erivan-Karl Haub zurück und beschränkt sich seit 2000 auf die Kontrollfunktion als Holding-Geschäftsführer. Zudem wechselte die Familienfirma in dieser Phase von der riskanten Rechtsform einer reinen oHG (Personengesellschaft) in die für die Haftung ungefährlichere Mischform der Kommanditgesellschaft mit einer GmbH. Nun schwebt über allen sieben Geschäftsfeldern von A&P bis Kaiser's/Tengelmann die Tengelmann Warenhandelsgesellschaft KG.

Seit Anfang des Jahrtausends macht die Genesung Tengelmanns gute Fortschritte. Über seinen Erfolg freut sich Junior Karl-Erivan Haub: »Wir sind jetzt wieder so groß wie vor vier Jahren«, berichtet er stolz der Presse und fügt hinzu: »Aber wir schreiben jetzt keine roten Zahlen, sondern schöne schwarze.« Aus dem »Bauchladen« (Karl-Erivan Haub) mit mehr als zwanzig Geschäftsfeldern wurden sieben. Allein in Deutschland trennte Tengelmann sich von 25 000 Mitarbeitern. Selbst für die lahmende Drogeriemarktkette »kd«, die Tengelmann keine Fortune brachte, konnte schließlich ein Partner gefunden werden: Die Dirk-Rossmann-Gruppe, Nummer drei in Deutschland, übernimmt die Geschäfte Zug um Zug ab 2006 vollständig, das Logo »kd« verschwindet. Selbstkritisch gesteht Sportsmann Karl-Erivan Haub die Niederlage ein: »Es gibt Bessere in diesem Feld, das wir verloren haben.« Und vielleicht geht mit den neuen Zeiten bei Tengelmann auch ein Stück sozialer Fürsorge aus alten Zeiten verloren. Die politischen Äußerungen von Junior-Chef Karl-Erivan zu Wirtschaft und Gesellschaft lassen darauf schließen. Offenbar wollen die drei Söhne vermeiden, erneut wie ihr Vater in die existenzbedrohende »Komplexitätsfalle« zu geraten und so eine Firmenkrise auszulösen. Zudem sind Tengelmanns Wettbewerber längst nicht mehr »Tante Emma« wie Coop oder Spar, sondern aggressive Discounter wie Aldi und Lidl oder kapitale Konzerne wie Metro und Wal-Mart. Bei dieser Konkurrenz zählt jeder Cent – bei Kosten wie Preisen. »Charly« Haub jedenfalls setzt auf eine neue Unternehmer- und Managergeneration im Handel, für die in erster Linie Kapitalrendite, Markteroberung und Globalisierung zählen. Und die neuen Zeiten der Handelsfürsten sind deutlich konservativer als die ihrer Väter. Es gibt weniger zu verteilen – auch an die Mitarbeiter. Zur Frage, ob die Beschäftigten am Sanierungserfolg beteiligt werden, meint der Haub-Junior: »Wir haben ein großes Programm an Boni. Das geht runter bis zur Filiale.« Doch bei einfachen Tengelmann-Mitarbeitern scheint wenig anzukommen. Deshalb ergänzt der Firmenchef: »Wenn sich die Gelegenheit bietet, dann feiern wir, Jubiläen oder Lagereröffnungen. Das ist viel mehr als ein Scheck in die Hand. Das bringt die Mitarbeiter zusammen und zeigt ihnen, dass wir eine große Familie sind.«

Tengelmann ist weniger Tengelmann

Karl-Erivan Haub beeilt sich, wieder an die frühere Erfolgsgeschichte des Hauses anzuknüpfen und setzt bevorzugt auf den preisaggressiven

Handel. Das bedeutet für die Konsumenten, dass ihnen Tengelmann der Zukunft weit weniger als Tengelmann oder Kaiser's im Stadtbild begegnen wird. Denn die Glanzzeiten solcher Nachbarschaftsläden sind vorbei. »Die Grundversorgung hat heute der Discounter übernommen. Das kann niemand mehr wegdiskutieren«, stellt der älteste Sohn klar. Deshalb kauften die Deutschen auch am billigsten in Europa ein. Und »kein Bürgermeister möchte heute auf einen modernen Discounter verzichten«, unterstreicht Karl-Erivan Haub. Also stellt der Mülheimer Märkte-Multi die Weichen auf Billiglinien. Diese heißt bei Tengelmann vor allem »Plus«. Die Lebensmittelkette mit dem blau-roten Logo, das einem Preisaufkleber ähnelt, ist nun selbst ein Riese. »Plus« bestreitet fast ein Drittel des Weltumsatzes von Tengelmann. Tendenz: flott steigend. Wie viel höher der Gewinn in einer Plus-Filiale gegenüber einem klassischen Supermarkt (Kaiser's oder Tengelmann) sein muss, zeigt der Vergleich: In den gut 700 SB-Klassikern erwirtschaften mehr als 18 000 Mitarbeiter rund 2,6 Milliarden Euro Umsatz. In den beinahe 4 000 Plus-Läden dagegen sind (europaweit) mit 38 000 zwar gut doppelt so viele Menschen beschäftigt, aber sie stehen für einen mehr als dreimal so hohen Umsatz von 8,4 Milliarden Euro. Und obwohl der Discounter endlos mit Preisen um jeden Penny kämpft und sich mörderische Werbeschlachten liefern muss, lohnen die Investitionen in die radikal abgespeckten SB-Geschäfte. In Deutschland kämpft die Tengelmann-Tochter mit »Penny« von Rewe um den dritten und vierten Rang. Die Filialen werden nicht nur größer (im Durchschnitt 800 Quadratmeter), sondern auch zahlreicher. Und wie Aldi und Lidl expandieren die Mülheimer kräftig in Europa. Mit seinem Konzept ist Karl-Erivan Haub »recht zufrieden«, versichert er im Gespräch. Zu den aggressiven Angreifern Aldi oder Lidl möchte der Kaufmann allerdings lieber nichts sagen.

Erfolgreich entwickelt sich im Konzern auch die Marke »Obi« mit rund 500 Bau- und Heimwerkermärkten. Diese holen knapp fünf Milliarden Euro (2003/04) in die Kassen. Die Gruppe mit bald 40 000 Mitarbeitern, die neben Deutschland in neun europäischen Ländern einschließlich Russland präsent ist, erwirtschaftet stabile Erträge. In der Branche heißt es, die Baumärkte bringen satte Gewinne. Entsprechend expansiv packen die Haubs diesen Handel an. Insgesamt bilden die Aktivitäten außerhalb des Lebensmittelhandels nun eine starke Säule für das Mülheimer Mutterhaus. Dazu trägt auch der Textildiscounter »kik« bei. Der rasch wachsende Filialist – spezialisiert auf Baby- und Kinderkleidung – betreibt mit mehr als 10 000 Beschäftigten in Deutschland und Österreich fast 1 500 Geschäfte. Ziel ist es, »die 3 000. Filiale eröffnen zu können«.[5] An jedem Werktag eröffnet ein neuer Laden. Dagegen herrscht bei den Supermärkten Kaiser's (im Norden) und Tengelmann (im Süden), mit denen die Händler von der Ruhr einst groß wurden, eher Stillstand. Aber der historische Kern ist dem Juniorchef im Vorwort zum Geschäftsbericht 2003/04 lediglich einen Nebensatz wert: » ... und auch die Kaiser's- und Tengelmann-Supermärkte haben sich im harten Wettbewerb erneut behaupten können.« Da ist wenig Herzblut zu spüren. Andererseits weiß der Konzernchef, dass auf dem Markt der SB-Märkte ein Überangebot von bis zu 25 Prozent herrscht. »Nur der Beste wird in seinem Feld sicher seinen Platz haben«, prophezeit Karl-Erivan Haub. Sein Haus wolle sich hier auf »das Sortiment und die Mitarbeiter konzentrieren. Sie machen den Unterschied aus.« Was diese Andeutung konkret heißt, kann oder will der Tengelmann-Stratege nicht sagen. Nur so viel: »Der Supermarkt muss sich neu erfinden.« Der Kaufmann denkt wohl an mehr ökologisch-naturreine Lebensmittel im SB-Sortiment. Die Welt darf gespannt sein, wie die Märkte Kaiser's und Tengelmann dem gnadenlosen Verdrängungswettbewerb der Billiglinien begegnen werden.

Zu den wenig bekannten Engagements der Mülheimer gehört ein Konkurrent der Metro AG, die Interfruct C&C-Märkte. Die kleine Cash-and-carry-Tochter mit knapp 1 300 Mitarbeitern ist aber ausschließlich in Ungarn und der Slowakischen Republik tätig. Das Filialnetz soll auf über 20 Märkte ausgebaut werden. Von den Fabriken in eigener Regie trennte sich Tengelmann weitgehend. Geblieben sind nur die Gubi-Produktionsbetriebe, sozusagen der notwendige Rest des früheren Wissoll-Reichs. Dazu gehören drei Fleischwerke, ein Backbetrieb sowie eine Gärtnerei, die 490 Mitarbeiter beschäftigen. Die Mülheimer leisten sich die Eigenproduktion, um »qualitativ hochwertige Waren« zu erzeugen, wie sie meinen. Ein echter Fremdkörper für den Händler ist die Firma Ligneus (151 Beschäftigte), eine Spezialfirma für Ladenbau sowie für hochwertige Büro-, Hotel- und Praxisausstattungen mit eigenen Holzwerken in Viersen (Niederrhein) und Ottendorf (Sachsen). Offenbar wirft diese Nische so viel Ertrag ab, dass sie sich für die Tengelmänner lohnt.

Dauersanierung in den USA

Sein zweites wichtiges Standbein hat Tengelmann seit mehr als 25 Jahren in Nordamerika: die Mehrheitsbeteiligung (58 Prozent des Kapitals plus Anteile über einen Fonds und einige Aktien bei der Familie) an dem traditionsreichen Einzelhandelskonzern The Great Atlantic & Pacific Tea Company, Inc., Montvale, New Jersey/USA. Die kurz als A & P firmierende Gruppe erreicht nahezu zehn Milliarden Euro Umsatz und beschäftigt in fast 700 Filialen rund 75 000 Menschen. Doch der Handelskoloss erweist sich seit langem als Problemkind. Den Job des Sanierers übernahm vor einigen Jahren der jüngste Haub-Sohn Christian. Er ist mit allen Titeln ausgestattet, die Management wie Mitarbeitern Respekt einflößen sollen: »Chairman of the Board [eine Art Aufsichtsrat], President and Chief Executive Officer«, kurz allmächtiger Firmenchef von A & P. Trotz der Machtfülle von Haub junior will der Handelsgigant nicht recht florieren. Besonders notleidend ist das US-Geschäft. Die Umsätze sinken, statt Gewinnen werden Verluste geschrieben. So fraß das negative Ergebnis in den Vereinigten Staaten im Geschäftsjahr 2003/04 die in Europa mühsam erzielten Gewinne in dreistelliger Millionenhöhe weitgehend wieder auf. Der schlechte Zustand ausgerechnet des US-Marktes schmerzt die Deutsch-Amerikaner besonders. Trotz des US-Wahljahres 2004 blieb im Osten der USA der Aufschwung aus, beklagt Christians Bruder Karl-Erivan daheim in Mülheim. »Ja, in den USA sind wir auch im letzten Jahr nicht erfolgreich gewesen«, bekennt er frei heraus. Als Beitrag zur Sanierung trennt sich A & P laufend von US-Filialen, die eigene Kaffeeproduktion »Eight O'Clock Coffee« in New Jersey wurde aufgegeben. »Fakt ist, dass wir seit einigen Jahren nicht den Erfolg haben, den wir erwartet hatten«, bilanziert Karl-Erivan Haub nüchtern. Als die Familie 1979 bei dem amerikanischen Filialriesen einstieg, rangierte dieser an vierter Stelle unter den Top Ten im US-Einzelhandel. Jetzt liegt er abgeschlagen auf

Platz zwölf. Der Klang des Namens A&P dürfte hierzulande als Tengelmanns Eigenmarke deutlich besser sein als drüben für das US-Unternehmen selbst.

Haubs haben sich endgültig vorgenommen, den »positiven Kern von A&P zu erhalten«. Im Grundsatz vollziehen sie in den USA und Kanada seit geraumer Zeit einen Strategiewechsel und setzen ähnlich wie in Europa auf Discounter. Diese Handelsform steckt dort in den Kinderschuhen und ist vielen Konsumenten noch unbekannt. Doch Pioniere wie Aldi und Lidl sind schon dabei, die Neue Welt für sich zu erobern. Die Billigschiene von A&P mit preiswerten Lebensmitteln heißt »Food Basics«. Diese Marke verspricht gediegenes Wachstum, denn auch in Amerika wollen Kunden Geld beim Einkaufen sparen. Der Zwilling zu »Plus« trug bereits in den letzten Jahren maßgeblich zur Stabilisierung der Lage bei. So werden in den USA und Kanada nach und nach klassische Supermärkte in preisaggressive Discountläden umgewandelt. »Food Basics« dürfte so das Amerikageschäft bald über den Berg bringen mit stabilen Renditen wie in Europa. Eine baldige Wende brächte auch dem jüngsten Haub-Spross Christian große Erleichterung. Immerhin hängt seine künftige Karriere im Hause vom Erfolg in Amerika ab. Ein Desaster würde zugleich die ganze Tengelmann-Welt erschüttern.

Zukunft für die neue Generation

Damit es im Reich des grünen »T« und der lachenden Kaffeekannen nicht zum Knall kommt, diskutiert der Familienkreis regelmäßig Möglichkeiten zur Kapitalbeschaffung, stets mit der Kernfrage: Welche Rechtsform ist für uns die beste mit Zukunft? Bis heute wird das Weltunternehmen auch aus Sicht der Banken verschlossen wie ein Krämerladen geführt, sodass die Sippe bei großen Krediten auch persönlich ins Risiko gehen muss. Karl-Erivan Haub ist sich bewusst: »Mein Vater konnte noch allein entscheiden. Meine Brüder und ich sind bereits zu dritt, dazu kommen noch unsere acht Kinder. Das sind dann zwölf Gesellschafter, die auf zwei Kontinenten leben.«[6] Eine nahe liegende Option ist natürlich die Umwandlung der Firma in eine Aktiengesellschaft.

Sie hätte den Vorzug, dass Tengelmann relativ einfach Geld auf dem Kapitalmarkt aufnehmen könnte. Doch sie birgt auch Nachteile: machtgierige Banker, aufdringliche Börsenexperten und Kleinaktionäre reden mit. Die Mülheimer müssten ihre Bücher offen legen und ihre Alleinherrschaft teilen. Das will demnach wohl erwogen sein, bleibt aber ein Thema, auch als sich die Familie im Sommer 2000 auf ihrer US-Ranch in Wyoming getroffen hatte, wurde darüber gesprochen, sagte Junior Karl-Erivan Haub 2001 dem *manager magazin*.[7] Doch das Thema hat offenbar Zeit bis 2007, bis dahin sollte die neue Struktur stehen. Denn die Erbanteile von Senior Erivan-Karl Haub gehen gemäß einer Erbenregelung direkt auf seine Enkel über. Dann besitzt die mittlere Generation vermutlich nur noch Nießbrauchsrechte.

Eine gleich große Herausforderung wie die juristische Konstruktion ist das Dauerthema Geschäftsführung. Sie ist derzeit zwischen den Brüdern Karl-Erivan und Christian Haub in der Art einer latenten Konkurrenzsituation angelegt: Wer den besseren Job macht, der hat die besten Chancen, Nummer eins im Tengelmann-Reich zu werden. Erst mit dieser Entscheidung würde der Generationswechsel wirklich vollzogen. Wegen seiner Sanierungserfolge in Deutschland und Europa hat Karl-Erivan Haub wohl die Nase vorn. »Charlys« Kraftakt samt den Millionenkrediten machen sich offenbar bezahlt. Sein vier Jahre jüngerer Bruder Christian indes ist wohl immer noch mit der schwierigen Sanierung des A & P-Geschäfts in Amerika beschäftigt. So steht die endgültige Festlegung der Nachfolge aus. Dass es über die Generationenfrage wie in anderen Familien zum Krieg kommen könnte, schließt Karl-Erivan Haub aus. Irgendwann wird die Händlersippe den entscheidenden Schritt in die Zukunft tun und das Haus für die kommende Generation – die dritte in der Familie Haub – bestellen. Das Bruder-Trio – Karl-Erivan, Christian Wader und Georg Haub nebst deren Familien – wird in absehbarer Zeit dafür sorgen müssen, dass es eine klare Führungsstruktur findet, die alle Mitglieder der Familie mit bald zwölf Gesellschaftern akzeptieren können. Ob nur ein Sohn – etwa der älteste Karl-Erivan – die Regie für alles übernimmt oder ob sie die Verantwortung untereinander wie bisher brüderlich teilen, wichtig ist das gemeinsame Ziel: das Erbe für die Familie zu erhalten. Eine offene Rivalität über die Machtfrage unter den Brüdern und ihren Angehörigen würde wohl das

Ende als Familienunternehmen bedeuten. Das belegen Erfahrungen in anderen Fällen (Bahlsen, Dornier, 4711, Wella).

In der Nachfolgefrage verhält sich Tengelmann typisch für ein Mehr-Generationen-Unternehmen, etwa wie die Brauns, Freudenbergs, Haniels oder Henkels. Erivan-Karl Haub: »Bei uns gilt die Regel, dass wir uns nicht auf einen kurzen Zeitraum, sondern bereits auf die nächste Generation festlegen. Weil das ein sehr sensibles Thema ist, haben wir uns Hilfe von außen geholt.« Die Mülheimer ließen sich über einen längeren Zeitraum von dem Bonner Spezialisten Professor Peter May beraten, der selbst aus einem Familienbetrieb stammt. »Charly«, der Erstgeborene unter den Haub-Söhnen, lässt jedenfalls keinen Zweifel daran, dass die Familie weiter die Hauptrolle in der Firma spielen wird. Er will mithelfen, die passenden Rahmenbedingungen zu schaffen. Auch der Fall, dass ein Mitglied der Familie Kasse macht und der Betrieb zerfällt, soll durch entsprechende Regelungen blockiert werden. Doch neben der richtigen Rechtsform und Führungsstruktur ist fürs Überleben als Privatunternehmen mindestens so ausschlaggebend, dass sich Tengelmann zwischen den Riesen durch eigenes Profil und Pfiffigkeit behauptet. »Ein Wettbewerber kann noch so groß sein und noch so viele Synergiepotenziale beim Einkauf haben. Viel wichtiger für den Erfolg sind die Qualität der Mitarbeiter und die Qualität des Managements«, wissen die Haubs. Mit dieser (Ein)Sicht sind die Mülheimer entschlossen, zwischen Aldi, Lidl, Edeka, Rewe und Wal-Mart den eigenen Weg zu gehen. Schon entdeckt Juniorchef Haub abseits der Giganten blühende Handelslandschaften, wo Spezialisten (ausländische und Frischesortimente) munter sprießen und profitabel arbeiten. Diese Märkte seien die wahren Vorbilder für die Tengelmänner. Schließlich stammen ja auch die Mülheimer »Kolonialwarenhändler« aus einer solchen Szene. Da galt noch der Kunde – und nicht der Lieferant oder Spekulant – als König. Die Rezepte aus mehr als hundert Jahren Geschichte könnten durchaus ein Ansporn für eine (wieder) bessere Zukunft für den Mülheimer Märkte-Multi sein.

Kapitel 10

Sal. Oppenheim

Europas Geldadel lassen bitten

Es gibt Samariter, die nur einer hauchdünnen Schicht der Weltbevölkerung zu Diensten sind. Sie lösen nämlich ein Problem, von dem Milliarden Menschen kaum zu träumen wagen: chronischer Geldüberfluss. Auf die prompte Linderung dieser Not ist das Privatbankhaus Sal. Oppenheim jr. & Cie. zu Köln spezialisiert. Seit mehr als zwei Jahrhunderten gilt das Haus als erste Adresse, wenn die Superreichen Hilfe für ihr überschüssiges Vermögen suchen. Manchmal sind es nur ein paar Millionen, oft ein paar Hundert. Dann müssen die rheinischen Retter ihre Kunst beweisen und die liquiden Mittel so nutzbringend wie dezent anlegen. Es mag merkwürdig klingen, aber die Jagd nach den besten Zinsfüßen bei relativer Sicherheit ist so schweißtreibend wie riskant. Denn bei Sparbuchzinsen von kaum zwei Prozent und steigenden Risiken verlangt es besonderes Geschick, dem Geld der Reichen die geeignete Stelle »zum Arbeiten« zu vermitteln. Das geht manchmal bis an die Grenzen des Machbaren. Viele Fehlschläge dürfen sich Privatbankiers wie die Oppenheims nicht leisten, ohne ihren Ruf zu ruinieren. Soll doch das Geld ihrer Kunden gemäß dem Lifestylemotto aus besten Zeiten des französischen Hochadels – »Arbeit verkürzt die Freizeit und ist was für Arme« – den Lebensunterhalt vieler Multimillionäre und Milliardäre bestreiten. Für diese verantwortungsvolle Aufgabe jonglieren die Kölner ständig mit Millionen und locken die betuchte Kundschaft mit dem Versprechen »Ihr Erfolg. Unser Ziel.« in ihre piekfeinen Geschäftsräume – mit beachtlichem Erfolg: Der Konzern betreut und verwaltet mittlerweile mehr als 100 Milliarden Euro Vermögen. Hoch lukrativ sind die Privatschatullen der reichsten Sippen des Landes wie des Auslandes mit ihren »Family-Offices«, also den Großvermögen der Unternehmer, ihrer Erben und Topmanager. Die »Last« dieses gigantischen

Reichtums unspektakulär in den Griff zu bekommen ist das Ziel der Kölner. Darum buhlt die Bank des Geldadels gespreizt um Aufträge: »Wir sind führend im Management umfangreicher und komplexer Vermögenswerte über alle Asset-Klassen.« Schlecht fahren Oppenheims mit ihren Mandaten für Milliarden nicht. Sie sind selbst Multimilliardäre und verfügen über einen enormen Immobilienbesitz rund um den Globus.

Wichtigster Botschafter und Netzwerker der Kontakt- und Kundenpflege der Privatbank war bis Anfang 2005 Alfred Paul Ernst Freiherr von Oppenheim (1934–2005), unangefochtener Vertreter der Bankiersfamilie in sechster Generation. Doch der Clanchef, der am 5. Mai 2004 im Beisein der CDU-Vorsitzenden Angela Merkel furios seinen 70. Geburtstag feierte, starb nach kurzer Krankheit am 5. Januar 2005. Damit verlor das Institut über Nacht ein Urgestein. Baron Alfred kannte das verschwiegene Gewerbe in all seinen Facetten. Mit nur 30 Jahren (1964) wurde er persönlich haftender Gesellschafter, nach 29 Jahren als Teilhaber übernahm er 1993 die Kontrolle des Hauses nach innen wie nach außen. Der Senior war ein sehr aktiver Ratsherr. Er kam regelmäßig in die Bank, die bis zum Schluss sein Leben war. »Alfi«, wie ihn die Familie und Freunde nannten, prägte als persönlich haftender Gesellschafter und Manager sowie später als Aufsichtsratsvorsitzender und Nestor die Firma über vier Jahrzehnte entscheidend. Nach außen übte der einflussreichste deutsche Privatbankier wie einst seine Ahnen zahlreiche Ämter in Wirtschaft, Politik und Kultur aus. Alfred von Oppenheim war seit 2003 Präsident der renommierten Deutschen Gesellschaft für Auswärtige Politik, also Nachfolger von Ex-Außenminister Hans-Dietrich Genscher (FDP). Wie selbstverständlich präsidierte er der IHK zu Köln und gehörte seit 2001 bis zuletzt als Vizepräsident der Dachorganisation der Kammern, dem Deutschen Industrie- und Handelskammertag (DIHK) an. Entsprechend der Tradition der Oppenheims kümmerte sich »Alfi« auch um gute Beziehungen mit dem westlichen Nachbarland, war Präsident der Deutsch-Französischen Industrie- und Handelskammer zu Paris. Die Gewandtheit des Rheinländers im In- und Ausland wurde allseits gerühmt. In seiner Heimat trug der adlige Geldherr den Titel »Ehrensenator der Universität zu Köln«, wo er zudem das örtliche Wallraff-Richartz-Museum (am Dom) förderte. Der

Privatkämmerer der Superreichen kannte seine Klientel bestens – und sie kannte ihn. Schließlich zählte der Bank-Baron mit seinem Milliardenvermögen selbst zu den 25 wohlhabendsten Deutschen. »Beharrlich in der Sache und oft humorvoll in der persönlichen Begegnung...« sei er gewesen, bescheinigen ihm seine Kammer-Kollegen vom DIHK, Berlin, im Nachruf, unterschrieben auch vom Präsidenten Ludwig Georg Braun. Beim Nestor der Oppenheims liefen die Fäden wie in einer Schaltzentrale zusammen. Denn »Alfi« brachte als Clanchef die ganze Großfamilie mit Autorität und Gelassenheit immer wieder hinter sich. Anerkannt wie ein Elderstatesman, wirkte der zurückhaltende Bankier als Bewahrer von Familie und Firma und hielt Intrigen vom Unternehmen fern.

Nach dem schockierenden Tod der Vaterfigur ist bei den Oppenheims die Trauer groß. »Er war unser Kapitän«, überschreibt die engere Familie ihre Todesanzeige. Ist das Bankengeschlecht nun kopflos? Zwar wurden die vielen Funktionen Alfred von Oppenheims intern rasch neu besetzt, aber seine Rolle als Nestor oder »Clanchef« der Familie ist so schnell nicht zu vergeben. Diese ehrenvolle Position ist kein offizieller Rang, sondern den Titel muss sich eine Persönlichkeit kraft Lebenserfahrung, Autorität und Respekt erst verdienen. Derzeit aber ist kein Nachfolger in Sicht, welcher ganz in die Fußstapfen des Verstorbenen passen könnte. Auf diese Aufgabe wurde keiner der heute Aktiven vorbereitet, auch wären die meisten für einen »Elderstatesman« zu jung. Umso mehr muss die einflussreichste Adresse für die Geldelite nun den eigenen Zusammenhalt im Auge behalten – schon der Kundschaft wegen. Die aufs 18. Jahrhundert zurückgehende Bankendynastie teilt sich heute in drei Stämme der Oppenheims. Diese werden von den drei Brüdern und Namensträgern Friedrich Carl (1929–1978), Waldemar (1894–1972) sowie Eberhard (1890–1962) abgeleitet. Erbrechtlich sind die Nachkommen des früheren familienfremden Gesellschafters und Managers Robert Pferdmenges den drei Stämmen gleichgestellt. In der Geschäftsführung ist diese Linie derzeit nicht aktiv, aber der Nachfahre Henri Pferdmenges vertritt sie im wichtigen Aktionärsausschuss der Gesellschafter und seit April 2005 auch im Aufsichtsrat. Den vier Sippen gehört das Bankhaus zu rund 80 Prozent. Dabei besitzen die Abkömmlinge von Baron Alfred (aus dem Friedrich-Carl-Stamm) von Oppenheim 24 Prozent. Nicolaus von Oppenheim (Jahrgang 1956), ein

Blutsverwandter aus dem Eberhard-Stamm, verfügt über 8 Prozent am Bankhaus. Dem Ullmann-Stamm (Karin Baronin von Ullmann, geborene Oppenheim, Jahrgang 1922, deren Sohn Georg Ullmann und Tochter Ilona Ullmann-Krockow) gehören gut 30 Prozent Kapitalanteil. Hinzu kommen Splittergruppen aus 76 Gesellschaftern und Aktionären (Stand: Sommer 2005). Um die beiden Hauptstränge derer von Oppenheim unterscheiden zu können, werden die Nachkommen aus dem Ast von Baron Alfred »Lindenallee-Stamm« genannt – nach dem Wohnsitz im Kölner Villenviertel Marienburg. »Schlenderhan-Stamm« heißen die Ullmanns in Anlehnung an das gleichnamige Privatgestüt der Familie bei Bergheim und ihr Pferdehobby. Das restliche Fünftel der Bank teilen sich familienfremde Eigner und deren Erben, die als ehemalige »Partner« zur Führung der Bank zählten und Ansprüche anmelden können. Um die Firma im Privatbesitz zu halten, sind die Anteile der drei Oppenheim-Stämme, der Pferdmenges-Seite plus einiger Ex-Partner in einem Pool von Gesellschaftern vereint. »Diesem Pool, der im Moment aus 43 Einzelpersonen besteht, gehört die Bank«, erläutert Firmenchef Graf von Krockow.[1] Er selbst gehört durch Heirat mit Ilona (»Illa«) Baronin von Ullmann (Jahrgang 1953), einer Ur-Urenkelin des Bankgründers, dem Ullmann-Zweig an. Doch wichtig für die Gesellschafter ist: Alle Erben sind an Testament und Geist des Gründerpaars Salomon Oppenheim und seiner vorausblickenden Gattin Therese (geborene Stein) gebunden, der da getreu den guten alten Sitten lautet: Harmonie und Eintracht, bis dass der Tod euch scheidet.

Oppenheims Spitzenquartett, Sport und Kultur

Diesem Vermächtnis entsprechend tarieren die Stämme die Machtbalance untereinander nach dem Ableben des Oppenheim-Patriarchen Alfred neu aus. Dem gefundenen Konsens entspricht ein personelles Kleeblatt an der Spitze des Instituts. Vom Handwerk her sind die vier Familienmitglieder bestens ausgebildet, die meisten haben es in angloamerikanischen Banken gelernt und erprobt. So auch Matthias Graf von Krockow (geboren 1949, arbeitete für Chase Manhattan und die Citibank), der als Chefsprecher der persönlich haftenden Gesellschafter das operative Geschäft leitet. Der Betriebswirt und »joviale Gemütsmensch«[2], welcher einst als »armer« Vertriebener aus Pommern anlandete, »Illa«, die Kölner Kommilitonin und Baronin von Ullmann ehelichte und zur Gräfin von Krockow machte, ist nun verantwortlicher Manager des Mutterhauses sowie erster Mann am Main bei der Tochterbank BHF AG. Dort fungiert der temperamentvolle Graf zudem als Vorsitzender des Verwaltungsrats, eines Gremiums aus einflussreichen Kontaktpersonen aus Politik, Industrie und Verwaltung. Neben ihm im Management ist Christopher Alfred Freiherr von Oppenheim im Tagesgeschäft aktiv. Der Sohn des verstorbenen Alfred von Oppenheim zeichnet für das Herz der Bank verantwortlich, das Vermögensmanagement. Bereits im Januar 2000 wurde Christopher von Oppenheim (Jahrgang 1966) zum persönlich haftenden Gesellschafter bestellt. Zusätzlich verwaltet der gelernte Banker als Schatzmeister das beträchtliche Familienvermögen aus dem Verkauf (1989) der Colonia-Anteile. Als Dritter im Bunde kontrolliert Krockow-Schwager Georg Baron von Ullmann (Jahrgang 1953) die Arbeit der zwei Aktiven aus der Familie. Ullmann, Zwillingsbruder von »Illa«, ist Aufsichtsratschef bei Sal. Oppenheim und in dieser Position auch Nachfolger von Baron Alfred »Alfi« von Oppenheim. Er überwacht als Spitzenmann ebenso die BHF-Bank. Der Vierte im Spitzenquartett ist Friedrich Carl Baron von Oppenheim (geboren 1937). Der jüngere Bruder des verstorbenen »Alfi« ist Vorsitzender des Aktionärsausschusses, in dem die Eigentümer ihre Interessen vertreten. In diesem Schlüsselgremium stellt die Familie alle strategischen Weichen. So fällt dem studierten Betriebswirt ein schwieriger Part zu: Er muss die Firmenpolitik mitgestalten und zugleich den Hausfrieden bewahren, also bei divergierenden Ansichten der Clans und Gesellschafter schlichten. Auf diesem heiklen Posten spielt Friedrich Carl von Oppenheim denn auch ein Stück weit die Rolle des »elder statesman«.

Wichtiger als Posten und Kästchendenken sind in einem Familienbetrieb wie Sal. Oppenheim persönliche Integrität und Ausstrahlung der handelnden Figuren; kurz: Unter den Verwandten muss die Chemie stimmen, und gemeinsame Interessen fördern die Harmonie. In dieser Hinsicht genießen die Rheinländer das Glück, Generationen hindurch gemeinsam in einem Gewerbe groß geworden zu sein. »Die

Oppenheims gehören zur Stadt wie der Dom zu Köln und werden so akzeptiert«, sagen Einheimische. Das Adelsgeschlecht tritt seit jeher in unzähligen Organisationen und Vereinen auf – von exklusiv bis volksnah. So bekennen sich einige Familienmitglieder zum örtlichen Fußball – die Söhne von Georg Baron von Ullmann und Christopher Baron von Oppenheim kicken nach der Schule zusammen –, was nicht als so »schick« gilt wie Golf oder Polo, wo die Banker gleichfalls involviert sind. Und natürlich mischt der Clan im Karneval mit, der der soziale Kitt Kölns ist und zur politischen Kulisse der einst freien Reichsstadt (bis 1794) gehört. Obwohl sich die Nachkommen heute zur Narrenzeit auf der Straße nicht mehr so offen zur Schau stellen wie weiland der 20-jährige Simon Oppenheim, der sich 1824 zur »Prinzessin Venezia« küren ließ, so gehören manche Oppenheims doch einem Faschingsverein an. Schließlich dient der Karneval auch der Mitarbeiter- und Kundenpflege. Lustig feiert die Bank jedes Jahr zu Weiberfassnacht eine riesige Fete, und am Rosenmontag öffnet sie die närrischen Tore auch für die Klientel. Im Gegensatz zur fünften Jahreszeit ist die bekannte Pferdezucht der Familie in Schlenderhan nahe Köln ganzjährig ein Magnet auch für Kunden. Das 1869 von Eduard von Oppenheim (1831–1909) gegründete erste deutsche Privatgestüt, ein früheres Rittergut, ist international für seine preisgekrönten, siegreichen Vierbeiner berühmt. Die Leidenschaft für Pferde wird vor allem vom Ullmann-Stamm gepflegt. So ist Krockow-Schwager Georg von Ullmann ein passionierter Züchter und aktiver Sportreiter.

Abgesehen von Sport und Spiel hegt die Adelsfamilie seit den Anfängen Interessen für Wissenschaft und Kunst. So sammelt Christopher von Oppenheim antiquarische Bücher, sein Vater Alfred förderte die bildenden Künste nach Kräften. Davon profitierte etwa das Kölner Wallraf-Richartz-Museum. Und an den Wänden des ehrwürdig-bürgerlichen Bankhauses hängen überall Gemälde, auch Portraits der Ahnen, die vielfach in der Ära des verstorbenen Bank-Barons angeschafft wurden. Persönlich ausgesucht wurden die neueren Meister unter fachkundiger Beratung durch die Ehefrau des Seniorchefs, Jeane Freifrau von Oppenheim, geborene Wahl. Der kunstsinnigen Mittsechzigerin gehört selbst eine Sammlung von mehreren Hundert Fotografien, die sie zuweilen auch in Köln ausstellt. Darüber hinaus gönnt die Sippe dem Rheinland reichlich Events und Stiftungen. So engagiert sich die Familie laut Geschäftsbericht bis heute in der jüdischen Community (Synagoge Köln), obwohl die meisten Mitglieder längst keine Juden mehr sind. In und um Köln gibt es kaum eine bedeutende Institution aus Kunst und Kultur, wo die Oppenheims oder ihre Bank nicht als Mitgründer, Mäzen oder Sponsor auftreten: Da gründete und förderte ihr Vorfahre Eduard Oppenheim (1859) den Kölner Zoo und initiierte und finanzierte die Gartenbaugesellschaft Flora. Onkel Abraham stiftete 1861 die Kölner Synagoge in der Glockengasse und David (»Dagobert«), ein glühender Liberaler, Philanthrop und Philosoph, unterstützte den Kölnischen Kunstverein. Auch ein Kinderhospital, das Kunstgewerbe- und das Naturkundemuseum sowie den Neubau der Universität Köln verdankt die Domstadt dem Engagement und Kapital der Privatbankiers. Und jüngst spendete ihr Institut für drei wiederhergestellte Fenster des Doms. Zum Dank würdigt die Stadt die Adelsfamilie mit einer (kleinen) Oppenheimstraße am Kölner Rheinufer, wo früher die Hauptverwaltung der Colonia-Versicherung stand, sowie durch eine Pferdmengesstraße im feinsten Wohnviertel.

Andererseits, wenn es in Stadt und Stadtrat um lukrative Geschäfte geht, dann werden das prominente Geldhaus und seine Inhaber selten vergessen. Das gilt etwa im Fall von Immobilien. Gerade bei Prestigeprojekten der Kommune ist der Oppenheim-Ullmann-Clan wie selbstverständlich mittendrin. Einige Mitglieder der Familie und Gesellschafter der Bank zählen zu den »15 Glücklichen«, die neben anderen stadtbekannten Größen wie Verleger Alfred Neven DuMont oder das Haus des Industriellen Otto Wolff von Amerongen zum Kreis der Investoren der teuer sanierten »Kölnarena« (eröffnet 1998) gehören.[3] Dennoch zählen Beobachter das Adelsgeschlecht nicht zum klassischen Kölner Klüngel, es agiert eher darüber und sichert sich in eigener Regie nach allen Seiten geschäftlich ab. Am besten funktioniert dieses Geben und Nehmen lautlos, wie es sich für Privatbankiers geziemt. Die Geheimhaltung kann so weit gehen, dass selbst die Beerdigung des Clanoberhaupts Alfred von Oppenheim zur Verschlusssache erklärt wird. So pflegt der Ullmann-Stamm offenbar ein ziemlich enges Verhältnis zum Immobilienentwickler und Geldverwalter Josef Esch aus Troisdorf. Über die regen Kontakte zwischen Oppenheim-Chef Graf Krockow und dem früheren Maurerpolier, der nun Milliarden managt, wird am Rhein wie in der Presse wild spekuliert. Im Mittelpunkt der Gerüchte stehen gemeinsame Geschäfte, welche die Duzfreunde angeblich mit Immobilienfonds und prominenten Großprojekten auch in der Domstadt betreiben. Unter den Anlageobjekten werden sämtliche Vorzeigebauten Kölns genannt, wie etwa die Kölnarena, der Medienpark und die Messehallen, bei denen die Bankendynastie offiziell wie privat lukrative Deals Arm in Arm mit Esch machen soll. Die Fonds zur steuersparenden Finanzierung der teuren Immobilien, so wird kolportiert, seien über Mietgarantien und Bürgschaften über Jahre hinaus abgesichert, sodass im Falle des Scheiterns – etwa bei der Kölnarena – stets der Steuerzahler haftet. Andererseits gelten die (Fonds-)Projekte des schweigsamen Esch, der zudem persönlich das Vermögen von gut einem Dutzend der reichsten Familien Deutschlands verwalten soll, als so lukrativ, dass die mit der Bank gemeinsam betriebenen kolossalen Oppenheim-Esch-Fonds fast die Hälfte des Betriebsgewinns des Geldhauses erwirtschaften. Diese Behauptung aber lässt das Haus vehement dementieren. Der genannte Anteil sei »viel zu hoch«, statt knapp 50 Prozent betrage der Beitrag zum Konzernergebnis nur fünf und fürs Stammhaus kaum zehn Prozent. Auch der Einfluss von Krockow-Freund Esch auf die Geschäfte, gar auf die Führung des Instituts sei im Gegensatz zu Berichten mancher Medien unbedeutend. Solche Darstellungen »sind insgesamt nicht richtig, grober Unfug und böswillige Berichterstattung«, schimpft Oppenheims Pressesprecher. Ob hinter den Beschuldigungen gegen den Bauprojektor und den Bankenboss eine Intrige aus dem eigenen Hause steckt, dazu will sich die Pressestelle keinesfalls äußern. Offizielle Ermittlungen gegen Esch oder das Bankhaus – durch Staatsanwalt oder Bankenaufsicht – jedenfalls gäbe es nicht.

Riesensprung ins dritte Jahrtausend

Schlagzeilenträchtiger als die Kritik an den Oppenheim-Esch-Fonds und den Köln-Immobilien ist zwischen Sommer 2004 und Frühjahr 2005 der größte Firmenkauf des Bankhauses in der Firmengeschichte. So schickt sich Sal. Oppenheim an, das Haus gleich um ein Vielfaches zu erweitern und die weit größere BHF-Bank in Frankfurt am Main zu übernehmen. Der Deal mit der Aktienbank stürzt die Mannschaft um Matthias Graf von Krockow in heftige Betriebsamkeit, da der Übernahmekandidat für Oppenheim ein riesiger Brocken ist. Die Bilanzsumme beträgt mit 65 Milliarden Euro im Vergleich zu den Kölnern fast das Siebenfache, und die Zahl der Mitarbeiter ist zunächst um fast ein halbes Tausend höher. Zum Zeitpunkt der Übernahme im Frühjahr 2005 zählt die ING-Tochter BHF-Bank noch rund 1 800 Mitarbeiter. Der Übernahmekandidat war längst ein Sanierungsfall. Denn der Verkäufer, der Amsterdamer Finanzkonzern ING, hatte den Deutschen statt Glück nur Unruhe gebracht. Zu unterschiedlich waren die Kulturen, zu unklar und wechselhaft das Konzept der Niederländer. Die BHF ist wie Oppenheim eine Traditionsbank, deren Wurzeln auf 1854 zurückgehen. Der Riese ING hatte für die Mittelstandsbank 1999 stolze 3,2 Milliarden Euro bezahlt. Sal. Oppenheim legte den Niederländern nach zähen Verhandlungen nur 600 Millionen Euro für ein kräftig abgespecktes Geldhaus auf den Tisch. Den Preis brachten die Oppenheim-Gesellschafter überwiegend auf, indem sie aus dem Stand 400 Millionen Euro ins haftende Kapital ihrer Bank einschossen. Den Rest legte das Bankhaus drauf. »Die Übernahme wird in der Branche als Glücksfall betrachtet, allein deshalb, weil das Institut überhaupt zur Verfügung stand«, meint Professor Dr. Jürgen Moormann, Experte für Bankmanagement an der privaten Fachhochschule der Bankakademie in Frankfurt am Main.

Der Big Deal mit der BHF-Bank macht Sal. Oppenheim zu Europas größter Privatbank mit internationalem Ansehen. Schiere Größe indes ist kein Qualitätsnachweis. Die ING-Tochter schrieb bis Frühjahr 2004 rote Zahlen. Nun mutiert das ehemalige Sorgenkind offenbar zum Musterknaben. »Die BHF entwickelt sich prächtig und sucht gute Leute«, verlautet es optimistisch aus Köln. Was die Frankfurter am meisten brauchen, ist ein klares Konzept, das ihre Ursprünge betont. In diesem Punkt kann die 216 Jahre alte Sal. Oppenheim der BHF einiges bieten. So steht für Konzernchef Graf von Krockow fest: »Wir werden dem guten Namen des Instituts wieder zu neuem Glanz verhelfen.«[4] Tatsächlich wird die Erwerbung wieder zur Beratungs-, Service- und Handelsbank umgewandelt und soll das risikoreiche Geschäft mit Firmenkunden allmählich aufgeben. Es gilt wieder wie früher bei der BHF: Small is beautifull. Nach erfolgter Schrumpfkur wird die Tochter neben der Mutter eigenständig auftreten. Als »Zweitmarke« kann die BHF-Bank eine breitere, weil etwas weniger betuchte Klasse umwerben und eine »Sal. Oppenheim light« werden. Vom Main aus werden die Reichen betreut, am Rhein die Steinreichen. Seine durchaus aufwändige Zwei-Banken-Strategie begründet von Krockow mit der Vermeidung von Mischmasch: »Wenn Sie sich einmal entschlossen haben, ein Rührei zu machen, ist es wahnsinnig schwer, daraus wieder zwei Spiegeleier zu machen«.[5] Die Betonung des Privaten entspricht der Kölner Linie, die seit Anfang der neunziger Jahre auf reiche Privatkunden und deren Vermögen festgelegt ist. Künftig sollte ein BHF-Kunde mindestens eine halbe Million Euro besitzen und reichlich Bedarf an Geldanlagen haben. Dann wird sein Vermögen im Rahmen des »Private Banking« aktiv verwaltet. Darf es lediglich passiv verzinst werden, dann reichen schon 100 000 Euro Einlage als Eintritt aus. Bei der BHF wie beim Mutterhaus will Matthias von Krockow zudem auf Expansionskurs gehen: »Die Zeichen stehen auf Wachstum, im Inland wie im Ausland«.[6] Als entwicklungsfähig gelten ihm Frankreich und Spanien. Seit Herbst 2005 sind die Kölner sogar an einer Bank in China beteiligt. Von Krockow weiß, wie tückisch und mühsam die Geschäftsausweitung bei seiner hochgestellten Privatbank verläuft. Den verwöhnten Superreichen ist nicht so einfach beizukommen wie dem breiten Volk. Schrille Spots und markige Sprüche, glitzernde Leuchtreklame oder penetrante Briefkastenwerbung finden die Superreichen höchst unschicklich.

Der Geldadel lässt bitten

Verschwiegenheit als Prinzip, Vorsicht im Geschäft und Tradition – mit diesem Dreiklang versuchen die Kölner ihrer noblen Klientel beizukommen. In diesem Sinne scheint Oppenheim als pure Familienbank den oberen Zehntausend wie auf den Leib geschneidert: uralt, wohlhabend, noble Adresse. Geld gesellt sich gern zu Geld, wofür die Reichen bei den Rhein- und den leicht abgespeckten Mainländern Exklusivität statt Nullachtfünfzehn erwarten. Gehören doch zu Krockows Kunden einige, die über ein Barvermögen von mehr als 15 Millionen Euro verfügen. Für die Crème de la Crème der Geldanleger zählen das Gefühl von Familie, Geborgenheit und Reichtum mehr als tausend Filialen. Die Oberschicht betrachtet einen konservativ-elitären Anstrich als Ausweis von Seriosität – den erhalten sie bei der Adels-Bank gratis. Der Rolls-Royce-Markt der Geldwelt gehorcht anderen Gesetzen als das Massengeschäft mit Girokonten, Kleindarlehen, Bausparverträgen und Bankautomaten. Die oberen Zwanzigtausend – denn so viele steinreiche Clans gibt es etwa in Deutschland – betreten selten ihre Bank, nein, der Geldadel lässt bitten. Deshalb läuft der Anfangskontakt über gewachsene Verbindungen, persönliche Empfehlungen und über ein Netz aus exklusiven Adressen mit den Einfluss-Reich(st)en aus Wirtschaft, Politik und Kultur. Geld stinkt nicht, weshalb die Traditionsbanker in den Salons und Clubs auf Tuchfühlung zu ihrer potenziellen Klientel gehen. Die daraus erwachsende Mund-zu-Mund-Propaganda bildet denn auch das maßgebliche Marketinginstrument bürgerlicher Privatbankiers. Die Oppenheims gehen mit Kunden essen oder besuchen sie zu Hause. Ergänzt wird die feine Flüsterpropaganda durch stilvolle Veranstaltungen in den eigenen Filialen etwa, bei Neueröffnungen oder im Künstlermilieu. Stets wichtig fürs Geschäft ist es, in alle Richtungen der Gesellschaft Kontakte zu pflegen. Da können selbst die nach dem Zweiten Weltkrieg gleichermaßen wiederbelebten Verbindungen zum Judentum wie zum Orient hilfreich sein. So ließ die Familie 1997 einen Lehrstuhl für die Erforschung des Antisemitismus, Rassismus und des Holocaust an der Gedenkstätte Yad Vashem in Jerusalem einrichten. Und seit 2001 unterstützt die Salomon und Alfred von Oppenheim-Stiftung die Rekonstruktion des Berliner Tell-Halaf-Museums (Max von Oppenheim hatte die Ausgrabungen der Ruinenstadt im heutigen Syrien 1929 finanziert) finanziell. Darüber hinaus besteht für die Elite-Bank vielfache Präsenzpflicht auf Vernissagen und Bällen, bei Staatsbanketts und Jubiläen. Wo und wie sonst, außer auf Golf- und Reitplätzen oder Yachtpartys kann der Geldadel aufgespürt werden? »Es ist ein Mix aus guten geschäftlichen Kontakten und gewachsenen persönlichen Verbindungen«, beschreibt ein Banker das Geschäftsgebaren. Früher bildeten die Salons der besseren Gesellschaft den Markt, heute sind es die Treffs und Spielwiesen der (Einfluss-)Reichen, wo man das Nützliche mit dem Angenehmen verbindet.

Das Schaltergeschäft ist minimal; Girokonten oder Bankautomaten dienen fast nur den Mitarbeitern. Sofern Steuersparmodelle gefragt sind, laufen die Kontakte wie bei der Konkurrenz gewöhnlich über Steuerberater, Wirtschaftsanwälte, Treuhänder, Testamentsverwalter usw. Sollte es die Mandanten trotzdem mal in die Räumlichkeiten ihres Geldhauses verschlagen, dann erwartet sie in der Beletage keine gleichgültige Sperrholzeinrichtung mit Computern, Geldautomaten und Glasscheiben, sondern eine entspannte Konferenzatmosphäre mit gediegenem Mobiliar aus echtem Holz, Leder und Velours sowie mit Originalgemälden an den Wänden. Wichtiger noch als das Ambiente aber ist das Gebot der absoluten Diskretion. Die Betreuung und Beratung der Betuchten wird in der Kölner Zentrale wie in den Niederlassungen absolut diskret abgewickelt, klassisch wie in Schweizer Banken und dereinst in Großbanken. Über Sal. Oppenheims Klientel heißt es in der Branche daher: »Das sind die, die nicht im Lift gesehen werden wollen.« So kommen die Vermögenden, die das Kölner Stammhaus Unter Sachsenhausen 4 beehren, in den Genuss, vom Portier höchstselbst im eigenen Aufzug in die Teppichetage eskortiert zu werden. Immerhin wird der ideale Kunde auf ein freies Vermögen von rund zehn Millionen Euro taxiert, wobei auch Vermögende mit 100 Millionen Euro willkommen sind. Zur Klientel der Kölner sollen Familien wie der Schuhfilialist Deichmann (Essen), Riegels (Haribo, Bonn), Haniels (Duisburg), Werhahns (Neuss) oder die Kölner Verlegersippe Neven DuMont gehören. Auch Prominente aus Kunst und Sport wie Formel-1-Champion Michael Schumacher oder Boxmeister Henry Maske fehlen nicht. Es wird geschätzt, dass gut jede vierte der 20 000 reichsten Familien Deutschlands bei Oppenheim spart.[7] Zum edlen Service für Multimillionäre und Milliardäre gehört das Extra, auch dem Fiskus ein Schnippchen zu schlagen. In diesem Fall demonstriert Oppenheim im eigenen Haus vorbildhaft, wie das in der Geldelite funktioniert, zum Beispiel im Geschäftsjahr 2004. Trotz des Rekordgewinns in der 216-jährigen Firmengeschichte geht das Finanzamt mit lächerlichen 15,5 Millionen Euro Steuern fast leer aus. Und von dem Scherflein erhält der deutsche Fiskus mit gerade mal einem Drittel ein Nasenwasser. Ihre Steuern entrichten die Oppenheims lieber in Luxemburg oder der Schweiz. In diesen Steuer-Billigländern fühlen sich auch die prallen Konten ihrer Kunden samt der Vermögensverwaltung wohl. So erweisen die blaublütigen Bankiers ihren Mandanten, dass sie »Steuerspar-Experten« sind – von der Wiege bis zur Bahre. Sie »nutzen das Steuergefälle in Europa aus«, geben die Kölner zu.[8] Auch das Fondsvermögen der Klientel liegt vor dem Fiskus strategisch geschützt an so ausgewählten Orten wie etwa Luxemburg, Irland oder in der Schweiz.

Überlebenschance in Marktnischen

Für die Luxusbetreuung und den Individualismus mit den vielen Extras erhalten die Kassenwarte der Elite stolze Provisionen, Gebühren und Zinsüberschüsse. Das Privatgeschäft mit Vermögenden zahlt sich aus. Firmen dagegen akzeptieren nur Margen zwischen 0,3 und 0,5 Prozent, wobei Großkonzerne »fast die Konditionen vorschreiben, weil sie die Alternative haben, selbst an den Kapitalmarkt zu gehen«, erklären Banker. Sal. Oppenheim verdient »sehr viel höhere Margen von einem Prozent und mehr«. So ist es kein Zufall, dass alle Geldhäuser bei den Reichen baggern und gern wie eine Privatbank sein wollen: familiär und persönlich. Das ist meist Illusion, die in der Werbung fortlebt. In Wirklichkeit sind Familienbanken eine aussterbende Spezies. So existierten vor gut 80 Jahren in Deutschland noch 1 200 Privatbanken, auch die legendäre Bank der Rothschilds gehörte dazu. Heute sind es kaum drei Dutzend. Die »Privaten« werden von den Riesen gern gekauft und als Aushängeschild benutzt, um »Individualität« zu suggerieren. Doch nur dort, wo der Chef seine Kunden wirklich noch persönlich kennt, bleibt der familiäre Charakter erhalten. Das gilt zum Beispiel für das Bankhaus Lampe KG. Bei dem zum Oetker-Konzern gehörenden Institut schaltet sich der persönlich haftende Gesellschafter Christian Graf von Bassewitz zuweilen persönlich in die Gespräche über Zins und Tilgung ein. Dieser durch die Inhaber repräsentierte Charakter macht den Charme der Privaten aus. Sal. Oppenheim ist übrigens nicht die älteste deutsche Bank. Diese Ehre gebührt den Häusern Joh. Berenberg, Gossler & Co. (Hamburg) und der bekannteren Fürst Fugger Privatbank KG. Dieses 1486 als Handelshaus gegründete Institut schrieb Weltgeschichte. Der sagenhaft reiche Geldmann Jakob Fugger zu Augsburg finanzierte die weltliche wie geistliche Elite – von Königshäusern bis zum Papst in Rom. Sal. Oppenheim gehört dem Alter nach zu den mittleren Semestern wie Löbbecke, Seeliger oder M. M. Warburg.

Gemeinsam haben diese Individualisten das historische Verdienst, mit ihrem Kapital die Entstehung der modernen Kaufmannsgilde, des Welthandels wie der klassischen Großindustrie gefördert zu haben. Vielfach wirkten sie als Geburtshelfer bei Gründungen mit. Frühere Privatbankiers gingen sogar selbst ins Risiko und hafteten persönlich bei Industrieengagements. Dieses Wagnis wäre bei der heutigen Wettbewerbssituation undenkbar. »Das Umfeld ist enorm härter geworden. Während Privatbanken früher mit viel Eigenkapital gearbeitet haben, konkurrieren sie nun mit kapitalkräftigen Konzernen, die durch ihre Masse vielfach kostengünstiger agieren können«, vergleicht Professor Wolfgang Gerke, Banken- und Börsenexperte der Universität Erlangen-Nürnberg. Selbst das im Geschäft mit Firmen so begehrte »Investment Banking beherrschen weitgehend die Großen«. Das ist der Grund, weshalb Banken wie Sal. Oppenheim nun auf Mittelständler und speziell auf sehr wohlhabende Privatanleger ausweichen. Nur die richtige Kernkompetenz sichert ein Überleben im Schatten der Universalbanken. Der Kleine muss seine passende Nische im Markt finden. »Hauptsache weg von der Masse«, empfiehlt Bankenspezialist Gerke als Marschrichtung. »Nur wenn das Haus in Spezialitäten stark ist, ist die Zukunft sicher. Im Breitengeschäft der Universalbanken haben sie keine Chance mehr.« Doch die Nähe zur Rolls-Royce- und Porsche-Kundschaft sowie der geeignete Service entspricht einer stetigen Gratwanderung zwischen Nutzen und Kosten. So auch bei der Frage, welche Dienste – zum Beispiel Abwicklung der Börsen- und Finanztransaktionen oder Informationstechnik (IT/EDV) – Oppenheim selbst leistet und was zugekauft werden soll. Stets muss sorgfältig zwischen Kosten-Nutzen-Aspekten und dem individuellen Image eines Privatbankiers abgewogen werden. »Das ist sicher etwas, das man sich immer wieder anschauen muss«, gibt Bankbetriebswirt Jürgen Moormann zu bedenken.

Selbst die Qualifikation und Pflege des Personals unterliegt dem Charme des Privaten. Schon Alfred von Oppenheim formulierte: »Einer unserer Grundsätze ist Geschlossenheit, wir suchen immer den Konsens.« Die eiserne Regel des Freiherrn gilt bis heute. In der Bank der

Multimillionäre geht alles einen Tick barocker zu. Ganz früher händigte der amtierende Teilhaber den Mitarbeitern noch persönlich das Weihnachtsgeld und ein Geschenk vor dem Fest aus und erkundigte sich nach deren Problemen und Nöten samt Krankheiten. Diese Anteilnahme ist im Großbetrieb nicht mehr möglich: Doch Konflikte mit der Belegschaft werden weiter sorgsam vermieden. »Bei Sal. Oppenheim existiert eine ältere, traditionell gewachsene patriarchalische Sozialpartnerschaft«, sagt eine Gewerkschafterin. Die Bank schottet sich sehr ab. Lieber werden die Leute im Streitfall mit einem Bündel von Geldscheinen flott abgefunden. Alles was die Seriosität der Bank antasten und Aufsehen erregen könnte, vermeiden die Oppenheims im Vorfeld – und die Mehrheit der Mitarbeiter dankt es ihnen. »Die meisten haben das elitäre Denken drauf und kungeln gern unter sich, auch bei Tarifrunden«, so die Verdi-Funktionärin. Oppenheim ist tariflich ungebunden, was für die Bezahlung nicht negativ sein muss. Hilferufe aus der Belegschaft oder gar Streiks werden bisher keine registriert. Selbst in der Zeit der schweren Börsen- und Bankenkrise um 2001, als auch Oppenheim Personal abbaute, verursachte das keine Schlagzeilen. Die Verträge von Beschäftigten in der Probezeit wurden einfach nicht verlängert, Festangestellte wurden geräuschlos versetzt, stattlich abgefunden oder in Altersteilzeit geschickt. Der Betrieb verkürzte zum Ausgleich der akuten Krise die Arbeitszeit zeitweise und führte Teilzeit ein. Insgesamt glättete das Krisenmanagement bei Oppenheim die Wogen, was bei den Großbanken (Deutsche, Dresdner, Commerzbank etwa) nicht der Fall war. »Eine Hire-and-Fire-Mentalität wie anderswo kennt Oppenheim nicht«, bestätigt ein Insider. Für die Gewerkschaften ist die Harmonie nachteilig; sie zählen kaum ein Dutzend Mitglieder in ihren Reihen. Und selbst diese Minderheit wird skeptisch beäugt, teilweise isoliert.

Elite-Bank seit den Anfängen

Seit mehr als zweihundert Jahren schreibt die jüdisch-christliche Familie Bank- und Branchengeschichte. Die Geburt der Firma wird auf das Jahr 1789 datiert. Salomon Oppenheim junior (1772–1828) gründet, erst 17-jährig, in Bonn ein Kommissions- und Wechselhaus. Anfangs werden neben den Wechsel- und Geldgeschäften (persönliche Kredite an Händler), dem Sortenumtausch für Währungen auch andere Aktivitäten verfolgt. Der Firmengründer handelt mit Waren wie Baumwolle, Öl, Wein, Tabak oder Leinen und transportiert sie auch. Diese Mixtur aus Handel und Geldgeschäften ist typisch für die Zeit. Der junge Mann muss zielstrebig gewesen sein, denn es gelingt ihm, den einflussreichen Bankier und Silberhändler Samuel Wolff – einen Vetter des Vaters – als Finanzpartner mit der Summe von 90 000 Talern zu gewinnen. Die Heirat mit Therese Stein (geboren als Deigen Levi) aus Dülmen schließlich stärkt die Finanzkraft enorm, denn die 17-Jährige erhält als Mitgift 10 000 Taler, das Kapital für eine mittelständische Manufaktur. Am 7. Mai 1793 tritt Salomon Oppenheim junior als Gläubiger von Wechselforderungen über 300 Reichstaler gegenüber den Eheleuten Schön in Bonn auf. Diese Quelle wird als erster Beleg für Bankgeschäfte gewertet. 1798 verlegt Oppenheim sein Geschäft ins französisch besetzte Köln, wo die jüdische Bevölkerung freier arbeiten darf. Der Wohnsitz der Familie bleibt bis 1801 in Bonn. Salomon Oppenheim, der auch in der neuen jüdischen Gemeinde zu Köln aktiv mitwirkt, etabliert sich unter den linksrheinischen Notablen und tritt bereits als Mäzen auf. Die erste große Spende 1806 geht an die durch Krieg zerstörten Städte Jena und Weimar. Schon 1821 treten Salomon Oppenheims in Köln geborene Söhne in die väterliche Bank ein. Simon, der Erstgeborene (1803), baut später das bis dato unbekannte Finanzierungsmittel der »Aktiengesellschaft« wesentlich aus. Der zweitälteste Sohn Abraham (geboren 1804) setzt sich mit seinem Bruder Simon für die Gleichstellung der Juden ein. Therese Oppenheim, die zwölf Kinder gebar, arbeitet als Prokuristin fleißig in der Bank mit. 1810 ist Sal. Oppenheim hinter Abr. Schaaffhausen Kölns zweitgrößtes Bankhaus. Durch eine geschickte Heiratspolitik stärkt die Familie auch in Zukunft ihren Einfluss und expandiert international. So nimmt 1813 der Sohn einer Banker-Familie in Paris, gerade 20 Jahre alt, die 15 Jahre junge Helene Oppenheim zur Frau. Die Heiratsurkunde legt ausdrücklich die Gründung des Bankhauses Fould & Fould-Oppenheim in Paris fest. Das Startkapital bringen Braut und Bräutigam zu gleichen Teilen auf. Kontakte zum französischen Empire genossen damals einen hohen strategischen Wert für Familie wie Firma.

Spätere Generationen führen die Expansion durch Heiraten fort. So vermählen sich die Oppenheims in alle Richtungen – Banken, Finanzen, bis in Industriefamilien hinein. Heiratspolitik war in den damals vorwiegend jüdischen Bankkreisen üblich. Die Familien der Minoritäten kannten und schätzten sich über Landesgrenzen hinweg. Die Kooperationen teilten das Risiko und führten frisches Kapital zu, wodurch die Machtbasis breiter wurde. Als sich die dritte Generation der Oppenheims Mitte des 19. Jahrhunderts teilweise taufen lässt und christlich wird, weicht die geschlossene Gesellschaft langsam auf. Heute überwiegen Neigungsheiraten. Salomon Oppenheim baut sein Institut konsequent aus. Er beteiligt sich 1818 erstmals an der Rheinschifffahrts-Assekuranz-Gesellschaft, einer Vorläuferin der späteren »Agrippina« und eine der ersten Aktiengesellschaften in Preußen. Im Jahr darauf konsultiert die Handelskammer die Kölner Bankiers Oppenheim, Herstatt und Merkens, um ihre Meinung zum Thema Währungsumtausch vom Franc zum Taler nach Napoleons Abzug einzuholen. Das Ansehen des Geldprofis steigt, Salomon Oppenheim junior wird 1822 als erster Jude Mitglied der Handelskammer Köln, ein gesellschaftlicher Höhepunkt für die Familie. Im Herbst 1828 stirbt der Gründer im Alter von nur 56 Jahren in Mainz auf einer Geschäftsreise. Er hinterlässt eines der größten Vermögen Kölns. Bis die Söhne Simon und Abraham voll einspringen können, führt seine Witwe Therese als Prokuristin das Geschäft. Sie ist somit einer der wenigen weiblichen Topbanker der Weltgeschichte.

Auch die künftigen Generationen schreiben Finanzgeschichte. Denn die Oppenheims sind mit Geld dabei, als die ersten Aktienbanken und Versicherungen gegründet werden, das Ruhrgebiet mit seinen Kohlegruben und der Montanindustrie ökonomisch aufblüht und überall in der Welt Eisenbahnen, Energiefirmen und eine moderne Schifffahrt entstehen. Sie treten als universelle Investmentbanker auf, weit über die Region hinaus und profitierten von den Boom- und Gründerjahren der Industrie des 19. Jahrhunderts. Das Wort »Globalisierung« mag damals unbekannt gewesen sein, doch Oppenheims gründeten schon 1836 ihren ersten Ableger in Amsterdam und kooperierten eng mit Firmen in Frankreich. Unaufhaltsam steigt die Sippe gesellschaftlich auf. In der zweiten Hälfte des 19. Jahrhunderts werden die Oppenheim-Brüder Simon und Abraham in den Adelsstand aufgenommen. Zuvor konvertieren einige Familienmitglieder der dritten Generation zum katholischen oder evangelischen Glauben. Eine besondere Anekdote ist mit dem Oppenheim-Sohn David (»Dagobert«) verbunden. Der an Politik und Philosophie interessierte Banker-Spross ist 1842 Mitgründer der *Rheinischen Zeitung*. Die Tageszeitung gibt sich in dieser revolutionären Zeit des Vormärz betont liberal bis radikal-demokratisch. Einige Monate ist ein gewisser Dr. Karl Marx Chefredakteur – bis der Staat das Blatt 1843 verbietet. Das Projekt ist zudem mit 13 000 Talern verschuldet. Viel später, 1866, amtiert Dagobert Oppenheim bis zu seinem Tod 1889 für die Liberalen als Stadtverordneter von Köln. Gegen 1880 flaut der Gründungsboom stark ab. Dieses Problem beschäftigt die dritte Generation um Eduard und Albert von Oppenheim – aktiv von 1880 bis 1910. Die Enkel des Gründers kämpfen gegen Rezession, Abwertungen und die aufkeimenden Großbanken. Denn 1884 wird das Preußische Aktienrecht zulasten der Privatbankiers geändert. Sie verlieren ihre Rolle in vielen Konsortien an die neuen starken Herren der anonymen, einst von ihren Vätern initiierten Aktienbanken.

Im Jahr 1904 findet wieder ein Generationswechsel statt. Simon Alfred von Oppenheim und Vetter Emil übernehmen die Zügel. Zur Schmierung des Ersten Weltkriegs ist Oppenheim an deutschen Kriegsanleihen beteiligt. Die Goldenen Zwanziger befördern Oppenheim auf eine Berg- und Talfahrt. Einen Höhepunkt markiert 1931 der Einstieg des landesweit renommierten Bankers Robert Pferdmenges. Der damals 50-Jährige hat für die Kölner ein solches Gewicht, dass sie ihn als ersten Externen als gleichberechtigten Teilhaber mit vollem Mitspracherecht in der Bank akzeptieren und ihn bei der Erbfolge den Oppenheims gleichstellen. Der Einfluss der Familie schwindet weiter, weil Simon Alfred von Oppenheim, ein gestrenger und gewissenhafter Firmenpatriarch, den die Zunft respektvoll »Herzog Alba der Hochfinanz« tituliert, lange kränkelt und früh (1932) stirbt. Sein Wunschnachfolger, Sohn Eberhard (dritte Generation), ist mehr am Reitsport als am Bankgeschäft interessiert. Der Clan legt ihm bald den Rückzug nahe, Eberhard von Oppenheim scheidet aus. Damit ist der Weg an die Spitze für Pferdmenges frei. Der neue Boss, geboren 1880, stammt aus einer reichen Textilunternehmerfamilie in Reydt (heute Mönchengladbach) und macht sich einen Namen als gewiefter Geldfuchs mit reichlich Auslandserfahrung. Der Niederrheiner kommt von der Deutschen und Disconto-Bank (»DeDi-Bank«). Ursprünglich hatte er für die Disconto-Gesellschaft gearbeitet. Deren Megafusion (1929) leitete er zwar maßgeblich mit ein, aber er betrachtet die Elefantenhochzeit skeptisch. Auch wird er nicht in den Vorstand des fusionierten Instituts aufgenommen. Das Angebot, in der neuen Mega-Bank auf die zweite Ebene in die Berliner Zentrale zu wechseln, lehnt er ab – auch mit Hinweis auf seine Frau Dora, die lieber im Rheinland bleiben will. So steigt Pferdmenges bei den Oppenheims ein. Politisch gilt er als »altmodischer Liberaler«.[9] Nach 1945 eilt ihm der Ruf als »Kommunistenfresser« voraus, was ihn wohl zu Unrecht in die radikale Ecke stellt. Der Polit-Banker – maßgeblicher Berater von Bundeskanzler Konrad Adenauer (CDU) und bis zu seinem Tod 1962 Bundestagsabgeordneter der Union – tritt für eine überkonfessionelle Linie der Partei ein. Auch wirkt er am »Ahlener Programm« (1947) der CDU mit, das ausdrücklich eine starke soziale Ausrichtung verfolgt. Zuletzt fungiert Pferdmenges als Alterspräsident im Bundestag.

Unter der Diktatur der Nationalsozialisten kann der familienfremde Teilhaber die Privatbank vor dem Zugriff der Nazis bewahren. Pferdmenges ahnt bei Hitlers »Machtergreifung« 1933, was auf die Kölner zukommen wird und steuert die Geschäfte dezent im Hintergrund. Da der Reichsbank die Bedeutung der großen jüdischen Institute für die Wirtschaft bewusst wird, bescheinigt der Berater der NSDAP dem Bankhaus Oppenheim »für den Gau Köln-Aachen«, dass es sich »überwiegend im Besitz der christlichen Familien Oppenheim und Pferdmenges befinde«. Die Brüder Oppenheim dürfen als »Mischlinge 2. Grades« übers Jahr 1938 hinaus persönlich haftende Gesellschafter des Bankhauses bleiben. Alle anderen großen jüdischen Privatbanken werden in dieser Zeit entweder nichtjüdischen Besitzern übertragen oder Großbanken eingegliedert.[10] So verbleibt als einziger Banker jüdischer Herkunft in der Wirtschaftselite des Jahres 1938 Bankier Waldemar Baron von Oppenheim, Teilhaber von 1922 bis 1952. Dennoch bedrohen die Nazis auch die Oppenheims. Als Erste drängen sie 1936 die jüdischen Teilhaber Otto Kaufmann, Wilhelm Chan und Hermann Leubsdorf aus der Firma. Diese werden ausbezahlt, zwei Gesellschafter wandern in die USA aus. Zwei Jahre später erzwingen die Nazis eine Umbenennung der Bank. Sie firmiert nun unter Pferdmenges & Co. Dann, 1942, muss die Familie Schloss und Gestüt Schlenderhan der SS übereignen. Gegen Ende der Naziherrschaft werden einige Familienmitglieder verhaftet und eingesperrt, die Gefährdung wächst beträchtlich. Nach dem Attentat auf Hitler steht auch Pferdmenges unter Bewachung der Gestapo. Das Geschäft ruht. Nach Kriegsende ist er dem Vorwurf ausgesetzt, »Nazi-Bankier« gewesen zu sein. Mit diesem Vorwurf untersagen ihm die Briten 1946 jegliche öffentliche oder halböffentliche Betätigung bis Sommer 1947.

Als Pferdmenges freikommt, gibt er Oppenheims Bank sofort wieder ihren angestammten Namen zurück. Das Geldhaus hatte den Betrieb bereits 1945 wieder aufgenommen. Trotz Zerstörung und Chaos verläuft der Start wesentlich flotter als bei den meisten Konkurrenten. Nicht nur, weil das Geldhaus wie die Familie sogleich maßgeblich an der Neugründung der Auto Union AG (DKW, später Audi) mitwirken, sondern vor allem weil das nicht nationalsozialistisch belastete Institut bereits 1948 die Erlaubnis zur Tätigkeit als Außenhandelsbank erhält und ab 1949 den Zahlungsverkehr über die Grenzen hinweg forciert. Zeitweise wird das Bankhaus Oppenheim in der jungen Bonner Republik zum verlängerten Arm der Außen- und Wirtschaftspolitik sowie zum Dreh- und Angelpunkt der deutsch-israelischen Beziehungen. So handelt Waldemar von Oppenheim 1951 den ersten Kredit für die Bundesrepublik in den USA und Kanada aus. Und viele Wiedergutmachungsgelder für Juden fließen über das Kölner Haus. Solange es in den fünfziger Jahren noch keine diplomatischen Beziehungen gibt, werden politische Gespräche in der Bank geführt und Geschäfte über sie abgewickelt. Kaum ein namhafter Betrieb an Rhein und Ruhr möchte in jener Zeit auf die Schlüsselbankiers mit ihrem kurzen Draht zur Bundespolitik in ihren Aufsichtsgremien verzichten. So sammeln die Oppenheims im Land des Wirtschaftswunders viele Mandate in Aufsichts- und Verwaltungsräten in der Elite der (Schwer-)Industrie. Auch etabliert sich das Haus rasch als Geschäftsbank des Wiederaufbaus. Der Chef, Robert Pferdmenges, steigt im Bundesverband des privaten Bankgewerbes zum Vorsitzenden auf. Neben ihm gestaltet auch Friedrich Carl Baron von Oppenheim (1900–1978, fünfte Generation, Teilhaber von 1929 bis 1978) die Nachkriegspolitik aktiv mit. Der kauzige Adlige zählt zu den Initiatoren der Deutschen Gesellschaft für Auswärtige Politik. 1958 wird der Pferdekenner und Schlossbesitzer in Niederbayern zum Präsidenten der von ihm mitgegründeten Europa Union gewählt und übt das Amt bis 1973 aus.

Wie vor dem Dritten Reich laufen in Köln wieder Geschäft und Politik Hand in Hand, national wie international. Auch die Kernaktivitäten stehen bis Ende der achtziger Jahre in der Tradition der Universalbank. Alles basiert auf dem klassischen Geschäft für Mittelständler und Konzerne; 90 der größten deutschen Firmen sind Kunden der Kölner. Noch bleiben Privatpersonen links liegen, werden eher zufällig über persönliche Kontakte gewonnen oder sind die eigenen Angestellten. Ein wahres Meisterstück gelingt mit der Verschmelzung zahlreicher Versicherungen (Colonia, Schlesische Feuer, Gladbacher Feuer National). Aus dem Gewirr an Beteiligungen entsteht als loser Zusammenschluss die »Rheinische oder Kölner Gruppe« (Colonia + Nordstern). Auf Deutschlands damals zweitgrößten Versicherungsverbund üben Oppenheims einen starken Einfluss aus. Doch 1989 steigen sie unvermittelt ganz aus den Versicherungen aus (privat mag die Familie noch indirekt Anteile der Assekuranz halten). Die Colonia-Gruppe geht schrittweise an den französischen AXA-Konzern über, zu dem weiter persönliche Beziehungen bestehen. Oppenheims konzentrieren sich auf ihre Bank. Hier schreibt Ende der achtziger, Anfang der neunziger Jahre Alfred von Oppenheim (im Management von 1964 bis 1993) ein neues Kapitel der Firmengeschichte. Mit dem Verkauf des Giganten Colonia gibt Sal. Oppenheim im 200. Jahr des Bestehens den Anspruch auf, eine Universalbank für Industriekunden sein zu wollen.

Um die Wende zu schaffen, fungiert »Alfi« in seiner Rolle als Familienoberhaupt der sechsten Generation als Revoluzzer von oben. Wertvolle Hilfe leistet ihm ein großer Teil des Erlöses aus dem Colonia-Coup von vermutlich 2,1 Milliarden Euro. Das meiste davon behält die Familie unter eigener Verwaltung; später wird ein Gutteil für den Erwerb der BHF-Bank verwendet. Baron Alfred wandelt die Bank in eine Kommanditgesellschaft auf Aktien (KGaA) um, die passiven Gesellschafter werden Aktionäre. Er verändert somit das Teilhaber-Gefüge – auch wegen der Steuerlast beim Verkauf der Anteile. Am Ende leitet er einen

Wechsel der Generationen im Management ein. Er und Manfred von Oppenheim scheiden nach Jahrzehnten als Teilhaber aus. Mit der Summe von mehr als 400 Millionen Euro aus dem Colonia-Verkauf stellt Alfred von Oppenheim dann das herkömmliche Geschäftsmodell auf den Kopf: Statt weiter dem Modell »Allfinanz« (alle Finanzen aus einer Hand) nachzulaufen, dreht er die Traditionsbank in Richtung Vermögensmanagement, Börsenhandelsgeschäfte und Börsengänge sowie Immobilien. Beteiligungen an Firmen werden zurückgefahren. Zu gigantisch wurden die Industriekunden, schier unstillbar ihr Kapitalbedarf. »Alfi« ist es zu verdanken, dass Privatkunden heute im Zentrum des Oppenheim-Universums stehen. In dieser Reformphase wird auch das Management erneuert. So stößt als markanteste Persönlichkeit (1992) Ex-Bundesbankpräsident Karl Otto Pöhl dazu. Er tritt die Nachfolge von Alfred von Oppenheim an und wird auch »Partner«. Erstmals nach 200 Jahren sitzt kein Namensträger mehr im »Chefcabinett«. An dem prominenten Sozialdemokraten Pöhl interessieren die Kölner in erster Linie seine internationalen Kontakte zu Politik und Wirtschaft – der ideale Weg zu den Wohlhabenden. Mit ihm als offiziellem Sprecher der »Partner« beginnt im dritten Oppenheim-Jahrhundert 1993 der Wandel zur modernen, individuellen Privatbank.

Spagat zwischen Tradition und Moderne

Sal. Oppenheim ist ein Unternehmen »mit vielen Türen und Fenstern, wo viel Wasser und Wind eindringen kann«, vergleicht ein Kenner der Szene die Privatbank mit einem Gebäude, das stets gut beschützt und gesichert sein muss. Allein der dramatische Rückgang der kleinen Institute führt vor Augen, wie diese Gattung von Geldhäusern vom Aussterben bedroht ist. Die Großen machen ihnen selbst in ihren Nischen den Garaus. Banken – gerade die privaten – sind keine Selbstläufer mehr. Hält Sal. Oppenheim dem gewaltigen Druck Stand? Die Bank-Bosse antworten mit dem Hinweis, dass das von »Alfi« reformierte Geschäftsmodell die Risiken klar reduziert habe. Das Haus meidet bewusst Kredite, die erfahrungsgemäß Gefahrenherde für Verluste sind. Tatsächlich verleiht Oppenheim wenig Geld und das nur »selektiv« und ergänzend zum Kerngeschäft. Andererseits verfügen die Kölner über außerordentlich hohe Eigenmittel (Colonia-Coup) und stille Reserven (Immobilien, Beteiligungen), sodass in der Bilanz so mancher Flop überspielt werden kann. Das Eigenkapital beträgt satte 1,3 Milliarden Euro (Ende 2004). Doch ist die Reserve kein Ruhepolster, schon gar nicht in der geplanten Wachstumsphase. Gefährlich verdeckte Risikopotenziale stecken zum Beispiel oft in Großimmobilien – siehe Köln –, die unverhofft in eine Schieflage führen können. Das Gleiche gilt für Fonds, die Oppenheim auf eigene Faust auflegt. Da klingt der Vorsatz »Vermögen zu gestalten und zu erhalten« harmloser als die Wirklichkeit. So werden bei Börsengängen von Unternehmen, welche Sal. Oppenheim begleitet, gewaltige Räder gedreht. Falls bei den Zusagen an die Aktionäre (Prospekthaftung) etwas schief gehen sollte, drohen erhebliche Imageeinbußen und Schadenersatzansprüche. Wie fix eine Privatbank in die Tiefe gerissen werden kann, führte 1974 die Pleite des Hauses I. D. Herstatt drastisch vor Augen. Die kleine Kölner Bank, in direkter Nachbarschaft zu Oppenheim gelegen, stolperte spektakulär über eine Devisenaffäre. »Das hätte einen Dominoeffekt haben können«, schaudert es die Privatbankiers noch heute. Bei den gegenwärtigen, oft delikaten Transaktionen, wo sogar das Thema »Geldwäsche« zu beachten ist, muss die Crew um Graf Krockow alle Risiken sorgfältig im Griff haben. Diese Kunst ist bei der Spezialität des Hauses, der Hilfe bei Fusionen oder Übernahmen, extrem wichtig. Hier sind gerade die Neutralität der Privaten, ihre Flexibilität sowie höchste Diskretion gefragt – nichts darf vor Vertragsabschluss öffentlich werden. Ihr Können beschert den Kölnern beneidenswerte Aufträge und katapultiert sie im Geschäft mit Fusionen und Akquisitionen (M&A) in die oberste Liga der Bankenwelt. Gewaltige Ordern kamen aus Berlin beim Verkauf der staatlichen Tank & Rast AG (Autobahnraststätten); auch spielte Oppenheim eine Mittlerrolle beim Kauf der Dresdner Bank durch die Allianz-Versicherung. Die gigantischste Transaktion indes war die Fusion der Stuttgarter Daimler-Benz AG mit der Chrysler Corporation (Detroit/USA) 1998 zur »Welt-AG«. Für die Verschmelzung der Riesen überführten beide ihre Aktien kurzfristig in eine eigens gegründete Oppenheim AG. Allein bei diesem Coup schufteten die »M&Aler« in Köln fast rund um die Uhr. Und damit ja niemand Wind von der Aktion bekam, ließ Baron »Alfi« die ersten Geschäftsbriefe heimlich von seiner Frau Jeane auf der privaten Schreibmaschine tippen und von ihr direkt zur Post bringen. Wo gibt es solche Extrawürste von einem Banker noch?

Will Sal. Oppenheim seine Position als führende Adresse der Privatbanken halten, wird »Alfis« Nachfolge-Quartett direkt auf den vorhandenen Stärken aufbauen müssen. Wie der verstorbene Baron, der das Haus den Anforderungen der Zeit anpasste, wird auch die neue Garde der siebten und achten Generation den Spagat zwischen Tradition und Moderne meistern müssen. Dabei unterliegt ihr Geschäft einem ständig steigenden Druck des Wettbewerbs auf Nischenanbieter wie Sal. Oppenheim. Den Kampf ums Goldene Kalb gewinnen die Kölner nur, wenn im Clan Ruhe herrscht und alle an einem Strang ziehen. Vielleicht müssen sich die oberen Vier – Graf Krockow und Christopher Alfred von Oppenheim als Manager sowie Baron Georg von Ullmann und Friedrich Carl von Oppenheim als Oberaufseher – zunächst eine Zeit lang zusammenraufen – zumal die Charaktere dieser Führungsfiguren verschieden sind. Einerseits ist da von Krockow (Ullmann-Zweig), der umtriebige, selbstbewusste Macher im Management, der in der Sippe wohl an Autorität gewinnt. Er kokettiert zuweilen mit der Andersartigkeit der Bank: »Wir haben in den vergangenen Jahren oft genau das Gegenteil von dem gemacht, was der Markt tat.«[11] Mit »Markt« meint der Graf die Konkurrenz. Nah an seiner Seite arbeitet andererseits Nachwuchsmann Christopher von Oppenheim. Er ist introvertiert, eher rational, alles andere als ein Exzentriker. Der Junior ist ein klug und überzeugend argumentierender Mann in der Tradition des Vaters (»Alfi«) und ehrgeizig genug, in der Firma einiges bewegen zu wollen. Möglicherweise geht Christopher seinen eigenen Weg bis an die Spitze des Hauses. Der zweite, älteste Vertreter aus der Oppenheim-Linie, Friedrich Carl, übt als Vorsitzender des Aktionärsausschusses eine Mittlerfunktion im Sinne eines »elder statesman« aus. Den Respekt als Nestor wird er sich verdienen müssen.

Vierter im Bunde ist der in die Verantwortung genommene Georg von Ullmann. Er hat Erfolg und Misserfolg des Adelshauses und somit zwangsläufig seine Verwandten zu kontrollieren. Von Berufs wegen ist der sportlich gebliebene Fünfziger ein Banker, seine Leidenschaft aber gehört den Pferden, mit denen er zuweilen Derbys gewinnt. In der Schickeriaszene eilt dem smarten Erben der Ruf eines »Lebemanns« voraus. Nun stellt ihn die neue Aufgabe als Doppelaufseher – Stammhaus und BHF-Bank – vor die Alternative: Geld- oder Pferdewelt? Nimmt er seine Rolle im Beruf ernst, steht die Antwort fest. »Als Nebenjob für einen Sportskameraden ist seine Aufgabe ungeeignet«, weiß ein Aufsichtsrat aus eigener Erfahrung. Mit nur vier Sitzungen im Jahr sei ein so umfangreicher Kontrollposten nicht erledigt. Es müsse mindestens einmal im Monat getagt und aktiv eine enge Bindung zur Bank mit ständiger Unterrichtung – etwa über Großkredite und Fonds – angestrebt werden. Möglich, dass Baron Ullmann mit Wohnsitz in London sein Leben wird ändern müssen. Andererseits belegt die symmetrische Aufgabenverteilung – je ein Oppenheim / Ullmann im Management, einer im Aufsichtsrat –, dass die Familie exakt auf Gleichbehandlung der Stämme beharrt. So wollen die Aristokraten die Zügel auch im dritten Jahrhundert ihrer Bankgeschichte fest in der Hand behalten. Sorgen um den (männlichen) Nachwuchs an der Spitze sind dem Adelsgeschlecht ohnehin fremd. Kandidaten stehen bis jetzt reichlich parat. Deshalb ist die Generationenfolge für das Geldhaus stets gut gegangen. Ob sie auch diesmal ein geschäftlicher Erfolg wird, dafür muss das Führungsquartett der blaublütigen Familienbank jetzt sorgen. Der Geldadel ganz Europas lässt bitten.

Kapitel 11

Röchling

Die Saardynastie erlebt die zweite Wiedergeburt

Es gibt Unternehmen, deren Tradition dicke Bücher füllt, weil sie über Generationen ganze Landstriche beherrschten. Dennoch kennen sie nur Eingeweihte. Die Schar der Eigentümer bleibt bevorzugt im Schatten, obwohl ihr Familienkonzern Milliardenumsätze und ansehnliche Gewinne verbucht. Namhaft werden solche No-Names bestenfalls durch die Bedeutung einzelner Konzerntöchter, manchmal durch herausragende Manager. Zu dieser Gattung unbekannter »Schatten-Reiche« gehört die Röchling-Gruppe aus Mannheim mit zahlreichen in- und ausländischen Beteiligungen. Der vermögende Familientrust, welcher mit rund 5,8 Milliarden Euro Umsatz und gut 30000 Beschäftigten noch im Jahr 2004 zu Deutschlands Industrieriesen zählte, steckt allerdings mitten in einer Radikalkur. Galt der Großbetrieb bis vor kurzem als schwieriger »Gemischtwarenladen«, so konzentriert sich das ums Jahr 1822 gestartete Unternehmen derzeit im Wesentlichen auf die Verarbeitung von Produkten aus Kunststoff. Ihre bekannten Tochterfirmen wie Rheinmetall, Pierburg, Kolbenschmidt, die Rüstungssparte DeTec oder den Antennenspezialisten Hirschmann verkauften die Röchlings ebenso fix wie die Firma Francotyp-Postalia, einen Hersteller von Postautomaten. Als krönenden Abschluss stieß die Milliardärsfamilie mit der DeTeWe-Gruppe (Berlin) die Sparte Telekommunikation ab. Mit dieser außergewöhnlich scharfen Amputation erfindet sich die Dynastie zum zweiten Mal in ihrer fast zweihundertjährigen Geschichte neu. Denn die Ursprünge der Dynastie liegen weit zurück in der Montanindustrie des Saarlandes und Lothringens. Mit Kohle, Eisen, Stahl und Völklingen ist der Name Röchling viel enger verbunden als mit Telefontechnik, Frankiermaschinen, Vergasern, Motorelektronik, Kolben, Munition oder Gewehren. Diese Produkte trugen selten den Namen der

Röchlings. Jetzt sind sie nur noch ein Kapitel der Firmenhistorie. Oberster »Vollstrecker« der recht radikalen Wende ist Klaus Greinert, ein Mitglied der Familie. Der geschäftsführende Gesellschafter und Nestor der Sippe hält seinen Rücken für den gewaltigen Umbruch hin, auch, um die Röchlings vor Vermögensverlusten zu bewahren. Ihr verschachteltes Imperium wurde zu schwerfällig und war bis 2004 beträchtlich verschuldet. Den scharfen Sanierungskurs fährt ein Mann mit Sportsgeist nach traditionellen Kaufmannsregeln.

In der Öffentlichkeit nimmt sich Klaus Greinert ganz zurück, wie es dem Stil des Hauses entspricht. Interviews mit Journalisten zu sich, zur Familie oder Firma hat der hörbar berlinernde Manager bisher nie gegeben. Dafür ist er im Gespräch mit dem Autor erstaunlich gradheraus. Nach innen gibt der Boss den Vorturner für die Sippe wie für die Führungskräfte. Greinert, der nach der Arbeit gern gemütlich eine Zigarre raucht, sieht sich als Mannschaftsspieler, der für sein Team steht. Zurückhaltung ist seine Lebenseinstellung: »Wenn Sie gut bleiben wollen, dann nehmen Sie sich nicht so wichtig und treiben keinen Personenkult.« Unterordnung verlangt der Röchling-Repräsentant auch von seinen Leuten. Greinert, in Berlin geboren und aufgewachsen und emotional verbunden mit der Hauptstadt, zählt unzweifelhaft zu den Pragmatikern. Wichtig für ihn ist ein hoher Grad an Beweglichkeit und Anpassungsfähigkeit an eine geänderte Marktsituation. »Nach zwanzig bis dreißig Jahren muss man die Dinge gründlich auf den Prüfstand stellen und wieder was Neues machen«, befindet der Macher. Gemäß dieser Devise fuhr die Röchling-Dynastie ihre industriellen Engagements mit Beginn des Jahrtausends gewaltig herunter. Zurück auf die Position »Start« rücken, wie beim Monopoly oder im Sport. Ein neues Spiel, ein neues Glück – dieses Motto wird für Greinert lebenslang zur Leitlinie. Der Berliner war lange Spieler und Mannschaftskapitän des deutschen Nationalteams im Feld- und Hallenhockey, das weltweit zur Spitze zählt. Und selbstverständlich blieb er Mitglied im Berliner Hockey-Club. »Ich bin da quasi reingeboren«, erzählt er. Ein guter Freund habe ihn auf diesen nicht alltäglichen Sport gebracht. Der junge Klaus hatte damals schon alle möglichen Disziplinen durchexerziert: Fußball (Herta-Zehlendorf), Handball, Leichtathletik, Tennis, Ski ... Und als der zu schnell wachsende Junge dann beim Boxen angelangt war, da zog die Mutter nicht mehr mit. Die Gesundheit ihres Sohnes war ihr wichtiger. Sie selbst war begeisterte Handballerin, der Vater ruderte. »Ich bin auf dem Sportplatz aufgewachsen«, erinnert sich Greinert. Nach drei Box-Jahren mit abhärtendem Konditionstraining lenkte er seine sportliche Energie Richtung Hockey. »Mein erster Schläger war der Krückstock meines Großvaters.« Bald kämpfte er für Berlin und Schwarz-Rot-Gold auf nationalem wie internationalem Feld – was ihn für spätere Führungsaufgaben stählte. Obwohl der Preuße in Baden auf den ersten Blick nicht wie eine Sportskanone wirkt, so machte er noch mit 60 Jahren die Prüfung für den Tauchschein. Privat engagiert sich der Industrielle, der gern mal Fahrrad fährt und seinen Dienstwagen selbst steuert, im Mannheimer Hockeyclub (MHC), wo ihn auch die Ausbildung der Jugend interessiert. Das hat zur Folge, dass viele Praktikanten aus dem »Mannheimer Kreis«, so ein Insider, als ihr Hobby auch Hockey angeben. Fraglos begeistern den Wahl-Mannheimer auch die »Adler« vom bekannten örtlichen Eishockeyclub. Hier trifft er seinen Freund, den Hauptsponsor des Vereins Dietmar Hopp. Der SAP-Gründer und langjährige Software-Manager päppelt die »Adler« mit einigen Millionen aus seinem Milliardenvermögen auf. Greinert indes konzentriert sich im Alter auf »etwas Tennis« und aufs Golfspiel mit seiner Frau Jutta, hauptsächlich an Wochenenden auf einem Platz im benachbarten elsässischen Soufflenheim. Die 1942 geborene Röchling-Erbin (ihre Mutter Irma war eine geborene Stinnes) aus dem Stamm Carl Röchling »war richtig gut im Tennis« (Greinert) sowie im Hockey. Sie war ebenfalls Nationalspielerin, wodurch sich das Paar sportlich näher kam. Und gelegentlich gehen die Eheleute heute auch zum Skifahren nach Davos.

Bewährung im beruflichen Alltag

Im wahren Leben boxte sich der eingeheiratete Röchling-Boss nach seiner Devise »immer wieder mal was Neues« in verschiedenen Branchen und Firmen durch. Nach dem Abitur in Berlin war es für den Sportsfreund selbstverständlich, statt grauer Theorie an einer Uni lieber in einem Beruf die Praxis zu studieren. Greinert absolvierte eine Lehre als

Groß- und Außenhandelskaufmann bei der AEG-Tochter Olympia. In den zweieinhalb Jahren genoss er das besondere Glück, einen Förderer zu haben. Dieser riet ihm, aufs Studium zu verzichten und autodidaktisch mit gesundem Fachwissen Karriere zu machen. Der junge Mann befolgte den Rat, wechselte die Branche und ging zu Schering (Berlin) in den lukrativen Bereich »Oberflächenveredelung«. Nach wenigen Jahren stieg er beim US-Giganten Gillette Inc. (Rasierer, Kosmetik) ein, wo er das internationale Parkett kennen lernte. Acht Jahre später heuerte er beim amerikanischen Kosmetikkonzern Pond's fürs Europa-Geschäft an. »Ich bin so froh, dass ich bei US-Gesellschaften gearbeitet habe. Dort habe ich auch viel darüber gelernt, wie man es nicht machen soll«, resümiert Greinert. Zu schwerfällig, zu bürokratisch, zu lang seien die Entscheidungswege. Danach wechselte er wieder Firma, Branche und Kultur. Diesmal war eine Familienfirma das Ziel, ein Papierveredler in Dachau bei München. Der Betrieb suchte ausdrücklich branchenfremde Manager. Greinert machte den Job sieben Jahre lang, bis er erneut in einer völlig anderen Branche und Kultur anheuert, bei Röchling. »Immer wenn ich das Gefühl hatte, dass ich nichts mehr lernen kann und mir die Arbeit nichts mehr bringt, dann wollte ich wechseln«, blickt der Mittsechziger auf seine Karriere zurück. Bei Röchling wurde aus dem Angestellten ein Familienunternehmer, der den Konzern mitgestaltet und seit 2000 auch als Kopf der vierten Generation fungiert. Gewählt ist er bis zum Jahr 2008. Dann wird er die hausinterne Pensionsgrenze von 65 deutlich überschritten haben. Die Verlängerung betrachtet Greinert als besonderen Vertrauensbeweis der Gesellschafter. In anderen Fällen, wie im Beirat der Gebr. Röchling KG, dessen Vorsitzender er ebenfalls ist, wurde das Höchstalter der auf vier Jahre gewählten Mitglieder per Satzung auf nunmehr 70 Jahre gesenkt. Dann müssen die Berater endgültig ausscheiden. Die Externen dieser Runde kommen übrigens fast ausnahmslos aus Familienbetrieben oder bringen selbst langjährige Erfahrungen als Manager in ähnlichen Unternehmen mit. Greinerts Vize als Beiratsvorsitzender ist Johannes Freiherr von Salmuth (geboren 1966). Er gehört zur fünften Generation aus dem Stamm Carl Röchling und vertritt den Nachwuchs, ist aber nicht im Management aktiv.

Als der 37-jährige Greinert 1977 bei der Montandynastie in Mannheim einstieg, war der Wandel der Röchlings von ihren Ursprüngen hin zu einem industriellen Mischkonzern in vollem Gange. Da kam der Sportsmann für die neue Spielaufstellung gerade recht. Sein Schwiegervater Richard Röchling setzte ihn mit Billigung der Familie zuerst auf Bewährung. Es gab ja in dieser Umbruchphase allerhand zu sanieren und zu verkaufen. Also wurde der Schwiegersohn erst mal ins pfälzische Pirmasens entsandt, um als geschäftsleitender Prokurist die Beteiligungsfirma Karl Hornung KG auf Vordermann zu bringen. Der Neuling bestand die Bewährung und veräußerte nach vier Jahren den anfangs angeschlagenen »Gemischtwarenhandel« (Greinert). Danach musste er sich um den traditionsreichen Eisenhandel kümmern, in den er hierarchisch höher als persönlich haftender Geschäftsführer einsteigen durfte. Auch den Stahlhandel mit immerhin neun Niederlassungen und 560 Beschäftigten galt es aufzupolieren, um ihn dann scheibchenweise abzustoßen. »Wir haben Tag und Nacht gearbeitet«, erinnert sich der Boss, zumal dieser Einsatz für altgediente Röchling-Leute bitter war. »Sie reißen alles ein, was Ihr Schwiegervater aufgebaut hat«, bekam Greinert zu hören. Er ist trotzdem stolz, alle Mitarbeiter damals wieder in Lohn und Brot gebracht zu haben. Doch die Röchlings trennten sich nicht nur vom Handel, sondern – viel gravierender – völlig von ihren Wurzeln bei Eisen, Stahl und Kohle. Ähnlich frühzeitig wie die Haniels entschied die Familie bereits Ende der sechziger Jahre, ihre gesamten Montanaktivitäten allmählich aufzugeben. Greinert: »Das war strategisch genau der richtige Zeitpunkt, denn wir haben für die Unternehmen ja noch Geld bekommen.« Die Völklinger Hütte, das traditionsreiche Eisenwerk, wurde in den siebziger und achtziger Jahren schrittweise an den Luxemburger Stahlriesen Arbed veräußert. Greinert wurde 1988 zum Generalbevollmächtigten berufen und bildet heute das Bindeglied zwischen Familie und Firma. Denn seit 2000 trägt der geschäftsführende Gesellschafter mehrere Hüte: Er sitzt der Röchlingschen Familiengemeinschaft vor, in der ausschließlich Delegierte der Familie vertreten sind und hier die Weichen stellen. Dann fungiert er im Namen der Eigner als Oberaufseher bei den drei wichtigsten Firmen der Gruppe, der Gebr. Röchling KG, der Röchling Industrieverwaltung GmbH sowie der Röchling Immobilien KG (Grundbesitz aus Firmenverkäufen).

Schau mir in die Augen, Manager

Röchlings Wiedergeburt seit Anfang dieses Jahrtausends ist von Greinerts Pragmatismus geprägt. Seine Art, als Mannschaftsführer direkt den Ball zu spielen statt nur abstrakte Zahlen und Bilanzen sprechen zu lassen, schafft eine Kultur, die sich von der anonymer Aktiengesellschaften abhebt. Mitarbeiter bestätigen die sportliche Note ihres obersten Chefs: »In jeder Ansprache appelliert er an den Mannschaftsgeist und sagt sinngemäß, dass wir unbedingt in der Bundesliga so professionell spielen sollen, dass wir nicht absteigen.« Der persönliche, menschliche Kontakt ist für Greinert ein wichtiges Stück Zukunftssicherung. Deshalb will er die Zentrale in Mannheim nicht als »Holding«, sondern als »Führungsgesellschaft« verstanden wissen, um die dezentrale Struktur zu betonen. Das bedeutet, dass Vorturner Greinert die Manager der einzelnen Tochter- und Enkelfirmen an der langen Leine laufen lässt – ein Führungsprinzip, das an der Basis bestätigt wird: »Die Geschäftsführer tun alles, um ihre Firmen zu erhalten. Und so lange sie erfolgreich sind, dürfen sie frei schalten und walten«, weiß ein Arbeitnehmersprecher. Für dieses Maß an Selbstständigkeit will sich der Oberboss diszipliniert zurücknehmen, um den Spitzenkräften nicht ins Handwerk zu pfuschen, »was mir besonders schwer fällt, weil ich selbst lange operativ tätig war«, merkt der Macher selbstkritisch an. Seiner Maxime entsprechend braucht die Zentrale in Mannheim wenig Menschen: »Wir dürfen hier nicht größer werden«, bekräftigt er. Ganze 36 Mitarbeiter plus zehn Beschäftigte bei der Tochterfirma Seeber zählt die Obergesellschaft. Laut Plan sieht der Steuermann seine Führungscrew nur im Frühjahr und im Herbst. Doch in Wirklichkeit »bin ich immer draußen und genieße es, zu den Leuten hinzufahren«, freut sich Greinert. Dafür nehme er sich Zeit. Dasselbe erwartet er von seinen Angestellten. »Sie lassen die Leute nicht nach Mannheim kommen, sondern fahren hinaus.« Alle Planungssitzungen fänden vor Ort in den Betrieben mit allen Verantwortlichen statt. Auch als Vertreter der Familie lasse er sich bei den Mitarbeitern sehen, »weil ich ja wissen will, was da passiert«. Management by Augenschein, heißt Greinerts Führungsprinzip. Eine typische Variante dazu lautet: »Ich gehe in ein Unternehmen und gucke den Leuten in die Augen, dann weiß ich, was da los ist. Da brauche ich keine Bilanz mehr zu lesen.« Selbstverständlich führt Röchling das Management auch aufgrund von Vorgaben für drei bis fünf Jahre und nach Soll-Ist-Vergleichen. Das sei pures Handwerk. Dagegen sei der jährliche »Geschäftsführungstag« mit dem Topmanagement und der zweiten Ebene »eine ganz wichtige Sache, die zusammenschweißt«. Aber all das kann die Präsenz vor Ort und den Blick in die Augen der Manager nicht ersetzen. Der Clanchef lässt es sich nicht nehmen, »hin und wieder zu Betriebsversammlungen zu gehen. Ich bin Vertreter der Familie, und die Mitarbeiter haben einen Anspruch darauf zu wissen, wie die Familie tickt«. Ebenso müssten die Gesellschafter das Gefühl haben, unser Vorsitzender »kennt den Laden«. Nur direkte, mobile Tuchfühlung hält die Organisation lebendig, ist der Firmenlenker überzeugt.

Röchling ist als Ganzes zu kaufen

Eine solche Dynamik, wie sie der Sportsmann heute praktiziert, schwebte früheren Generationen vermutlich nicht vor. Sie hätten sich einen völligen Ausstieg aus der Montanindustrie kaum ausmalen wollen. Auch ein Verkauf der Familienfirma an Fremde war für sie tabu. So legten die Ahnen 1936 per Familienvertrag fest, dass nur Nachkommen der Brüder Theodor, Ernst und Carl Röchling oder deren Ehegatten Mitglieder der Familiengemeinschaft und damit Gesellschafter in Unternehmen sein dürfen.[1] Zugleich wurde zur Wahrung der Rechte der Mitglieder der Familiengemeinschaft eine Mitgliederversammlung als Entscheidungsorgan eingeführt. Und später erhielten auch die Abkömmlinge des Stammes Fritz ihr Recht auf die Erbfolge zurück. Der Familienvertrag jedenfalls sollte garantieren, dass der verzweigte Firmenverbund frei von fremden Einflüssen bleibt. Inzwischen ist zwar die Erbfolge der genannten Stämme im Grundsatz unverändert, aber die Familiengemeinschaft ist in ihrer Gesamtheit nicht an ihr Erbe gebunden. »Jede Generation muss sich immer wieder neu sammeln«, billigt Clanchef Greinert der Familie zu. Heute seien die Veränderungen binnen Jahrzehnten so groß, dass nicht mehr alles vorherbestimmt werden könne. Das wirft die Frage auf, ob Röchlings grundsätzlich Vorkehrungen getroffen haben, um ihr Unternehmen ganz zu behalten? Die

Antwort ist eher ein Nein. Denn es gibt tatsächlich keine scharfen Klauseln zum Schutz vor Eindringlingen. Die Anteile der Gesellschafter sind nicht gepoolt, nicht einzeln an die Gemeinschaft gekettet. Im »Familienvertrag« existiert nur die Auflage, dass der Einzelne nicht an Außenstehende verkaufen darf. Kleine Pakete wechseln aber regelmäßig innerhalb der Sippe den Eigentümer. Doch offenbar verfügt die Röchling-Verwaltung selbst über genügend Befugnisse, die zum Überleben der Gruppe notwendig sind. Es wäre ihr also durchaus erlaubt, den Konzern als Ganzes völlig frei an Fremde zu verscherbeln – vorausgesetzt, der Preis stimmt. Rein theoretisch müsste bei einem solchen Angebot, so Greinert, »die Familie beraten und entscheiden, ob der Familienverband aufgelöst werden soll«. Auch ein Börsengang wäre eine Option, die aber nicht zur Diskussion steht.

Die Gestaltungsfreiheit der Vertreter Röchlings ist für ein Familienunternehmen ungewöhnlich groß. Aber so schwerwiegende Entscheidungen wie ein Verkauf sind nur mit einer Mehrheit von 75 Prozent möglich. Bei der Versuchung zu veräußern wäre »die Einigkeit der Familie gefordert«, erklärt Greinert nüchtern und vermutet: »Ich würde sagen, die meisten würden nicht wollen.« Zudem wäre ein Familientreffen dafür im Zeitalter der globalen Völkerwanderungen recht mühsam. Denn von knapp 200 stimmberechtigten Familiengesellschaftern in allen Altersgruppen leben einige Nachkommen in der Schweiz, in Italien oder Frankreich. Selbst in den USA, in Kanada, Brasilien, Australien und Argentinien sind die Erben des Clans zu finden. In Deutschland leben wohl die meisten Gesellschafter, viele davon in und um Heidelberg. Eine Tendenz zur Liberalisierung herrscht heute auch für den Erbfall. Wer Nachkomme ist, erbt ohne Einschränkung. Kinder sind alle gleichgestellt, ob Männlein oder Weiblein. Während die meisten Traditionsfirmen – auch die hier beschriebenen – beim Generationswechsel wie gegen einen Verkauf an Externe extrem hohe Hürden aufbauen, handhaben die Röchlings das lockerer. Lediglich bei den Erblinien wird aufs Blut geachtet. Die Anteile gehen im Todesfall nur auf die jeweiligen Kinder und nicht auf die angeheirateten Angehörigen über. »Ich bleibe ein Fremder«, scherzt Greinert.

Die Gesellschafter treffen sich seit mehr als einem Jahrhundert einmal im Jahr, wobei heute meist nur zwei Drittel der Eigentümer teilnehmen. Die Konferenz findet entweder in der Mannheimer Zentrale statt, oder die Röchlings pilgern zum Sitz eines ihrer Betriebe, um den Kontakt zum Konzern nicht zu verlieren. Etwa alle sechs Jahre – das nächste Mal 2006 – lädt die Greinert-Crew die Gesellschafter zum traditionellen »Familientag« mit Kind und Kegel ein. Dann wird zur Pflichtveranstaltung in der Gesellschaftersitzung ein Rahmenprogramm mit Betriebs- und Stadtbesichtigung, allerlei Unterhaltung und ein ausgiebiges Abendessen geboten. Die Teilnahme ist selbstverständlich freiwillig, doch »alle freuen sich und bringen Ideen für die Programmgestaltung ein«, betont die Kommunikationschefin des Hauses, die den Event ausrichtet. Besonderer Wert bei dieser »Vollversammlung«, die drei bis vier Tage an einem verlängerten Mai-Wochenende dauern kann, wird auf die private Kommunikation der vier Röchling-Stämme – Theodor, Ernst Christian, Carl und Friedrich – und ihres Anhangs gelegt. Dieses lockere Miteinander bietet für nahe wie ferne Verwandte, für Alt und Jung die Chance, sich näher kennen zu lernen. »Die Familie muss stolz sein auf das Unternehmen und sich damit identifizieren können«, begründet Nestor Greinert den Aufwand. Mangels eines entsprechend großen Stammhauses – immerhin reisen am Familientag mehrere Hundert Personen an – weichen die Veranstalter auf Hotels in der Region Mannheim/Heidelberg (Bergstraße) oder am Sitz einer Tochterfirma aus. Neben dem Beisammensein aller, das für die Identität der verzweigten Sippe herausragende Bedeutung hat, trifft sich speziell die Röchling-Jugend alle zwei Jahre. Das sind Erben zwischen 17 und 30 Jahren, die ein besonderes Interesse für »ihre« Firma entwickelt haben oder entwickeln wollen. Zur Vorbereitung des Treffens bilden die Junioren einen Ausschuss. Dieser arbeitet ein Programm aus, das neben Betriebsbesichtigungen auch Referate und Vorträge einiger der etwa drei Dutzend Teilnehmer vorsieht. Schließlich soll sich der Nachwuchs persönlich kennen und durch eigene Präsentationen auch ein Stück weit für Röchling als kommende Generation qualifizieren.

Grundsätzlich ist es den Nachkommen gestattet, im Unternehmen Karriere zu machen und in die Führung aufzusteigen. Doch wie bei anderen Familien müssen auch sie sich dem Wettbewerb mit externen Kandidaten stellen. Das setzt eine hohe fachliche Qualifikation sowie genügend Erfahrungen in fremden Betrieben und möglichst einen Auslandsaufenthalt voraus. Ein Familienmitglied kommt nur zum Zug, wenn es besser ist als externe Bewerber. Greinert: »Es gibt keine Vorrechte der Familie, wir schaffen für niemanden eine Position.« Um jedoch die Kandidatenkür zu objektivieren und mögliche Intrigen in der Sippe vorweg auszuschalten, entscheidet der Familienrat über die Geschäftsführer für die Obergesellschaft mit zwei Drittel der Stimmen. Die Bewerber fürs Management der nachfolgenden Betriebe werden dann vom Beirat bestellt, der zur Hälfte aus externen Mitgliedern besteht. Solche Auflagen schaffen eine gewisse Distanz. Andererseits kann sich Greinert nicht daran erinnern, dass jemals ein Kandidat aus der Familie abgelehnt worden wäre. Wohl auch deshalb, weil unter den knapp 200 Erben wenig Interesse an einem Job herrscht. Greinert: »Es bieten sich nicht so viele an.« Dies liege auch daran, dass viele Röchlings Berufe mit wenig Nähe zum Unternehmen hätten, eine Hand voll Gesellschafter sei selbst Unternehmer. Ein Programm, um den Nachwuchs besonders zu motivieren, gibt es noch nicht. Doch bei den »Jugendtagen«, die seit 1982 stattfinden, werden nun die etwa zwei Dutzend Anwesenden regelmäßig gefragt, wer sich vorstellen könnte, im Unternehmen zu arbeiten. Leider ist die Familienauswahl gering, weil von den 40 bis 45 eingeladenen Junioren nur die Hälfte zum Treffen erscheint.

Um die Identifikation mit dem Erbe ihrer Ahnen lebendig zu erhalten, hält Greinert jedem Gesellschafter die Türen in Mannheim »jederzeit offen, wenn er ein Anliegen hat«. Davon werde reger Gebrauch gemacht. »Fast jeder Gesellschafter hat irgendwann mal in seinem Leben unser Unternehmen gesehen.« Greinert selbst hat einen Sohn. Dieser ist studierter Betriebswirt und unternehmerisch tätig. Ob der Filius jemals ein Interesse am Konzern entdeckt, weiß der Vater noch nicht. Aktuell arbeitet nur ein Blutsverwandter der Familie im Topmanagement: Dr. Bernd Michael Hönle (Jahrgang 1948). Der Urenkel von Fritz Röchling aus dem Stamme Theodor ist für die Steuern und Innenrevision der Gruppe zuständig. Den promovierten Juristen hatte das Haus 1980 eigens von der Finanzdirektion Münster/Westfalen abgeworben. Auch er musste sich als Nachwuchsmann zuerst mit diversen Aufgaben etappenweise bewähren, bevor er 1988 als Generalbevollmächtigter in den Olymp aufsteigen durfte. Wer so weit oben in der Hierarchie ist, muss auch als Komplementär der Kommanditgesellschaft ins Risiko gehen. So haften Steuermann Hönle sowie auch der externe Manager Georg Duffner – er ist für die Automobilsparte wie für die Gruppe zuständig – in der Führungsposition persönlich. Die Röchlings selbst sind dagegen »nur« Kommanditisten, haften also kaum. Vielleicht ist die Hürde Haftung ein Grund dafür, dass so wenig eigener Nachwuchs Verantwortung bei Röchling übernehmen will. Andererseits scheint niemand unter der geringen Präsenz an Managern aus der Sippe zu leiden. »Im Zweifel ist es immer gut, jemanden von außen zu holen«, bekräftigt Greinert. Seine Führungscrew zieht er sich gern selbst heran, da »die besten Leute aus dem eigenen Unternehmen kommen«. Angeworben werden Topkräfte meist von der Universität Aachen (RWTH) oder direkt vor Ort in Mannheim. Aus Verbundenheit mit der Stadt unterstützt Röchling die stets klamme örtliche Universität. Der Konzern stiftete rund 700 000 Euro, um die prekäre Situation im alten Mannheimer Schloss zu verbessern. Nun gibt es dort einen Röchling-Saal (übrigens auch einen Freudenberg-Saal). Studenten der Wirtschaftswissenschaft und angehende Ingenieure erhalten zudem die Chance, bei Röchling als Praktikanten oder Diplomanden zu arbeiten.

Von der Kohle zu Eisen und Stahl und zurück

Zurück zu den Wurzeln – das historische Bewusstsein als Klammer für die Familie unterstreicht Wigand Freiherr von Salmuth, Vorsitzender des Familienrates der Röchlingschen Familiengemeinschaft, als er die Bedeutung der Firmengeschichte (Gerhard Seibold, *Röchling. Kontinuität im Wandel*, Stuttgart 2001) hervorhebt. Dem Freiherrn liegt die Erinnerung an das gemeinsame Erleben der traditionsreichen Industriellendynastie am Herzen. Dazu leistet der Blick zurück, wie er in der Röchling-Saga im Sinne der Sippe erfolgt, einen wertvollen Beitrag. Zugleich wird die kollektive Aufarbeitung der Geschichte als wichtige Basis betrachtet, um die Familie für eine gemeinsame Zukunft im dritten Jahrtausend zu stählen. Dies ist deshalb so bemerkenswert, weil die heutigen und vermutlich künftigen Aktivitäten der Röchlings mit denen der Vergangenheit nur den Namen der Gründer gemein haben. Für viele Nachkommen sind daher Gegenwart und Geschichte nur schwer unter einen Hut zu bringen. Sie wissen nur, dass der gewaltige Reichtum der Röchlings auf das Montanerbe ihrer Vorfahren zurückgeht. Im Ursprung nämlich stammt die Sippe aus dem Westfälischen (Wickede/Ruhr), wo sie in der Land- und Gastwirtschaft sowie im Kleingewerbe arbeitete. Den eigentlichen Startschuss für das Unternehmen gaben im 18. Jahrhundert die Ahnen im Saarland um Johann Thomas Röchling, der als Handelsherr sein Glück bei Kohle und Holz fand, sowie um Johann Gottfried Röchling, der als Werksdirektor erstmals die Verbindung zu Eisen und Stahl schmiedete. Zum »wirtschaftlichen Stammvater« der saarländischen Montansippe Röchling wird später Friedrich Ludwig Röchling, der 1774 geborene Enkel von Johann Gottfried. Er eröffnet 1822 jene Kohlenhandlung auf dem Schlossberg 5 in Saarbrücken, die zur Keimzelle des Konzerns wird. Der kleine Betrieb prosperiert. Als der Gründer Friedrich Ludwig 1836 plötzlich kinderlos stirbt, vererbt er sein Geschäft an die vier Söhne seines Bruders Christian – Theodor, Ernst Christian, Carl und Friedrich (Fritz). Der Umtriebigste und Durchsetzungsstärkste im Quartett ist Carl Röchling (1827–1910). Er überlebt alle Brüder und übernimmt allein und uneingeschränkt das Kommando über die Gruppe. Inzwischen expandiert der Betrieb, handelt erfolgreich mit Eisen und Eisenwaren, betreibt eine Spedition und gründet Filialen. In Ludwigshafen entsteht 1850 ein zweites Haus, wo mit Kohle und Koks, später auch mit diversen Eisensorten und Blechen gehandelt wird. Selbst in Rotterdam (Niederlande) wird die Saar-Sippe aktiv. Diese Niederlassung leitet eine Zeit lang Carl Röchling, erst 23 Jahre alt. Er heiratet 1857 die Industriellentochter Alwine Vopelius, die als Mitgift Anteile an der Kohlengrube Hostenbach im Saarland bei Völklingen in die Ehe einbringt. Diese Kuxe (Bergwerksanteile) verbinden die Familie erstmals mit der Grundstoffindustrie. Es dauert nicht lange, da hat Carl Röchling das Sagen in dem Bergwerk – womit ihm zeitlebens der Ruf eines harten Geschäftsmannes vorauseilt.

Die Schlüsselstellung von Kohle, Eisen und Stahl für die Industrialisierung wird den Händlern früh bewusst. Schon Mitte des 19. Jahrhunderts vollziehen sie den Schritt in die Produktion. Sie verarbeiten Kohle zu Koks, einem Energielieferanten, um Eisen zu schmelzen. Dann, 1862, engagieren sich Röchlings an einer Eisenhütte im lothringischen Pontá-Mousson. Auch hier steigt Bruder Carl tatkräftig in die Eisen, lässt vier Hochöfen und eine der größten Gießereien Europas bauen. Nach dem Deutsch-Französischen Krieg 1870/71 muss der Fabrikkomplex allerdings aufgegeben werden. Dafür erwirbt Carl Röchling 1881 günstig die damals zahlungsunfähige Völklinger Eisenhütte. Diese baut er unter Beteiligung seiner Brüder Theodor und Fritz (Ernst Christian ist da bereits tot) bis 1907 zu einem vollstufigen Hütten-Bergwerks-Kombinat aus, das um die Jahrhundertwende rund 6 000 Menschen beschäftigt. Um unabhängig von Dritten Eisen und Stahl schmelzen zu können, erwirbt Carl Röchling in Lothringen, Ostfrankreich und Luxemburg zahlreiche Kohle- und Erzfelder. Carl, der große Röchling, gilt für seine Zeit als sozial eingestellter Industrieller. Grubenarbeitern und ihren Familien lässt er Wohnungen, ein »Hüttenschwimmbad« sowie ein »Hüttenkrankenhaus« bauen; er führt in Völklingen eine Betriebskrankenkasse sowie das eigene Sozialversicherungssystem ein. Wegen dieser Zugeständnisse und seiner Tatkraft verleiht ihm der Volksmund im Saarrevier den Beinamen Carl »der Kühne«.

Als der bescheiden gebliebene Montan-Monarch 1910 an einem Herzinfarkt stirbt, kommt sein Sohn Hermann (1872–1955) an die Spitze. Erste Erfahrungen hat dieser in jungen Jahren im lothringischen Diedenhofen (damals deutsch) beim Aufbau und der Leitung eines Werks zur Roheisengewinnung (»Carlshütte«) gesammelt. Als Boss eines nun etablierten Montankonzerns, der mächtig im französischen Algringen zwischen Luxemburg und Metz thront, setzt der Nachfahre in dritter Generation nun auf technische Neuerungen, hochwertige Stähle und eine effiziente Fertigung. Doch zwei Weltkriege und die äußerst schwere und spannungsgeladene Zeit dazwischen machen den Röchlings zu schaffen. Bereits vor 1914 knirscht es erheblich im Verhältnis zur Arbeiterschaft. Hintergrund: die fortschreitend desolate soziale Lage der Beschäftigten. Auch in den zwanziger Jahren brechen häufig harte Konflikte zwischen der Belegschaft und den Röchlings aus. Gewerkschafter sprechen vom »System und Terror von Röchling«[2].

Hinzu kommt die Zerrissenheit durch die heikle Grenzlage – Saarland/Lothringen –, welche die Existenz der Betriebe immer wieder gefährdet. Manchmal liegt die Pleite näher als ein Gewinn. So verlieren die Röchlings nach 1918 die gesamte Rohstoffbasis und Teile der Produktion. Sie verlegen die Verwaltung der Völklinger Hütte ins ferne

Ludwigshafen. Im Saarland aber geraten alle Betriebe 15 Jahre lang unter französische Verwaltung, und Hermann Röchling entkommt seiner Verhaftung nur durch Flucht. Seinen Bruder Robert dagegen stecken die Franzosen ins Gefängnis. Um in Sicherheit zu sein, übersiedeln bereits damals Familienmitglieder nach Heidelberg. Um 1927 wird die seit 1923 in Ludwigshafen existierende Röchlingsche Verwaltung noch weiter östlich über den Rhein nach Mannheim verlegt. Zugleich weichen die Industriellen auf andere Produkte aus (Zement, Kalk, Stickstoff, Holz, Stromerzeugung, Autoteile, Reederei) sowie auf Firmen weit außerhalb des Saarlandes. So kooperieren sie mit der Buderus'schen Eisenwerke AG in Wetzlar und beteiligen sich zeitweise an der Maximilianshütte (Maxhütte) im bayerischen Rosenberg. Erst die Rückgabe des Saarlandes an Deutschland 1935 bringt ihnen jedoch den ersehnten kräftigen Schub, wenn auch nur für kurze Zeit.

Hermann Röchling wird in den dreißiger Jahren wie in den anschließenden Kriegsjahren zur treibenden Kraft. Der Techniker, Industrielle und Politiker schafft es als Abkömmling seiner einflussreichen Saarland-Sippe, sich zum Protagonisten für den Anschluss seiner Heimat zu machen. Hermanns Aktivitäten in der Politik stehen in der Familientradition. Vor ihm wurde bereits etwa Vetter Louis gezielt für das Wohl des Unternehmens in die Politik und in Industrieverbände geschickt. Das Engagement Hermanns aber ist massiver und viel radikaler. Es will seiner Familie ihre ursprüngliche wirtschaftliche und politische Macht zurückerobern. Um seiner Stimme Gehör zu verschaffen, betreibt der Industrielle – recht modern – Öffentlichkeitsarbeit über ausgesuchte Medien und ist Mitglied möglichst vieler Vereine bis hin zum Völklinger Ziegenzuchtverein. Als Politiker gehört der erzkonservative Mann dem saarländischen Landesrat ebenso an wie dem Ausschuss des Landkreises Saarbrücken oder dem Kreistag. In diesen Positionen versteht er sich als Bollwerk gegen kommunistisch-sozialistische Einflüsse. Hermann Röchlings politische Heimat bis 1933 ist die Deutsch-Saarländische Volkspartei, an deren Spitze er steht. Er gehört auch einer Delegation prominenter Saarländer an, die als Interessensvertreter 36-mal beim Völkerbund in Genf für ihre Belange vorsprechen. Als sich die Machtübernahme Hitlers abzeichnet, setzt der Hardliner sofort auf die Karte der Nazis, sucht und findet mehrfach das direkte Gespräch mit dem Diktator und dessen Schergen. Seine schon 1932 wesentlich geschrumpfte Partei geht 1933 an der Saar mit der katholischen Zentrumspartei in der von der NSDAP dominierten Deutschen Front auf. Hermann Röchling wird zum Sprecher und maßgeblichen Finanzier dieser undurchsichtigen Gruppierung von Hitlers Gnaden. Das Saargebiet kommt schließlich im März 1935 nach einer Volksabstimmung ans Deutsche Reich zurück. Für Hermann Röchling – er ist nun Ehrenbürger seiner Heimatstadt Völklingen – wie seine Sippe zahlt sich der 15-jährige Kampf für den Rückgewinn der kleinen Heimat aus – und endet im Kotau vor den Faschisten. Längst ist der Schwerindustrielle und schneidige Rittmeister (im Ersten Weltkrieg) dem Nationalismus und Militarismus verfallen. Und 1933 rückt Hermann Röchling mächtig gestählt an die Spitze des Konzerns, obwohl längst im Frührentner-Alter. Beim Durchmarsch kommt ihm ein personeller Engpass unter den männlichen Röchling-Erben zugute. Dazu übersteht er bereits 1928 einen offenen Bruderzwist. Sein Bruder Robert hatte ihm in einer Denkschrift vorgeworfen, für mehr als 80 Millionen Mark Verlust mitverantwortlich zu sein. Der umstrittene Patriarch sitzt den Machtkampf unbeschadet aus und hält bis zum bitteren Ende 1945 das Zepter in der Hand. Selbst nach dem Krieg behält er die Rolle des Nestors in der Familie, die er seit 1941 eingenommen hatte, fast bis zu seinem Tod 1955.

Gut Freund mit Göring, Speer, Goebbels und Co.

In den dreißiger Jahren gehen die Nazi-Größen in Völklingen aus und ein, der Familienverbund wird bedingungslos Hitlers Politik unterworfen. » ... man passte sich an und unterdrückte jegliche Kritik am herrschenden System, auch wenn man manch unliebsame Erfahrung mit der ... Partei machen musste«.[3] Röchlings hatten sich 1937 sogar mit 100 000 Reichsmark an der für Erzbergbau und Verhüttung gegründeten Aktiengesellschaft Reichswerke Hermann Göring beteiligt. Ein Jahr später beruft Göring Hermann Röchling zum »Wehrwirtschaftsführer« sowie in den »Wehrwirtschaftsrat«. Auch im Verband der Eisen- und Stahlindustrie bekleidet der Konzernschmied hohe Ämter, wozu ihn sein Freund Albert Speer als Superminister für Bewaffnung und Munition später zum »Reichsbeauftragten für Eisen und Stahl in den besetzten Gebieten« befördert. Das bringt der Familie ganze Hüttenwerke und Betriebe in Polen und Frankreich ein. Im Krieg beschäftigen ihre Betriebe zeitweise bis zu 5 623 Zwangsarbeiter und Kriegsgefangene, auch auf Anforderung der Werksleitung. Ebenso schreitet die Rüstungsproduktion voran. Wurde bereits im Ersten Weltkrieg ein Großteil des Materials für Stahlhelme geliefert sowie Geschützrohre und Geschosse für fast alle Kaliber, so wird diese Sparte nun kräftig forciert. Gefertigt werden unter anderem »Röchling-Granaten«, Rohlinge für Artillerie- und Flakgeschütze, Spezialstähle sowie Gewehrläufe. Selbst große Bomben sollten gebaut werden. Indes, die Pläne scheitern. Nach der Kapitulation werden Hermann Röchling, sein Neffe Dr. Ernst Röchling sowie sein Schwiegersohn Hans-Lothar Freiherr von Gemmingen-Hornberg wegen des Vorwurfs der Kriegsvorbereitungen, des Raubs und der Plünderungen sowie wegen Verbrechen gegen die Menschlichkeit zu langjährigen Haftstrafen verurteilt; ihr Vermögen wird teilweise konfisziert. Angesichts solcher Strafen und der schamlosen Verbrüderung Röchlings mit der Nazi-Diktatur ist es wenig verständlich, wie kritiklos der »Wehrwirtschaftsführer« von 1938 später von der Adenauer-Regierung hofiert und geehrt wird. Zum Gedenken an den militanten Fabrikherrscher wird 1956, ein Jahr nach dessen Tod, ein Stadtteil bei Völklingen, die Bouser Höhe, in »Hermann-Röchling-Höhe« umbenannt. Der Ort mit Werkswohnungen des Konzerns ist auf jeder Straßenkarte verzeichnet. Zu den wenigen historischen, stillen Zeugnissen aus dem saarländischen Erbe gehört die »Röchling-Grabkapelle« auf dem »Triller«, einem Park am Stadtrand Saarbrückens. Die beschauliche Kirche mit Andachtsraum bietet Platz für wenige Besucher und diente der Familie für Beisetzungen.

In der Zeit nach der Kapitulation 1945 erinnert manches an das Ende des Ersten Weltkriegs: Wieder weicht die Familie über den Rhein nach Heidelberg zurück. Auch Hermann Röchling lebt dort, zeitweise im »Heidelberger Hof«, wo seit April auch die Hüttenverwaltung untergebracht ist, auch wenn es nicht mehr viel zu verwalten gibt. Im Gegensatz zu 1918, als wenigstens Besitztümer außerhalb des Saarlandes und Lothringens erhalten blieben, sind diesmal die Verluste insgesamt hoch. Von West bis Ost liegt so ziemlich alles in Schutt und Asche, oder die

Besatzungsmächte haben ihre Hand auf dem Besitz. Und trotz glänzender Beziehungen zur politischen und wirtschaftlichen Elite auch der Bonner Republik kommen die Saarländer beim Wiederaufbau langsamer voran als die Schwerindustriellen an Rhein und Ruhr, die Flicks, Haniels, Krupps oder Thyssens. Das Saarland wird erst 1957 der Bundesrepublik Deutschland als zehntes Bundesland eingegliedert. Deshalb hängen Röchlings den mächtigen Konkurrenten gut ein Jahrzehnt hinterher. Wegen der instabilen Weltlage orientiert sich die Familie, der es offenbar nicht an Kapitalkraft mangelt, in den fünfziger Jahren völlig neu und erwirbt 1956 die Mehrheit an der Rheinmetall-Borsig AG, Berlin. Der damalige Staatsbetrieb ist im Kern ein Rüstungskomplex, der wie die Saarländer auf seine große Chance wartet. Sie kommt mit der neu gegründeten Bundeswehr als Folge der Wiederbewaffnung der Bundesrepublik Deutschland. Dieser Durchbruch beschert eine glänzende Auftragslage, und Röchlings gelingt mit Rheinmetall ein Glücksgriff. Somit schließt das Engagement nahtlos an die Strategie des gerade verstorbenen Konzernschmieds Hermann Röchling an. Ihre Hüttenbetriebe an der Saar mit bereits 13000 Beschäftigten gewinnt die Familie Ende 1956 gegen 36 Millionen Mark Ausgleichszahlungen an die Franzosen zurück. Doch die anschließende Aufholjagd ist zu kurz, um die erste Stahlflaute im Saarland und dann die bundesweit folgende scharfe Krise für Kohle und Stahl unbeschadet überstehen zu können. Bereits 1962 werden erste Entlassungen und Kurzarbeit angeordnet. Zudem stört es die selbstbewussten Saarländer, dass ihre Belegschaft nun dank der Mitbestimmung in der Montanindustrie im Aufsichtsrat gleichberechtigt mitreden darf. Die Beschneidung ihrer Machtbefugnisse nehmen sie auf Dauer nicht hin. Auch die Konkurrenz neuer Werkstoffe wie Kunststoff oder Aluminium sowie Billigstahl aus Ländern wie Brasilien, Indien oder Korea macht ihnen zu schaffen. So blasen Röchlings nach fast hundert Jahren bei Kohle, Eisen und Stahl als ökonomische Heimat zum Rückzug. Erste Werke werden 1963 abgestoßen. Schließlich leiten die erste Ölkrise 1973/74 und die anschließende zweite Stahlflaute Anfang/Mitte der siebziger Jahre endgültig den Ausstieg in Völklingen ein. Die letzten Anteile an den verbliebenen Stahlwerken Röchling-Burbach gehen 1982 an die luxemburgische Arbed S.A. Am Ende besteht bis 1985 noch eine direkte Beteiligung von 5,1 Prozent am

Luxemburger Mutterkonzern Arbed S.A. Parallel zum Abschied aus den Montanwerken verlässt der Industriellenclan auch das Saarland. Wurde der frühere Kohlenhandel noch lange über Ludwigshafen abgewickelt, so wird der Firmensitz Mitte 1952 endgültig nach Mannheim in die Richard-Wagner-Straße 9 verlegt. Mit ihrem Ausstieg gehören Röchlings neben den Haniels (Gutehoffnungshütte, GHH) zu den Ersten, die der Montanindustrie den Rücken kehren. Der Röchlingsche Betrieb mit einmal bis zu 13500 Beschäftigten aber überlebt nicht mehr lange (1986 stillgelegt). Seit 1994 ist die Alte Völklinger Hütte als Weltkulturerbe der UNESCO ein Industriedenkmal für Touristen.

Erste Wiedergeburt aus Eisen und Stahl

Die Macher in Mannheim in der neuen Zentrale (sie ist es bis heute), sind nun seit den siebziger Jahren ständig mit dem Kauf und Verkauf kompletter Firmen beschäftigt. So trennt sich die Sippe 1978 von edlem Tafelsilber: Die Gebr. Röchling Bank wird nach 120 Jahren an die Bayerische Vereinsbank veräußert. Andererseits steigt die Sippe in Branchen und Betriebe ein, die absolutes Neuland für sie bedeuten. Bald umgibt die Tochter Rheinmetall neben ihrem Kern (Rüstung, Maschinen- und Anlagenbau) ein Kranz von Unternehmen aus der Fernsprech-, Signalbau-, Regel- und Messtechnik. Bizarr verläuft 1979 der Ausflug ins Konsumgeschäft mit der Württembergischen Metallwarenfabrik (WMF) in Geislingen. Der kostenträchtige Deal muss 1985 wieder aufgegeben werden, nachdem das Bundeskartellamt die WMF-Übernahme untersagt hat – sicher zur Erleichterung mancher Röchlings. Ansonsten engagiert sich der Clan überwiegend bei Mittelständlern, die Investitionsgüter und Komponenten erzeugen. Doch das Sammelsurium an Firmen gerät in gut zwei Jahrzehnten so bunt, dass kaum ein schlüssiges und überzeugendes Geschäftsmodell zustande kommt. Es werden zwar stets plausibel klingende Bezeichnungen für die Bereiche gefunden – Wehrtechnik, Telekommunikation, Automobiltechnik, Elektronik, Werkstoffe usw. –, aber innerhalb dieser Sparten passen viele Aktivitäten weder technisch noch am Markt zusammen. Zwischen Motorsteuerungen, Kolben oder Funkanlagen stellen sich kaum synergetische Effekte ein. Auch die Seeber-Gruppe, deren Ursprünge in Leifers (Südtirol) liegen, operiert mit ihren hochwertigen Kunststoffteilen für Autos eher separat. Die Mixtur wird immer bunter, zumal das Universum noch Spanplatten, Furniere und technische Papiere produziert sowie ein kleines Kaltwalzwerk betreibt. Die Röchlingsche Reichweite ist zeitweise mit Malzfabriken sowie Umschlags- und Lagerfirmen (in Bremen) so unglaublich breit wie unübersichtlich. Im Rückblick wirkt die Kauf- und Investitionspolitik sehr beliebig, ein Bild wie Kraut und Rüben. So muss seit dem Ausstieg aus der Saarindustrie endlos saniert, auf-, um- und abgebaut und dann wieder verkauft werden. Dieses Monopoly verzehrt fast alle kreativen Kräfte im Haus.

Der Bruch mit der Montangeschichte bedeutet auch für die Familie eine Zäsur. War das Weltbild der saarländischen Sippe früher klar an Kohle, Eisen und Stahl orientiert, so geht der Durchblick bei dem bunten Firmen-Allerlei verloren. Dieser Verlust trifft jene Familienmitglieder, die noch im Management und in ihrem Beruf tätig sind. Ihnen ist die Welt eines in vielen Branchen und Märkten agierenden Mischkonzerns fremd. Besetzten einst zahlreiche (männliche) Mitglieder, geschart ums jeweilige Familienoberhaupt, in ihrem angestammten Milieu diverse Posten und Pöstchen im Konzern, werden sie nun nicht mehr gebraucht. Familienfremde Manager treten an ihre Stelle. Der Einfluss des einzelnen Gesellschafters auf den Konzern schwindet. So ziehen sich die Röchling-Nachkommen fast durchweg auf Kontroll- und Beiratspositionen zurück. Diese Trennung von Firma und Familie führt bei den Eigentümern zum Verlust der Identifikation mit ihrem Erbe. Der letzte Namensträger, der einen Tochterbetrieb leitete, war Michael Röchling, ein Enkel Robert Röchlings. Er schied 1987 mit der Auflösung des Münchner Eisenhandels aus. Andererseits drehen angestellte Manager immer größere Räder. Im Zenit so um die Jahrtausendwende jonglieren sie mit rund 300 Firmen, beschäftigen mehr als 30000 Menschen und setzen rund 5,8 Milliarden Euro um – viel Masse bei meist mäßiger Kasse, mehr Bruchstücke als ein Gesamtwerk. Die imperiale Größe überschritt klar die Grenze dessen, was ein Privatunternehmen und eine Familie finanziell und organisatorisch verkraften kann. Das gefährlich drohende Risiko für das Überleben erklärt den rasch eingeleiteten radikalen Kurswechsel. Ein weiteres Mal muss sich die Saardynastie neu erfinden.

Zweite Wiedergeburt: Sehnsucht nach alter Identität

Um das Jahr 2000 ist das aufgeblähte Röchling-Reich mit gut zwei Milliarden Euro hoch verschuldet. Die Abhängigkeit von Banken und den Widrigkeiten des Marktes ist erdrückend. Zudem keimt in Teilen der Familie Kritik an den starken Rüstungsaktivitäten auf, was jedoch offiziell nicht bestätigt wird. Die Zeit ist reif für eine Umkehr. Klaus Greinert ist der Mann, der seit 2000 schonungslos Tabula rasa macht. Der gewiefte Sanierer nimmt die Gefahr ernst und reißt das Ruder herum: »Größe ist nicht alles«, bremst er und stellt zur Disposition, worauf die Mannheimer verzichten können. Am Ende – um 2004/2005 – hat Greinert den weitaus größten Teil des bisherigen Imperiums abgestoßen: Auto- und Motorenteile, Fahrzeugelektrik; von Postautomation (Francotyp-Postalia) bis zur Telekommunikation (DeTeWe) – alles weg. Auch sämtliche Rüstungsbetriebe der Rheinmetall werden, für Beobachter völlig überraschend, an 75 institutionelle Anlegergruppen in aller Welt mit dem Ziel einer breiten Streuung der Anteile verkauft. Das Positive an dem Räumungsverkauf bei Röchling ist, dass der weitaus größte Teil des Konzerns »steuerneutral« (Greinert) veräußert werden kann. Dieses Steuergeschenk sei das Privileg der reinen Kommanditgesellschaft. Unter dem Dach von Röchling verbleiben nur die Sparten Technische Kunststoffe, die Seeber-Gruppe (Autozulieferer) sowie das Kaltwalzwerk in Oberkochen. Nachdem fast neunzig Prozent des Imperiums abgestoßen wurden, sind die Röchlings von keiner Bank mehr abhängig. »Die Nettoverschuldung liegt nahezu bei null«, bilanziert der Boss und schwärmt von einer überschaubaren, wie neugeborenen Familienfirma. Schöner Effekt der Radikalkur: Die Milliardärsfamilie zählt nun mit ihrer hohen Liquidität zu den begehrtesten Investoren der Welt. Daneben existiert noch eine ansehnliche Spardose mit stillen Reserven für die Zukunft. Denn Ende 1992 wurde eigens die Röchling-Immobilien KG gegründet, um die nicht mehr benötigten Grundstücke von verscherbelten Firmen auszugliedern und im Eigentum zu behalten. So verfügt die Sippe neben dem Produktions- auch über ein stattliches Immobilienvermögen quer durch die Republik.

Fürs Erste konzentriert sich Greinert auf technische Kunststoffe und die entsprechenden Produkte für die Kfz-Industrie. »Sobald wir endgültig gesundgeschrumpft sind, werden wir uns weitere Geschäftsfelder dazu überlegen.« Die Talsohle liegt 2005/06 etwa bei 600 bis 700 Millionen Euro Umsatz und rund 5000 Beschäftigten – dann soll es nach der Verschnaufpause aufwärts gehen. Wohin, das verrät Greinert nicht. Vorerst lautet die Devise: »Kunststoff ist unser Fokus.« Dem Material bescheinigt der Kaufmann eine Riesenzukunft. Gemeint sind überwiegend technische Kunststoffe, also so genannte Halbzeuge, ähnlich wie bei Stahl: Profile, Stäbe, Platten, Rollen, Kleinteile sowie eine Reihe von Endprodukten. Hierzu zählen zum Beispiel Innenverkleidungen in Schiffen, Zügen, Straßenbahnen oder Gascontainern; selbst die Oberfläche eines Eishockeyfeldes oder medizinische Teile sind aus hochwertigem Plastik. Dieses Geschäft betreibt die Firmengruppe Seeber. Diese Tochter ist weltweit tätig und setzt mit Kunststoffteilen für den Motor- und Innenraum sowie den Unterboden bald 600 Millionen Euro um. Das Management glaubt fest an Seebers Zukunft bei Röchling. »Hier wird das Thema ›Automotive‹ konzentriert«, ist sich der zuständige Chef von Seeber-Röchling Automotive, Georg Duffner, sicher.[4] Doch das Geschäft mit Plastikkomponenten gilt als sehr schwierig. Es wird schlecht honoriert, der Konkurrenzdruck ist enorm. Daher äußert sich die Arbeitnehmerseite weniger euphorisch: »Wir machen Teile, die jeder herstellen kann«, meint ein Betriebsrat. Für ihn ist die Autosparte noch nicht in trockenen Tüchern. Um ihre Arbeitsplätze an den deutschen Standorten zu erhalten, unterwerfen sich etwa die Mitarbeiter im großen Seeber-Werk in Worms einem Haustarif, der ihnen zehn Prozent weniger Lohn, Zeitkonten und den Samstag als normalen Arbeitstag beschert. Im Gegenzug verzichtet der Konzern auf Entlassungen. Auch auf Großakquisitionen möchte Stratege Greinert generell verzichten. Die Gruppe soll aus eigener Kraft kontinuierlich wachsen.

Mit dem Kunststoff schließt sich der Kreis zum Montangeschäft. Denn das vielseitige Material könnte der Stoff sein, welcher der Familienfirma wieder zu einer Identität im Stil der Tradition aus der Eisen- und Stahlzeit verhilft. »Ganz Röchling soll wieder ein Gesicht bekommen und ist deshalb unterwegs, sich zum reinen Kunststoffhersteller zu wandeln«, begründet Georg Duffner die Wahl dieses Materials für den Neustart.[5] Der mithaftende Topmanager erinnert an die Wurzeln bei Kohle und Stahl und zieht Parallelen zum Kunststoff. Hier werde ein

Gebiet angestrebt, in dem Röchling wieder wie aus einem Guss zu einem führenden Verarbeiter aufsteigen könnte. Bereits jetzt, so Duffner, zählt Röchling in Europa mit 5000 Mitarbeitern und einer Milliarde Euro Umsatz zur Spitzengruppe der Kunststoffbetriebe. Steckt in der zweiten Wiedergeburt eine Sehnsucht nach der alten Bergmannsidentität aus der Eisen- und Stahlzeit? Wenn der Neustart in dieser (weltweiten) Nische wie geplant funktioniert, dann könnte auch der Name Röchling wieder zu alten Ehren gelangen, der in den vergangenen drei Jahrzehnten hinter den Produkten verblasste und aus der öffentlichen Wahrnehmung verschwand. Ohne Geldsegen jedoch wird die Renaissance bei Röchling nicht funktionieren. Daher hofft Spielmacher Greinert neben der Belegschaft auch seine Gesellschafter mit Sportsgeist motivieren zu können. Ihr Beitrag muss in einer kräftigen Kapitalerhöhung liegen. Immerhin bekam die Familie von den Erlösen aus den Verkäufen ein Drittel direkt ausgeschüttet. Ein anderer Batzen steht den Eignern zwar zu, wird aber treuhänderisch von Röchling für sie verwaltet. Auf diese schöne freie Liquidität hat der Firmenlenker ein Auge geworfen. Seine Absicht ist wohl klar: Greinert möchte mit diesem Kapital ein neues Kapitel in der Röchling-Geschichte schreiben.

Kapitel 12

Otto

Mäzene mit hanseatischem Geschäftssinn

Bei Otto ist die Firma aufs Engste mit den Personen an der Spitze der Familie verschmolzen. Personen prägen den Ruf wie das soziale Klima des ganzen Weltkonzerns. Obwohl der Handels- und Dienstleistungsriese wie seine Wettbewerber längst einem schwierigen Umfeld ausgesetzt ist und das eine und andere Skandälchen am Lack der Familie kratzt, überstrahlt das positive Image unbeschadet alles. Das Besondere der Hanseaten liegt darin, dass sie eine Moral des Wirtschaftens propagieren, weit über das übliche Maß hinaus. Ihre Ethik im Geschäftsleben schließt umweltbewusstes Handeln und soziale Verantwortung trotz Globalisierung ebenso ein wie ein klares Bekenntnis zum Standort Deutschland. Damit die hehren Vorsätze keine Phrasen bleiben, werden sie in konkrete Projekte gegossen. Für sie trommelt ein Mann: Michael Otto, Sohn des Firmengründers Werner Otto und seit 1981 Chef des größten Versandimperiums der Welt. Allein die lange Liste seiner Ehren- und Hauptämter verrät, dass der Unternehmer mehr sein will als der übliche Wirtschaftskapitän. Otto, der Grüne und Soziale, der Kunstmäzen und Humanist, will verändern. Dafür gründete der Naturmensch eigens eine Umweltstiftung, dafür präsidiert er unter anderem im Stiftungsrat der deutschen Sektion des World Wide Fund for Nature (WWF). Längst besitzt er den Ruf des Öko-Gurus im Versandhandel. Er ließ in seinem Betrieb bereits Müll trennen, als der grüne Punkt noch eine Vision war. Er verbannte Pelze und Tropenhölzer aus den Katalogen und verzichtet dafür auf Umsatz. Stattdessen wirbt Otto für umweltschonende Ware wie Öko-Mode, Öko-Baumwolle und vieles mehr. Ökologie auf allen Ebenen, auch bei den Tochterfirmen. So ließ er beim eigenen Paketzustelldienst Hermes erforschen, wie die CO_2-Emissionen der Transportfahrzeuge um 45 Prozent reduziert werden können.

Mit Vorliebe geht die Milliardärsfamilie mit Millionen stiften, nicht nur, um Steuern zu sparen. So spenden Ottos Gelder für den Vogelschutz, die Kunst oder die Hamburger Musikschule, für die Evangelische Stiftung Alsterdorf (Diakonie) oder für Lehrstühle an den Universitäten in Hamburg und Greifswald. Schon Gründungsvater Werner Otto (Jahrgang 1909) ist darin ein Vorbild. Er rief 1969 die Werner Otto Stiftung zur Förderung der medizinischen Forschung (für behinderte und krebskranke Kinder) ins Leben, der später das medizinische Werner Otto Institut angeschlossen wird. Im Alter widmet sich der Dynast dem nationalen Kulturerbe wie dem Belvedere auf dem Pfingstberg in Potsdam oder dem Konzerthaus am Berliner Gendarmenmarkt. Michael Ottos jüngster Bruder Alexander, der die familieneigene Immobilienentwicklungsfirma ECE leitet, will mit der Stiftung »Lebendige Stadt« die Verödung der Innenstädte stoppen. Sein Glanzstück ist die Urbanisierung der Speicherstadt am Hamburger Hafenrand. Der Kaufmannsclan lebt für Umwelt und Natur sowie »für eine beispielgebende ethische Grundhaltung«, wie Michael Otto im Lebenslauf formuliert. Soziale Ausgewogenheit ist für den Mehrfach-Mäzen ebenso Teil seiner Moral wie sein kooperativer Führungsstil. Solche Vorsätze und Taten imponieren. Der altbekannte Werbe-Slogan aus der Werbung seit 1985 – »Otto ... find' ich gut« – könnte heute auf den Firmenlenker zutreffen. Doch was mögen die Leute am Versandhauskönig und seiner Familie? Trotz aller hanseatischen Weltoffenheit – persönlich kennen die Ottos wenige.

Die Galionsfigur des norddeutschen Konzerns ist seit einem Vierteljahrhundert Michael Otto, der 1943 geborene älteste Sohn des Firmengründers. Der Chef, ein groß gewachsener, eleganter Herr vom korrekt gescheitelten Haupthaar bis zu den Sohlen seiner blanken Schuhe, überrascht durch einen konservativen Eindruck: Mehr ein Mann der Mode als des Mäzenatentums. Die adrette Schale, ohne Alter wie ein Model aus dem Versandkatalog, wirkt hanseatisch steif. Fit hält sich der Unternehmer mit der Gardemaßfigur durch gesundes Essen und Trinken, Radeln, Tennis, etwas Skifahren und Yoga. Sein Äußeres passt genau ins Bild eines Wirtschaftskapitäns – und verrät so gar nichts von dem grünen Fundi und kreativen Gestalter in ihm. Der wahre Otto steckt wohl hinter dem offiziellen Otto mit Krawatte, Nadelstreifen und der dünnrandigen Brille. Bis vor kurzem leistete sich Big Boss keck einen kleinen Schnauzer. Erst im Gespräch, bei dem ein verschmitztes, bubenhaftes Lächeln aufblitzt, treten Ottos ökologische und soziale Überzeugungen Satz für Satz hervor: »Ein Jahr lang eine Ergebnisdelle hinnehmen, das ist für uns überhaupt kein Problem, das nehmen wir mal hin«, antwortet er ohne Umschweife, auf die Flaute im klassischen Versandhandel angesprochen. »Nachhaltigkeit«, ein langer Atem also, hat für den Firmenlenker generell Priorität. Der »Zeitfaktor« sei es, welcher Familienbetriebe von Kapitalgesellschaften trenne. Diese stünden unter ständigem Druck von Analysten und Aktionären und würden daher über Stellenstreichungen sanieren. »Bei uns wird gerade daran gearbeitet, Arbeitsplätze zu erhalten«, berichtet der Unternehmer. Seine Mitarbeiter wissen den Unterschied zwischen Otto und dem angeschlagenen Konkurrenten Karstadt-Quelle zu schätzen. Genau verfolgt die Otto-Belegschaft, wo die Manager ruckzuck Stellen tilgen, um den börsenabhängigen Konzern auf Kosten der Mitarbeiter zu sanieren. Der Hanseat dagegen sucht den sozialen Konsens – selbst wenn die Firma fast 800 Arbeitsplätze in der Zentrale, bei Außenstellen und in Call-Centern abbauen muss (2004/05). »Bevor er kündigt, versucht er andere Möglichkeiten auszuschöpfen. Otto lässt niemanden im Regen stehen«, schildert eine Betreuerin der Gewerkschaft Verdi. Ein Betriebsrat präzisiert zu Michael Otto: »Wir diskutieren oft kontrovers, doch immer mit dem Ziel einer Einigung.«

Für diese Bereitschaft schätzen ihn die Arbeitnehmer, und selbst Funktionäre der Gewerkschaft loben ihn als einen »außergewöhnlichen Unternehmer«. Bei jüngsten Stellenstreichungen (500) schloss Otto eine Betriebsvereinbarung mit einer Vielzahl von Alternativen ab: kürzere Arbeitszeiten, interne Versetzungen, aktive Jobvermittlung, Altersteilzeit sowie Qualifizierungschancen in einer externen Gesellschaft. »Die Führungskräfte sind dazu verpflichtet worden«, heißt es aus Kreisen des Betriebsrats, »sich um ihre Leute zu kümmern und sie umzuschulen.« Mitarbeiter, die freiwillig ausscheiden, bekommen eine Abfindung, die weit über der gesetzlichen Norm liegt. Beschäftigten, welche von Schließungen betroffen sind, werden »alternative Angebote gemacht, die mit dem Betriebsrat verhandelt und erarbeitet werden«.[1] Als der Abbau der Arbeitsplätze im Sommer 2004 konkret wurde, ließ sich der Boss vom Betriebsrat überreden, seine Sicht der Sanierung selbst auf einer außerordentlichen Betriebsversammlung den Mitarbeitern darzulegen. Diesen – einmaligen – Auftritt in einem voll besetzten Zelt soll die Belegschaft positiv honoriert haben. Der Hanseat besitzt ein Gespür dafür, wie wichtig die Motivation von Mitarbeitern gerade in Krisenzeiten ist. Zugleich feuert er seine Leute mit Sprüchen an wie »Durch Leidenschaft zum Erfolg«, die merkwürdig sektiererisch klingen. Ein Verdi-Funktionär differenziert: »Die Nähe zu Betriebsräten ist bei ihm größer als die zu Gewerkschaften.« Weil Otto über Tarif bezahlt und seine Angestellten – fast 70 Prozent sind Frauen – durchweg besser behandelt, sind wenige (keine 15 Prozent) Mitglied einer Gewerkschaft.

Global handeln in Ökologie und Ökonomie

Michael Otto, der Mensch, »ist bescheiden geblieben und sehr sozial eingestellt«, sagt ein Mitarbeiter, der ihn seit 25 Jahren kennt und als glaubwürdig einschätzt. Die Möbel in seinem Büro mit Blick auf Hamburgs Osten stammen zwar nicht aus dem eigenen Katalog – »Die habe ich in der Stadt gekauft« –, aber das eine oder andere Kleidungsstück kommt aus dem Fundus des Konzerns. Und das Ehepaar Michael und Christl Otto geht gelegentlich wie Otto-Normalverbraucher im Supermarkt einkaufen. Im Flugzeug kann es passieren, dass der Chef Holzklasse fliegt, während seine Mitarbeiter in derselben Maschine Business-Class sitzen. Doktor Otto setzt andere Prioritäten, zum Beispiel in puncto Sozialverträglichkeit und Natur. In einem Interview sagt er: »Ich habe mich in den siebziger Jahren mit meinem leider zu früh verstorbenen Freund Eduard Pestel [1914–1988], damals Mitbegründer des Club of Rome, oft unterhalten, und mir wurde sehr klar, dass es nicht reicht, Probleme aufzuzeigen und zu warnen – wie der Club of Rome das auch getan hat. Man muss handeln.«[2] Der Ober-Otto verfolgt seine ökologische Überzeugung fast missionarisch: »Wir möchten als guter Corporate Citizen gegenüber Mensch, Umwelt und Gesellschaft handeln.«[3] Diese Ansichten im Geiste Eduard Pestels und den »Grenzen des Wachstums« praktiziert er auch als Stiftungsvorsitzender im WWF Deutschland oder in seiner Michael Otto Stiftung für Umweltschutz, die Seen und Flüsse vor Verödung und Zerstörung bewahren will. Seine

Überzeugung lebt der Kaufmann seit 1984 direkt in der eigenen Firma. »Ich will über Umweltschutz nicht nur reden und sagen, andere sollen handeln, sondern ich habe den Umweltschutz als Unternehmensziel im Vorstand verabschiedet«, bekräftigt Otto seinen Willen. Es beginnt mit Ökostiften und Ökopapier für Mitarbeiter, geht über Mülltrennung und schadstoffarme Autos bis zum umfangreichen Öko-Sortiment mit Prüfsiegel (»Pure Wear«). Darunter versteht Otto Öko-Mode ebenso wie den kontrollierten Anbau von Bio-Baumwolle. Der Anteil gesundheitsverträglicher Textilien im Sortiment geht auf 90 Prozent zu. »Da sind wir in Kürze bei hundert Prozent«, ist sich der Chef sicher. Auch das Holz für Möbel wird auf Nachhaltigkeit hin überprüft. Kontrolliert wird die Qualität der Stoffe in eigenen Labors von hansecontrol, dem »Otto-TÜV«. Natürlich wird auf Öko-Verpackungen bei den Versandartikeln geachtet und recycelt, wo es nur geht. Um die schädlichen CO_2-Emissionen zu reduzieren, verlagert der Konzern Importe aus Fernost vom Flugzeug auf Schiffe. Überwacht wird das grüne Management eigens von einer Abteilung für Umweltkoordination.

Ein Pionier ist Otto auch, wo es gilt, soziale Mindeststandards im Welthandel einzuhalten und die Menschenrechte zu achten. Die Hamburger pochen auf humane Arbeitsbedingungen bei ihren Lieferanten wie deren Lieferanten. »Als global agierendes Handelshaus bekennt sich Otto zu einer ethischen, verantwortungsbewussten Unternehmensführung«, lautet seine Leitlinie. Konkret: Um Kinderarbeitsplätze wird nicht geschachert. Bereits 1996 formulierte das Unternehmen für alle Zulieferer einen Verhaltenskodex (Code of Conduct), dessen Einhaltung Außenbüros weltweit überprüfen. Otto: »Es werden unabhängige Untersuchungen über Arbeitszeiten, Subunternehmer usw. gemacht, wir kommen hervorragend voran.« Verstößt ein Betrieb gegen die Auflagen – durch Kinderarbeit etwa –, wird er geschult und unterstützt. »Ein wiederholter Verstoß gegen den Verhaltenskodex kann zur Einstellung der Geschäftsbeziehung führen.«[4] Damit auch die Kunden den Unterschied bemerken, führte Otto 1996 zum Beispiel als erster deutscher Versandhändler das »Rugmark-Siegel« für Teppiche ein. Es garantiert, dass sie ohne Kinderarbeit und im Einklang mit den Prinzipien der UNO hergestellt werden. Zudem engagiert sich Otto im Rahmen des Fair Trade unter anderem im Deutschen Netzwerk für Unternehmensethik und ist Mitglied im UN Global Compact. Ebenso tragen die Hanseaten die Richtlinien gegen Korruption der Internationalen Handelskammer (ICC) mit. So viel Einsatz findet auch UNO-Generalsekretär Kofi Annan gut und dient der humanitären Sache als Schirmherr. Damit der Firmenchef seine Ziele wirklich erreicht, installierte er auf jeder Ebene seines Konzerns ein Umweltmanagement mit Verantwortlichen, die ihm direkt unterstellt sind. Deren Fortschritte werden wie normale wirtschaftliche Tätigkeiten anhand von Daten und Fakten in Soll-Ist-Vergleichen gemessen und in einem Nachhaltigkeitsbericht dokumentiert. Otto: »Es muss in jedem Jahr eine Verbesserung erreicht werden.« Allmählich entsteht eine Eigendynamik. »Womit geworben wird, das wird auch gelebt«, fasst eine Otto-Einkäuferin zusammen.

Sicher fördert dieses vielseitige Engagement das Image des Versenders wie der Familie. »Der Wille, es ernsthaft zu betreiben, zählt für mich«, zollt ein Mitarbeiter seinem höchsten Chef Bewunderung, obwohl er selbst nicht hundertprozentig vom Umweltgeist beseelt ist. Doch gerade an seinem Ernst lässt Michael Otto keine Zweifel: »Es ist unsere Überzeugung, dass wir in der globalisierten Welt langfristig nur erfolgreich sein können, wenn die gesellschaftlichen Rahmenbedingungen stabil bleiben. Bei Umwelt- und Sozialstandards hört die Konkurrenz auf.« Solche Worte klingen in einer Welt, in der grenzenlose Geldgier geil geworden ist, romantisch. Ist Michael Otto ein Träumer, einer, der die Zeit verschlafen hat? Umweltschutz, das war doch mal in den siebziger, achtziger Jahren modern. Leistet sich hier ein Milliardär nur ein teures Hobby? Wohl kaum, denn das würden ihm die Mitbesitzer aus der Familie und ganz sicher die externen Gesellschafter wie die Verlegerfamilie E. Brost & Funke (WAZ-Gruppe, Essen) sehr verübeln. Letzteren gehören immerhin 25 Prozent am Versandhandel. Ohne Erfolgs- und Leistungskontrolle darf auch der oberste Otto das Haus nicht regieren. Dem Katalogkaufmann schauen viele Augen aus der eigenen Sippe wie aus der Fremde auf die Finger. Freilich, die Bilanz über 25 Michael-Otto-Jahre fällt überwiegend positiv aus. Der Erstgeborene des Gründers Werner Otto gilt als guter Unternehmer. Er darf für sich in Anspruch nehmen, den Betrieb zu einem milliardenschweren, internationalen Handelsriesen ausgebaut und die Seinen stets reichlich bedacht zu haben. Als der 1943 geborene Junior 1981 die Nachfolge als Konzernchef antrat, da stand der 38-Jährige unter Erfolgsdruck. War es doch sein Vater, der das Versandhaus aus dem Nichts zum zweitgrößten Katalogversender Deutschlands hinter Quelle /Schickedanz hochgeboxt hatte. Diesen Rekord galt es zu toppen. Speziell für seine Führungsaufgabe erzogen wurde der Stammhalter nicht. Dafür waren die Aufbaujahre zu stressig. Sein Vater, der Wirtschaftskapitän Werner Otto, ließ die Kinder – Michael und Ingvild – bei der Mutter aufwachsen. In den Aufbaujahren wurden sie knapp gehalten. Doch als der erste Kreislaufkollaps den Firmengründer 1962 mit 53 Jahren erwischte – »Das war mir eine Warnung« (Werner Otto) –, zog er sich vorsichtig aus dem Tagesgeschäft zurück. Trotzdem wollte Michaels Vater nichts überstürzen, den Ältesten gar in die Verantwortung zwingen. Er glaubte damit Gefahr zu laufen, zuerst den Sohn, dann die Firma zu zerstören.[5]

Als Zwölfjähriger hilft Michael in den Schulferien in der Packerei aus, mit 16 darf er den Vater auf seinen Geschäftsreisen begleiten. So schnuppert Jung-Otto den Geruch der großen Versandhauswelt – jenseits von Gymnasium und Banjo-Spiel in seiner Band. Nach dem Abitur absolviert der blonde Jüngling brav eine Lehre beim Privatbankhaus Merck, Finck & Co. in München. Nun schwankt Michael zwischen einem Studium der Medizin und der Volkswirtschaft. Er entscheidet sich für Letzteres und studiert in Hamburg und München, zeitweise mit Schwester Ingvild. Mit den 68ern nimmt der Unternehmersohn überzeugt an Demonstrationen teil. Die bewegte Jugend findet ein Happy-end, und der Studiosus promoviert zum Thema »Die Absatzprognose im Versandhandel« zum Doktor der Ökonomie. Seine Abnabelung erklärt Otto so: »Ich habe mich schon sehr früh selbstständig gemacht, auch, um eine gewisse Distanz zu bekommen. Denn jeder muss selbst den richtigen Weg finden.« Als Studiosus in München arbeitet er nebenher als Grundstücks- und Finanzvermittler und tätigt Immobiliengeschäfte in Kanada. Das macht ihn routiniert fürs (Geschäfts-)Leben und zeigt seinem legendären Senior, was in seinem Spross steckt. Mit 28 Jahren (1971) tritt der frisch gebackene Volkswirtschafts-Doktor in den Familienbetrieb ein – als jüngstes Vorstandsmitglied Deutschlands.

Ottos Filius bringt neue Ideen

Der gesundheitlich angeschlagene Firmengründer gibt 1965 den Vorsitz der Geschäftsleitung an den familienfremden Manager Günter Nawrath (früher Henschel-Werke) ab und wendet sich einer neuen Aufgabe zu. Dadurch bleibt dem Junior der übliche Machtkampf mit einem legendären Vorgänger um die Rolle des »besseren Chefs« erspart. Michael muss sich dennoch bewähren und den wichtigen Bereich Einkauf und Textilien im Zentralvorstand übernehmen, dem Herz eines jeden Versandhauses. Unter den gestrengen Blicken des Alten, der im Wirtschaftswunderland als Nachkriegs-Aufsteiger und zweitgrößter Versandhändler gefeiert wird, sammelt der Älteste ein Jahrzehnt lang im Vorfeld der Macht wichtige Erfahrungen und lernt das Handwerk des Handels kennen – und Nachwuchs-Otto besteht seine Probezeit. Bald wird dem Gründer – Jahrgang 1909 und inzwischen Anfang siebzig – bewusst, dass sein Ältester der würdige Nachfolger für ihn sein wird. In einer öffentlichen Übergabe 1981 kürt Vater Werner Sohn Michael zum Vorsitzenden im Konzernvorstand. Ein so früher Stabwechsel ist in Familienunternehmen die Ausnahme. Zu oft schaut ein weit über achtzigjähriger Dynast als Über-Chef (schadenfroh) zu, wie sein Möchtegern-Nachfolger entnervt selbst der ersehnten Pensionierung entgegenwankt, ohne jemals unternehmerische Freiheiten erlangt zu haben. Bei Ottos sollte sich der geordnete Generationswechsel auszahlen, der Junior erweist sich als fähiger und kreativer Kaufmann wie der Senior. Michael Otto verwirklicht innovative Ideen: 1988 führt er die Kapitalbeteiligung für Mitarbeiter ein; die Genussscheine werden bis heute von den Angestellten gezeichnet. Ein Jahr später motiviert er die vorwiegend weibliche Belegschaft durch das Programm »Familie und Beruf«. Inzwischen ist der Arbeitstag flexibel ohne feste Kernzeit. Der Hanseat versendet die Kleidung erstmals am Bügel hängend, und 1990 mischt er mit dem 24-Stunden-Eilservice gegen Aufpreis den Markt auf. Zugleich erweitert er ständig das Dienstleistungsangebot (Touristik, Finanzen, Versicherungen). Ab 1995 steigt Michael Otto vehement ins Internet-Geschäft ein. Bestellungen über Computer, Handys, interaktives Fernsehen usw. faszinieren den Versandhändler. Er sieht in elektronischen Einkaufszentren (Otto Online-Shop) und in der Multi-Channel-

Technik überhaupt die rettende Ergänzung zum klassischen Katalog. Schon 2001 übersteigt der über Online-Handel erzielte Umsatz bei Endverbrauchern die Grenze von einer Milliarde Euro. 2003 führt Otto den Wunschtermin-Service ein, die Kunden bestimmen also den Termin für die Zustellung mit. Und bei all dem treibt er das Geschäft global in Ost und West voran. Firmenkäufe spielen dabei eine zentrale Rolle, sodass die Hamburger rasch zum größten Versender der Welt aufsteigen. Mit diesem Titel kann der Filius den Vater noch übertrumpfen. Seine Erfolge verleihen dem inzwischen über 60-Jährigen eine gewisse Narrenfreiheit, denn er liefert Kritikern bis jetzt keinen triftigen Grund, an seinen Qualitäten zu zweifeln. Selbst in der Krise der Universalversender schneidet Michael Otto im Vergleich zur schärfsten Konkurrenz, Quelle /Neckermann, besser ab. Das finden die Gesellschafter bei Otto gut. Sein multiples Mäzenatentum wird ihm daher milde verziehen. Für seine Spendenfreudigkeit in die bildende Kunst trägt er den Beinamen »musischer Pfeffersack«, ein kunstsinniger erfolgreicher Kaufmann also, was unter Hanseaten doppelt als Lob gilt. »Wenn man das Glück des Erfolgs hatte, sollte man etwas zurückgeben. Das hat nichts mit Almosen zu tun, sondern mit Solidargemeinschaft. Sonst funktioniert das Gemeinwesen nicht«, begründet der Spender von der Waterkant fast entschuldigend.[6] Und: Otto der Einflussreiche will Einfluss nehmen. Er glaubt, der Welt viel geben und mitteilen zu müssen, was dazu führt, dass er auf Partys immer einer der letzten Aufrechten ist. Der Handelsdynastie gelingt es offenbar perfekt, Geschäftssinn mit Bürgersinn zu verbinden. Schon Vater Werner Otto war darin Vorbild. Dieser führte die Fünf-Tage-Woche (1956) sowie eine Betriebsrente ein. Doch der längst »pensionierte«, über neunzigjährige Versandhauspionier und Nachtmensch kehrte wieder an die Spree zurück. In Berlin betrieb der gelernte Einzelhändler einst einen Tabakladen – sein erstes Geschäft.

Versender aus purer Verlegenheit

Als das Deutsche Reich 1945 zusammenbricht, ist Werner Otto Mitte dreißig und wie viele Landsleute nach Kriegsende auf der Flucht. Geboren wurde der Unternehmer im märkischen Seelow, damals mitten in Deutschland, heute nahe der polnischen Grenze gelegen. Aufgewachsen und ins humanistische Gymnasium gegangen ist der aufmüpfige Schüler nördlich von Berlin in der Kleinstadt Prenzlau (Uckermark). Eigentlich will er Schriftsteller werden – Thomas Mann, Tolstoi, Dostojewski sind seine Vorbilder – und schreibt zwei unveröffentlichte Romane. »Ich war damals Nationalist, aber kein Hitler-Anhänger«,[7] bekennt er zum 50-jährigen Jubiläum. Nach einer Razzia der Gestapo wird er »wegen Verteilung von Flugblättern für den »linken«, sozialrevolutionären Zweig der NSDAP um die Brüder Strasser (der später zerschlagen wurde), mit dem er sympathisiert, verhaftet und sitzt zwei Jahre Haft in Plötzensee ab.

Kurz nach seiner Entlassung geht der Lebensmittelgroßhandel seines Vaters in Konkurs. Nun muss der verhinderte Romancier Geld verdienen – doch ein politisch Vorbestrafter wird im Dritten Reich nirgends angestellt. Also eröffnet er einen Zigarrenladen in der Prenzlauer Straße in Berlin – der Unternehmer Werner Otto ist geboren. Die kleine Existenz versinkt mit dem Ende des Naziregimes ebenfalls in der Vergangenheit. Ihre Zukunft suchen der Kleinhändler und seine Frau Eva nun westwärts. Die Familie mit Tochter Ingvild und Sohn Michael landet, zunächst im holsteinischen Bad Segeberg. Als wichtigsten Besitz haben sie einen Koffer voll mit mehr oder minder wertvollem Papiergeld gerettet. Schließlich ziehen die Ottos nach Hamburg, wo das Familienoberhaupt wieder eine Geschäftsidee verfolgt: Er produziert, ausgestattet mit seinem Quäntchen Startkapital, Schuhe in der damaligen britischen Zone, wo es zwar Leder, aber keine Schuhe zu kaufen gibt. Allerdings hat der Kaufmann vom ehrwürdigen Schuhhandwerk keinen Schimmer. »Mein Optimismus wurde nicht von Fachwissen angekränkelt«, schrieb Otto später in seinen Lebenserinnerungen.[8]. Bald muss der frischgebackene Kleinindustrielle seine Fabrik im ländlichen Stadtteil Schnelsen wieder schließen. Auch deshalb, weil die Hansestadt nicht genügend Fachpersonal aus der Zunft bietet. Jetzt hat er zwar einige Schuhe auf Lager, aber keine Käufer. Aus purer Verlegenheit gründet er mit dem Restposten unverkaufter Schuhe und einem halben Dutzend Vertreter am 17. August 1949 einen Versandhandel, obwohl ihm auch hier die Branchenkenntnisse fehlen. Von klassischen Versendern wie Baur oder Witt Weiden übernimmt er Schritt für Schritt, wie Kunden über Kataloge zu gewinnen sind. Der erste Otto-Katalog erscheint 1950 in der bescheidenen Auflage von 300 Exemplaren, handgebunden mit eingeklebten Fotos. Das Prospektchen ist 14 Seiten dünn, auf denen ganze 28 Paar Schuhe zur Lieferung per Nachnahme offeriert werden. Das aus der Not geborene Angebot ist dennoch ein Erfolg und inspiriert die Ottos zu immer neuen Offerten. Der Durchbruch kommt mit einer Marineklapphose, blau, mit Schlag, zwei Knopfleisten. Das Geschäft gedeiht, aus dem Mini-Spezialversender wird im Konsumrausch der Nachkriegszeit mit immer mehr Artikeln einer der ersten Universalversender. »Wir waren eine Familie, packten nächtelang Pakete, klebten 1950 die ersten Otto-Kataloge«, schildert der Gründer die Anfänge.[9] Manches Jahr verdoppelt sich der Umsatz glatt. Und da Werner Otto den »Distanzhandel« (Branchenjargon) schon nicht erfunden hat, so mischt er ihn wenigstens mit neuen Ideen auf. So gestattet der gewitzte Kaufmann seinen Katalogkunden 1952 als Erster, ihre Ware auf Rechnung zu bestellen und später zu bezahlen. Das treibt den Umsatz an. Nachdem Otto überall in Funk und Fernsehen wirbt und dazu den vom Golgowski-Quartett 1961 komponierten eingängigen Sechs-Töner »Otto-Versand – Hamburg!« für seine Katalogware singen lässt, geht es erst recht fröhlich aufwärts. Beim Motto fürs Marketing trifft der experimentierfreudige Otto immer wieder den Geist der Zeit. Bald – der erste Computer »Univac III« rechnet in der soeben bezogenen Firmenzentrale im Hamburger Stadtteil Bramfeld – wird das System der Sammelbestellung mit Freunden, Nachbarn und Verwandten (in Berlin 1961) gestartet, und ab 1963 werden Aufträge auch per Telefon entgegengenommen. Schon 1970 überschreitet der Umsatz die Eine-Milliarden-Mark-Grenze. Um die eigenen Waren preiswerter und schneller an Frau und Mann bringen zu können, wird 1972 der hauseigene Hermes Versand Service gegründet, der heute als Paket-Schnelldienst gegen die Post konkurriert.

Die Expansion verläuft so rasant, dass Otto bereits Anfang der sechziger Jahre externe Gesellschafter zur Finanzierung braucht. Er gewinnt die WAZ-Erben (Großverlag in Essen), die er mit 25 Prozent am Versandhandel beteiligt. Die Schweizer Kreditanstalt (15 Prozent) sowie zwei Dutzend vermögende Anleger, vorwiegend Hamburger, werden weitere Teilhaber. Sie besitzen Anteile an der Zwischenholding KG Aurum Beteiligungs- und Verwaltungs-GmbH & Co., Hamburg. Erst 1983 kauft Otto junior 15 Prozent des Kapitals zurück. Nun hält die Familie durchgerechnet 73 Prozent am Stammhaus. Das frische Geld versetzt Werner Otto in die Lage, Konkurrenten zu schlucken. So steigt Otto 1974 beim französischen Versandhaus »3 Suisses International« sowie bei Heinrich Heine Geschenkversand in Karlsruhe ein. Zwei Jahre später erwirbt Otto die Mehrheit am Hanauer Universalversender Schwab. Auch in Holland ankert Otto. In den Achtzigern kommen Erwerbungen in Österreich sowie Alba Moda (Bad Salzuflen), Witt Weiden (gegründet 1907) oder Sport-Scheck (München) dazu. Vorher reduziert der vorausblickende Gründer in den Sechzigern die gefährliche Abhängigkeit seines Versandhandels von den Launen der Konjunktur. Die reichlich fließenden Gewinne aus dem Kataloggeschäft legt er in Immobilien an, bevorzugt im Ausland. So erwirbt er Wohnungen im kanadischen Toronto und in den Siebzigern reihenweise Bürohäuser in New York und Chicago, die wegen der Ölkrise billig zu haben sind. Die Immobilienfirma Paramount der Familie Otto besitzt heute ein rundes Dutzend an Wolkenkratzern in Manhattan. Schließlich entwickelt Werner Otto, der Vielseitige, auf seinen Amerikareisen ein Faible für Verbrauchermärkte, die es zu Hause nicht gibt. Er beschließt, ein zweites Geschäftsfeld zu eröffnen. Nachdem er den Versand aus gesundheitlichen Gründen familienfremden Managern überlassen hat, beginnt der Stehauf-Mann Einkaufszentren zu erwerben, zu bauen und zu betreiben. Dafür gründet er 1965 die Einkaufs-Center-Entwicklungsgesellschaft ECE (heute ECE Projektmanagement GmbH & Co. KG) Hamburg. Diese Firma, die den Ottos direkt gehört, ist längst Europas größter Immobilienentwickler, in dessen mehr als 75 Konsumtempeln gut acht Milliarden Euro (Einzelhandelsumsatz) umgeschlagen werden. Seit 2000 führt der jüngste Spross, Alexander Otto, die ECE und ihre Shopping-Malls. Werner Otto indes, der aus dem Nichts die Basis für das Firmenimperium schuf, zieht sich nach 30 Aufbaujahren nach seinem 70. Geburtstag allmählich aus dem Management zurück. Trotz seines Milliardenvermögens und seiner engen Kontakte zur politischen Prominenz ist er auf dem Teppich geblieben. »Expansion ist nur möglich, wenn man Maß halten kann. Wenn's mal brenzlig wird, muss man noch bremsen können. Das ist man auch den Mitarbeitern schuldig«, gibt der bodenständige Senior seinen Nachfolgern mit auf den Weg.[10] Heute hat der betagte Dynast offiziell kaum noch Einfluss auf sein Lebenswerk. Seine Stimme als Ehrenvorsitzender des Aufsichtsrats zählt nicht, der Titel ist ohne Gesetzeskraft. Von offen zutage tretenden Zerwürfnissen unter den Generationen ist nichts bekannt. »Wenn ich vieles verkehrt gemacht hätte, hätte mein Vater damals sicher eingegriffen, aber erfreulicherweise lief es ja sehr gut«, zieht der heutige Konzernchef Michael Otto sein Fazit.[11]

Das Firmenerbe frühzeitig verteilt

Otto, das Familienimperium, steht in erster, zweiter und bald dritter Generation in seinen Grundfesten stabil. Auch das Milliardenvermögen des Clans wird über die Cura Vermögensverwaltung so professionell betreut – Chefmanager ist der Ex-Finanzmann von Gruner+Jahr Thomas Armbrust – wie der Konzern selbst. Im Grundsätzlichen zieht die Sippe an einem Strang. »Das Großartige ist, dass mein Sohn die gleichen Eigenschaften hat wie ich: den unternehmerischen Weitblick, aber auch den Sinn für die Gemeinschaft der Mitarbeiter«, schätzt Werner Otto zufrieden ein.[12] Zudem ist der Stamm der Ottonen so übersichtlich, dass die einzelnen Angehörigen »auf Zuruf« (Michael Otto) miteinander zurechtkommen. Dynast Werner Otto hat fünf Kinder aus drei Ehen, wozu zehn Enkelkinder (Stand: Mitte 2004) in der dritten Generation gehören. Die ersten beiden, geschiedenen Ehen von Otto senior hielten jeweils nur sieben Jahre. Aus seiner ersten Ehe mit Eva (geboren 1908, inzwischen verstorben) stammen die Tochter Ingvild (geboren 1941) verheiratete Goetz und Stammhalter Michael. Mit der zweiten Frau Jutta (geboren 1932) hat Otto den Sohn Frank (geboren 1957). Dieser war mit der TV-Moderatorin Sandra Maahn (geboren 1968) verheiratet; heute ist die Musikclip-Produzentin Stefanie Volkmer (geb. 1976) seine Lebensgefährtin. Weitere zwei Kinder hat Firmengründer Werner Otto mit seiner dritten Ehefrau Maren (geboren 1941, vier Monate jünger als Ottos älteste Tochter Ingvild). Katharina Otto-Bernstein (geb. 1964), lebt an der Fifth Avenue in New York und ist mit dem amerikanischen Kunsthändler Nathan A. Bernstein verheiratet. Der letzte und jüngste Otto aus der zweiten Generation ist Alexander (geb. 1967). Er und Michael, also der jüngste und der älteste Sohn von Otto dem Ersten, sind als einzige Kinder aktiv im Konzern tätig. Alexander Otto leitet die ECE-Projektfirma und kontrolliert zudem direkt die Otto-Gruppe im Aufsichtsrat. Die anderen Nachkommen Werner Ottos – Ingvild Goetz, Frank Otto sowie Katharina Otto-Bernstein – sind nicht im Unternehmen tätig. Sie halten als Miteigentümer jeweils Anteile an der Stammfirma Otto AG für Beteiligungen Hamburg von unter zehn Prozent. Das Trio verlässt sich darauf, dass die aktiven Brüder erfolgreich wirtschaften, fair bilanzieren und die Gewinne gerecht verteilen.

Der Gründer erkannte die verschiedenen Talente seiner Kinder bald und teilte sein Reich danach auf: Vom Stammhaus (Versandfirmen, Hermes, Großhandel) erbte Michael Otto das meiste. Der Firmenchef und seine Familie besitzen rund 38 Prozent.[13] Dem ECE-Chef Alexander gehören durchgerechnet über alle Zwischenfirmen nur etwa 16 Prozent. Zum Ausgleich erhielt er die Mehrheit am Immobilienprojektor ECE. Am milliardenschweren Immobilienbesitz der Familie, eingebracht in die Gesellschaften Paramount und Sagitta, sind die Ottos unterschiedlich beteiligt. Die drei Passiven wurden für ihre Betätigungen außerhalb der Firma mit reichlich Startkapital versorgt: Ingvild alias Jeanny machte als Aktionskünstlerin von sich reden, betrieb bis 1984 eine Kunstgalerie in München und schuf sich dann mit der Sammlung Goetz bei München eine privates Museum moderner Kunst. Halbschwester Katharina Otto-Bernstein betätigt sich als Produzentin von Filmen in New York. Frank Otto, 14 Jahre jünger als Michael, der Boss, verkörpert die Rolle des Schwarzen Schafs. Schon äußerlich tanzt der Filius mit langem Haar, legerer Kleidung aus der Reihe der biederen Otto-Wirtschaftskapitäne. Sein Lebensweg verlief in Sprüngen. Als Jugendlicher flog er von mehreren Internaten, machte eine Lehre als Restaurator am Museum, studierte Kunst und tingelte als Schlagzeuger der Band »City Nord« durch die Nachtwelt. Anstatt mit Katalogen, Buchhaltungen oder Immobilien verbringt Frank seine Zeit lieber mit seinen Kindern. Zumindest was das Musische und die soziale Ader angeht, ist auch er ein echter Otto. Sein Kapital investiert Frank gern in Medienbetriebe, die es brauchen, entweder, weil sie noch zu jung oder weil sie schon alt sind. So ist der Mann der Musen als Teilhaber an mehreren

Radiosendern sowie einem Freizeitpark beteiligt und besitzt ein eigenes Plattenlabel. Anfänglich finanzierte er den Musik-TV-Sender Viva und gab zeitweilig Geld für die krisengeschüttelte *Hamburger Morgenpost*. Frank ist so gesehen der leibhaftige Alternativ-Otto – und mit einigen seiner Engagements sogar recht erfolgreich.

Das Handelsgeschlecht Otto gilt als weitgehend intakt, zumindest beeinflusst das Familienleben nicht das Unternehmen. Die Otto-Kinder pflegen ein sachliches, teils distanziertes Verhältnis zueinander. Wie überall stehen sich manche näher, einige weniger. Die Konzernchefs Michael und Alexander (nebst Lebensgefährtin Dorit Koven) schätzen einander und besprechen sich regelmäßig. Das Spitzenduo meisterte selbst die jüngste Krise recht elegant. Mit Frank hat Michael kaum Kontakt, sie treffen sich hie und da zum Abendessen in Hamburg. Katharina, Frank und Alexander hingegen pflegen engere Beziehungen. Frank, zehn Jahre älter als Alexander, wuchs in dessen Familie einige Jahre auf, bevor er ins Internat kam. Sonst sieht sich die Familie zu gegebenen Anlässen wie Festen oder Einweihungen. Vollversammlungen bleiben dem Geschäft vorbehalten. Im Ganzen finden Klatschblätter im Reich der Ottos wenig Nahrung. Eine Geschichte hinterließ 2004 Kratzer am Image. Sie betraf den Rosenkrieg zwischen Alexander Otto und seiner Noch-Gattin Carrie. Die damals 33-jährige Juristin, eine gebürtige Puertoricanerin mit US-Pass (das Paar lernte sich beim Studium in Harvard kennen) reichte nach zehn Ehejahren die Scheidungsklage in Miami ein. Ihr Vorwurf: Alexander gehe fremd und habe viel Geld an Geliebte verschwendet. Und wie in US-Prozessen üblich, forderte sie von ihrem »Ex« riesige Summen, so eine Abfindung von 700 Millionen Dollar (etwa ein Drittel von Alexanders Vermögen) plus jährlich eine Million Dollar Unterhalt. Der Streit produzierte unfeine Schlagzeilen und ärgerte Vater Werner Otto, der um den guten Ruf der Familie bangte. Frau Carrie hatte in der Scheidungsklage behauptet, »die Ottos seien geschickt darin, Reichtümer zu verbergen, zu manipulieren«.[14] Sie kenne mehr als 20 Firmen, auf die sie zugreifen will. Der ECE-Boss wurde ultimativ aufgefordert, seine Besitztümer offen zu legen. Ottos gelang es schließlich dennoch, den Scheidungsfall in diplomatischer Stille zu erledigen. Weitaus geräuschvoller und zäher verlief dagegen die Pleite mit dem amerikanischen Versandhaus Spiegel. Das Unternehmen in Chicago, dessen Mehrheit (89 Prozent) Michael Otto nach seinem Amtsantritt erworben hatte, wurde zahlungsunfähig. Die Ottos fielen wie die übrigen Aktionäre der ungebremsten Wachstumsgier der Spiegel-Manager zum Opfer. Um den Umsatz anzutreiben, hatte deren Hausbank Ende der neunziger Jahre massenhaft Kreditkarten unters Volk gestreut, ohne vorher die Bonität der Kunden sorgfältig zu prüfen. Ottos US-Ableger brach zusammen. Als Konzernchef Michael Otto davon erfuhr, soll er den Mitaktionären wichtige Informationen vorenthalten haben, um Zeit für einen Rettungsplan zu gewinnen. Was folgte, war ein böses Gerangel mit US-Behörden, Banken und Aktionären. Am Ende platzte der von Otto vorgeschlagene Deal nur wegen neun Millionen Dollar. Der Versender Spiegel wurde zerschlagen. Das Abenteuer kostete die Familie Otto viel Nerven und ein paar hundert Millionen Euro Lehrgeld. Doch auch in Deutschland sahen sich die Hamburger Anfeindungen ausgesetzt. Der Grund: Den amerikanischen Versandhausriesen hatte Michael Otto ausschließlich privat mit dem Geld des Clans erworben, seine eigene Familie kaufte das meiste. Ärger machten die Mitbesitzer des Otto-Versandes, die Erben der Essener Zeitungsgruppe WAZ, E. Brost und J. Funke, die damals nicht mitziehen wollten, weil ihnen das Risiko zu groß war. Als die Insolvenz eintrat, wähnte sich die Verlegerfamilie schlecht informiert und behandelt. Hatte Michael Otto Geld aus dem Versandhandel in die Spiegel-Sanierung gesteckt? Wohl kaum, doch ein gewisser Frust über den dubiosen Vorfall in den USA bleibt bei den Minderheitsgesellschaftern zurück. Dagegen sollen die Spiegel-Gefechte die Familie fester geeint haben.

Schwere Zeiten für Universalversender

Die Dauerflaute im Konsum nagt am Kataloghandel und hinterlässt Spuren bei Otto. Obwohl sich die Hanseaten im Branchenvergleich wacker schlagen, geraten Umsätze und Gewinne teilweise gewaltig unter Druck. Die härteren Zeiten spürt der Versandhauskönig besonders bei den großen Sortimenten im Universalversand. Das trifft das Stammhaus, aber auch so bedeutende Otto-Ableger wie den Schwab-Versand oder das Versandhaus Baur (50 Prozent Anteil). Das klassische Konzept – alles aus einem Katalog – verliert an Zugkraft. Käufer wünschen mehr topaktuelle Mode, schnelle Schnäppchen und saisonale Spezialitäten. Das erfordert einen ständigen Sortimentswechsel und einen guten Riecher für Trends. Bei rund 100 000 Artikeln sind diese Wünsche nicht schnell genug zu erfüllen, auch wenn der Hauptkatalog nun dreimal im Jahr ins Haus kommt plus Sonderprospekte. Warenhausähnliche Universalversender sind wie riesige Tanker: Sie leiden unter Schwerfälligkeit und werden von kleinen, wesentlich beweglicheren Schiffchen wie den Modefilialisten und Fachläden überholt. Im Vergleich dazu demonstrieren die Hamburger Nachbarn Tchibo mit ihren Mini-Kaufhäusern (Depots), wie profitabel Aktionsware sein kann. Michael Otto ist klar: »Wir müssen näher am Bedarf sein, häufiger Anstöße in der Mode und in der Technik wegen der Preisbewegungen liefern. Unsere Prozesse, besonders die Beschaffung und unser Katalog, müssen daher viel schneller und aktueller sein.« Der Konzernherr kann von Glück sagen, dass Spezialversender wie der Heine Versand (Karlsruhe) oder Witt Weiden längst zur Gruppe gehören. Während Heine avantgardistische Wege geht und mit exklusiverer Mode Kunden lockt, vertreibt der Klassiker Witt seine Ware vorwiegend an ältere Semester. Auch die Beteiligungen an den Freizeit- und Modespezialisten Sport-Scheck, Alba Moda sowie ZARA Deutschland mindern das Marktrisiko beträchtlich und beteiligen den Konzern am jeweiligen Trend. Otto: »Wir wachsen auch stationär, wir gründen oder übernehmen.« Vor allem verfolgt der Technikfreund sein Konzept, sämtliche Angebotsformen unter seinem Dach – universal oder spezial, Versand oder stationärer Handel – über alle elektronischen Medien zu vernetzen. »Wenn es den E-Commerce nicht gäbe, wir müssten ihn erfinden. Ich betrachte ihn als eine andere Form von Versandhandel, denn die Bestellungen gehen nur auf anderen Wegen ein«, freut sich Otto. Für ihn sind das Internet, der Mobilfunk, das interaktive Fernsehen samt eigenem TV-Kanal jene Vehikel, welche den tradierten Versandhandel künftig stützen werden. Geradezu euphorisch preist er die Vorzüge seiner »Multi-Channel-Strategie« an, mit der er die diversen Bedarfsschienen miteinander verbinden will. Für den Versandkönig gibt es »nur zwei Wege zum Erfolg: entweder als Discounter in den Preiskampf einsteigen oder durch Aktualität und Schnelligkeit ein entsprechendes Preis-Leistungs-Verhältnis bieten.« Otto verfolgt unbeirrt die zweite Richtung – mit Erfolg. Die Verkaufsaktivitäten übers Internet, erst Mitte der neunziger Jahre gestartet, verbuchen mit vielerlei Online-Shops nunmehr Milliardenumsätze. Otto rangiert weltweit hinter dem Internet-Großversender Amazon auf Platz zwei. Folglich prognostizieren die Hamburger den neuen Medien wie dem Online-Shopping »bis 2010 einen Umsatzanteil von 20 Prozent am gesamten Distanzhandel«. Für dieses Ziel gehen sie im Internet mit Tengelmann und Bertelsmann (FCB Freizeit-Club Betreuungs-GmbH & Co.) zusammen, um vereint den Handelsgiganten Metro zu schlagen.

Gegen die lahmende Inlandskonjunktur baut Otto längst durch zusätzliche Aktivitäten und die Expansion ins Ausland vor. Das Imperium reicht von Europa über Israel, China, Südkorea und Japan bis in die USA. Starke Aktivitäten existieren etwa in Frankreich – 3 Suisses International (gehört Otto zur Hälfte); in Großbritannien – Grattan and Freemans; sowie in den Vereinigten Staaten – Crate and Barrel, Chicago (seit 1998), 28 Filialen mit gehobenem Sortiment, 6000 Angestellte. Das Ausland, welches der heutige Firmenboss seit Anfang der achtziger Jahre beackert, bestreitet mehr als die Hälfte vom Handelsumsatz. Gut 60 Tochterfirmen machen die Hamburger zum größten Versandhändler auf dem Globus. In Ottos Welt arbeiten etwa 54000 Mitarbeiter in gut zwei Dutzend Ländern auf drei Kontinenten. Dazu gehören auch Aktivitäten, welche die Kaufmannsfamilie zusätzlich zum Kerngeschäft betreibt. Zu »Otto plus« sozusagen zählen zum Beispiel Dienstleistungen als Ergänzung zum Handel. So eine Versicherungsagentur, welche als Makler auftritt. Die Hanseatic Bank dagegen, 1969 gegründet, besitzt der Versender nur noch zu einem Viertel. 75 Prozent wurden Ende 2004 an die französische Großbank Société Générale für rund 190 Millionen Euro verkauft. Otto erkannte, dass die Hausbank für neue Produkte einen starken Partner braucht, der das Geschäft versteht. Abgerundet wird das Serviceangebot für Endverbraucher durch die Otto Freizeit und Touristik Gruppe (OFT). Die Firma, deren Umsatz auf eine Milliarde Euro zugeht, vermittelt Reisen, veranstaltet aber selbst keine. Zu OFT zählen mehr als 400 stationäre Reiseland-Büros und 50 Büros von Holiday Express für Last-Minute-Produkte. Über die Marke »Travel Overland« werden zudem Flugtickets übers Internet verkauft. Ein gänzlich anderes Gewerbe bedient Otto als Schuldeneintreiber und Kreditauskunftei. Der Zweig mit dem schwierigen Namen KG EOS Holding GmbH & Co. betätigt sich im »Forderungsmanagement«, wie der Finanzservice offiziell heißt. Die wenig bekannte Inkassofirma – nicht überall, wo Otto drin ist, steht Otto drauf – treibt gegen saftige Gebühr offene Rechnungen im Auftrag anderer Betriebe ein. Mit diesem Geschäft wächst die EOS-Gruppe flott. Sie ist weltweit bis in die USA tätig und beschäftigt 2000 Mitarbeiter, davon in Deutschland 1300. Ein weiterer Bereich, von dem sich Otto viel versprochen hatte, ist der stationäre Großhandel für Gewerbetreibende sowie die Distribution von Computern nebst Zubehör rund um PCs und Telefonie. Die mehr als 50 Cash-and-carry-Märkte im In- und Ausland (Osteuropa) gehören zur OHG Fegro/Selgros Gesellschaft für Großhandel mbH & Co. in Neu-Isenburg. Diese Gemeinschaftsfirma hält die Rewe-Handelsgruppe in Köln zur Hälfte. Fegro/Selgros ist ein Metro-Konkurrent und zweitgrößter C&C-Anbieter Deutschlands. Doch die Rolle des Verfolgers zehrt an den Kräften, mehr als es Otto lieb ist. Ähnliches gilt für den Computerdistributor, die Actebis-Gruppe (mit Peacock) in Soest. Diese Aktivitäten bringen zwar Milliardenumsätze, aber die Segmente sind im Ergebnis mäßig erfolgreich und passen kaum noch zum Kerngeschäft. »Beide Firmen, Actebis und Fegro/Selgros, sind zum Verkauf gestellt«, hat Michael Otto entschieden.

Fest zum Imperium dagegen gehört die Hermes Logistik Gruppe mit weit mehr als 12000 Beschäftigten. Ursprünglich 1972 als Paketzustelldienst für den Eigenbedarf gegründet, drängt der inzwischen stärkste Post-Konkurrent mit Macht ins Massengeschäft mit jedermann. Hermes versendet über ein eigenes Logistiknetz und Botensystem so ziemlich alles und hofft darauf, dass das Briefmonopol im Jahr 2007 endgültig fällt. Hierzulande unterhält die Otto-Post mehr als 10000, leider oft recht unscheinbare »PaketShops«. Seit November 2003 dürfen private Pakete für den innerdeutschen Versand angenommen werden. Auch im Ausland (Frankreich, Großbritannien) ist Hermes aktiv, wenn auch meist unter anderen Namen. »Die Logistik sehen wir als Zukunftsthema«, sagt der Konzernlenker. Um den Anteil an externen Kunden zu steigern, sucht Otto Kooperationen mit Kunden, die ebenfalls Massen an Post zu versenden haben. So startete die Hermes Logistik 2005 gemeinsam mit Großverlagen – darunter die Konzerne WAZ (Essen),

Springer (*Bild*) sowie die Holtzbrinck-Gruppe – die EP Europost. Diese Firma, an der die niederländische Post TPG die Mehrheit hält, tritt bundesweit gegen die Deutsche Post an. Mit der geballten Vertriebspower der Verlage soll das Briefmonopol gestürzt und der Versand verbilligt werden. Otto ist bei Europost allerdings nur Junior-Partner. Hermes dagegen, die Otto-Post, die rund um den Transport noch eine Menge Service bis hin zum technischen Kundendienst anbietet, wird verstärkt zu einem eigenständigen Unternehmen unabhängig vom Versandhaus ausgebaut.

Partys mit Politikern und Planern

Volle Eigenständigkeit ist bei der erwähnten ECE Projektmanagement GmbH & Co. KG, dem zweiten Standbein der Familie, vom Start weg gegeben. Die Mitte der sechziger Jahre von Werner Otto als Einkaufs-Center-Entwicklungsgesellschaft gegründete Firma projektiert, baut, managt, vermietet und besitzt weitaus die meisten Konsumtempel in Deutschland und Europa. Ihr schärfster Konkurrent, ein Metro-Ableger, ist deutlich kleiner. Die ECE, welche von Michaels Halbbruder Alexander Otto geleitet wird, inszeniert zwar das Geschäft ihrer Zentren mit großen Sprüchen, aber die Angaben zur eigenen Wirtschaftslage sind dürftig. Die Zahl der Beschäftigten im Konzern wird auf deutlich über 1 000 geschätzt. Die Rendite gilt als konstant respektabel. Längst ist die ECE im Ausland tätig, so in Österreich, Polen, Tschechien, Ungarn und der Türkei. Die Alles-aus-einer-Hand-Macher aus Hamburg werben in ihren Prospekten damit, ständig ein Planungsvolumen von zwei Milliarden Euro für mehrere Center zu bearbeiten. Das bereits realisierte Volumen beträgt gut 8,4 Milliarden Euro. Kaum ein Ballungszentrum muss auf ein ECE-Haus in City-Lage (Galerie) oder am Stadtrand verzichten, entsprechend lang ist die Liste städtebaulicher Kulturtempel, Arkaden, Bahnhöfe, Center, Colonaden, Malls ... Von Schleswig bis ins Allgäu inszeniert Otto den Konsum. Am Flughafen Frankfurt ist Otto im Laden-, Lokal- und Servicebereich aktiv. Damit nicht genug, die ECE projektiert und betreut Bürokomplexe und Lagerhäuser (auch die eigenen), baut Fernsehstudios, das HSV-Jugendleistungszentrum, Stadtverwaltungen, Freizeitparks und selbst Schulen. Bei so viel Architektur bleibt eine gewisse Sterilität vieler Konsumburgen nicht aus, besonders ihr Inneres ist oft verwechselbar. Und statt frischer Zubereitung wird oft warm gehalten, dominiert die Mikrowelle. Obwohl viele dieser künstlichen Konsumwelten wie von der Stange wirken und sich fast alle Filialisten der Republik hier die Hände reichen, spricht das ECE-Management von »innovativen Konzepten« und vom individuellen, ständig optimierten Branchen- und Mieter-Mix. Richtig ist: Was die privaten Planer an ihren computerisierten Reißbrettern realisieren und ihre Verwalter vor Ort inszenieren, verändert ganze Gemeinwesen.

Die ECE entpuppt sich als Vorreiter der Kauf- und Spaßgesellschaft. So wird viel mit »Erlebnis-Shopping« als Mix von Handel mit Veranstaltungen geworben. »Europas Städte werden immer mehr zur Bühne«, lautet eine ECE-Weisheit, die über lokale Center-Zeitungen als Beilagen in Tageszeitungen und Wochenblättern gestreut wird. Und ECE-Prospekte versprechen: »Wir wollen mit unseren Veranstaltungen aktuell sein. Sie spiegeln den Zeitgeist.« Die geschäftliche Lust an »Events« weckt vielfältige Bündnisse: »Als Partner von Vereinen, Verbänden und Institutionen auf lokaler und regionaler Ebene bieten unsere Center Aktionsbühnen für die unterschiedlichsten Gewerke und Initiativen.« Dazu folgende Veranstaltungshinweise: »Deutscher Kongress der Gartenzwerge«, »50 Jahre Deutschland«, Schach mit Gary Kasparow, den Klitschko-Brüdern und den »Prinzen«, Colani-Ausstellungen oder Treffen mit prominenten Politikern. Auch die lokalen Honoratioren gehören zum prickelnden Mix. So kontaktieren die Projektoren die Kreishandwerkerschaften, Heimatvereine, Krankenkassen, Frauenverbände usw. Nicht zu vergessen ist die erklärte »enge Partnerschaft mit Städten und kommunalem Einzelhandel«, was die Ottos hautnah an Politiker heranführt – oder umgekehrt. Schließlich vollstreckt die Immobilienfirma kommunale Baupolitik pur. Die ECE-Spitze suggeriert in ihrer Werbung, mit Politikern, Stadtplanern und der Finanzwelt auf Du und Du zu sein. Möglichkeiten, Vertreter des Staates zu treffen, sind ja reichlich gegeben: der erste Spatenstich, Versenkung der Grundsteinlegungsrolle, Grußworte hier und da, ein freundliches Zuprosten auf Einweihungspartys, Geschäftsessen und mehr. Wie eine Parade der Polit-

Prominenz lesen sich die Werbebroschüren streckenweise: Vom Ex-Bundespräsidentenpaar Rau (mit Senior Werner Otto zur Eröffnung des restaurierten Schlosses Belvedere in Potsdam) über die Ministerpräsidenten Hessens und Bayerns Roland Koch und Edmund Stoiber, Minister Manfred Stolpe bis zu Berlins Regierendem Bürgermeister Klaus Wowereit plus jede Menge Bundes- und Landtagsabgeordnete, Senatoren Regierungspräsidenten, Bürgermeister, Stadtentwickler ... machen Ottos ihre Aufwartung. Und als großer privater Arbeitgeber Hamburgs – 10000 Mitarbeiter – wird der Konzern von Politikern nur so umschwärmt. Die geehrten Gastgeber genießen die Aufmärsche, allen voran ECE-Boss Alexander Otto.[15] Es ist ein ersprießliches Geben und Nehmen, die Beziehungen zahlen sich beiderseits aus. So stiftet Gründer Werner Otto zur Restaurierung eines Teils des Schlosses Belvedere 6,5 Millionen Euro oder gibt Millionen für Architektenwettbewerbe – direkt auf Linie der ECE. Die Ottos gehen als Mäzene gern stiften und bekommen für ihren Einfluss postwendend geschäftliche Anerkennung zurück.

Die dritte Generation steht bereit

Weltgrößter Versandhändler, Post-Konkurrent Hermes, einflussreicher Projektentwickler ECE, milliardenschwerer Immobilienbesitz – das Weltreich der »Ottonen« mit bald mehr als 15 Milliarden Euro Umsatz fordert alle Kräfte, nicht nur die der Bosse Michael und Alexander Otto. Seit Frühjahr 2005 bauen sie als Folge des schwierigen Handelsgeschäfts die Führungsmannschaft um. Der zehnköpfige Vorstand der Otto-Gruppe schrumpft auf neun Mitglieder. Die Manager sollen kreativer arbeiten, sich aus dem operativen Geschäft zurückziehen und »sich gezielt um die Positionierung und Weiterentwicklung der Firmen in der [...] Gruppe kümmern« (Michael Otto). Gefragt sind Unternehmer statt Verwalter und Vollstrecker. Ihr Ziel: eine Ertragswende im Inland schaffen. Daher strafft Michael Otto seinen vollen Terminkalender zugunsten des Hauptjobs; die Gefahr, sich durch die vielen Ehren- und Nebenämter zu verzetteln, war groß. Um die unerträgliche Arbeitsbelastung zu verringern, kehrte er dem Aufsichtsrat der Deutschen Bank sofort den Rücken. Dem erlauchten Gremium gehörte er seit 1989 an. Mit seinem Schritt will er zudem Interessenkonflikte vermeiden, wenn es um Kredite fürs eigene Haus geht. Auch die ECE arbeitet eng mit dem Konzern Deutsche Bank zusammen. Otto legt sich ins Zeug. Er lässt dafür seit 2005 die Strukturen in der Zentrale in Hamburg-Bramfeld überarbeiten, um schneller, flexibler und schlagkräftiger zu werden. Möglich auch, dass Michael Ottos Sohn Benjamin (geb. 1973) den Vater bei der stressigen Aufgabe bald entlastet. Ein Wechsel der Generationen ist einkalkuliert. »Man sollte den Kindern die Chance lassen, ins Management zu gehen, wobei deren Fähigkeiten und Begeisterung entscheidend sind«, sagt Michael Otto im Gespräch. Zuvor aber solle der Nachwuchs den Betrieb kennen lernen, etwa in Ferienjobs, um selbst ein Interesse entwickeln zu können. Wichtig sei auch eine Erziehung zur Bescheidenheit. »Meine Kinder haben während der Schulzeit gejobbt und sich ihr Taschengeld selbst verdient«, betont er. Vom Otto-Nachwuchs der dritten Generation stehen derzeit nur sein Sohn Benjamin und seine Tochter Janina theoretisch für einen Posten zur Disposition. Die anderen Sprösslinge zeigen entweder keine Ambitionen oder sind noch zu klein. Der Wechsel vom Vater Michael zu Sohn Benjamin kündigt sich so vorsichtig an wie einst der vom Gründer zur zweiten Generation: Der Enkel geht wie sein Vater erst mal auf Distanz, um eigene Erfahrungen als Unternehmer zu sammeln. Benjamin Otto absolvierte eine Banklehre (Berenberg Bank, Hamburg) und studierte an der European Business School in London Ökonomie. Anschließend wechselte er nach Berlin, »ohne die Beziehungen der Gruppe zu beanspruchen« (Michael Otto). An der Spree gründete der Otto-Enkel die Firma Intelligent House Solutions, weil es ihm sehr wichtig ist, etwas Eigenes auf die Beine zu stellen. Seine Firma konzipiert Räumlichkeiten, deren Technik (Heizung, Licht, Sicherheit, Computer, TV) unsichtbar wie von Heinzelmännchen bedient und gesteuert wird. »Er hat so viel Aufträge, dass er fünf Mitarbeiter beschäftigen kann«, freut sich der stolze Vater. Der gewerbliche Bereich, Restaurants, Konferenzräume etc., »ist stark wachsend«.

Trotz des Erfolgs seines Sohnes rechnet Otto damit, dass der Filius bis etwa 2008 ins Unternehmen einsteigen wird. Dann wäre Benjamin Anfang dreißig, während Michael Otto für diesen Zeitpunkt plant, vom Vorsitz im Vorstand in den Aufsichtsrat zu wechseln. Als seinen direkten Nachfolger indes hat er einen Fremdmanager im Auge, der bereits im Hause ist. Diese Übergangsfrist gibt seinem Sohn Benjamin die Chance, allein ohne Zeitdruck seinen Weg zu Otto zu finden. Das gilt auch für die Tochter Janina, Jahrgang 1973. Janina studiert Wirtschaftswissenschaften an der Privatuniversität Witten/Herdecke (bei Dortmund) und ist sehr an Umwelt- und Sozialprojekten in der Dritten Welt (Afrika) interessiert. Ihr Vater kann sich vorstellen, dass seine Tochter zuerst bei einer Organisation der UNO oder Weltbank anheuert. Doch die Türen des Konzerns stünden jederzeit für den Nachwuchs offen. In vergleichbarer Weise übernahm einst Michael Otto das Ruder von seinem Vater. Ähnliches gilt für den Erbfall, der für die dritte Generation noch fern liegt. Die Ottos schützen sich bisher vor fremden Einflüssen durch gegenseitige Vorkaufsrechte. Michael Otto glaubt nämlich, dass es in der Familie »immer Interesse am Unternehmen geben wird«. Denn es sei »erklärter Wille, das Firmenerbe in Familienhand zu halten«. Dieses Bewusstsein über Generationen hinweg macht für den Versandhauskönig ein Familienunternehmen überhaupt erst aus. So gesehen genießen auch Firmen ein Recht auf Nachhaltigkeit im Sinne des Schutzes und der Abwehr vor egoistischer Zerstörung durch Vampire und Heuschrecken.

Anmerkungen

Vorwort: Gegen Heuschrecken und Vampire

1 R. Wimmer, T. Groth, F. B. Simon: *Erfolgsmuster von Mehrgenerationen-Familienunternehmen* [Wittener Diskussionspapiere, Sonderheft Nr. 2] Witten/ Herdecke, Juni 2004

1. Merckle: Die frommen Gipfelstürmer

1 Ratiopharm-Pressemitteilung vom 28. 7. 2005
2 Persönliche Erklärung von Dr. Philipp Merckle zum Verkauf der Sparte für Originalprodukte an die Mitarbeiter der Merckle GmbH, 17. Januar 2005, Ulm
3 *Rückblick. Erinnerungen an die Firma Merckle aus der Sicht einer langjährigen Mitarbeiterin,* hrsg. von der Merckle GmbH
4 Ebd.
5 Ebd.
6 *Die Pharmer,* Mitarbeiter-Zeitung, Sonderausgabe, 7/2002
7 Ebd.
8 *Stuttgarter Nachrichten,* 23.2.2005
9 D. Cramer, G. Eilebrecht, J. Martin, U. Schmidt: *...eine Fabrik verschwindet. Die Geschichte und das Ende der Portland-Cementfabrik Blaubeuren*, hrsg. von der Heidelberger Zement AG, Ulm: Südd. Verlaggesellschaft 2001
10 Ebd.
11 Ebd.
12 Ebd.
13 *manager magazin,* 11A/2004
14 *Süddeutsche Zeitung,* 12.2.2004
15 *manager magazin*, 11/2003

2. Boehringer: Tue Gutes und schweige besser

1 *Süddeutsche Zeitung*, 14.4.2005
2 *Altlast-Sicherung, mit der wir leben können,* Boehringer Ingelheim, Büro Ingelheim

3 In der gleichnamigen italienischen Stadt explodiert 1976 ein Kessel mit Trichlorphenol und setzt Dioxin frei. Ein Fünftel der 1 200 Einwohner erkrankt, eine Frau stirbt.
4 *Altlast-Sicherung, mit der wir leben können,* Boehringer Ingelheim, Büro Ingelheim
5 Ebd.
6 Ebd.
7 http://www.boehringer-ingelheim.de/unternehmensprofil/geschichte/ [11.11.2005]
8 *Altlast-Sicherung, mit der wir leben können,* Boehringer Ingelheim, Büro Ingelheim

3. Beisheim: Metro-Gründer Dr. h. c. Multimilliardär

1 *Spiegel,* 5.1.2004
2 Ebd.
3 *Stern* 29.1.2004
4 Ebd.
5 *manager magazin*, 15.2.2001

4. Haniel: Oligopole in Familienhand

1 *Haniel. Die Unternehmensgruppe.* Firmenbroschüre, Duisburg 2003
2 Geschäftsbericht 2003
3 Ebd.
4 R. Wimmer, T. Groth, F. B. Simon: *Erfolgsmuster von Mehrgenerationen-Familienunternehmen* [Wittener Diskussionspapiere, Sonderheft Nr. 2] Witten/Herdecke, Juni 2004
5 Ebd.

5. Freudenberg: Familie mit geschichtlichem Gewissen

1 Freudenberg & Co. KG (Hrsg.), *Hundertfünfzig Jahre Freudenberg. Die Entwicklung eines Familienunternehmens von der Gerberei zur internationalen Firmengruppe,* Weinheim 1999
2 Ebd.
3 Ebd.
4 Ebd.
5 Ebd.
6 Ebd.
7 Ebd.
8 Ebd.
9 Ebd.
10 Ebd.
11 Ebd.

12 Ebd.
13 Gesellschaftsvertrag der Freudenberg & Co. Kommanditgesellschaft, Juli 2002, § 32
14 R. Wimmer, T. Groth, F. B. Simon: *Erfolgsmuster von Mehrgenerationen-Familienunternehmen* [Wittener Diskussionspapiere, Sonderheft Nr. 2] Witten/Herdecke, Juni 2004
15 Ebd.

6. B. Braun: Der Marathon-Mann der Medizintechnik

1 Quelle: BVMed – Bundesverband Medizintechnologien e.V., Berlin

7. Mohn: Die Gutmenschen aus Gütersloh

1 Thomas Schuler: *Die Mohns. Vom Provinzbuchhändler zum Weltkonzern: Die Familie hinter Bertelsmann,* Frankfurt/Main: Campus 2004
2 Frankfurt/Main: Eichborn 2004
3 *Die Welt*, 25.5.2003
4 *Bertelsmann. Hinter der Fassade des Medienimperiums,* Frankfurt/Main: Eichborn 2004
5 *Die Welt,* 25.5.2003
6 Informationsdienst Wissenschaft, Gütersloh, 3.11.2003
7 Internetseite der Bertelsmann-Stiftung, Buchankündigung *Reform der Arbeitslosenversicherung*, Juni 2005
8 »Die heimlichen Kanzlerberater«, in: *Frankfurter Allgemeine Sonntagszeitung*, 10.3.2002
9 *Süddeutsche Zeitung,* 29.4.2005
10 *Süddeutsche Zeitung,* 27.9.2004
11 *Tageszeitung,* 24.2.2005
12 F. Böckelmann, H. Fischler: *Bertelsmann. Hinter der Fassade des Medienimperiums,* Frankfurt/Main: Eichborn 2004; T. Schuler: *Die Mohns. Vom Provinzbuchhändler zum Weltkonzern: Die Familie hinter Bertelsmann*, Frankfurt/Main: Campus 2004
13 4. Auflage, Boston: Beacon Press 1992
14 *Neue Westfälische,* 19.2.2005
15 »Die starke Frau von Bertelsmann«, *Stuttgarter Nachrichten*, 9.3.2005
16 T. Schuler: *Die Mohns. Vom Provinzbuchhändler zum Weltkonzern: Die Familie hinter Bertelsmann*, Frankfurt/Main: Campus 2004
17 R. Mohn: *Die gesellschaftliche Verantwortung des Unternehmers*, München: Bertelsmann 2003

8. Henkel: Persil und Pattex halten sauber den Clan zusammen

1 W. Feldkirchen, S. Hilger: *Menschen und Marken. 125 Jahre Henkel,* Vti Henkel Infocenter 2001

2 Ebd.
3 Meldung dpa, 23.2.2005
4 W. Feldkirchen, S. Hilger: *Menschen und Marken. 125 Jahre Henkel,* Vti Henkel Infocenter 2001
5 Ebd.
6 Ebd.
7 P. Plichta: *Das Primzahlkreuz, Band 3, Die vier Pole der Ewigkeit,* Düsseldorf: Quadropol, 1998
8 Ebd.
9 W. Feldkirchen, S. Hilger: *Menschen und Marken. 125 Jahre Henkel,* Vti Henkel Infocenter 2001

9. Haub: Ein stiller Riese von der Ruhr

1 *Ein Jahrhundert Tengelmann. Geschichte, Gegenwart und Zukunft*, Mülheim/Ruhr 1993
2 *manager magazin,* 10/2001
3 Ebd.
4 Ebd.
5 Geschäftsbericht 2003/04
6 *manager magazin,* 10/2001
7 Ebd.

10. Sal. Oppenheim: Europas Geldadel lassen bitten

1 *WirtschaftsWoche*, 31.3.2005
2 Ebd.
3 Ebd.
4 Pressegespräch am 6.4.2005 in Köln
5 Ebd.
6 Ebd.
7 *WirtschaftsWoche,* 31.3.2005
8 Pressegespräch am 6.4.2005 in Köln
9 M. Stürmer, G. Teichmann, W. Treue: *Wägen und Wagen, Sal. Oppenheim jr. & Cie, Geschichte einer Bank und einer Familie*, München/Zürich: Piper 1989
10 D. Ziegler (Hrsg.), *Großbürger und Unternehmer. Die deutsche Wirtschaftselite im 20. Jahrhundert*, Göttingen: Vandenhoeck & Ruprecht 2000
11 *WirtschaftsWoche*, 31.3.2005

11. Röchling: Die Saardynastie erlebt die zweite Wiedergeburt

1 G. Seibold: *Röchling. Kontinuität im Wandel*, Stuttgart: Thorbecke 2001
2 Ebd.
3 Ebd.

4 *Automobilwoche*, 31.1.2005
5 Ebd.

12. Otto: Mäzene mit hanseatischem Geschäftssinn

1 Pressemitteilung vom 18.3.2004
2 »Umweltschutz gegen Ökonomie? Ein ZEIT-Gespräch mit dem Versandhauschef Michael Otto«, in: *Die Zeit,* 36/1996
3 Otto GmbH & Co. KG (Hrsg.): *Bewusstsein(s)formen.* Nachhaltigkeitsbericht 2003
4 Ebd.
5 *manager magazin*, 6/2004
6 *Die Zeit*, 23.9.2004
7 Otto GmbH & Co.KG (Hrsg.): *50 Jahre jung – Das Magazin zum Geburtstag*, 1999
8 *manager magazin,* 6/2004
9 Otto GmbH & Co.KG (Hrsg.): *50 Jahre jung – Das Magazin zum Geburtstag*, 1999
10 Ebd.
11 Ebd.
12 Ebd.
13 *manager magazin,* 6/2004
14 Ebd.
15 Prospekt Center-News 2004, Hamburg: ECE

Literatur

Böckelmann, Frank, Hersch Fischler, *Bertelsmann. Hinter der Fassade des Medienimperiums*, Frankfurt/Main: Eichborn 2004

Boehringer Ingelheim (Hrsg.), *Altlast-Sicherung, mit der wir leben können*, Büro Ingelheim

Cramer, Dietmar, Gerhard Eilebrecht, Jörg Martin, Uwe Schmidt, *... eine Fabrik verschwindet: Die Geschichte und das Ende der Portland-Cementfabrik Blaubeuren*, Hrsg. Heidelberger Zement AG, Ulm: Süddt. Verlaggesellschaft 2001

Ein Jahrhundert Tengelmann. Geschichte, Gegenwart und Zukunft, Mülheim/Ruhr 1993

Feldkirchen, Wilfried, Susanne Hilger, *Menschen und Marken. 125 Jahre Henkel*, Vti Henkel Infocenter 2001

Freudenberg & Co. KG (Hrsg.), *Hundertfünfzig Jahre Freudenberg. Die Entwicklung eines Familienunternehmens von der Gerberei zur internationalen Firmengruppe*, Weinheim 1999

Haniel. Die Unternehmensgruppe. Firmenbroschüre, Duisburg 2003

Merckle GmbH (Hrsg.), *Rückblick. Erinnerungen an die Firma Merckle aus der Sicht einer langjährigen Mitarbeiterin*

Otto GmbH & Co. KG (Hrsg.), *50 Jahre jung – Das Magazin zum Geburtstag*, 1999

Otto GmbH & Co. KG (Hrsg.), *Bewusstsein(s)formen*. Nachhaltigkeitsbericht 2003

Plichta, Peter, *Das Primzahlkreuz, Band 3, Die vier Pole der Ewigkeit*, Düsseldorf: Quadropol 1998

Schuler, Thomas, *Die Mohns. Vom Provinzbuchhändler zum Weltkonzern: Die Familie hinter Bertelsmann*, Frankfurt/Main: Campus 2004

Seibold, Gerhard, *Röchling. Kontinuität im Wandel*, Stuttgart: Thorbecke 2001

Stürmer, Michael, Gabriele Teichmann, Wilhelm Treue, *Wägen und Wagen, Sal. Oppenheim jr. & Cie, Geschichte einer Bank und einer Familie*, München/Zürich: Piper, 1989

»Umweltschutz gegen Ökonomie? Ein ZEIT-Gespräch mit dem Versandhauschef Michael Otto«, in: *Die Zeit*, 36/1996

Wimmer, Rudolf, Torsten Groth, Fritz B. Simon, *Erfolgsmuster von Mehrgenerationen-Familienunternehmen* [Wittener Diskussionspapiere, Sonderheft Nr. 2] Witten/Herdecke, Juni 2004

Ziegler, Dieter (Hrsg.), *Großbürger und Unternehmer. Die deutsche Wirtschaftselite im 20. Jahrhundert*, Göttingen: Vandenhoeck & Ruprecht 2000

Register